CB059189

Copyright © 2024 Ler Editorial

Texto de acordo com as normas do novo acordo ortográfico da língua portuguesa (Decreto Legislativo Nº54 de 1995).

Todos os direitos reservados. Proibida a reprodução total ou parcial, de qualquer forma ou por qualquer meio, mecânico ou eletrônico, incluindo fotocópia e gravação, sem a expressa permissão da editora.

Editora – Catia Mourão
Capa – Joice Dias
Diagramação – Catia Mourão
Ilustração – Jaque Summer Design
Revisão – Daiany de Oliveira e Nadja Moreno

CIP-BRASIL. CATALOGAÇÃO NA PUBLICAÇÃO
SINDICATO NACIONAL DOS EDITORES DE LIVROS, RJ

L747p

Lis
   A primeira vez/ Lis. - 1. ed. - Rio de Janeiro : Ler, 2024.
   312 p. ; 23 cm. (Trilogia opostos ; 3)

   ISBN 978-65-5055-084-4
   1. Romance brasileiro. I. Título. II. Série.

24-93195
                            CDD: 869.3
                            CDU: 82-93(81)

Gabriela Faray Ferreira Lopes - Bibliotecária - CRB-7/6643
08/08/2024   08/08/2024

Foi feito o depósito legal.
Direitos de edição:

Ler Editorial

A PRIMEIRA VEZ

TRILOGIA OPOSTOS

LIVRO 3

LIS

1ª edição
Rio de Janeiro – Brasil

SUMÁRIO

005	DEDICATÓRIA	187	CAPÍTULO 26
007	PLAYLIST	196	CAPÍTULO 27
009	PRÓLOGO	204	CAPÍTULO 28
011	CAPÍTULO 1	212	CAPÍTULO 29
017	CAPÍTULO 2	220	CAPÍTULO 30
023	CAPÍTULO 3	226	BÔNUS OTTO RUGGERO
028	CAPÍTULO 4	228	CAPÍTULO 31
035	CAPÍTULO 5	237	CAPÍTULO 32
043	CAPÍTULO 6	242	CAPÍTULO 33
050	CAPÍTULO 7	250	CAPÍTULO 34
056	CAPÍTULO 8	257	CAPÍTULO 35
064	CAPÍTULO 9	266	CAPÍTULO 36
070	CAPÍTULO 10	272	CAPÍTULO 37
077	CAPÍTULO 11	281	EPÍLOGO
085	CAPÍTULO 12	292	BÔNUS MATTEO
092	CAPÍTULO 13	302	BÔNUS THEO
099	CAPÍTULO 14	309	CARTA AO LEITOR
106	CAPÍTULO 15	311	AGRADECIMENTOS
115	CAPÍTULO 16		
121	CAPÍTULO 17		
130	CAPÍTULO 18		
137	CAPÍTULO 19		
143	CAPÍTULO 20		
150	CAPÍTULO 21		
157	CAPÍTULO 22		
165	CAPÍTULO 23		
172	CAPÍTULO 24		
179	CAPÍTULO 25		

Às nossas leitoras, que nos acompanham e vêm nos apoiando desde o início, quando tudo era apenas um sonho.

*Não tente estender a mão para ajudá-la
quando ela desmoronar sob o peso do mundo.
Ela não precisa da sua compaixão.
Ela precisa que você sente no chão perto dela
e espere que o coração se acalme, que o medo desapareça,
que o mundo inteiro comece a girar novamente em silêncio.
E sempre será você o primeiro a se levantar
e dar a mão para puxá-la para cima,
para que possa chegar mais perto do céu,
aquele céu alto onde sua alma vive
e onde nunca será alcançada.*

PLAYLIST

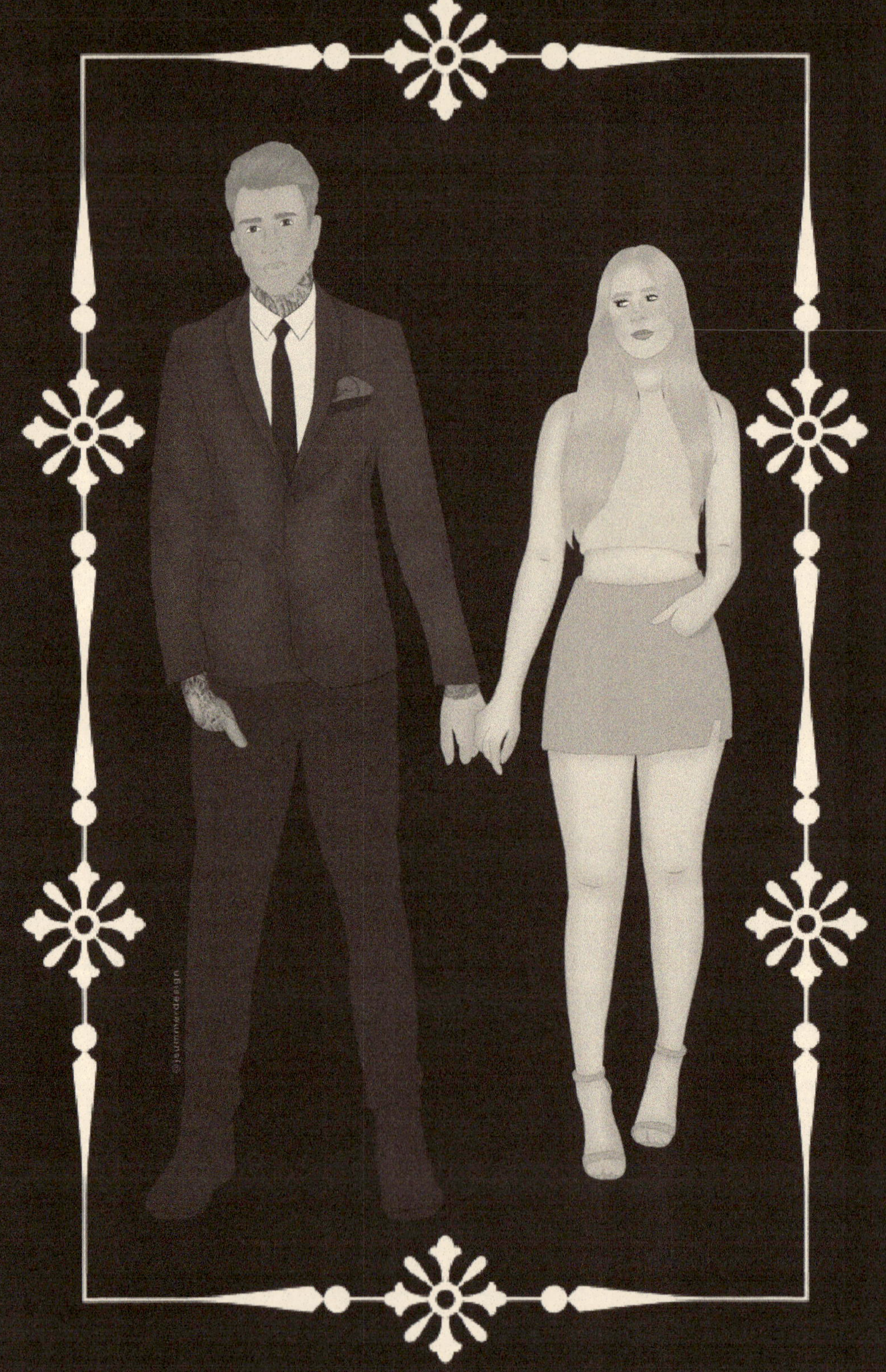
@jsummerdesign

PRÓLOGO

Cecília

Sento-me no sofá e fecho meus olhos, deixando rolar as lágrimas que segurei durante o caminho. As palavras de Ayla são como navalhas me cortando e causando dor.

Como pude deixar escapar tudo o que ela estava enfrentando sozinha?

Sinto minhas mãos suadas e de novo a necessidade de tomar banho e me limpar vem como vício.

Levanto-me às pressas rumo ao banheiro do consultório, arrancando minhas roupas e deixando todas pelo caminho. Só de calcinha e sutiã, abro a torneira da pequena pia e desesperadamente começo a jogar água pelo meu corpo. As lágrimas rolam sem freio e, a cada vez que as palavras da minha amiga vêm à minha mente, meu coração se quebra mais.

Como se ele já não estivesse estilhaçado!

— Ceci.

Saio do meu transe e encaro Miguel, que olha para mim, assustado; provavelmente, devo estar uma confusão agora.

— Ela foi... Gabe... Ele... — Não consigo terminar a frase, fazendo com que ele se aproxime de mim e me abrace.

— Calma, respira! Você está em choque. — Ele afaga meus cabelos e me aperta contra seu peito. — Há quanto tempo você vem se lavando assim, Cecília?

Paro para analisar sua pergunta. Desde que matei Karen, mas eu não posso revelar isso.

Ainda não.

— Há muito tempo — sussurro de modo quase inaudível, sentindo seus braços me apertando mais contra ele.

Depois de alguns minutos abraçados, e com meu choro controlado, Miguel me leva até o sofá onde faz com que eu me sente enquanto pega minhas roupas pelo chão.

De cabeça baixa, fito meus pés descalços.

— Ceci, olhe para mim! — Levanto meu olhar para ele, que fica entre minhas pernas. — Você precisa de ajuda, Cecília. Há muito tempo anda estranha demais.

— Só está sendo difícil. O que Ayla passou...

— Não, Ceci, não estou falando de Ayla. Você nunca mais foi a mesma depois de Karen. — Arregalo os olhos com a menção ao nome dela, logo a vontade de me lavar vem forte de novo. — Você precisa de ajuda.

Levanto-me pegando minhas roupas de suas mãos para vesti-las rapidamente, sentindo seus olhos em mim. Provavelmente ele está olhando o quanto minha pele branca está vermelha pela esfregação constante.

— Depois conversaremos, minha amiga precisa de mim.

— E como você vai conseguir cuidar dela sentindo tudo isso? — ele pergunta, sério, cruzando os braços.

Eu me viro e o encaro.

— Fazendo como a boa amiga que sou. Vou colocar minha dor de lado e cuidar da dor dela.

CAPÍTULO 1

Mike

Existem momentos na nossa vida em que nos perguntamos como chegamos a tal ponto e, por mais que forcemos a memória, é muito difícil descobrir qual caminho nos levou a ele.

Agora, sentado em frente à morena, que me olha com olhos esperançosos e um biquinho nos lábios, eu só quero tentar entender o que me trouxe até aqui. Quando deixei que Natasha se aproximasse tanto ao ponto de pensar que tínhamos algo realmente sério? Não temos.

— Eu não entendo, Mike. Serei seu segredinho sujo até quando?

— Não a escondo de ninguém para você acreditar que é meu segredo, Natasha. — Suspiro passando a mão no meu rosto, sentindo-me sufocado. Será que se eu correr agora, ela vem atrás de mim?

— Então, por que não posso conhecer seus amigos? — Sua voz se torna chorosa e meu desespero só vai aumentando. — Não estou pedindo para me apresentar aos seus pais, apenas para seus amigos, Mike. É tão horrível assim?

Na verdade, sim!

Mas não digo isso para ela, porque, se tentando contê-la parece que estou piorando tudo, imagina se digo algo? Deus me livre!

— Natasha, você entende que não estamos juntos, não entende? É por isso que eu não vejo motivo para sair apresentando você a meus amigos ou a minha família.

A primeira lágrima escorre por sua bochecha sendo seguida por outras que vão deixando marcas em seu rosto maquiado. Aperto as mãos em punho, controlando a vontade de correr para longe. Natasha seca as lágrimas com raiva e seus olhos queimam sobre mim.

— Se não estamos juntos, estamos fazendo o quê? — Sua voz se altera. Remexo-me na cadeira, desconfortável, sentindo vários olhares em nós conforme ela dá seu show. — Você está apenas se divertindo com meu corpo? Ligando para mim e me chamando para foder quando sente vontade só porque sabe que eu sempre vou?

Inclino-me sobre a mesa sentindo a raiva ferver meu sangue enquanto olho para ela, que continua gritando.

— Pare de gritar! — rosno.

— O quê? Não quer que as pessoas saibam que Mike Carter é um homem sem caráter, que gosta de usar as mulheres? — debocha quando se inclina, aproximando o rosto do meu; sua voz ainda é alta.

— Eu não sou mau caráter, sempre fui bem claro com você. Teríamos apenas sexo. — Volto a me encostar à cadeira e, olhando para ela, abro um sorriso debochado. — Não tenho culpa se em algum momento começou a fantasiar que eu me apaixonaria perdidamente por você.

Sua carranca cai por um segundo, mas volta tão rápido que chego a me perguntar se realmente houve a mudança ou foi coisa da minha cabeça.

— Você não vai me chutar como se eu fosse um cachorro — ela rosna.

Sua respiração acelerada faz seu peito subir e descer com força, puxando meus olhos para o decote avantajado do seu vestido. Lambo os lábios pensando na sensação de tê-los na minha boca.

— Não faz isso, Mike — sussurra.

— Fazer o quê? — pergunto com a voz grossa ao notar suas coxas se esfregando uma na outra.

— Estou com raiva de você, e fica me olhando com essa sua cara de safado.

Ela se ajeita na cadeira, cruzando os braços sob os seios deixando-os ainda mais em evidência. Meu pau pulsa dentro da calça.

— Você está brava à toa, morena. Poderíamos estar aproveitando melhor esse tempo. — Pisco para ela.

— Você só me vê como uma foda, Mike. Estou cansada disso. — Ela suspira.

Inclino meu corpo para frente, olhando-a nos olhos. Eu sempre deixei muito claro para Natasha, desde quando nos envolvemos pela primeira vez, que não passaria de sexo.

Não é que eu não queira nada sério com ela, eu não quero nada sério com ninguém. Não nasci para viver minha vida preso a alguém.

Minha mãe vive me cobrando que eu leve uma mulher para que ela conheça, mas só de pensar em me envolver com alguém o suficiente para apresentá-la aos meus pais o desespero me consome.

— Natasha, você sabia desde o início que isso não passaria do que já é, apenas sexo! — digo, firme, para que ela me entenda. — Eu não estou disposto a abrir mão do que acredito para embarcar em algo que você quer apenas para agradá-la.

— É claro que não está! Você é egoísta demais para isso.

— Egoísta? Sério?! — bufo, irritado com a acusação. Sim, posso ser presunçoso, posso pensar em mim acima de tudo, mas nunca dei esperança nenhuma a ela. — Se em algum momento eu a tivesse iludido com juras de amor ou algo assim, você poderia me chamar de egoísta, mas isso nunca aconteceu. Então, não me culpe por algo que você criou na sua mente.

Os olhos dela queimam de raiva, encarando-me fixamente, então ela se levanta e sai batendo os pés, enfurecida. Encosto-me na cadeira, suspirando, irritado, e passo as mãos no rosto tentando me acalmar.

Natasha é uma mulher explosiva na cama, mas fora dela é completamente subserviente, disposta a qualquer coisa para me agradar a todos os momentos sem se importar com o que quer que seja e isso é extremamente enjoativo. Odeio o fato de ela se dobrar às minhas vontades tão facilmente.

Eu gosto de embates, de conflitos, de pessoas que não abaixam a cabeça e engolem o orgulho por simplesmente ser mais fácil fugir. Não é à toa que me tornei advogado. Estar em um tribunal, argumentar e lutar para defender minha causa me traz uma sensação de grandeza. Sinto-me em completo êxtase, como se lá dentro nada pudessem contra mim.

Pago minha conta e saio do restaurante, indo direto para meu carro. A noite está calma, o trânsito quase inexistente permite que eu acelere nas ruas com tranquilidade, sentido minha mente esvaziar completamente do estresse que foi o dia de trabalho e a frustração da noite fracassada ir embora enquanto sinto o carro vibrar com a velocidade alcançada.

Meu celular toca, obrigando-me a diminuir a velocidade para atender pelo sistema *Bluetooth* e logo a voz de Matteo soa através do som.

— *Onde está?*

— Oi, para você também, otário! — resmungo e ele bufa.

— *Oi, Mike! Como você está?* — diz, apressado. — *Onde você está?*

— Estou indo para casa, por quê? Está com saudades de mim?

— *Dá para passar na casa das meninas?*

— Aconteceu alguma coisa?

De repente, sinto meu coração bater acelerado e só consigo pensar no tipo de maluco que aquelas doidas atraíram dessa vez.

Por Deus, essas três parecem ter um imã para coisas ruins e sinto que isso vai causar um infarto em meus amigos e em mim a qualquer momento. Nunca admitiria, para ninguém, mas sinto um instinto extremamente protetor por elas.

— *Não aconteceu nada, só preciso saber se elas estão bem. Hoje não vou conseguir passar por lá tão cedo.* — Sua voz parece cansada e ele suspira.

Ayla tem passado por dias difíceis e automaticamente meu amigo está tendo dias ruins também. É visível na aparência dele o quanto que, a cada dia, tudo pelo que eles estão passando o desgasta, mas ele não está disposto a desistir da mulher que ama. E isso é, sem dúvidas, uma coisa muito bonita.

Mesmo para mim, que não me vejo amando, é impossível não reparar no quanto Matteo é apaixonado por Ayla e ela por ele, assim como Theo e sua diaba.

— Estou chegando. Logo mandarei notícias.

— *Obrigado, Mike!* — Agradece, mas antes que eu desligue, chama minha atenção. — *Tente não brigar com Cecília, por favor! Rebeca e ela estão sobrecarregadas com tudo que anda acontecendo com Ayla. Ceci não precisa de você enchendo o saco dela.*

— Se ela se comportar, eu prometo me comportar.

Desligo antes que ele comece o sermão. Não sei por que as pessoas pensam que sou eu quem fica importunando a loira do cão, ela é quem não perde uma oportunidade de me desafiar.

Paro meu carro em frente à casa delas e desço indo direto para a porta, toco a campainha e espero. Quando sou atendido, a cabeleira loira de Cecília, amarrada de uma forma bagunçada, quase me faz rir. Mas, quando desço meus olhos pelo corpo dela é que gargalho alto, jogando a cabeça para trás. Seu pijama rosa tem vários unicórnios desenhados pelo tecido.

— Qual a graça, idiota? — Sua voz brava me leva a tentar parar de rir.

— Seu pijama... — digo sem fôlego pela risada.

Limpo as lágrimas que descem dos meus olhos e volto a olhar para ela, que cruzou os braços abaixo dos peitos, fazendo com que saltassem mais e que meu pau chacoalhasse dentro da calça.

— Que você era uma princesinha mimada, já sabia. Mas, unicórnio, sério?

— Mike, o que você quer? Veio só para me infernizar? — pergunta revirando os olhos azuis.

Lembrando-me do que vim fazer, recomponho-me e olho para dentro por cima do ombro dela, vendo a sala escura, uma coberta estendida no sofá e a televisão pausada em alguma coisa que ela estava assistindo.

— Vim ver como Ayla está. — Seu semblante muda com a menção à amiga e a tristeza que vejo em seus olhos faz com que me arrependa da mudança de assunto.

— Ayla está no quarto. Acabei de levar o jantar dela, porque ela não quis sair.

— Você jantou também?

Ela assente e fica me olhando enquanto passo para dentro da casa sem um convite. Olho para a TV vendo a imagem de alguns desenhos de xícara com boca, velas com olhos e fico confuso, voltando o olhar para ela.

— O que está assistindo?

— Vai me dizer que nunca assistiu *A Bela e a Fera*? — pergunta com os braços cruzados sob os peitos, deixando-os mais salientes naquele pijama fininho. De onde estou consigo ver os biquinhos intumescidos, então lambo minha boca. — Meus olhos estão aqui em cima, Mike.

Cecília bufa quando abro um sorriso de lado para ela. Eu me jogo no sofá e bato ao meu lado, chamando-a para sentar.

— O quê? Você pensa que vai ficar aqui?

— Eu não penso, princesa, eu vou! — Pisco para ela. — Se quiser ficar em pé, tudo bem.

Pego o controle e dou *play* no filme. Ouço-a soltar uma respiração forte de onde está, bater a porta e vir se sentar ao meu lado.

Seu perfume doce parece tomar conta do ar da sala, deixando-me com vontade de enfiar meu nariz em seu pescoço e sentir o cheiro delicioso direto da fonte.

— Então, esse filme é sobre o quê? — pergunto, tentando me distrair.

Arrependo-me quando ela volta a falar, porque agora não é só o cheiro dela que me deixa desconfortável, é também a voz macia que parece me tocar a cada palavra dita.

Acordo com o peso sobre meu peito. Ao abrir os olhos, encontro uma cabeleira loira sobre ele e um corpo quente e pequeno colado ao meu. Ainda estou sentado no sofá, mas completamente jogado com Cecília enroscada em mim. Meu coração bate forte ao constatar o quanto nós nos encaixamos bem.

Não é a primeira vez que apagamos juntos. No dia da festa à fantasia eu a trouxe para casa, pois estava muito bêbada. No estado em que estava, pediu que eu dormisse com ela. Acabei cochilando junto a Cecília e quando acordei durante a madrugada estávamos completamente enroscados um no outro. Por um tempo fiquei apenas ali, ouvindo sua respiração mansa e sentindo sua pele na minha; apreciando aquele momento de paz entre nós.

Quando me dei conta do quanto aquilo parecia estranho, eu me levantei e corri, indo o mais longe possível.

Desde então tenho evitado muito contato, voltei meu rolo com Natasha, mas nada me tirou da cabeça o quão delicioso foi acordar e tê-la tão perto.

Que porra é essa? Já estou parecendo meus dois amigos mariquinhas. Credo!

Aproveito que ela está quietinha e afundo meu nariz em seus cabelos sentindo a maciez e o cheiro delicioso de algo que não consigo identificar. Com os olhos fechados, apenas apreciando, aperto seu corpo junto ao meu e ela se remexe, encaixando-se mais e resmungando algo em seu sono profundo.

— Ei, princesa...

— Hum... — resmunga.

— Princesa... — chamo de novo e Ceci se mexe, abrindo os olhos lentamente, tentando focar em algo. Quando me vê, seus olhos se expandem e ela pula para longe, divertindo-me. — Eu estava tão confortável com você coladinha em mim — digo para irritá-la.

Ceci revira os olhos e eu rio de novo.

— Você que me puxou para perto só para me perturbar, não foi? — pergunta, indignada, e se levanta arrumando seu pijama e saindo da sala.

Vou atrás dela e, quando entro na cozinha, consigo ver parte do seu corpo para fora da geladeira enquanto o tronco está curvado para dentro. Sua bunda redonda e empinada naquele short faz meu pau pulsar dentro da calça, mas me lembro do que ela disse e chamo sua atenção:

— Eu não precisei puxá-la, princesinha, você veio até mim sozinha.

Pisco para ela quando me encara com os olhos queimando de raiva. Uma maçã é atirada em minha direção, mas eu a pego antes que acerte minha cabeça.

— Ficou maluca? — grito.

— Você deve mesmo pensar que fiquei por acreditar que eu iria até você por vontade própria.

Aproximo-me dela a passos largos, prendendo-a entre a geladeira e meu corpo. Suas mãos vão para meu peito como se ela fosse me empurrar, mas Ceci não aplica força suficiente para isso.

Olhando para seu rosto tão de perto, reparo melhor nos olhos pequenos e azuis — que brilham, iluminados pela luz do cômodo —, no nariz reto e pontudinho coberto por algumas sardas que se espalham também pelas bochechas. Sua boca grossa com formato de coração me dá vontade de beijá-la mais uma vez.

Sem pensar no que estou fazendo, apenas enrosco meus dedos nos cabelos presos e tomo seus lábios nos meus. Primeiro beijando com calma, sentindo seu gosto se misturar ao meu. Minha língua faz uma exploração em sua boca, a dela brinca com a minha e, quando Ceci a suga, solto um gemido abafado. Apertando seu cabelo, faço com que ela fique na ponta dos pés para que se encaixe melhor em mim. Puxo seu lábio inferior com os dentes e vou distribuindo beijos por todo seu rosto até chegar à sua orelha.

— Para que negar, princesa? Eu sei que você estava doida para dormir coladinha comigo de novo.

Sinto seu corpo se arrepiar com a minha voz, mas não tenho tempo de raciocinar, pois logo tenho meus cabelos puxados com tanta força que sou obrigado a dar passos para trás curvando meu corpo, tentando aliviar o aperto. Sua boca se aproxima da minha e ela sorri.

— Você deve sonhar com isso todos os dias, não é mesmo? — questiona com ironia. — Eu preferiria dormir em uma cama cheia de pregos do que agarrada a você!

Assim que termina, Ceci sai da cozinha como um furacão, bufando de raiva, deixando-me para trás com um sorriso.

Essa porra dessa loira do cão é uma força da natureza!

Antes de ir embora passo pelo quarto de Ayla que abre a porta apenas para dizer que está tudo bem e que não precisa de nada. Mando uma mensagem para Matteo avisando que acabei de sair e que está tudo certo, então sigo para minha casa.

E mais uma de minhas noites é atormentada por sonhos com aquela loira do cão.

CAPÍTULO 2

Cecília

O chão do antigo quarto de Rebeca mais uma vez está brilhando depois de eu passar mais de uma hora limpando. Minha respiração está tão acelerada quanto estaria se eu tivesse corrido uma maratona.

Logo a necessidade urgente de me lavar me incita a correr até meu quarto e entrar no banheiro já tirando as roupas e me enfiar debaixo do chuveiro. O contato imediato com a água fria me arrepia. Logo pego a bucha de banho, jogo nela sabonete líquido e esfrego meu corpo com força, tentando tirar a sensação do sangue que corre nas mãos. Minha respiração começa a ficar errática, mas eu não consigo parar.

Minha mente gira com lembranças e mais lembranças do corpo estendido no chão do quarto, enquanto Rebeca chorava e eu ficava apenas a olhá-lo, completamente em choque.

Sinto a ardência nos braços, mas não consigo parar de me limpar. Isso só acontece quando duas mãos grandes seguram a minha e olho para cima encontrando um par de olhos azuis que me encaram com receio.

— O que você está fazendo, Cecília? — Miguel pergunta quando me puxa para seu corpo, deixando suas roupas completamente encharcadas por causa do chuveiro.

Só então percebo que estava chorando, os soluços fazem meu corpo chacoalhar e as lágrimas descem sem controle. Eu nem ao menos me importo com o fato de Miguel estar me vendo nua, passamos dessa fase há muito tempo!

— Eu... — soluço. — Não sei, Miguel.

— Não é a primeira vez que a pego se lavando desse jeito, Ceci. Preciso que você converse comigo, com suas amigas. Que procure ajuda.

— Ayla está passando por muita coisa agora para ter mais uma com o quem se preocupar e Rebeca já está preocupada o suficiente com ela, além de estar grávida. Preciso estar bem para cuidar de Ayla e eu estou! — Afasto-me e limpo meu rosto. — Eu não quero falar nada sobre isso com elas.

— Você está se sobrecarregando com tantas coisas, precisa conversar...

— Miguel, deixe-me terminar meu banho — corto-o, sem vontade de continuar o assunto. — Por favor, espere-me lá embaixo!

Ele parece querer continuar a discutir, mas me conhece bem o suficiente para saber que já dei o assunto por encerrado e que não vamos continuar discutindo sobre esse tema, por isso ele sai e eu termino meu banho.

A verdade é que sei o que está acontecendo comigo, há meses venho notando os sinais e claro que, como psicóloga, sei que preciso de ajuda. Mas, são tantas coisas acontecendo de uma só vez que sempre acabo deixando para depois. Minha amiga precisa de mim primeiro.

Vou para meu quarto e me troco. Descendo para a cozinha passo pelo quarto de Ayla, que está com a porta fechada como vem sendo desde que chegou do hospital há cinco dias, dou duas batidas à porta antes de entrar e encontrar minha amiga completamente apagada. Aproximo-me vendo sua respiração calma em um sono profundo.

Analisando tudo o que Ayla aguentou sozinha por tanto tempo, e no que ainda vem aguentando, penso no quanto minha agonia parece mínima perto da dela. E isso me leva a querer guardar minha dor e ser forte por ela, como venho sendo todos os dias.

Inclino-me sobre Ayla e beijo seu rosto. Ela se remexe, mas não acorda. Por isso saio do quarto e vou finalmente para a cozinha.

Entro e paro, de repente, vendo Miguel sentado tranquilamente à mesa enquanto Matteo está encostado no balcão com uma xícara de café, olhando para o outro com desconfiança.

Meu corpo trava, sinto todos os meus músculos tensos quando as lembranças me batem mais uma vez, como sempre acontece quando o vejo. O choro, os gritos, o corpo da ruiva caído no quarto. Notando minha tensão, Miguel vem em meu socorro. Parando à minha frente, suas mãos se fecham em concha segurando meu rosto e seus olhos não deixam os meus.

— Ei, respire, amor — sussurra e beija a ponta do meu nariz. Sinto a respiração acelerada e foco apenas no homem que sorri enquanto me acalma. — Vamos tomar café lá perto do hospital, sim?

— Tudo bem, Cecília? — A voz de Matteo troveja com uma nota de preocupação, por isso inspiro e abro um sorriso de lado, quando inclino minha cabeça olhando para ele.

— Tudo, sim. Estamos saindo.

— Ontem não consegui vir, por isso pedi que Mike viesse. Espero que ele não tenha enchido sua paciência.

A noite passada foi tranquila ao lado dele e, por incrível que pareça, eu consegui dormir bem por horas. Mas eu não admitiria isso nem sob tortura intensa.

— Ele saiu vivo daqui — digo dando de ombros e ele ri baixinho.

Miguel fica apenas me encarando, com as sobrancelhas franzidas, mas não diz nada. Dou as costas para os dois e saio de casa quase correndo. Entro direto no carro de Miguel, que entra logo em seguida e arranca, mantendo-se ainda em silêncio. Algo que agradeço, porque não quero falar sobre a noite passada, menos ainda com ele.

— Você está todo molhado! — Observo-o com suas roupas grudadas ao corpo grande.

Miguel é, sem dúvida, um colírio para os olhos.
— Vou passar em casa para me trocar, antes de irmos para o hospital — avisa e morde o lábio, parecendo se segurar. — Então...
Respiro fundo quando ele começa com a voz risonha.
— Não comece, Miguel! — reclamo, mas ele me ignora e pergunta:
— Noite agitada?
Viro minha cabeça e olho para ele, que me fita de soslaio. Seu sorriso enorme aperta seus olhos.
Miguel e eu começamos a sair há algum tempo. Sua beleza foi, com certeza, a primeira coisa que chamou minha atenção e quando comecei a conhecê-lo melhor me encantei ainda mais.
No início, a intenção era realmente deixar rolar, ver em que daríamos nós dois, mas depois dos cincos encontros aos quais eu o submeti já estávamos ligados de uma forma completamente diferente da que pensávamos que seria. Por um tempo arriscamos algumas manobras na cama, porém logo percebemos que não era para sermos mais do que amigos. Hoje, sou muito grata por tê-lo comigo, mesmo que minhas amigas o odeiem.
— A sua foi? — Devolvo a pergunta e ele me olha de lado com um sorriso cafajeste, conseguindo em troca uma careta. — Eca! Guarde para você!
Miguel gargalha alto, jogando a cabeça para trás e fico olhando como a barba por fazer contorna perfeitamente seu rosto, perguntando-me por que não me sinto atraída por ele. É difícil entender, porque sempre que ele me beijava era de outro beijo que eu me lembrava, era outra boca que aparecia na minha cabeça...
Argh! Por que aquele babaca tinha de ter me beijado naquele dia, na livraria?
Miguel estaciona diante de sua casa, corre para dentro e se troca, depois de eu falar que o esperaria dentro do carro. Pego meu celular e mando uma mensagem para Rebeca avisando que, quando saí de casa, Matteo estava com Ayla.
Logo Miguel está de volta e seguimos para o hospital, parando em uma cafeteria para comprarmos café e *croissant*.
O cheiro de produto de limpeza invade minhas narinas e eu aspiro profundamente, sentindo uma sensação de paz me tomar a cada passo.
Sempre amei o cheiro de asseio do hospital, por isso todos esperavam que eu seguisse Medicina. Porém, quando contei aos meus pais que decidi cursar Psicologia, apesar de estranharem eles me apoiaram incondicionalmente e ficaram ainda mais extasiados quando consegui uma vaga no mesmo hospital no qual as meninas trabalhariam.

O dia está quase no fim. Atendi alguns pacientes que havia agendado para hoje, agora estou indo até o quarto de Lauren Evans, como faço quase todos os dias sempre que tenho um tempo livre.

Não sou a psicóloga que cuida dela, mas por tudo o que Lauren passou e por eu ter acompanhado de perto, sempre me sinto um pouco responsável por ela. Por isso que ver sua evolução todos os dias é algo que me traz um alívio inigualável.

Paro à porta quando ouço as vozes de quem conversa lá dentro, a risada da pequena traz um sorriso ao meu rosto. Curiosa com o que a faz rir daquela forma, abro a porta calmamente, tentando não fazer barulho.

A menina está sentada na cama, seus cabelos escuros e lisos estão presos em uma trança malfeita, os olhos escuros olham com adoração para o homem à sua frente enquanto ele fala e ela gargalha.

Ele está de costas, mas é o suficiente para que eu respire fundo assim que bato os olhos nas tatuagens em seu pescoço.

— Tio Mike, ela é criança. Você não pode brigar com ela — Lauren fala com a voz suave e eu continuo parada, observando-os.

— Ana é uma pestinha e Juliana está seguindo o mesmo caminho. Ainda não a perdoei por me acertar com o bolo — ele diz, forçando uma voz revoltada, e a menina não consegue parar de rir. — Eu fiquei horas tentando tirar o glacê azul do meu cabelo.

De repente, como se sentisse minha presença, a pequena se vira para a porta e o sorriso que é direcionado a mim quase me tira o ar.

— Oi, Ceci!

Mike vira a cabeça imediatamente e me encara com aqueles olhos azuis, atentos. Seu sorriso também não vacila, apenas se torna predador. Seu olhar desce pelo meu corpo como se estivesse me vendo nua; isso me causa uma sensação estranha de estar queimando.

Mas que merda!

— Oi, meu anjo! Só vim ver como você está, mas já está acompanhada. — Faço uma careta para o homem que não abriu a boca até agora. O que agradeço, porque realmente não quero entrar em uma discussão idiota na frente dela.

— Sim, tio Mike veio me contar que amanhã uma moça virá me buscar.

De repente, seu semblante entristece. Aproximo-me dela e acaricio seu cabelo.

— Você já está aqui há muito tempo — falo como se pudesse acalmá-la.

— Não quero ir embora. — Ela me encara com seus olhos escuros, quase como se me implorasse para que não a deixasse partir.

— Você precisa ir, meu anjo. Aposto que logo aparecerá alguém que a levará para uma casa, que cuidará muito bem de você e lhe dará muito amor. — Continuo com o carinho e ela suspira.

— Tio Mike, vai me ver todos os dias quando eu não estiver mais aqui?

Olho para Mike, percebendo que ele engole em seco, mas assente para a menina.

— Claro! Está pensando que vai se livrar de mim tão fácil assim? — pergunta de modo brincalhão, mas noto a apreensão em sua voz.

— Você não pode me levar para sua casa? — pergunta Lauren, mexendo os dedos, nervosa.

— Nós já conversamos sobre isso, pequena — Mike diz, cuidadoso, e até me surpreendo com o quanto ele pode tratá-la tão bem.

— Sim, eu lembro... — suspira, ficando pensativa.

— E essa trança linda, quem fez? — pergunto querendo aliviar o clima repentinamente pesado.

— Tio Mike. Ele não sabe muito bem fazer trança, não. — Faz careta para ele, que faz uma cara de ofendido arrancando risadas de nós duas.

Quando percebe que até eu ri, Mike me encara com os olhos semicerrados, por isso paro imediatamente.

— Amanhã, quando a moça vier, vou estar aqui com você e vamos juntos conhecer o lugar onde você ficará, tudo bem? — Mike indaga para ela, que assente.

Logo os dois entram em uma conversa séria sobre as princesas da Disney. A cada risada que ele arranca dela eu preciso me lembrar de que o odeio e que, apesar de ele ser carinhoso com ela, ainda é o mesmo advogado arrogante e prepotente que me irrita sempre que possível.

— Ceci é uma princesa, sim. Ela se parece com a *Cinderela*.

Sorrio mostrando a língua para Mike e sua careta por cima da cabeça de Lauren.

— Ela está mais para a bruxa má. Tem certeza de que não quer mudar de ideia?

— Claro que tenho! Olhe para ela. — Os dois me encaram e sinto minhas bochechas corarem. — Os olhos verdes, os cabelos loiros e a boca cor-de-rosa, como a da Cinderela. Ceci é uma princesa, tio Mike.

Passo a mão nos cabelos da pequena e dou um beijo em agradecimento pelo elogio, quando volto minha atenção para o idiota à minha frente ele engole em seco, fitando meu rosto. Aperto os olhos em sua direção.

— O que foi? — pergunto, fuzilando-o com o olhar.

— Atrapalho? — Somos interrompidos quando a enfermeira entra com uma bandeja de comida na mão.

Mike se levanta da cama e corre para ajudar a mulher, que agradece.

— Bem, preciso ir. — Levanto-me, deposito um beijo na testa de Lauren e prometo visitá-la em breve.

Saio do quarto sentindo a presença de Mike logo atrás de mim. Eu me viro e cruzo os braços, esperando que ele diga logo o que quer.

Filho da puta insuportável!

— Não precisa vir vê-la — fala, duro, olhando-me de cima a baixo.

Eu o encaro ameaçadoramente.

— E quem você pensa que é para me dizer o que eu posso ou não fazer?

— Eu vou entrar com o pedido da adoção dela.

Ok, isso é uma surpresa. Arregalo os olhos e ele parece perceber que me deixou desconcertada com sua fala, porque logo coloca o sorriso cafajeste no rosto.

— Você está de brincadeira? — pergunto, inclinando a cabeça para o lado em dúvida, com os braços cruzados. Ele nega e eu suspiro. — Sabe o quanto você vai ter que mudar para ter na sua vida uma criança traumatizada como Lauren? Pelo amor de Deus, você é um puto, Mike! Como vai se tornar pai solteiro de uma criança que carrega tanta carga igual a ela?

Minhas palavras parecem afetá-lo em cheio, mas que se foda! Eu não vou passar a mão na cabeça dele, apesar de ser um ato lindo. Mas Lauren é uma criança com um passado traumático que precisa de um lar com boa estrutura familiar, coisa que o idiota não pode dar a ela.

— Sua pouca fé em mim me deixa ofendido — fala, sarcástico, colocando as mãos nos bolsos da calça do terno. — Mas o fato é esse... — Aponta para a porta do quarto. — Aquela menina vai ser minha filha e eu vou ser o melhor pai solteiro que essa cidade já viu.

Observo a postura firme com que ele fala e odiando meu pensamento acabo percebendo que, apesar de ser um idiota, talvez ele consiga dar a Lauren o que ela tanto precisa.

Vou admitir isso em voz alta? Jamais!

Chego em casa e já subo direto para o quarto de Ayla, encontro-a sentada no chão em frente ao espelho de corpo todo. Seu olhar perdido parte meu coração em pedaços pequenos. Aproximo-me dela devagar e me sento ao seu lado, fitando-a pelo nosso reflexo.

— Eu não vou perguntar como está se sentindo, Ayla, você só precisa saber que não está sozinha! — Seu olhar com lágrimas não derramadas se encontra com o meu no espelho. — Ninguém é capaz de mensurar sua dor, nem tem o direito de pedir que siga em frente tão cedo. Você está vivendo seu luto e sua dor depois de tanta coisa. O que vou pedir, meu amor, é que não se perca.

Quando uma lágrima teimosa rola por seu rosto, ela soluça e se abaixa deitando a cabeça em meu colo. Minhas mãos vão para seus longos cabelos castanhos em uma lenta carícia.

— Eu só sinto vazio — ela murmura entre soluços, fazendo com que eu respire fundo.

Como ser psicóloga e amiga ao mesmo tempo?

— Aylinha, você pode se permitir sentir assim às vezes, mas sua vida não acabou. Você tem amigas que se importam e uma família também.

Ela não diz mais nada, mas a dor evidente em seu olhar é um indicativo de que teremos dias difíceis pela frente nos quais ficarei de mãos atadas. Como amiga e psicóloga eu não posso intervir por questões óbvias: estou envolvida sentimentalmente no caso de Ayla e isso afetaria qualquer diagnóstico que eu possa vir a dar.

Nós nos levantamos e nos deitamos juntas na cama, fico com ela até que caia em um sono profundo. Beijo sua testa e saio do seu quarto direto para o meu, disposta a tomar um banho relaxante, tentando não me afogar na minha confusão de sentimentos.

Quando fecho a porta atrás de mim, suspiro audivelmente, porque só entre essas paredes eu me permito mostrar o quanto os últimos meses vêm sendo torturantes.

CAPÍTULO 3

Mike

Sempre gostei de crianças, mas ser pai não era algo que realmente estivesse em meus planos imediatos. Sempre precisei apenas focar na minha carreira e em me tornar o advogado temido que quero ser e estou no caminho certo para isso, porém desde que conheci Lauren e toda sua história de vida não consigo simplesmente não me envolver.

De início foi algo que eu quis apenas para fazer a mãe desgraçada pagar por tudo o que fez à menina, mas em algum momento nesse tempo em que Lauren esteve internada e eu a visitei, vi-me completamente rendido a ela.

Quando perguntei a Matteo como se sentia em relação a ter sido pai cedo, ele me disse que, mesmo que não fosse com alguém que amasse, ou não fosse o momento certo, quando olhou para Asher simplesmente soube que o amaria incondicionalmente; que o protegeria de tudo e todos. Foi por isso que tomei a decisão de adotar Lauren.

Ainda não tenho tudo planejado, não sei como farei para conciliar minha carreira profissional e uma vida de pai solteiro, mas sei que quero proteger a pequena do mundo. Com certeza, sei o quanto isso afetará toda a minha rotina. Já conversei com meus pais sobre isso e eles fizeram questão de me lembrar de tudo isso, mas estou tão certo dessa decisão como estava quando escolhi ser advogado. Por isso eles me apoiam a cada passo.

Já estamos a meio caminho andado com o processo, já que eu dei entrada logo que decidi isso.

Uma assistente social já conversou com meus pais e alguns amigos mais próximos. Agora esperamos que eu possa começar a pegá-la para visitas esporádicas, assim ela poderá ir se acostumando com a minha presença.

Como se Lauren já não fosse acostumada comigo!

Faz uma semana que ela foi para o lar adotivo e eu a visito todos os dias, já sinto diferença em seu comportamento pela mudança, que voltou a ser retraído e calado. Hoje será a primeira vez que eu poderei pegá-la e levá-la para passear.

Não contei sobre a adoção e nem pretendo contar até ter a guarda total, não quero alimentar a esperança nela e correr o risco de magoá-la se algo der errado. Não que possa dar, Noah é quem cuida do caso e ele é o melhor no que faz.

O corredor que leva à sala onde as crianças ficam é cheio de desenhos por todas as paredes. O barulho delas gritando e rindo é quase ensurdecedor, mas animador também, por mostrar que mesmo em sua situação ainda têm a leveza que devem ter.

A mulher ao meu lado tem o olhar severo me avaliando de soslaio, mas apenas a ignoro. Lucy Owens sempre olha para mim com desconfiança, talvez por causa das tatuagens, já que não faço a mínima questão de escondê-las quando venho. Lauren ama minhas tatuagens e perde horas traçando os desenhos e até mesmo as pintando novamente com suas canetinhas coloridas.

— Lauren está ansiosa desde ontem. Quase não dormiu, por isso hoje ela pode estar um pouco irritadiça.

Arqueio as sobrancelhas para ela. Não me lembro de um dia em que Lauren tivesse irritada ou qualquer coisa semelhante. A pequena é doce e suave todos os dias, até sua voz é melodiosa.

— Vou saber lidar com ela. — Pisco para a mulher que cora, mas continua me olhando severamente.

Meu sorriso se expande, fazendo com que ela pise duro até chegar à porta. Assim que ela a abre, não demora mais do que dez segundos até que um corpo pequeno se choque contra minhas pernas.

— Ei, pequena! — Eu me abaixo sorrindo para ela que abre um sorriso imenso.

Seu vestido rosa de bolinhas é rodado e em seu cabelo há laços da mesma cor nas marias-chiquinhas. Seu rosto está corado, talvez por ter estado brincando, e ela fica ainda mais adorável.

— Tio Mike, você veio!

— Já estava com saudade? — pergunto e estalo um beijo em sua bochecha quando ela assente freneticamente, então brinco: — Eu estive aqui ontem à tarde, menina. Não minta para mim!

Lauren coloca a mão na boca, cobrindo uma risada.

— Eu não minto. Cecília disse que criança que mente o nariz cresce igual ao do *Pinóquio*!

Ela tenta ficar séria, mas logo está sorrindo novamente, mostrando para mim um sorriso banguela.

— Cecília tem razão, mas não conte para ela que eu disse isso. Ceci não pode nem sonhar! — Aponto o dedo para ela, que coloca os dedinhos em X sobre boca como se prometesse silêncio. — Agora se despeça e vamos passear.

Pisco para Lauren, que olha para a mulher ao meu lado que está sorrindo docemente para ela.

— Tchau, Lucy!

A criança segura minha mão e sai praticamente me arrastando depois que a diretora me entrega sua mochila.

O olhar de Lauren corre por todo meu escritório com admiração brilhando nos pequenos olhos castanhos. Ela corre para minha cadeira grande e se senta, parecendo ainda menor, tornando impossível não sorrir da cena.

— Olha, tio Mike, tem um computador! — diz com a voz animada e estica a mão para bater no teclado do *notebook*, mas ela logo enjoa da brincadeira e corre para a janela que vai do chão ao teto, com vista direto para o mar. — Oh! Dá para ver a praia!

Lauren não para de pular de um lado para o outro, divertindo-me com sua animação.

Depois que conheci seu caso acabei me apaixonando por ela, tomando a decisão de adotá-la. Muitas pessoas apontaram várias dificuldades que eu terei ou questionaram se serei capaz de abrir mão da minha liberdade para cuidar de uma criança. Inúmeras vezes eu me fiz a mesma pergunta, mas sempre que estou com Lauren percebo que por ela eu abriria mão da minha vida.

É realmente difícil dizer quando ela tomou conta do meu coração, e é mais difícil ainda ver a alegria e a força da pequena e não me apaixonar mais.

Eu sei de todas as dificuldades, sei que estarei abrindo mão de muitas coisas, mas instantes como este — em que a vejo tão feliz e sorridente —, fazem valer a pena correr o risco de termos momentos ruins.

Sei que serei capaz de criá-la e que, mesmo que ela venha a sentir falta de uma figura feminina, Rebeca e Ayla me ajudarão nessa questão; até mesmo minha mãe.

Aproximo-me dela e seguro seus ombros, mantendo-a parada por alguns segundos.

— Você já foi à praia, Lauren?

Ela balança a cabeça negativamente e meu coração aperta com a constatação de que não fez muita coisa que uma criança da idade dela já teria feito.

— Você pode me levar, tio?

Lauren ergue sua cabeça e olha para mim, então o brilho de esperança em seus olhos me traz outra certeza: não importa o que seja, tudo que ela me pedir eu farei.

— Claro! Hoje podemos comprar um biquíni e no próximo passeio passaremos o dia na praia, tomando sorvete e brincando. Poderíamos chamar Asher e Ana — digo sorrindo, passo meus dedos pelos cabelos castanhos quando ela fica me encarando.

— E se Lucy não deixar que eu saia de novo com você?

Minha língua coça com a vontade de contar para ela que Lucy não tem de deixar nada, mas, antes que eu possa falar algo, a porta é aberta abruptamente.

— Mike, sobre a adoção... — Noah para de falar assim que seus olhos caem na pequena que se esconde atrás das minhas pernas.

Meu peito infla ao perceber que ela procura minha proteção quando sente medo, mas também me irrita que ela tema pessoas estranhas graças aos abusos da mãe; que sofreu desde cedo.

— Ah, você tem companhia. — Noah lança um sorriso brilhante para Lauren e eu semicerro os olhos para ele, que me ignora e se abaixa para ficar no mesmo nível dela. — Você deve ser a pequena Lauren. Eu sou Noah Devenport. Se você quiser, posso ser seu tio. O mais legal.

Ele pisca e quando olho para Lauren, ela está escondendo um sorriso na minha perna, porém ainda assustada com a presença dele. Noah é um homem grande, mas sua cara de cachorrinho sem dono, seu sorriso brilhante e sua simpatia com certeza não intimidam.

— Ela sabe que é mentira. Eu sempre serei o tio mais legal, não é, pequena?

Lauren olha para mim e assente devagar, mas seus olhos logo voltam para Noah.

— Isso não vale! — Noah faz uma careta. — Vou comprar um algodão doce para você e provar que sou mais legal que esse cara feio aí.

Seguro a vontade de mostrar o dedo do meio para ele, que está rindo. Noah se levanta e sai quase correndo do escritório, provavelmente atrás do bendito algodão doce. Ele consegue ser pior que eu em questão do seu orgulho.

— Tio Mike... — ela me chama, hesitante, e eu me abaixo diante dela. — Ele é doidinho, não é? — pergunta, risonha.

— Completamente maluco, pequena.

Rimos e logo ela volta a bisbilhotar por toda sala.

Quando Noah volta com o algodão doce, ele a convence a se sentar na minha cadeira. Acomodamos outras junto à dela, deixando-a entre nós, então coloco uma animação em meu *notebook* sobre uma princesa estranha que tem poderes de gelo. Assistimos a tudo comentando vez ou outra, arrancando risadas da menina já que nenhum de nós dois entende nada do bendito desenho.

O dia passa rápido demais e, quando percebo, já tenho de me despedir. Desde que entramos no quarto dela, no lar adotivo, Lauren está com o semblante triste.

— Não gosto de ficar aqui sozinha. — Cruza os braços, fazendo um bico lindo.

— É por pouco tempo, pequena. E amanhã eu volto. — Tento acalmá-la.

— Você pode trazer Ceci amanhã? — Os olhos castanhos brilham esperançosos, arrancando de mim um suspiro.

— Posso tentar, ok?

Lauren assente e nos despedimos.

Vou para minha casa precisando de um banho e de boas horas de sono. Hoje meu corpo está exausto demais para ir atrás de uma boceta, mesmo que eu esteja louco para me aliviar.

Pego meu celular quando deito na cama e mando uma mensagem para Theo.

Mike: Pode me passar o número daquela loira endiabrada?
Theo: O que você quer com Cecília, Mike? Se for para atentá-la, prefiro não correr o risco.

Rio dele, porque sei que não está com medo da princesinha, mas, sim, de sua mulher diaba. Aquelas três doidas têm algum tipo de ligação que tudo que uma sente a outra se dói junto. Não sei como Rebeca ainda não arrancou meu couro por minhas brigas com Cecília.

Mike: Só quero conversar com ela sobre Lauren. Pode ficar sossegado.
Theo: E desde quando você quer só conversar com uma mulher? Você só pensa com a cabeça de baixo.
Mike: Assim você me ofende, Theodoro.

Ele manda vários emojis de dedo do meio acompanhado com o telefone da Cecília, salvo seu número e a primeira coisa que faço é observar sua foto no aplicativo de mensagens. Ela está em um biquíni azul-escuro pequeno demais, com os braços abertos em direção ao céu, seu sorriso é largo e radiante.

Ainda é difícil acreditar que a mulher é virgem e só de me lembrar disso meu pau pulsa dentro da cueca. Merda, desde que soube disso tenho imagens dela embaixo do meu corpo, enquanto tomo para mim algo que ela não deu para ninguém mais.

Bem, pelo menos espero que ela não tenha dado. Passei meu recado para aquele Miguel de merda, e depois de tudo que aconteceu com Ayla tenho ficado mais vigilante, algo sempre me leva a querer o bem daquela louca.

Paro de pensar com o pau e mando logo a mensagem.

O que minha pequena não pede sorrindo que eu não faço chorando?

Mike: Amanhã passo na sua casa às 18h para irmos ver Lauren.

Claro que não dei opção a ela, provavelmente negaria como faz sempre que precisa fazer algo comigo ou que me envolva.

Talvez a aproximação dela com Lauren não seja ruim, e pode ser que eu use isso a meu favor. Mesmo parecendo horrível, não me importo.

CAPÍTULO 4

Cecilia

Estou há mais de cinco minutos parada na porta do quarto da minha amiga, sem coragem de me aproximar dela. O edredom subindo e descendo suavemente no ritmo da sua respiração é o único indício de que ela está viva.

Ver minha amiga nessa espiral de dor e sofrimento tem me matado um pouco mais a cada dia e por mais absurdo que isso pareça, é o que tem me mantido ancorada aos meus sentimentos além do meu próprio desespero.

Eu me viro e vou para o meu quarto, indo direto para o banheiro tomar um banho. Sinto-me esgotada do dia agitado e da minha mente barulhenta e bagunçada.

Debaixo da água fria sinto a tensão do meu corpo ir se desfazendo devagar. Demoro um pouco mais que o pretendido no banho e só saio quando ouço meu celular tocar. Enrolo-me em uma toalha para ir atender.

Quando vejo o nome reviro os olhos, tentada a não atender o advogado, mas me lembro da mensagem que ele me mandou de que Lauren queria me ver hoje e só por isso acabo atendendo.

— Alô — digo seca.

— *Oi, princesinha.* — Quase posso ouvir o sorriso em sua voz. — *Só para avisar que estou chegando na sua casa para irmos ver Lauren.*

— Eu nem disse se iria ou não — resmungo.

— *Oh, você não vai negar o pedido de uma criança fofa, né?* — Ele zomba e tenho vontade de entrar no telefone e furar seus dois olhos. Que homenzinho mais insuportável.

— Eu posso muito bem estar trabalhando ainda, sabia? Nem todos são como você que faz seu próprio horário trabalhando com o corpo.

A risada alta e rouca toma conta da ligação e um arrepio passa pela minha espinha com o som. Estranho a reação do meu corpo, mas ignoro.

— *Bem que você gostaria que eu trabalhasse vendendo meu corpo, para poder pagar por meia horinha nesse playground, né?*

— Você deve estar se confundindo, Mike! — digo com firmeza.

— *Não estou não, princesinha. Mas eu deixo você se enganar* — ele diz. — *Estou chegando, esteja pronta em cinco minutos.*

E assim ele desliga o telefone na minha cara.

NA MINHA CARA.

Ele tem o dom de me tirar do sério a qualquer momento do dia.

Sento-me na cama e fico mexendo no celular. Só vou me trocar mesmo, demorando mais que o necessário, quando ouço o barulho do carro estacionando e a campainha tocando.

Vinte minutos depois desço as escadas e abro a porta encontrando um Mike vermelho e impaciente encostado em seu carro. Abro um sorriso largo andando em sua direção.

— Demorei? — pergunto inocentemente.

— Claro que não, eu adoro esperar — resmunga e logo dá a volta no carro entrando no lado do motorista, nem mesmo abrindo a porta do carro para mim.

Abro a porta e me acomodo, olhando de canto para ele, divertindo-me com sua cara emburrada. Nada como provar do próprio veneno. Decidida a continuar irritando-o continuo a falar:

— Desculpa, precisava me depilar e Miguel me ligou, acabei me distraindo — digo, piscando os cílios e quando ele me encara um brilho estranho em seus olhos revira meu estômago.

Sem falar nada ele arranca com o carro e seguimos em um silêncio estranho para o lar adotivo em que Lauren está.

Quando Lauren foi embora do hospital senti muito a sua falta, por isso a visito de vez em quando, mas nunca tinha me encontrado com ele lá, nem mesmo sabia que ele ainda mantém contato com ela.

Sua mensagem me pegou completamente desprevenida, porque se tem uma coisa que nunca imaginei de Mike é de que ele seria tão paciente com uma criança como ela.

Paramos na porta de uma sala onde as crianças estão reunidas brincando ou assistindo desenho. Não demoro a achar Lauren sentada em um canto afastada de todos, brincando com uma boneca sozinha. Meu coração aperta com a imagem dela e levanto o olhar para Mike que pela expressão em seu rosto também se sente mal por ela não estar com outras crianças.

— Ela tem brincado sozinha todos os dias? — pergunto baixo para ele que me olha com um olhar estranho. Quando parece processar minha pergunta assente em resposta.

— Foi o que a dona Marie me disse. Ela não faz muita questão de socializar e quando tentou se aproximar por insistência da psicóloga não foi muito bem recebida. — Sua voz está rouca com uma emoção que não sei decifrar bem o que é. Mas ele nem me dá tempo para pensar muito, agarra minha mão e me puxa em direção à pequena. — Olha, pequena, quem veio ver você hoje! — ele diz quando nos aproximamos, completamente diferente de um segundo atrás, sua voz está suave e quase alegre.

Os olhos castanhos de Lauren sobem para nós e quando se fixa em mim o sorriso que ela abre é imenso e contagiante. Ela se levanta com cuidado e vem para perto de mim.

— Oi, tia Ceci, estava com saudades.

— Oi, meu amor. — Eu me abaixo para nivelar nossos olhos. — Também senti sua falta. Mas estou feliz que não esteja mais no hospital, significa que está muito melhor e que logo vai para uma casa bem feliz e cheia de amor.

Seus olhos nublam com lágrimas, mas ela assente. Olha para Mike e eu não sabia que fosse possível seu sorriso ficar ainda maior.

— Tio Mike, vem, vamos brincar nós três.

Nós nos sentamos com ela que logo começa a explicar que está brincando de advogada com a boneca, os olhos do imbecil ao meu lado brilham com orgulho dela, deixando-me encantada com a interação dos dois.

Merda de sentimentos!

— Porque ela é advogada, pequena? — pergunto enquanto mexo na boneca que ela me entregou. — Não pode ser médica?

— Não, tia Ceci, advogada é mais legal. — Garante com toda a firmeza que seus seis anos permitem. Mike me olha com arrogância e reviro os olhos para ele. — Quando eu crescer quero ser advogada igual ao tio Mike. — Lauren estufa o peito quando diz e o sorriso de Mike aumenta.

— Isso aí, pequena, advogados são mais legais e gostosos. — Bufo para ele que ri, lançando-me uma piscadela.

— Por que gostosos, tio? — Lauren pergunta com inocência, olhando em expectativa para ele que engasga pensando na resposta e é a minha vez de rir.

— Sai dessa, babaca. — Fecho a boca assim que percebo que xinguei na frente dela e aponto o dedo em sua direção. — Não repita isso, é feio para uma mocinha.

— E você não é mocinha, tia Ceci? — Pisca os cílios para mim.

— Sou, mas já sou uma mocinha grandona, eu posso. — Pisco para ela que fica pensativa, mas volta o olhar para Mike, esperando uma resposta.

— Então, conta para o tio em que a sua boneca tá trabalhando no momento. — Ele muda de assunto e acaba distraindo-a, envolvendo-a na brincadeira até que ela se esquece.

O tempo passa tão rápido que só notamos a hora de ir embora quando Marie entra e começa a chamar as crianças para ir dormir.

Nós nos despedimos de Lauren que vai para o seu quarto triste. Seguimos para o carro.

Não trocamos uma palavra no trajeto para a minha casa, o que no nosso caso é bom, já que a cada dez palavras dele, onze eu quero esganá-lo.

Quando paramos ele me olha sorrindo de lado e desce do carro, quando acho que ele vai abrir a porta para mim, ele simplesmente segue em direção à casa. Bufando desço e vou atrás dele.

— Quem convidou você para entrar mesmo?

— Não achei que precisasse de convite depois da noite prazerosa que tivemos — diz com sarcasmo enquanto entra.

Ele se joga no sofá assim que passo pela porta e eu reviro os olhos para ele.

— Para uma pessoa bem-educada teria sim que acontecer um convite, mas já deu para perceber que você realmente não é uma pessoa muito educada.

— Eu sou sim, princesinha, super educado. Até levanto para você se sentar... — ele diz e olha em direção a sua virilha, fazendo-me olhar junto. É difícil não notar seu abdômen que parece bem esculpido mesmo com a camiseta, o volume em suas calças também é impossível não ser notado.

Minhas bochechas esquentam. Sinto minha boca secar e uma palpitação estranha entre as pernas, mas quando volto o olhar para ele o sorriso arrogante me faz querer bater nele.

— É sério que as mulheres gostam dessas merdas que você fala?

— Confesso que elas gostam mais das coisas que eu faço. — Pisca novamente e eu bufo. Virando as costas para ele subo as escadas, no corredor me encontro com Matteo na porta do quarto da Ayla e meu corpo tenciona como sempre em sua presença.

O sangue... o cheiro metálico impregnado em cada parte do meu corpo.

Respiro fundo, tentando me controlar.

— Oi, Ceci, estava... — Ele para de falar e olha para a porta fechada, respirando fundo. Meu coração dói por ele, vejo o quanto está sofrendo com o afastamento da minha amiga. — Enfim, só pedi para o Mike passar aqui para me buscar, porque estou sem carro. Espero que ele não a tenha provocado muito — ele diz sem jeito.

— Já estou acostumada com as idiotices dele. — Dou de ombros. — Ele está lá embaixo esperando você.

Enquanto caminho para longe dele, tento não soar apressada, mas acho que falho, porque sinto o olhar de Matteo em minhas costas quando sigo para meu quarto e fecho a porta.

— *Socorrooooooo... Theo, aqui em cima! Ceci... Ceci, fala comigo!*

Escuto os gritos de Beca tentando me concentrar em tudo que ela diz, mas não esboço qualquer reação. O cheiro metálico e a sensação de estar suja é tudo o que sinto. Olho o corpo caído no chão. Os olhos já sem vida direcionados a mim me fazem paralisar.

Sangue.

Gritos.

Dor.

— Cecília, acorda! — Abro os olhos quando escuto meu nome e foco nos azuis cor de piscina de Mike. Ele me olha assustado e quando percebo suas mãos em meu rosto eu me sento, desviando-me do toque.

— O que você está fazendo aqui? — falo rude me levantando da cama e suspirando. Eu tive um pesadelo, outro, pra ser bem exata.

— Matteo não pode vir dormir como ele queria e Theo está com Beca, parece que ela está enjoada demais! Eu vim cobri-los — fala ainda sentado na minha cama e só agora percebo que o infeliz está de samba canção e camiseta branca, deixando suas tatuagens bem mais à mostra, seus pés descalços e cabelos bagunçados o deixam sexy como um inferno.

Fecho os olhos.

Eu só posso estar ficando louca. Achar Mike sexy!

— Onde você está dormindo? — pergunto com a voz trêmula saindo do meu quarto e escutando seus passos logo atrás, desço as escadas e vou direto para a cozinha.

Preciso de água, talvez uma jarra cheia!

— No quarto da diaba! — Balanço a cabeça concordando e bebo um copo de água sentindo seu olhar em mim. Quando termino levo meu olhar até ele que está de braços cruzados me analisando como se tentasse descobrir algo.

— O que foi agora? — Aperto o olhar para ele.

— Você estava tendo um pesadelo. — Arregalo os olhos com a afirmação. O que acaba me denunciando, já que ele suspira.

— Todo mundo tem dias ruins — falo e empino o nariz. — O meu foi péssimo porque passei ao seu lado, então não me culpe por ter pesadelos, filhote de cruz credo. — Ao invés de ficar com raiva e se afastar, Mike começa a caminhar a passos lentos como um predador em minha direção, não me dando escolha a não ser me mover para trás tentando fugir de qualquer contato e sem perceber me vejo presa entre a parede e ele. Seus braços estão em cada lado da minha cabeça e por ser bastante alto, seu pescoço se inclina para ficar com o rosto bem próximo do meu, e quando digo próximo quero dizer muito!

— Você acha que eu não a noto, mas a verdade é que eu ando vendo você, Cecília. — Ele fala meu nome como se fosse uma confissão. — Você anda com a cabeça na lua, seus olhos estão sempre cansados como se não dormisse, o que é estranho, já que quase todas as noites você tem estado aqui. O que está escondendo, princesinha? — Oh, merda! Seu nariz está quase colado com o meu quando termina sua fala. Meu coração acelera ao mesmo tempo em que sinto um nó em minha garganta. Ele percebeu! Porra, como eu deixei que isso acontecesse? Eu não posso virar o centro das atenções, não agora com todos preocupados com a Ayla.

— Você deveria se preocupar com as mulheres que leva pra cama, imbecil! Eu estou ótima. — Agradeço mentalmente por minha fala sair firme.

Levo minhas mãos ao seu peito o empurrando para longe de mim. Seu olhar queima em minha direção.

— Eu vou descobrir. Depois de tudo que aconteceu com a anjinho, virou questão de honra para mim saber o que você esconde. E se eu descobrir, Cecília, que aquele filho da puta do Miguel tem algo a ver com isso, eu vou matá-lo.

Aperto meu olhar para o galinho de briga a minha frente.

— Qual é a porra do seu problema? Tá pensando que é quem? Eu não estou escondendo nada e meu relacionamento com o Miguel não é da sua conta! — O sorriso cafajeste brota em seus lábios e antes que eu tenha como recuar, seu braço se estica e sua mão me puxa pela nuca, puxando-me para mais perto. Mike une nossos lábios e de olhos abertos ainda em choque de início não cedo! Mas quando sua língua exigente pede passagem me vejo dando e fecho os olhos me rendendo ao beijo selvagem, que leva tudo de mim.

Talvez agora seja um bom momento para dizer que o imbecil beija bem. Mas guardem a informação. Eu não vou me repetir!

O barulho de algo atrás de nós faz com que nos afastemos bruscamente. Ele me olha com um sorriso zombeteiro passando o dedão no lábio inferior, mas antes de qualquer fala, Ayla aparece em meu campo de visão. Seus olhos vão de mim para ele e quase como um fantasma ela se vira e sai sem dizer nada.

Saio também, seguindo seu rastro.

Estou fugindo? Talvez.

Mas foda-se.

Em silêncio sigo minha amiga que volta para seu quarto, quando entro no cômodo a pego me olhando.

— Você viu, né? — pergunto mordendo meu lábio inferior.

— Sim. Me desculpe, eu não queria interrompê-los. — Arregalo os olhos indo até ela e me sentando ao seu lado na cama.

— Você não interrompeu nada, Aylinha, e agradeceria se não falasse pra Beca.

— Tanto faz, eu acho que vou voltar a dormir. — Ela mais uma vez parece rejeitar qualquer tipo de aproximação. O que deixa tudo mais difícil para todos ao seu redor.

Volto para a cozinha e reviro os olhos me deparando com o filho da puta sem camisa de braços cruzados.

— Mas que merda! Vai vestir uma blusa!

— Eu quero tentar! — Arqueio a sobrancelha confusa com sua fala.

— Do que diabos você está falando? — pergunto desviando meus olhos do seu tórax tatuado. Por Deus, não existe um espaço em branco, as várias tatuagens pelo peito, barriga e costela parecem ser uma só. E eu o odeio um pouco mais por achá-las bonitas.

— Sua regra ridícula dos cinco encontros! —Aperto o olhar para ele, só pode ser brincadeira! — Eu quero, princesinha. — Sua fala firme não deixa margem para desentendimento. Mike fodido, quer tentar a regra dos cinco encontros comigo. Eu olho séria por algum tempo até não aguentar mais e cair na gargalhada.

— Uma hora dessas e você fazendo piada! — Eu me curvo para a frente tentando controlar a dor na barriga por causa das gargalhadas. Mike me olha sorrindo de lado e com os braços cruzados na altura do peito.

— Eu não estou brincando, Cecília — ríspido, ele me responde e eu perco o sorriso. Engulo em seco diante da sua seriedade.

— Eu não vou fazer isso com você! — Solto de uma vez.

— Por causa do Miguel? — Eu poderia confirmar, poderia dizer que, sim, por causa do meu amigo, mas que todos pensam ser muito mais que isso para mim. Mas a verdade é que no fundo eu quero isso. Quero fazê-lo pagar por todas as piadinhas de mal gosto contra mim. E então entra outra questão.

Jogar isso com Mike pode ser perigoso demais, uma vez que meu corpo não é alheio a sua presença!

— Porque eu não quero! — Minha fala sai incerta. Merda!

— Você está com medo de ceder, Ceci? — Aí está! Se é pra ser sincera, eu estou sim!

Mike se aproxima a passos rápidos me fazendo engolir em seco.

— Então prova que não está! Sai comigo sexta às oito da noite. — Sem me dar chances para negar ele se afasta e sai me deixando sozinha sem saber o que foi que aconteceu com meu coração para estar disparado.

CAPÍTULO 5

Mike

Paro o carro na rua e saio apressado. Entro na livraria olhando de um lado para outro procurando por Theo. Meus ombros estão tensos e eu ainda me pergunto que porra aconteceu ontem à noite na casa daquela filha da puta.

Ando entre as prateleiras cheias de livros até onde Tina está colocando alguns livros no lugar.

— Oi, Tina! — cumprimento a mulher que me recebe com um sorriso caloroso.

— Olá, Mike! Theo está no escritório. O menino está focado. A nova loja em Montana está para ser inaugurada — fala orgulhosa.

— Eu vou ter que interrompê-lo, preciso falar com ele urgentemente. — Sem mais delongas, saio rumo ao escritório do único que pode colocar algum juízo na minha cabeça.

Sem usar da minha boa educação — que claramente dona Suzy me deu — abro a porta de uma vez o pegando de surpresa entre uma pilha de papéis.

— O que você fez? — Sua pergunta me faz arquear uma sobrancelha. Será que a notícia já chegou aqui?

Princesinha fofoqueira!

— Eu não sei, pra falar a verdade. Porra, Theo! Eu me deixei levar pelo momento e aquela boca vermelha por causa do meu beijo fez meu pau ficar duro pra caralho, além diss...

— Mas que porra é essa, Mike? Eu não quero saber do seu graveto. — Mando um dedo do meio para ele enquanto me sento a sua frente, afrouxando a gravata no meu pescoço.

— Da princesinha, ora! Aposto que aquela fofoqueira já correu para contar pra diaba que correu pra contar para você! — Meu amigo tem uma cara confusa me fitando.

— Do começo, Mike. Eu quero saber por que você entrou aqui com cara de que aprontou. É sobre isso que quero saber.

— Eu beijei a Cecília. — Solto de uma vez o vendo apertar o olhar para mim. Ele larga os papéis que tem nas mãos em cima da mesa e se recosta na cadeira ainda me analisando.

— Quando? — pergunta. Eu engulo em seco. Theo as tem como irmãs, essa porra vai ficar fodida pra caralho!

— Ontem no meu turno de segurança delas. — Eu posso ver as engrenagens de Theo assimilando tudo que eu disse e seu olhar muda para mortal.

— Será que você não consegue manter o pau dentro das suas calças? As meninas estão passando por um momento delicado e tudo que a Cecília não precisa é de você em cima dela como um cachorro no cio — ele fala tudo isso num fôlego me fazendo sentir mais culpado ainda.

— Essa nem é a pior parte! — Suspiro pensando em como eu aceitei aquela porra de regra dos 5 encontros. Eu, MIKE PUTO CARTER, saindo com uma virgem, cinco vezes.

CINCO MALDITAS VEZES NO 0X0

Quando saio dos meus devaneios tenho Theodoro me analisando esperando que eu termine minha fala.

— Eu disse a ela que topo os cinco encontros.

As batidas na porta o impedem de responder e quando Matteo coloca a cabeça para dentro fecho os olhos e praguejo.

— Interrompo? — o idiota pergunta entrando e nos fitando.

— Oh, vai por mim! Você chegou na melhor hora possível. Nosso amigo babaca aí beijou a Ceci e disse a ela que topa fazer a regra dos cinco encontros. — A Maria Fifi do Theo conta tudo de uma vez, fazendo Matteo me olhar sem acreditar.

— Isso é uma piada? Porque se for, nesse momento, não tem graça! — Eu me levanto nervoso o deixando sem resposta! Foi errado agir pelo tesão, mas eu não posso negar que a loura endiabrada tem seu charme, além disso talvez não seja uma má ideia. Quatro encontros e estouro a cereja ao final do quinto.

Pra mim parece um bom plano!

— Olha só para ele. — Saio dos meus devaneios olhando Theo falar. — Aposto que já está pensando em como vai passar a Ceci para trás.

— Mike, Cecília está fora dos limites para você! — Matteo fala firme e eu semicerro o olhar para ele.

— Qual a porra do problema? Sou eu, caralho! O amigo mais gostoso de vocês! — Ambos bufam e eu grunho irritado.

— Esse é o problema. Você vai brincar com ela e isso vai se tornar um problema dentro da minha casa.

— E a Ayla, quando estiver ok, vai arrancar meu pau fora por sua causa! — Matteo divaga olhando para o chão. Eu engulo seco e acabo ficando triste pelo meu amigo. Ayla se trancou no quarto há dias e não conversa com ninguém, eu espero que ela volte para ele logo e que esse pesadelo que o filho da puta do Gabe causou tenha fim.

— Primeiro de tudo. — Aponto o dedo para o frouxo do Theo. — Você só está com medo da diaba, eu até entendo, aquela mulher é um capeta quando se trata das suas amigas, mas eu também sou seu amigo, filho da puta! Me defenda. — Ele manda um dedo pra mim e eu sorrio.

— Matteo, tira o Mike daqui ou eu vou matar ele! — Theo grunhe irritado.

— Eu vou desfazer esse mal-entendido.
Vou porra nenhuma!
Mas eles não precisam saber disso. Talvez seja até melhor que ninguém saiba o que anda acontecendo entre mim e a loira louca.

— Cara, você é um babaca! — Matteo fala me puxando para fora do escritório em direção à saída.

— O que eu fiz dessa vez? — Ergo uma sobrancelha para ele que bufa, sua cara emburrada que tem piorado a cada dia me faz revirar os olhos. — O que foi? — pergunto.

— Vamos embora, idiota.

— Vai falar ou vai ficar me olhando com essa cara? — pergunto já me sentindo incomodado.

— Você realmente não consegue nem tentar viver em paz com a Cecília, né? Qual o seu problema com ela?

— Pergunta para ela qual o problema dela comigo, eu não faço nada. — Dou de ombros, sorrindo.

— Ah, claro. Vamos acender velas para o santo Mike. — Matteo ironiza e meu sorriso aumenta. Quando percebe ele revira os olhos e entra no carro. — Tchau, idiota.

Vou para o meu carro e entro, ligando e dirigindo direto para a casa dos meus pais, já que combinei de jantar com eles hoje.

Estaciono na frente da casa branca e simples, desço do carro observando algumas vizinhas sentadas na calçada conversando, elas param e olham para mim. Abro um sorriso largo para elas.

— Boa noite, garotas. — Pisco para as senhorinhas que sorriem para mim.

— Boa noite, menino Mike — respondem em uníssono.

O cheiro familiar de comida da minha mãe me recebe assim que abro a porta. Encontro dona Suzy em um de seus familiares vestidos floridos e os cabelos presos em um rabo de cavalo, na frente do fogão, cozinhando algo que cheira deliciosamente bem.

Eu me aproximo silenciosamente e a abraço por trás, fazendo-a pular assustada e soltar um grito agudo. Sou acertado na cabeça com a colher que ela estava segurando e me afasto gemendo de dor e esfregando o local acertado.

— Ai, mamãe...

— Bem-feito, quem mandou me assustar assim? Não aprende nunca, Mike! — repreende, mas para em minha frente, puxando minha cabeça para olhar onde me bateu.

Seguro o riso, puxando seu corpo para abraçá-la direito agora, ela nem reclama, apenas me abraça forte.

— O que está acontecendo aqui? — Meu pai entra na cozinha, olhando para nós dois. Abro meus olhos encontrando-o parado na porta com a cara fechada, fingindo estar bravo, abro um sorriso de lado para ele e beijo o rosto da minha mãe, fingindo provocá-lo. — Pare de agarrar minha mulher, seu abusado.

— Não precisa de ciúmes, velhinho, tem Mike para você também. — Vou para perto dele e deixo um beijo em sua testa como sempre faço. Ele sorri para mim e nós dois arrumamos a mesa enquanto mamãe termina a janta.

Os movimentos quase sincronizados me fazem perceber o quão familiar é estar aqui ao redor deles e me faz feliz compartilhar momentos assim.

Sempre fomos muito unidos, mesmo quando um dos meus pais queria me matar o outro dava um jeito de amenizar a situação. Geralmente era mamãe quem queria me matar e papai quem me protegia, já que segundo ela, eu sou a cópia mais que fiel dele.

— Então, como estão as coisas no escritório? — Papai trabalha menos do que costumava antes, por isso ele parece se deliciar com a minha vida agitada no escritório.

— Tudo ótimo, pai! Estamos cheios de casos lá, alguns mais fáceis que outros, mas tudo se encaminhando para a melhoria. — Pisco para ele que sorri.

Dona Suzy entra com a travessa de macarrão com queijo e coloca no centro da mesa, nos sentamos e começamos a comer entre risadas e conversas leves.

— Como estão Theodoro e Rebeca? Faz tanto tempo que não vemos eles.

— Estão bem, mamãe. Juliana está cada dia mais esperta. — Sorrio ao me lembrar da pequena. — Rebeca está grávida novamente.

Os olhos da minha mãe brilham de alegria. Ela sempre adorou Theo e ver o quanto ele está feliz a deixa feliz também, como se fosse comigo.

Espero que ela gaste todas essas suas vontades com ele, porque comigo o máximo que vai acontecer é Lauren.

— Theo deve estar realizado! — Papai comenta e eu assinto para ele.

— Ele está!

— E Lauren? — mamãe pergunta cautelosa.

Desde que contei minha decisão, os dois ficaram muito felizes, mas parecem temer que a qualquer momento eu mude de ideia e me afaste da menina. Não vai acontecer.

Lauren foi uma surpresa na minha vida, mas a surpresa mais linda e me apaixonar pela pequena foi inevitável!

— Ela está bem, mamãe — digo sorrindo para ela. — Não está se adaptando tão bem no lar com as crianças, mas sua saúde já está perfeita.

— Filho... — papai começa e eu suspiro já sabendo o que ele vai dizer. — Sei que parece repetitivo, mas está na fase final da adoção, preciso perguntar se você tem total certeza do quanto isso vai mudar a sua vida. É uma criança que vai depender de você para tudo.

— Sim, pai, eu sei disso. Estou totalmente consciente e quero continuar! — Abro um sorriso, olhando nos olhos dos dois. — O apoio de vocês é muito importante para mim, mas saibam que mesmo que não tivesse, eu a adotaria! — Mamãe arqueja, mas não parece um sinal ruim, apenas surpresa. — Lauren sofreu demais nas mãos da genitora e eu posso ser o escroto que for, mas nunca brincaria com os sentimentos de uma criança.

— Oh, meu filho... — mamãe diz chorosa e passa a mão no meu rosto.

— Não é a melhor situação eu ser solteiro, entendo isso, mas não posso fechar meus olhos para o que ela passou e para os meus sentimentos sobre ela. Ainda não contei a Lauren sobre a adoção, ela só saberá quando der certo. — Respiro fundo. Papai me dá tapas nas costas.

— Você é meu orgulho, menino!

Sorrimos um para o outro e depois disso a noite passa como sempre, papai e mamãe implicando um com o outro enquanto eu fico observando e me acabando de rir.

Pode ser que um dia eu queira o que eles têm, é realmente bonito ver a forma como se olham mesmo quando estão gritando um com o outro. Não que eu espere alguém na minha vida, mas se um dia aparecer, que saibamos ser assim, cúmplices acima de tudo!

Ando de um lado para o outro, nervoso. Noah está sentado no meu sofá e me olha apreensivo depois de me comunicar que apareceu um casal também disposto a adotar Lauren. O aperto no meu coração é grande com a mínima possibilidade de não poder estar mais com minha pequena.

— Eu estou na frente deles, Noah! Eles não podem chegar agora e atrapalhar nossos planos. A Lauren é minha filha, porra! — grito. Minha frustração é visível nesse momento. Minhas pernas cedem e eu acabo me sentando para não cair. Apoio os cotovelos nos joelhos e levo minhas mãos à cabeça. O bolo que se formou em minha garganta chega a doer.

Lauren é minha filha, ninguém pode tirá-la de mim.

— Você está deixando os sentimentos falarem mais alto, Mike! Você sabe que eles têm uma vantagem sobre você. — Olho meu amigo e talvez eu esteja desejando matá-lo quando entendo sobre o que ele está falando.

— Só porque sou solteiro não significa que eu seja menos qualificado. Eu tenho uma maravilhosa renda, tenho pai, mãe e amigos ao meu redor. Eu posso dar uma vida confortável para aquela menina. Além disso, eu posso dar todo amor e carinho que ela nunca teve em seus 6 anos de idade.

— Você sabe tão bem quanto eu que não é assim, eles são casados e isso influencia na decisão do juiz.

Porra.

— Eu não vou abrir mão dela — falo firme, olhando-o nos olhos.

— Ninguém está dizendo isso, mas agora o juiz concedeu a eles o direito de também conhecer Lauren. Você teve seu tempo e agora precisa aguardar, em breve a audiência da custódia provisória será marcada.

Esperar. Sentar e esperar enquanto a porra de um velho decide se eu posso ou não ter minha filha comigo.

— Agora vem, Mike, vamos tomar uma para relaxar. — Noah se levanta e caminha para a porta e mesmo frustrado o sigo.

Entro no seu carro porque hoje eu quero encher a cara, talvez assim eu esqueça esse problema e também o meu outro problema chamado Cecília.

Falta um dia para nosso primeiro encontro. Eu não a vi desde que a confrontei e disse que queria os encontros. Eu não sei o que está acontecendo comigo, mas estou ansioso para esse amanhã, passei o dia todo procurando lugares para levar a mulher e nada me pareceu o ideal. De uma maneira bem estranha, eu quero impressioná-la.

Todos acham que eu sou sem noção e não presto atenção a minha volta, mas a verdade é bem diferente disso. Eu vejo tudo com clareza e com isso já percebi que Ceci se encanta facilmente com as coisas, ela é uma romântica apesar de toda marra que possui. Decidi que quero tirá-la da zona de conforto e para isso vou levá-la a lugares onde muito provavelmente ela nunca tenha ido para um encontro.

— Aquela não é a Cecília? — Giro meu pescoço com tanta pressa que fico feliz em não ter um torcicolo. A menção da loura endiabrada me deixa agitado.

Olho para onde Noah aponta e prendo a respiração quando a vejo em pé com as mãos apoiadas na vitrine de uma loja. Seus olhos estão fechados e mesmo a uma distância curta posso ver que respira fundo, soltando o ar pela boca.

— Para o carro, Noah! — Quando Noah para de qualquer jeito o carro, saio às pressas em direção a Ceci que por estar de olhos fechados nem nota minha aproximação.

— Oi, princesinha! — falo quando me coloco em sua frente. Como se estivesse saindo de um transe, ela abre seus olhos azuis e não gosto de como eles parecem perdidos.

— O que você quer? — pergunta respirando fundo e olhando para os lados como se estivesse à procura de alguém.

— O que você tem?

— Não é da sua conta Mike, inferno! — Apesar de amar sua boca suja eu sei que ela não está bem, e isso é mais um sinal de que ela anda escondendo alguma coisa.

Escolhendo esse momento para se aproximar, Miguel chega passando as mãos pela cintura da loira e eu sigo seu gesto com os olhos. Meu sangue ferve, fecho as mãos em punhos sentindo meu corpo convulsionar com vontade de socar a cara do filho da puta.

— Ela está bem, não precisa de nada. — Ele ousa falar comigo enquanto ampara Ceci que parece tremer sob seu toque.

— Se afasta dela, agora. — Minha voz sai firme, mas ameaçadora. Miguel aperta o olhar no meu dando um passo à frente.

— Quero ver você me impedir. — Ele sorri.

ELE. SORRI. PRA. MIM.

Quando me preparo para socar a cara do infeliz, paro meu punho no ar quando vejo Ceci cair sentada no chão atrás dele.

Corro até ela empurrando o imbecil para o lado.

— Cecília — eu a chamo e vejo que seu corpo treme.

Noah e Miguel se abaixam e ficamos os três sem saber o que fazer, encarando a mulher trêmula a nossa frente.

— Ei, carinho! — Miguel fala baixo pra ela, levando sua mão suja ao seu rosto. — Está tudo bem. Hm... vou tocá-la agora e a ajudar a se levantar. — Apesar da minha vontade de socá-lo por estar a tocando, percebo que ela aceita sua ajuda. Meu coração se aperta com a cena dele a ajudando a se levantar.

— O que você tem? — pergunto baixo olhando em seus olhos.

— Estou suja! — É tudo que ela diz enquanto Miguel a abraça e passa a mão em seus cabelos. Puto, eu estou puto por isso, ele não deveria ajudá-la eu quem dever... *PORRA, MIKE, SE CONTROLA.*

— Você precisa de ajuda com ela? — Vendo meu silêncio, Noah se pronuncia.

— Não. Eu posso lidar com isso. — Miguel responde sem tirar os olhos de mim ao mesmo tempo em que afaga os cabelos loiros de Ceci.

Gostaria de entender as sensações que a cena me traz.

Sem dar espaço para mais nada ele começa a andar com ela que tem seus braços grudados na cintura dele e a cabeça em seu peito.

Parece um casal de namorados.

Porra nenhuma.

— Isso foi muito estranho! Você viu o olhar perdido dela? — Noah murmura ao meu lado enquanto olha o casal se afastando a passos lentos. Meus olhos vidrados não conseguem desviar da cena.

— Ela está escondendo alguma coisa, eu já vi esse filme, Noah, e ele ainda está saindo caro pro Matteo. — Mil possibilidades passam pela minha cabeça nesse momento e o que me faz temer é que Ceci esteja passando nas mãos do Miguel o mesmo que a Ayla passou com Gabe.

— Ele não parece ser esse tipo de pessoa! — Sabendo ao que me refiro, Noah me olha atentamente e eu me viro para o encarar.

— Quem vê cara, não vê coração! Eu vou descobrir o que ela está escondendo e depois vou acabar com a raça desse filho da puta.

— Desamarra essa cara, Mike! Viemos para beber e relaxar, caralho!

Tomo mais um gole da minha cerveja tentando colocar os pensamentos em ordem. Lauren e Cecília. Como fui de um cara despreocupado sem mulher para um que vive com duas mulheres na cabeça?

Faço careta diante do pensamento.

— Olha só quem está vindo. — Olho para trás quando Noah aponta com a cabeça e fecho os olhos respirando fundo quando Natasha se aproxima.

A morena vem literalmente vestida para matar em um vestido colado no corpo gostoso sem deixar muito para a imaginação.

Quando me vê abre um sorriso grande e eu me viro dando as costas.

— Mais uma que quer o que não posso dar — murmuro.

— Errado. Ela só não é a que você quer — Noah fala dando um sorriso zombeteiro me fazendo contrair a mandíbula.

— Boa noite, meninos! — Natasha para em pé em frente à nossa mesa e me olha.

— Vou mijar. — Meu inimigo que chamo de amigo se levanta me deixando sozinho com ela que logo toma seu lugar em minha frente.

— Você sumiu, Mike! — A fala doce e dengosa quase me faz revirar os olhos.

— Eu estou trabalhando muito, Natasha — respondo depois de virar quase meia garrafa da minha bebida.

— Estou com saudades. — Ela apoia os braços cruzados em cima da mesa, deixando os seios quase à mostra e sussurra para que somente eu escute: — Eu estou com saudades de me ajoelhar para você.

Eu a olho intensamente. Talvez sexo sujo seja o que preciso, apesar de que ficar mais uma vez com ela seja errado de várias formas.

Mas que se foda, noite de merda! Pelo menos vou ser mamado.

Deixando-a surpresa, eu me levanto e a puxo para irmos até o banheiro. Claro que estamos acostumados a fazer isso todas as vezes que nos encontramos assim. A morena é quente e sempre está disposta.

Quando entramos no banheiro masculino depois de confirmar que está vazio, passo a trinca na porta e logo me posiciono na frente da safada que não perde tempo e se ajoelha a minha frente. Suas mãos ágeis abrem minha braguilha e abaixam minha cueca.

Meu pau dá sinal de vida já duro. O filho da puta adora brincar com a boca da Natasha.

— Chupa, safada! — Meu comando a faz sorrir e passar a língua pelos lábios finos.

Colocando meu pau dentro da boca quente, Natasha me leva até a garganta me fazendo jogar a cabeça para trás pelo prazer. Mas precisando de algo mais intenso, levo minhas mãos à sua cabeça ditando o ritmo dos movimentos.

Quando dou por mim, me pego fodendo sem dó a boca da morena que geme alucinada, seus olhos estão lacrimejados enquanto entro e saio em um ritmo brutal.

A merda acontece quando fecho os olhos sentindo que estou prestes a gozar.

O pensamento de uma certa loira filha da puta me vem à mente ao mesmo tempo em que o nome sai como um gemido.

— Ceci...

Eu acabei de chamar a morena de Cecília. O olhar mortal dela me faz tirar meu pau de dentro de sua boca com medo de ser arrancado fora.

— Eu não acredito que você me chamou PELO NOME DELA, MIKE. — A voz de Natasha sobe três décimos e eu guardo meu pau, puto com minha cabeça fodida.

— Me desculpa, eu sabia que era um erro.

Dou as costas e saio do banheiro deixando a morena de olhos furiosos.

Como eu disse: Merda de noite!

CAPÍTULO 6

Cecília

Péssima hora para ter uma crise de pânico. Eu estava andando ao lado de Miguel quando ele se afastou para ir comprar um café para nós dois. Quando um casal passou por mim e vi a mão da mulher ensanguentada, foi mais forte que eu.

E como vem acontecendo várias vezes nos últimos dias, flashes de tudo que aconteceu no dia que atirei em Karen vieram com força. Apesar de usar das respirações para me controlar, o que me deixou mais vulnerável foi a aproximação de Mike. Aquele maldito parece ter o dom de aparecer em momentos inoportunos.

Para a minha sorte, Miguel veio ao meu socorro e me fez prometer que procuraria ajuda de um psicólogo, por motivos óbvios não posso me curar sozinha. Não posso mais fechar os olhos para minhas crises de pânico e os pesadelos constantes que ando tendo.

Entro no hospital andando pelos corredores até meu consultório. Mal me sento e um furacão chamado Rebeca abre a porta e entra sem bater. Sorrio quando ela suspira passando a mão na barriguinha.

— Bom dia!

— Bom dia coisa nenhuma, dona Cecília. — Ela está com a cara de mamãe galinha quando quer proteger seus pintinhos.

— O que foi que eu fiz? — pergunto sorrindo de lado. Se o advogadozinho de porta de cadeia tiver aberto o bico sobre nosso encontro de hoje, eu vou matar ele.

— Você ainda não está sabendo da nova fofoca do hospital, não é? — ela diz nova, porque durante dias a única coisa que se falava entre as enfermeiras e os outros funcionários era sobre a briga terrível entre ela, Theo e Matteo no corredor junto com Gabe. Eu me arrepio só de lembrar daquele dia terrível.

— Não estou, me atualize — peço já sabendo que não vou ter escapatória. Beca consegue ser bem insistente quando quer.

Ela se senta no sofá branco do meu consultório, colocando os pés em cima da mesinha de centro. Arqueio a sobrancelha para ela enquanto me levanto e me sento em uma poltrona de frente para ela.

— Olivia disse que está saindo com o Miguel. — Aí está! Mais uma vez Beca vem com a sua teoria de que Miguel não presta. Talvez isso seja culpa minha por não ter explicado até hoje que entre eu e ele só existe uma amizade.

Suspiro, cansada.

— Beca, eu e ele não temos mais nada. — É tudo que eu digo enquanto sou analisada friamente por minha amiga, que aperta o olhar.

— Vocês dois não se desgrudam e vai me desculpar, mas ele não tem cara de que vai ficar só em encontros sem querer comer você. — Arregalo os olhos.

— Por Deus, Rebeca! Achei que você melhoraria o vocabulário depois de se tornar mãe e se casar. — Ela me lança um sorriso zombeteiro.

— Até parece! Eu não vou mudar meu jeito só porque o Theo colocou uma aliança enorme no meu dedo — retruca.

— Vou pedir pro Theo dar um jeito em você. — Como se eu a tivesse lembrado de algo, é a vez dela de arregalar os olhos.

— Você poderia dizer a ele para usar a fantasia sexy de príncipe que eu comprei! — Maluca. Rebeca é maluca.

— Eu não vou falar isso pra ele. — Merda, é impossível não o imaginar vestindo algo assim e faço uma careta.

— Por favor, Ceci, quando eu vi a fantasia no sexy shop foi mais forte que eu, mas ele se recusa a usá-la pra mim — ela fala gemendo e fazendo um bico.

Às vezes eu tenho certeza de que o Theo vai para o céu só pelo simples fato de ser marido dela.

— Rebeca, pelo amor de Deus. Vamos mudar de assunto. — Dou a deixa para que ela entenda que eu não quero falar sobre o marido dela vestido em uma fantasia comprada no sexy shop.

— Como Ayla está? — Mudando o semblante totalmente ela se endireita a minha frente.

— Ela estava dormindo quando saí. Matteo está com ela agora. Tem sido dias difíceis. — Suspiro cansada. Ayla vem nos preocupando mais e mais com seu silêncio. Estou tentando dar o tempo que ela precisa, mas ela parece estar se fechando ainda mais.

— Ela vai voltar pra nós, Ceci. Você vai ver, só precisamos dar o tempo que ela precisa. — Beca fala sem deixar de demonstrar a mesma preocupação.

— Matteo ficou de levar Asher hoje para vê-la, acho que isso pode ser bom.

— Assim que meu turno acabar, vou pegar a Ju na creche e vou para lá. Você também precisa se cuidar, não está sendo fácil para ninguém.

— Eu estou bem, e como está esse bebê lindo? — Aponto a barriga pequena e redonda. Meus olhos brilham com a cena dela acariciando a protuberância. Ela está linda.

— Estamos ótimos, em breve saberemos o sexo. Mike apostou que dessa vez será um menino.

A menção do nome do filho da puta me faz lembrar que hoje eu tenho um encontro com ele. Não que eu tenha aceitado, mas vai ser bom o colocar no lugar. Eu tenho um plano perfeito para o deixar louco e desistir de tudo antes do terceiro encontro.

— Eu espero que seja, assim as coisas ficarão equilibradas.

Conversamos por mais alguns minutos até ela ser chamada na emergência e meu primeiro paciente do dia chegar.

Passo o dia analisando, identificando traumas, medos e receios dos meus pacientes que os estão prejudicando. Após atender meu último paciente do dia, eu me sento no sofá do consultório e jogo a cabeça para trás. Por ironia do destino, hoje eu acabei atendendo um homem que desenvolveu transtorno de estresse pós-traumático depois de ser refém em um assalto a banco.

Os sinais estavam lá: Pesadelos e memórias persistentes do dia do ocorrido, além dos tremores e da sudorese. Quando eu identifiquei o TSPT eu soube que no fundo estava me diagnosticando. Prescrevi os remédios que sei que vão ajudar meu paciente e agora me vejo aqui, tentada a fazer uma receita para mim mesma.

Eu sei o que tenho, não preciso de ir a outro psicólogo.
Isso seria errado de várias formas.

Bufo derrotada sem saber o que fazer.

Uma batida na porta me faz arrumar minha postura antes desleixada. Quando Mike passa por ela de terno preto, blusa branca e gravata preta, engulo em seco. Mil pensamentos muitos errados vêm a minha mente.

O que foi?
Sou virgem, mas não sou boba!

— Cheguei, princesinha. — Ele abre um sorriso e se senta à minha frente.

— Eu achei que você tinha desistido — falo séria o fazendo arquear a sobrancelha.

— Nada disso. Eu dei minha palavra e aqui estou. Mas antes eu quero deixar algumas regras claras. — Aperto meu olhar. Ele só pode estar ficando louco.

— Que estupidez é essa? Além de aturar você, ainda quer impor regras? — esbravejo e fico mais irritada quando ele sorri.

— Calminha aí, gata arisca! — Fecho os olhos. Eu preciso me controlar para não matar esse filho da puta.

— Diga logo, Mike, antes que eu me arrependa.

— Primeiro: Eu escolho os locais dos encontros.

— Você não vai me levar num puteiro! — falo rápido, mas logo me arrependo da escolha das palavras. O sorriso zombeteiro dele me faz querer passar sua cara no chão.

— Assim você me ofende, princesinha! Eu sou um homem de muitas qualidades, mas se quiser pular tudo e irmos logo para os finalmentes eu não vou me importar.

— Mike, só dois jogam esse jogo. Você acha que aguenta cinco encontros comigo? — Arqueio a sobrancelha.

— Você não vai facilitar, não é mesmo? — Balanço a cabeça confirmando que não.

— Você está ferrado! — Pela primeira vez vejo um lampejo de medo passar pelos seus olhos, o que me deixa mais do que contente.

Engolindo seco ele apruma o corpo e continua a falar:

— Segundo: Exclusividade. Eu não quero saber das mãos daquele filho da puta em cima de você e muito menos a rondando. — Ok. Mike falando assim me deixa perplexa porque se não fôssemos nós, eu diria que ele está com ciúmes.

— Para sua informação, Miguel é meu amigo. Então se é assim, você também terá que ser exclusivo. Nada de vagabundas, não até eu o fazer desistir. — Seu olhar se torna intenso em minha direção.

— Vou ser seu por uns dias, *princesa*! — fala a última palavra em um tom sarcástico. — E agora a última regra. Não vamos falar com ninguém sobre os encontros, por questões óbvias. — Ele dá de ombros e agora sim, estamos na mesma página. Com Ayla ainda no quarto e Beca grávida, tudo que elas menos precisam é saber que eu vou partir o coração desse filho da puta.

— Combinado, babaca! Agora vamos logo para esse encontro antes que eu desista de vez.

Ele parece uma criança quando ganha um presente quando se levanta com um enorme sorriso no rosto.

— Vou esperar no carro. — Olha no relógio. — Você tem dez minutos antes que eu volte e a leve na cacunda. — Reviro os olhos. — E não revire os olhos para mim, pelo menos não enquanto eu não estiver dentro de você.

— Porra, vai me fazer matar você antes do previsto com essa sua língua!

Sorrindo ele sai do consultório e eu trato de ajeitar tudo para seguir com meu plano.

———◆———

Meus olhos estão tão arregalados com o local do nosso primeiro encontro que me faltam palavras.

Ele só pode estar brincando comigo.

Esse filho de uma... Ok!

Respira, Cecília, a culpa é sua em achar que poderia confiar no Mike.

A risada do idiota ao meu lado me faz virar meu rosto para ele. As mãos dentro dos bolsos da calça me mostram o quanto sua postura é relaxada.

— Você tá de brincadeira, não é? — Sentindo uma ponta de esperança de que seja uma brincadeira ouso perguntar.

— Claro que não, princesinha! Essa coisa de sair para jantar é coisa de gente idiota.

— Mike, você já trouxe mulheres aqui?

— Não, Ceci, isso vai ser um segredo nosso.

Viro meu olhar mais uma vez para o grande letreiro em neon escrito "PAINTBALL ALCATRAS". Sim, o filho da puta usou nosso primeiro encontro para me trazer em uma partida de paintball. Eu nem deveria estar surpresa, mas estou!

Quando ele começa a andar para entrar eu me apresso para acompanhar suas passadas largas.

Eu vou matar ele.

Talvez ainda dê tempo de ligar para Beca, ela é uma pessoa que me ajudaria a esconder um corpo se fosse preciso.

Assim que entramos no local percebo que está vazio, talvez por estar tarde da noite. Mike conversa com um homem careca animadamente.

— Olha só o que temos aqui! Que mulher linda, Carter! — o homem fala sem esconder que está me cobiçando com o olhar.

— Tira os olhos, Denner. — É tudo que Mike diz enquanto pega a mochila que o careca o estende.

— Vem comigo. — Ainda incrédula que estou num lugar assim, eu o sigo.

— Como pude confiar em você?

— Relaxa, Ceci. Vai dar tudo certo. Vai por mim, esse encontro vai ser eletrizante!

Entramos num vestiário e ele me entrega uma roupa grande e grossa estilo militar, com a vestimenta em minhas mãos observo Mike começar a tirar a roupa na minha frente.

NA. MINHA. FRENTE.

Quando percebe que estou congelada vendo suas mãos irem para a braguilha da calça ele para e me olha sorrindo.

— Eu sei que sou gostoso, mas o melhor da noite ainda está por vir. — Aponta para uma das cabines do banheiro. — Pode se trocar ali, e rápido.

— Idiota! — É a única palavra que minha cabeça consegue desenvolver enquanto sigo para o local me certificando de fechar bem a porta para trocar de roupa.

——— ∙ ❖ ∙ ———

— Isso é muito bom! — grito em êxtase quando acerto em cheio a perna de Mike deixando a calça militar que ele usa com uma enorme mancha azul. Aparentemente eu descobri que além de ser boa de mira, amo paintball. No início fiquei reticente sobre a ideia de encontro do bobão, mas depois de acertá-lo algumas vezes, percebi o quanto isso pode ser terapêutico.

— Porra, Ceci, isso dói, cacete! — Escuto seu murmúrio vindo de trás da lata onde ele está escondido.

— A culpa foi sua, quem mandou me trazer. Deveria ter me levado para comer. Eu estou mal-humorada se não percebeu! Você precisa alimentar uma mulher se não quiser que ela o mate, babacão! — Eu nunca pensei que fosse me divertir com ele, mas porra, isso está me saindo melhor que a encomenda.

— Princesinha, eu me rendo. — Abaixo a arma em minhas mãos quando escuto sua rendição e dou pulos e gritinhos de felicidade.

Começo a girar meu corpo fazendo a mesma dança que Beca e eu fazíamos quando jogávamos futebol na escola e nosso time ganhava.

Ando até ele mal podendo me conter em ver sua cara de derrota, mas quando estou muito perto me assusto quando uma chuva de tiros de tinta vermelha salpica em minha direção me sujando toda. Com raiva, avanço em sua direção, mas acabo tropeçando em meus próprios pés fazendo com que caiamos.

O corpo forte de Mike amortece minha queda. Meus olhos estão focados nos seus, vejo o exato momento em que ele desce o olhar para minha boca que está um pouco aberta por conta do susto da queda. Suas mãos em minha cintura fazem uma leve pressão me fazendo fechar os olhos e suspirar.

— Em qual encontro posso beijar você? — A pergunta sussurrada que ele me lança causa um rebuliço dentro de mim.

Segundo as regras, *que eu mesma criei*, os beijos e amassos durante os encontros estão liberados, mas de repente beijá-lo se tornou algo errado e ao mesmo tempo certo. Mike é perigoso demais. Enfim, voltando à realidade eu me levanto de cima dele atordoada. Olho para os lados confirmando que estamos sozinhos na grande arena com tambores e labirintos.

— Você não vai me responder? — Eu o olho apertando meu olhar.

— Não. Se quer continuar com isso tem que parar de querer colocar suas patas nojentas em cima de mim.

Saio deixando-o para trás e sigo rumo ao vestiário onde deixamos nossas coisas. Quando entro no local me apresso, tirando a parte de cima da blusa enorme de mangas compridas deixando meu sutiã branco à mostra. Reviro minha bolsa procurando minha blusa e quando acho, antes que possa colocar sinto minhas costas queimarem.

Olhando para trás me cubro assustada quando encontro o olhar de desejo de Mike.

— Me deixa em paz — falo ríspida e coloco a blusa ainda de costas para ele.

— Bela pinta essa sua nas costas. Eu nunca tinha reparado nela. — Decido ignorar sua observação. Tudo que eu preciso é de comida.

— Eu quero comer, Mike. Vamos embora. — É tudo que eu digo e o vejo assentir e ir em direção a uma das cabines e fechá-la para se trocar.

— Vou alimentar a monstrinha dentro da sua barriga. Vou levar você para comer o melhor hot dog de Santa Mônica.

Depois de nos despedirmos do dono seguimos andando lado a lado até a esquina, onde uma barraquinha de hot dog se encontra lotada com vários bancos ao redor.

— Eu espero que você não come só salada, princesinha, iria me desapontar.

— Oh, não se preocupe, eu vou falir você um pouco agora. — Quando a senhorinha simpática entrega o meu pedido, vejo pela minha visão periférica os olhos arregalados do babacão ao meu lado.

— Porra, mulher, para onde vai isso tudo? — Dou de ombros e sorrio com meu mega lanche e me sento em um dos banquinhos na calçada.

Minha primeira mordida faz uma explosão de sabores acontecer dentro da minha boca, e me pego gemendo de prazer ao comer algo tão gostoso. Quando abro os olhos, o olhar de Mike está em mim.

— O que foi?

— Não sabia que você gostava tanto desse tipo de comida — fala e dá uma mordida no seu lanche.

— Tá de brincadeira? No Brasil existem os melhores lanches para se comer.

— Você sente falta de lá? — Sua pergunta me faz arquear a sobrancelha. Ele parece realmente interessado em ter uma conversa civilizada comigo.

— Sinto falta de tudo, mas ao mesmo tempo sei que meu lugar é aqui. Não me vejo mais morando no Brasil.

Quando terminamos de comer nosso lanche, andamos até seu carro e durante o caminho até minha casa ficamos em silêncio. É estranho estar no mesmo ambiente que Mike e não querer matá-lo e mais estranho ainda ter que admitir que já tive encontros piores que este.

— A tinta vai sair com bastante água morna. — Saio dos meus pensamentos quando escuto sua voz e só agora me dou conta que devo estar uma bagunça de tinta pelos meus cabelos.

— Ok!

— O que foi que aconteceu aquele dia? — Fecho os olhos e suspiro tensa. É claro que ele não deixaria passar meu ataque de pânico.

— Eu só estava passando mal, Miguel me ajudou e fim. Nós não somos nada, imbecil, não força — respondo olhando para fora.

— Calminha aí, gatinha arisca! Eu só queria saber o que aconteceu. Você parecia diferente. — Sua voz soa incerta e eu me atrevo a olhar para ele.

— O que você realmente quer com esses encontros? — pergunto o encarando séria e apesar de estar dirigindo, por segundos ganho seu olhar intenso.

— Ganhar. Eu adoro jogos e sou um competidor excelente.

— E até hoje, depois de vários encontros, ninguém me venceu, Mike. O que o faz achar que pode ser o ganhador? — pergunto realmente curiosa.

— Eles não eram eu, princesinha! Vai por mim, ao final desses encontros nossa vida será outra!

Ferrada, eu estou muita ferrada.

CAPÍTULO 7

Mike

Quando eu liguei para a princesinha hoje confirmando nosso segundo encontro, não achei que ficaria tão ansioso. Ela me pareceu cansada pelo telefone e por isso achei melhor mudar os planos e fazer algo mais calmo, nada que envolva ela atirando em mim.

Sorrio só com a lembrança de três noites atrás, quando a levei para o paintball. Ela parecia bem e percebi que há muito tempo eu não a via tão relaxa. O que me leva a outra questão que vem martelando em minha mente. O que está acontecendo com ela? Seus olhos vazios e a frase sussurrada que ela soltou naquele dia na rua andam bem presentes em minha cabeça, e apesar de ter perguntado num momento em que eu sabia que as barreiras dela estavam baixas, percebi seu desconforto em falar sobre o assunto.

Assim que viro a rua da casa dela paro na esquina. Como não vamos contar para ninguém sobre os encontros, todo cuidado é pouco. Sentado dentro do carro mando uma mensagem para ela dizendo que já cheguei, antes que ela responda me abaixo um pouco quando o carro de Theo passa pelo meu me fazendo sentir como se eu fosse a porra de um adolescente. Observo de longe Beca descer do carro com uma das mãos na barriga pequena. Sorrio quando Theo abre a porta traseira e pega Juliana nos braços. A pestinha de cabelos castanhos e olhos cor de mel está cada dia mais parecida com a mãe, o que me faz lamentar profundamente pelo meu amigo.

A porta da casa se abre e Ceci passa por ela sorridente. Meu coração acelera quando vejo o sorriso largo que ela lança para Juliana. Gostando ou não, preciso admitir que a loira endiabrada é linda!

Beca e Ceci trocam algumas palavras enquanto Theo entra com a filha nos braços. Logo Beca o segue e a princesinha vem andando devagar até meu carro. Usando uma calça de moletom rosa-claro, camiseta e tênis brancos, a filha da mãe consegue continuar sexy do mesmo jeito.

— Belos peitos. — Sorrio de lado apontando com o queixo para os seios fartos, descaradamente.

O semblante dela fecha e cruza os braços.

— Quer que eu dê meia-volta?

— Nossa, você é sempre mau humorada assim? — Volto a sorrir. — Precisa relaxar, conheço técnicas muito boas...

— Você pode ser menos babaca?
— Não. — Dou uma piscadela vendo-a bufar. Endireito meu corpo no banco do carro quando ela se aproxima e antes de abrir a porta e entrar dá uma olhada para os dois lados. — Se ficasse mais comigo não iria ficar assim. Vamos, Cecília!
Eu a provoco fazendo-a revirar os olhos e sorrio internamente.
— Eu não sei o que estou fazendo aqui hoje. Tive um dia de merda, deveria estar deitada descansando.
— Para de reclamar, vai amar o lugar que eu vou levar você! — falo ligando o carro e partindo para o local onde preparei nosso jantar.
Durante o caminho silencioso percebo que algo está errado. Porque além do silêncio em que ela se encontra, Ceci tem o olhar perdido e morde o lábio franzindo o cenho.
— O que foi que aconteceu? — pergunto ganhando enfim sua atenção.
— Matteo levou Asher esta tarde para ver Ayla e mesmo assim ela não o quis ver. Foi doloroso assistir o sofrimento deles. — Solto um longo suspirando quando entendo o que ela quer dizer.
Asher, Matteo e principalmente Ayla vêm passando por momentos difíceis e por mais que todos nós estejamos ao lado deles, não significa que não estamos sendo afetados com toda a situação. Está sendo difícil para todos nós.
— Vai dar tudo certo. — É o que eu digo tirando a atenção da estrada e a olhando por alguns segundos.
— Para onde estamos indo? — ela pergunta olhando a paisagem árida a nossa volta.
A noite de hoje está linda. A lua cheia e o céu estrelado vão ser o ponto alto do jantar. Eu não deveria levar Cecília para meu refúgio nessa cidade caótica, mas por alguma razão depois de escutar sua voz hoje eu a quis trazer.
Quando paro o carro dentro do *Griffith Park* a sua boca se abre em choque. Sorrio de lado.
— Como você conseguiu entrar aqui à noite? Ficou doido? Eu não quero ser presa, seu idiota. — Ela ralha e eu solto uma gargalhada enquanto saio do carro e pego a mochila no banco de trás. — Você não tem juízo, meu Deus! Você é um irresponsável, Mike!
— Pare de ser um pouco chata, conheço os vigias. Não se preocupe, eu venho aqui sempre à noite, além disso se você for presa, eu sou o melhor advogado na região.
— Não sei por que ainda confio em você.
— Porque eu jamais a meteria em uma roubada, princesinha. Vamos?
Assentindo ela concorda e começamos a subir um pouco a montanha, quando paramos ao lado do letreiro de Hollywood, olho para o lado pegando o olhar admirado dela com a visão da cidade a sua frente.
— Daqui de cima tudo parece tão...
— Pequeno — completo sua fala olhando a paisagem a se perder de vista.

Ela enfim começa a andar por baixo das letras gigantes do letreiro, seu sorriso empolgante como de uma criança me faz sorrir e sentir uma sensação estranha.

— Acho que você acertou dessa vez, babaca! — ela fala ainda rindo e me olhando.

— Eu disse para confiar em mim, não disse?

Com a mochila nas costas eu ando até o local onde gosto de sentar e pensar. Quando o encontro, tiro de dentro da mochila um lençol azul e as vasilhas com nossa comida. Quando levo meu olhar até Ceci, pego-a olhando tudo que faço com o olhar confuso.

— Eu trouxe comida. Da última vez que ficou com fome, conseguiu se superar no quesito chatice. — Ela semicerra os olhos para mim e eu sorrio zombeteiro enquanto me sento e ela logo me acompanha. — E acredite, você consegue ser mais chata ainda com fome.

— E você consegue ser ainda mais babaca quando quer.

— Seus elogios aquecem meu coração, Ceci.

— É para combinar com o lugar que você vai. — Sorri.

— Essa doeu. — Coloco a mão no peito fingindo. — Agora você tocou no meu coração.

— E você tem um? — Ela me olha e mordo o lábio.

— Um grande e quente... — Paro quando seus olhos arregalam e sorrio.

— Você é tão idiota! Meu Deus!

— Coração, Cecília, eu ia falar coração... você sempre pensando o pior de mim.

— Por que será, não é, Mike? — O deboche escorre na voz e quase gargalho.

Se alguém me dissesse que um dia eu estaria no letreiro mais famoso do mundo admirando a vista da cidade ao lado da princesinha, eu diria que essa pessoa além de louca, provavelmente fumou maconha estragada! Mas olha só onde estou.

E o pior de tudo isso é perceber que eu não queria estar em qualquer outro lugar se não aqui, com ela.

— Como Lauren está? — Quebrando silêncio, ela me pergunta.

Engulo em seco, tenho tentado não pensar na pequena esses dias nos quais eu não pude ir vê-la para que o casal que também a quer possam conhecê-la melhor.

— Eu não a estou vendo esses dias — respondo virando meu rosto para olhá-la.

— E por quê? — Ela se ajeita e umedeço os lábios soltando um longo e denso suspiro.

— Apareceu um casal e parece que eles são aptos também para adotá-la. Agora eu tenho que esperar até a audiência da guarda. — Talvez tenha percebido meu medo enquanto falava, porque ela coloca uma mão em cima da minha que está apoiada no chão e me lança um sorriso tenso.

— Vai dar tudo certo! Você é o pai dela. — Sua fala me surpreende e ao mesmo tempo me acalenta. O medo que venho sentindo em não ter Lauren é massacrante.

O silêncio se torna ensurdecedor e ficamos por segundos nos encarando. Nossos olhos estão fixos um ao outro e eu engulo o bolo que se forma na garganta.

— Eu acho que vou beijar você. — Solto, fazendo-a recuar a mão e fazer uma careta.

— Você consegue estragar qualquer momento legal, Mike babaca! — ela diz olhando para frente.

Solto uma pequena gargalhada.

Adoro essa fúria que sai dos seus belos olhos.

— Qual é, princesinha. Estamos no segundo encontro, eu estou sendo um cavalheiro com você. — Dou de ombros sorrindo.

— Você sempre será o cavalo para mim, Mike! — responde sorrindo.

— Em todos os aspectos, né?

— Ah, meu Deus...— Vejo-a corar e isso só me faz gargalhar ainda mais.

— Você está mais para rainha má que para a princesa nesse momento. Malévola — falo sorrindo fazendo com que ela me acompanhe.

— Vamos nos conhecer melhor. É isso o que eu faço nos encontros. — Aperto o olhar para ela não gostando quando menciona que já teve outros encontros. Porque logo a cena daquele filho da puta do Miguel com ela me vem à mente.

Pau no cu.

— Eu sou um livro aberto, malévola. Pode mandar — falo olhando o céu estrelado.

— Você vem me intrigando. — Sua fala me faz olhá-la. — Sempre me pareceu desleixado e desligado. Mas agora com dois encontros já consigo perceber que você é um iceberg, Mike. — Arqueio a sobrancelha. — Provavelmente eu vou me arrepender de falar isso, mas o que você mostra é só a ponta desse iceberg. E parece que no primeiro encontro e nesse, está mostrando aquilo que ninguém nunca viu de você.

Pisco devagar e *porra!* Ela não poderia estar mais certa! Talvez por conta da profissão, mas seja lá o que for, ela nunca esteve tão certa. Eu jamais tinha levado uma mulher para uma partida de paintball e nunca tinha trazido ninguém aqui.

Nem mesmo Theo e Matteo sabem desse lugar, mas no momento me pareceu certo trazê-la e não sabia o motivo, a razão.

Os olhos azuis me olham atentamente como se soubessem o que estou pensando. Como se soubesse o que estou *sentindo.*

Essa mulher é perigosa demais.

— Eu só estou mostrando lugares que sei que não conhecia na cidade — respondo desviando da sua pergunta.

— E como sabe que eu não conhecia esse lugar? — Ela arqueia a sobrancelha em um claro sinal de desafio.

— Porque se o imbecil do Miguel não foi capaz de fazer você gozar, imagina trazer para lugares assim. — Mal termino de dizer e ganho um tapa na cabeça. — Porra, mulher! Que mão pesada — falo alto passando minha mão no lugar que agora dói.

Ceci se levanta e me olha como se quisesse me matar.

— Não fala dele, não fala o que você não sabe, Mike. — Aperto meu olhar para ela.

— Por que essa proteção toda em cima dele? Tá claro que vocês não têm nada porque senão você não estaria aqui comigo.

— Eu não lhe devo satisfação — fala dando de ombros. Eu me levanto puto e paro a sua frente, por ser bem mais baixa que eu, ela levanta a cabeça e empina o narizinho pra mim.

— Me deve exclusividade — retruco com a voz rouca e porra! Caio na tentação de olhar sua boca carnuda pintada com essas coisas brilhosas que as mulheres usam.

Sem avisar, sem pedir licença, eu a puxo para colar seu corpo no meu e a beijo.

No começo ela tenta se afastar, mas quando enfim cede e dá passagem para minha língua, torna-se a coisa mais intensa que já experimentei.

Eu queria beijar ela desde o dia da livraria, aquela merda de beijo ficou esse tempo todo enraizado na minha mente.

Minhas mãos em sua cintura se apertam, fazendo-a gemer. Ceci envolve meu pescoço com seus braços me trazendo mais para baixo, aprofundando o beijo. Quando meu pau dá sinal de vida e roça em sua barriga, parece fazê-la despertar e como se eu fosse um fogo ela se afasta às pressas de mim, ofegante.

— Caralho, Ceci! Vem cá, eu quero mais — falo sorrindo esticando meus braços para puxá-la, mas travo quando ela dá dois passos para trás me olhando de olhos arregalados.

— Seu filho da puta. Como você pode me pegar desprevenida assim? — grita histérica.

— Ah, vá! Agora vai me dizer que você não gostou? — pergunto sorrindo e arqueio a sobrancelha.

— Eu odiei, Mike.

— Então vem cá que eu vou fazer você amar — chamo e ela nega. Suspiro derrotado. — Ok. Você venceu, hoje! Vem comer.

Sento-me no pano estendido e quando ela me segue sorrio vitorioso.

Estaciono o carro em frente à casa dela quando já passa de uma da manhã. Olho para Ceci dormindo profundamente no banco ao meu lado. Seu rosto está pacífico e nem parece que acordada é uma coisinha irritante.

Depois do nosso beijo ela demorou a se soltar e por incrível que possa parecer, conseguimos conversar por alguns minutos sem brigar.

— Princesinha... princesa. Acorda! — chamo baixo e sacudo seu ombro, aos poucos ela vai abrindo os olhos meio grogue e olhando ao redor. — Chegamos.

Ela me olha e passa a mão no rosto.

— Eu preciso dizer, mas você baba enquanto dorme — falo a olhando sério e ela arregala os olhos, mas logo se recupera e começa a me estapear enquanto rio.

— Seu filho da puta, dá pra calar essa boca de caçapa!?

— Ai, Ceci, porra de mão pesada! — reclamo, quando ela se afasta e abre a porta do carro.

— Eu deveria estapear essa sua cara.

— Boa noite pra você também, amor — falo zombeteiro e ela me lança um dedo enquanto anda até a porta de casa. Assim que a vejo entrar suspiro processando os últimos acontecimentos da noite.

Hoje eu tive a prova de que vai valer a pena esperar alguns encontros para ter Ceci em minha cama. Além disso, ela não vai ser capaz de resistir por muito tempo aos meus encantos e investidas.

Acordo antes do horário de sempre e decido ir à academia do prédio, lugar que não vou desde peguei minha vizinha gostosa no vestiário. A morena me secou durante dias até que, enfim, eu dei uma chance a ela. Quando chego ao lugar amplo com vários aparelhos de musculação espalhados, suspiro aliviado por não encontrar ninguém, não quero ter que explicar às mulheres que por enquanto eu estou preso a uma certa loira filha da puta.

Coloco meus fones de ouvido e logo as batidas de *Foo Fighters - Best of you* ecoam enquanto corro na esteira, deixando as lembranças de ontem me invadirem. O sorriso de Ceci continua sendo uma das coisas mais lindas que já vi, a forma como ela gargalhava quando eu falava alguma besteira e o modo como me fitava de lado quando pensava que eu não a estava vendo, mexeu com o órgão errado do meu corpo, meu coração batia mais forte a cada vez que ela me olhava.

CAPÍTULO 8

Mike

Quando Noah passa pela porta do meu escritório com os olhos arregalados eu sei que algo de ruim aconteceu.

— O que foi? — Solto os papéis em cima da minha mesa vendo-o engolir seco com o celular na mão.

— É a Lauren... — Assim que escuto o nome da minha pequena não o deixo terminar de falar, levanto-me às pressas e saio em disparada para o estacionamento. Quando entro e ligo o carro, a porta do passageiro se abre e um Noah praguejando entra.

— Me deixa falar, Mike.

— Porra nenhuma, eu não quero saber, Noah. Lauren é minha filha e eu vou tirar ela de lá hoje.

— Mike, espera, vamos sentar e bolar uma estratégia. — Deixo ele falando sozinho e corro em direção ao meu carro. Dirijo o mais rápido que o trânsito de merda permite e nem me preocupo em quantas multas eu recebi.

Quando estaciono em frente ao orfanato e a ambulância está já na porta, eu sinto meu coração se apertar só com o pensamento de algo acontecendo de pior com Lauren. Deixando Noah para trás, entro no lugar sem me importar com as falas dirigidas a mim.

— Mike, espera! Ela está bem, cara. — Noah me segura pelo braço antes que eu entre na porta onde vi uma paramédica entrar. Eu o olho furioso sentindo minhas mãos tremerem.

— Se encarregue de me dar minha filha. O resto eu resolvo. — Percebendo que não vou ouvi-lo, ele assente e assim que me solta vou até onde sei que ela está.

Abro a porta e engulo em seco quando vejo Lauren deitada em uma maca com um corte em cima da sobrancelha esquerda, seus olhos castanhos estão com lágrimas escorrendo pelo rosto.

— Pequena! — É tudo o que digo para ganhar sua atenção. Se antes não tinha dúvidas, vendo o olhar medroso que ela me lança me dá a força que preciso para enfrentar quem se colocar em meu caminho para ter minha filha.

Seu soluço me faz correr e me colocar a seu lado.

— Eu cheguei! Estou aqui — falo dando um sorriso.

— Eu caí, não sei como, tio Mike. Me desculpa. — Sua fala baixa me desarma.
Pego sua mão e deposito um beijo na palma.
— Está tudo bem, pequena. Acidentes acontecem.
— Vamos levar ela para o hospital e fazer alguns exames. A monitora disse que ela caiu e bateu a cabeça — a paramédica me diz dando um sorriso gentil.
— Vamos levá-la para o Barrils — o homem ao seu lado diz pegando uma bolsa e colocando em seu ombro.
— Negativo. Levem-na para o *Dignity Health* — falo firme encarando ambos enquanto seguro a mãozinha de Lauren.
— O orfanato não tem convênio lá — o homem fala irritado.
— Aquele hospital é o melhor dessa cidade e é para lá que minha filha vai. — Minha fala sai ríspida e só percebo o que disse, quando sinto um aperto em minha mão e olho para a menininha que está de olhos arregalados.
— Tio Mike... — Ela não termina a fala porque Noah entra na sala fazendo todos o olharem.
— Muito bem, meu cliente tem quase a guarda da menina, levem-na para onde ele pediu. Vamos arcar com todos os custos.
Seguindo a ordem, eles a levam para a ambulância e eu vou ao seu lado sem desatar nossas mãos. A caminho do hospital, observo o grande corte e nas caretas que ela faz à medida que a paramédica vai conversando com ela.
— Vai ficar tudo bem, princesa! — digo e sorrio, ela me retribui um sorriso banguelo.
Quando chegamos, eles a levam às presas para a emergência e quando passam por uma porta não permitem mais que eu os acompanhe. Noah, que estava logo atrás da ambulância em meu carro, chega logo que me sento, ainda tentando processar todo o medo que estou sentindo.
—Onde ela está? — ele pergunta em pé a minha frente olhando para os lados.
— Elas foram fazer exames, não me deixaram acompanhar.
— Eu liguei para o Theo, ele disse que está à caminho. — Arqueio a sobrancelha.
— E por que o Theo? — Ele dá de ombros e se senta ao meu lado suspirando.
— Mike, ele é pai, caralho. Vai saber aconselhar você no que fazer com a Lauren. Você não tem experiência e eu menos ainda. — Faz uma careta.
— Tudo bem. De qualquer forma a diaba deve aparecer e pode ir ver como ela está para dar notícias a nós.
Os minutos de espera passam demoradamente, o que torna meu estado de nervosismo quase insustentável. Decido ligar para meus pais e contar o que aconteceu. Como se já esperasse algo de ruim, minha mãe atende o telefone no segundo toque, coisa rara de acontecer.
— *Alô!*

— Mãe...

— Ai, meu Deus, o que foi que aconteceu, Mike Carter? Da última vez que você me ligou com essa voz foi pra dizer que a esposa do Theo tinha sido sequestrada.

— Se acalma, dona Suzy. Escute tudo que eu tenho para falar primeiro, ok?

— Diga logo, garoto! — Sorrio quando usa seu tom autoritário.

— Me ligaram do orfanato. A Lauren caiu. Trouxeram ela para o mesmo hospital que a Rebeca trabalha...

— John Carter, saia dessa garagem e venha aqui, nossa neta precisa da gente. — Afasto o celular do ouvido quando ela grita meu pai, provavelmente todos os seus vizinhos também ouviram.

— Mãe, calma! Ela está bem, foi só um corte. Ela vai fazer alguns exames para termos certeza. — Tento acalmá-la, mas é em vão, quando ouço no fundo a voz do meu pai dizendo que estão vindo ela desliga na minha cara.

Rindo, coloco o celular no bolso e quando volto para a sala de espera encontro Theo e Beca.

— Vim o mais rápido que pude! — meu amigo diz me dando um abraço.

— Eu já estava aqui, fui rápida! Tentei me informar. Eles estão fazendo uma TC nela. Vai dar tudo certo. — Com minhas mãos no bolso da calça do terno, escuto Beca e só consigo entender a parte que Lauren está bem. Vendo que não entende a outra parte ela revira os olhos de braços cruzados na altura do peito. — TC é uma tomografia computadorizada, gênio!

— Me dá um desconto. Eu nunca senti tanto medo na vida — falo sorrindo de lado.

— Bem-vindo à paternidade, meu amigo! — Theo fala dando tapinhas no meu ombro.

— Eu achei que ele também fosse precisar de atendimento médico. Estava ofegante. Tem certeza de que o coração anda bem, Mike? — Mostro o dedo do meio para Noah que está fazendo piada do meu momento de desespero enquanto Theo cai na gargalhada.

— Parem vocês dois com isso. Ele está descobrindo os prazeres de ser pai. Você, Theodoro, não pode falar nada, ou se esqueceu de que quando Juliana adoece, quase morre? — Beca sai a meu favor e Theo para as gargalhadas no mesmo instante.

— Eu fico preocupado, só isso!

— Não, meu amor, você me dá trabalho junto. Da última vez quase o tranquei no banheiro para parar de ficar suspirando atrás de mim. É irritante — Beca fala sorrindo zombeteira.

Somos interrompidos por um furacão loiro saindo do elevador e simplesmente correndo de saltos altos e jaleco branco em nossa direção.

— Como ela está? — Cecília pergunta ainda ofegante quando chega perto de nós.

— Ela vai ficar bem, está fazendo uma TC — Beca responde se sentando na cadeira resmungando que está com dor nas pernas, o que faz com que Theo fique tenso e comece a rodeá-la.

Olho de cima a baixo para a princesinha a minha frente, a saia lápis preta que molda suas curvas perfeitamente e a blusa rosa-claro de botão por dentro do jaleco e os saltos altos pretos deixam a loirinha como se tivesse saído de um dos meus sonhos eróticos. Sim, um dos vários que já tive com essa filha da puta.

Percebendo meu olhar em seu corpo ela aperta o olhar para mim e cruza os braços na altura do peito.

— Perdeu alguma coisa aqui? — fala com raiva, o que me faz sorrir.

— Perdi sim, e estou aqui tentado a buscar.

— Nem pense em chegar perto de mim. Temos um acordo — ela sussurra, olhando para nossos amigos que conversam entre si, para confirmar que não estão nos ouvindo.

— Eu estou muito tenso, loirinha! Preciso de algo para me acalmar. — Ergo a sobrancelha em modo sugestivo, fazendo-a abrir a boca em choque.

— Deixa de ser porco, estamos num hospital, a Lauren está aqui e você só pensa em sexo — ralha.

— Pelo contrário, olhando você nessa roupa estou pensando seriamente em marcar uma sessão com você. Aquele sofá do seu consultório parece bem confortável.

— Mike, vai se foder — ela fala baixo olhando nos meus olhos.

— Eu quero mesmo é *te foder*. — Suas bochechas ficam vermelhas com minha fala. Ela dá um passo para trás ainda de braços cruzados e sai de perto de mim quando pega o olhar avaliativo de Beca em cima de nós. Quando Theo se levanta e olha por cima dos meus ombros me viro vendo meus pais chegarem com caras assustadas.

— Cadê minha neta? — mamãe pergunta olhando para os lados.

— Calma, Suzy. — Papai pede colocando suas mãos nos ombros dela.

— Ela está bem, mãe, estão fazendo um exame na cabeça só pra confirmar. — Minha mãe assente e quando vê Theo seus olhos se iluminam. Mamãe sempre o amou muito.

— Theo, meu querido... Ah, veja isso, John! Beca está ainda mais linda nessa gravidez! — minha mãe fala tão eufórica que ganha a atenção das pessoas ao nosso redor.

— Como vai, Suzy? — Theo pergunta dando um abraço apertado nela e logo em seguida Beca a abraça.

— Obrigada, você está sendo gentil, eu estou engordando mais a cada dia — Beca fala fazendo uma careta.

Quando Ceci se aproxima delas, não sei por qual motivo, acabo ficando tenso e não consigo desviar o olhar. É claro que minha mãe já a conhece, mas elas nunca estiveram assim, tão próximas.

— Oh, Ceci, querida! Você está cada dia mais linda, em breve teremos que arrumar um namorado para você. — Minha mãe sempre dramática fala sorrindo e a abraçando apertado.

— Como vai, Sra. Carter? — Ceci que está corada a cumprimenta.

— Cecília, meu amor, Suzy, apenas Suzy. — Sorrio pela fala da minha mãe. Como se fosse imã, ela me olha e trocamos por alguns segundos um olhar que juro não ter entendido, mas foi o suficiente para meu pai me cutucar e tirar do transe.

— Já tiveram notícias? — ele pergunta.

— Ainda estamos aguardando.

Nos próximos dez minutos fico focado entre a porta por onde Lauren passou e o trio de mulheres conversando aos sussurros. Com essas três juntas, não pode sair nada de bom.

Levanto-me apressado, quando um médico sai pela porta e vem na nossa direção.

— Responsável pela criança do orfanato? — Ele olha ao redor e eu logo me apresento junto com a assistente social que chegou há alguns minutos.

— A menina está bem. Fora o corte um dedo acima da sobrancelha que precisou de cinco pontos, nada de mais grave aconteceu. — Como se eu estivesse esse tempo todo segurando o ar, solto aliviado.

— Podemos vê-la, Mark? — Cecília pergunta ao médico que a fita sorrindo de lado.

Eu conheço esse sorriso, *e não gosto dele.*

— Claro. Ela está acordada e chamou por um Mike e também por você! — ele a responde como se não existissem outras pessoas ao seu redor.

— Eu sou o Mike, o pai. — Quando ele me diz o quarto em que ela está, dou um passo à frente e sem pensar, pego Cecília pela mão e a puxo rumo ao lugar, ciente que deixei vários pares de olhos em cima de nós.

— O que você pensa que está fazendo, seu idiota? Me solta! — ela fala entredentes.

— Quietinha aí, eu estou muito nervoso, princesinha, mas depois vamos falar sobre aquela intimidade toda pra cima do doutor Sorriso lá fora — falo ainda a puxando.

— Mike idiota, me solta. — Ela puxa a mão da minha me fazendo olhar para trás no mesmo instante. — Não encosta em mim mais. — É tudo que ela diz quando passa por mim, a filha da puta pisa no meu pé com seu salto, fazendo-me grunhir de dor.

— Filha da puta!

— Vai se ferrar — ela fala andando e entra de uma vez em uma porta, deixando-a aberta.

Quando passo por ela, suspiro aliviado vendo o sorriso banguela da minha menina.

— Tio Mike! — Seu sorriso se expande quando me vê e eu vou logo a abraçando apertado. — Tio, você está me esmagando. — Eu a solto sorrindo.

— É que eu fiquei com muita saudade de você.

— Você está querendo alguma coisa? Pode me pedir e eu faço. Hoje você pode tudo — Cecília fala com um sorriso doce, nem parece que quase perfurou meu pé no corredor dois minutos atrás.

— Eu estou bem, tia Ceci, mas *tô* com sono! O médico disse que não posso dormir — Lauren fala manhosa me arrancando um sorriso.

— Exatamente, mocinha, você não pode dormir por enquanto.

— E quem disse que você vai dormir, hum? Nós temos que conversar, mocinha.

— Você quer falar sobre aquilo que disse? — ela me pergunta com expectativa. Ceci me olha confusa.

— Sim, Lauren! Sobre aquilo que ouviu.

— Vou deixar vocês dois conversarem. — A princesinha faz menção de se levantar, mas Lauren a segura pelo braço pedindo que fique, sem poder negar, Ceci acaba cedendo e se senta ao lado dela na cama enquanto eu fico de frente para ambas.

— Sabe, Lauren, desde o dia em que a conheci eu realmente gostei de você! — Começo ainda nervoso e incerto. — Você é uma menina linda e esperta, conquistou meu coração. Coisa que mulher nenhuma fez, sabia? — pergunto sorrindo sem perder a careta que a princesinha faz.

— Também gostei de você, tio Mike. — Sua fala doce me desarma completamente.

— Eu entrei com os papéis para você morar comigo. — Quando termino de dizer ela fica calada me observando.

Vendo o silêncio anormal de Lauren, o que me deixa extremamente nervoso, Ceci passa a mão nos cabelos longos e castanhos da menina que vira seu rosto para ela.

— Você ouviu o Mike, amor! Em breve vai morar com ele, Lauren. Você terá um pai! — As palavras dela fazem os olhos de Lauren se encherem de lágrimas quando volta a me olhar.

— Vo... você será meu papai? — A pergunta faz uma lágrima rolar e eu a pego envolvendo-a em meus braços e apertando.

— Sim, pequena! Eu vou ser seu pai. E prometo cuidar muito bem de você. — O choro dela se torna alto. Os bracinhos pequenos passam ao redor do meu pescoço. Levo meu olhar para Ceci que tem os olhos marejados.

Ela sussurra um *"vai dar tudo certo"* e eu balanço a cabeça. Quando Lauren se afasta ela sorri para mim e depois para Ceci.

— Tia Ceci, eu tenho um pai. Eu vou ter uma casa de verdade.

— Claro que vai, além disso você ganhou vários tios, tias e até mesmo avós, sabia? — Os olhos da pequena se iluminam com as palavras de Cecília que a todo momento faz carinho em sua cabeça.

— Isso mesmo, aliás eles estão aí fora e querem conhecer você. O que acha, hein? Pronta para conhecer seus avós e tios?

— Eu vou chamá-los. — Ceci se levanta saindo do quarto me deixando a sós com Lauren.

— Eu tô feliz, tio Mike.

— Eu mais ainda, minha pequena! Mas vou precisar que você seja paciente. Vou conversar com o Noah e vamos juntos terminar de resolver tudo para que eu a possa levar enfim para minha casa. Vamos arrumar juntos o seu quarto! — Seus olhos se expandem me fazendo rir.

— Eu vou ter um quarto só pra mim?

— Claro que sim, e ele vai ter as coisas que você quiser.

— Princesas, tio Mike, eu quero muitas princesas!

— Quantas você quiser.

A porta se abre devagar e logo meus pais passam por ela, seguidos de Theo, Beca e Cecília.

Minha mãe está sorrindo em meio a lágrimas enquanto se aproxima e para ao lado da cama onde Lauren está deitada.

— Lauren, quero que conheça Suzy. Minha mãe e agora, sua avó. — Eu as apresento, ambas se olham com sorrisos tímidos até que minha mãe quebra o silêncio.

— Muito prazer em conhecer a menina mais linda que eu já coloquei meus olhos! Mas nada de Suzy, mocinha! Para você é vovó! — Lauren sorri de lado e me olha como se perguntasse se pode se aproximar e eu confirmo com a cabeça.

Ainda incerta e tímida ela estende a mão para minha mãe que a aceita rapidamente.

— Muito prazer.

— Agora eu mesmo me apresento. — Meu pai se aproxima com os olhos brilhando de carinho. — Eu sou o vovô John e, princesa, nós vamos aprontar muito! — Lauren o olha comedida, mas por fim aceita o abraço de papai.

Quando apresento Theo e ele conta que é o pai de Juliana, Lauren cai na gargalhada, talvez se lembrando das nossas conversas sobre o quanto eu acho a pestinha da filha dele terrível. Rebeca ela já conhece, mas fica admirada com o tamanho da barriga dela.

— Quando a tia Ceci vai ter uma assim? — Sua fala automaticamente me faz engasgar ao mesmo tempo que Cecília fica vermelha e de olhos arregalados.

— Eu já disse que gosto dela? Eu preciso dizer. Deixe-a conosco dois dias, Mike, e eu vou ensiná-las algumas coisas — Rebeca fala sorrindo de lado.

— Nem pensar — retruco quando me recupero.

Quando o pediatra que só agora descobri que se chama Mark, entra dizendo que Lauren vai ter alta em breve, eu a deixo com Beca e Ceci e saio junto com meus pais que vão embora depois de prometerem ir até meu apartamento.

Noah vem correndo em minha direção e pela sua cara espero ser o que eu estou pensando.

— Eu consegui, filho da puta! Você tem a guarda provisória da Lauren!

Existem pequenos momentos em nossas vidas que podem ser guardados na memória como dias felizes! Este acaba de entrar para a minha seleta lista de momentos felizes. Lauren enfim poderá vir comigo.

— A assistente social virá fazer uma visita em breve, não será agendado. Ela vai chegar de surpresa.

— Eu sou pai — murmuro ainda de olhos arregalados.

— Parabéns, meu amigo! — Noah fala me dando um abraço. Theo se aproxima e quando conto da novidade seu sorriso se expande.

— Porra, Mike, quem diria que você enfim se tornaria um homem sério, pai de menina! Isso me lembra algo! — Eu o olho sem entender, mas sei que ele está curtindo com minha cara. — Talvez devêssemos construir uma torre para prender nossas meninas nela e jogar a chave fora! Nunca se sabe quando homens como você podem cruzar o caminho delas.

PORRA.

Mil vezes, porra!

Eu estou muito fodido.

— Não fala isso nem de brincadeira, eu sou pai oficialmente há cinco minutos e você já quer me fazer infartar, seu filho da puta! — ralho colocando a mão no peito.

— Parece que o jogo virou, não é mesmo? — Theo fala gargalhando.

Que Deus me ajude a não matar nenhum mini Mike por aí. Lauren vai para o convento! Está decidido.

CAPÍTULO 9

Cecilia

Dizer "não" para algumas pessoas pode ser bem difícil, mas para mim é a coisa mais fácil do mundo. A não ser quando se trata da minha família ou de Ayla e Beca, mas o fato é que acabei de descobrir que existe outra pessoa que não consigo negar quando me pede algo. A menina de olhinhos puxadinhos que quando sorri me presenteia com um sorriso banguelo e com cabelos lisos castanhos, que são lindos, diga-se de passagem, pediu carinhosamente para acompanhá-la para conhecer sua nova casa! E aqui estou eu, no elevador do prédio onde Mike imbecil Carter mora, junto de Lauren e o próprio.

Meus olhos estão focados nas portas metálicas, mas ciente do sorriso cafajeste que está estampado no rosto do idiota. Lauren, graças a Deus alheia a isso, não para de falar o quanto está feliz e em como quer decorar seu quarto.

— E não se esqueça, tio Mike, tem que ser a *Cindelela*, ela é minha princesa preferida porque me lembra a tia Ceci! — Olha para o lado e sorrio para a pequena.

— Você é a coisinha mais linda desse mundo, sabia? — pergunto passando a mão no seu cabelo.

— A tia Ceci está mais para a madrasta má, não acha não, pequena?! — Mike fala me lançando um sorriso debochado.

Olho para Lauren que nega e sorri para ele e aproveito para sussurrar um *VAI SE FODER* sem que ela escute.

As portas do elevador se abrem e Mike e Lauren saem às pressas felizes, ainda incerta suspiro e os sigo. No andar de Mike existem duas portas, uma de frente para a outra. Enquanto Lauren pula sem conseguir esconder a euforia, Mike abre uma das portas e a menina entra correndo. Eu me aproximo e o babaca para em minha frente, ergo uma sobrancelha o vendo sorrir.

— Não vai me deixar entrar?

— Vou, mas antes preciso fazer isso. — Sem avisar, ele me rouba um selinho e quando nos afastamos arregalo meus olhos. Lauren está de boca aberta nos olhando. Eu vou matar esse filho da puta.

— Vocês se beijaram como a história da *Cindelela*. — Ela pula batendo palmas.

Olho de cara feia para Mike que por incrível que pareça tem um semblante sério no rosto.

— Quando isso passar, eu vou arrancar seu couro — sussurro e entro no espaço. Fico impressionada.

Confesso que estava esperando meias sujas espalhadas e fedor de comida estragada, mas pelo jeito o idiota é organizado. A sala ampla conjugada com sala de jantar e cozinha em tons pastéis me deixam de queixo caído. Como já é noite, as luzes e um lustre enorme no meio da sala de tv deixam o ambiente estranhamente acolhedor.

Não queria estar chocada, *mas estou!*

— Pequena, o que você viu é um segredo. — Saio dos meus pensamentos quando escuto a fala de Mike e aperto meu olhar para ele.

— Vocês são a princesa e o príncipe sim! — ela fala eufórica.

— Tá legal, vamos conhecer a casa do tio Mike e deixar essa conversa para outra hora. — Mudo de assunto para tentar fazer com que a pequena esqueça o ocorrido e não fique pensando besteiras. Nos próximos minutos passamos com Mike nos apresentando o local. Quando chegamos ao quarto que será reformado para Lauren a garota o olha com lágrimas nos olhos.

— Eu nunca tive um quarto. — Meu coração se aperta com sua fala. Lauren é uma criança que veio de um lar destruído. Uma mãe que só fez maltratá-la e um pai que foi embora sem ao menos se importar com ela. Observo Mike se aproximar e a pegar nos braços.

— Tudo que nunca teve, pode ter certeza que eu darei a você, Lauren! Você é minha princesa e por isso merece o mundo. — Droga! Ele poderia ser um babaca no modo pai também. Mas vem se saindo tão bem a cada dia que fico espantada.

Decido deixá-los sozinhos. Volto para a sala e me sento no sofá marrom em formato de L. O pensamento de que eu não deveria estar aqui e ao mesmo tempo não queria estar em outro lugar me deixa exausta.

— Tia Ceci... — Olho para Lauren que para na minha frente. Suas bochechas estão vermelhas e ela parece incerta.

— O que foi, meu amor? — pergunto com um sorriso e ao mesmo tempo passando a mão em seu cabelo. Um ato que já percebi que adora.

— Será que... que. — Lauren não consegue terminar sua fala. Levo meu olhar até Mike que está coçando a cabeça sem jeito.

— Não precisa ter vergonha. Vamos lá, diga o que você quer. — Eu a encorajo.

— Eu preciso de um banho! Mas o médico disse que eu não posso ficar sozinha hoje. — Sorrio com seu pedido e olho para Mike que dá de ombros.

— Sim senhora, mocinha! Vamos tomar um banho. — Eu me levanto e olho para o babaca fitando Lauren. — Você já tem roupas para ela? — Ele me olha de olhos arregalados e eu reviro os olhos.

— Eu ainda não tenho roupas aqui, tia Ceci. — Lauren responde dando de ombros.

— Muito bem! — digo o olhando. — Vi uma loja de departamentos na esquina, vá até lá e compre duas mudas de roupas, um chinelo e calcinhas,

Mike. — Os olhos do homem parecem que vão sair do rosto a qualquer momento quando escuta minha fala.

— Eu não sei comprar isso — ele murmura me olhando tenso.

— Aprende, ora essa! Agora você é pai! — falo debochada. — Lauren, você sabe quanto calça, amorzinho? — pergunto à menina que sorri se sentando no chão e pegando um de seus pés para olhar o número.

— Quatro, tia Ceci — ela fala animada e eu olho debochada para Mike.

— Calçados número 4 e roupas e calcinhas tamanho 6. — Ele engole seco e eu aponto para a porta. — Enquanto isso vou ajudá-la no banho. Aproveite e traga comida!

Ainda em choque Mike assente sem ao menos retrucar minha provocação, ele sai pela porta e eu caio na gargalhada sob o olhar atento da pequena.

— Porque você tá rindo?

— Ah, Lauren, meu amor, você ainda é nova, mas quando estiver maior, vou contar sobre esse dia! — Ela me olha atenta e eu a puxo para o banheiro que nos foi apresentado há poucas horas.

Passo os minutos ajudando-a a tirar as roupas e analisando se ela não está tonta, Lauren é uma criança inteligente e bastante independente, o fato de ter me pedido ajuda mostra que ela ainda não se sente bem o bastante para ficar sozinha, ou talvez seja somente uma insegurança.

Em um certo momento a deixo sentada na banheira que não está cheia e vou à procura de alguma toalha. Meus pés traidores me levam para o quarto do idiota.

Ser uma pessoa curiosa é um saco!

A porta está entreaberta, entro e ligo o abajur em cima de uma cômoda ao lado. O matadouro do imbecil até que é ajeitado. As janelas grandes estão cobertas por cortinas do teto ao chão na cor cinza que combinam perfeitamente com as paredes um tom mais claro, para minha raiva o ambiente é o mais acolhedor de todo o apartamento, foco minha atenção na bendita cama king size que já deve ter passado mais mulheres nela do que em uma cama de motel de beira de esquina.

Somente com esse pensamento meu estômago embrulha, eu jamais vou me deitar nela. Ando até uma porta quase de frente para a cama e encontro o closet, de imediato o perfume amadeirado de Mike me dá boas-vindas. Merda de homem cheiroso.

Sem querer perder mais tempo, procuro uma toalha e sorrio quando encontro, deixo o quarto às pressas e volto para Lauren, que está à minha espera paciente.

Enquanto a seco, percebo a menina mais calada do que de costume. Só de olhar para a sua carinha posso ver as engrenagens da sua cabeça girando.

— O que tanto pensa? — pergunto curiosa ganhando um olhar estranho.

— O tio Mike não vai me abandonar como meu outro pai fez, não é? — Sua pergunta me desestabiliza. Suspiro e me levanto, enrolando-a na toalha. Pego sua mão e a levo para o quarto que agora pertence a ela.

— Senta aqui. — Aponto para a cama e sem questionar a menina se senta à minha frente, enquanto pego uma escova que encontrei no banheiro e começo a pentear seus cabelos.

— Meu amor, o tio Mike quer muito ter você na vida dele. Há muito tempo, Lauren, seu coraçãozinho o escolheu para ser seu pai. Ele nunca vai deixar você, nem eu. — Minha fala baixa e carinhosa parece ser o suficiente para que ela melhore a carinha triste.

Eu a deixo enrolada na toalha enquanto esperamos a volta do imbecil. Sua demora me faz pensar que talvez não tenha sido uma boa escolha o deixar ir sozinho. Provavelmente deve estar enrolado com as simples compras que tem de fazer.

— Cheguei! — Três horas depois, um Mike sorridente e carregando várias sacolas nas mãos passa pela porta. Eu o fito de olhos semicerrados.

— Por acaso você foi confeccionar as roupas? — Não deixo o deboche de lado com minha pergunta.

Ele coloca as sacolas em cima do sofá.

— Na verdade, é a primeira vez que entro em uma loja para comprar coisas que não sejam camisinhas e roupas masculinas. Me dá um desconto, princesinha! — Suspiro derrotada com sua fala.

— Tio Mike! — Lauren que agora usa uma camisa dele que mais parece um vestido indo até seus pés, aparece sorridente.

— Olha só isso, pequena! Comprei tudo o que as vendedoras achavam que seria necessário. — Arqueio a sobrancelha. Por isso o idiota demorou tanto!

Ele vai tirando das sacolas uma infinidade de roupas, deixando Lauren eufórica. Quando Mike lhe entrega um pijama da Cinderela, os olhos da garota chegam a brilhar, o abraço que ela dá nele me faz sorrir de lado.

Os dois são lindos juntos!

Lauren sai correndo para se vestir nos deixando sozinhos.

— Trouxe comida? — pergunto de braços cruzados em pé. Seu olhar cai em mim, analisando meu corpo calmamente fazendo com que eu me sinta quente, muito quente.

Mike se levanta e em dois passos está a minha frente, sem dizer nada, leva uma de suas mãos ao meu rosto. Sinto seu dedão raspar em meus lábios enquanto nossos olhos estão vidrados um no outro.

— Eu vou alimentar você, Cecília! E depois que a Lauren dormir vamos ter um momento sozinhos para podermos conversar algumas coisas. — Puta que pariu! Sua fala com a voz rouca me deixa sem palavras e com isso só balanço a cabeça concordando.

— Olhem pra mim. — Saindo de um transe, nós dois nos viramos para a garotinha que usa um conjunto branco e azul da Cinderela e rodopia com um sorriso largo no rosto.

— Você está linda, pequena! — Mike sorri indo até ela e eu ainda desnorteada com o que aconteceu minutos atrás pego uma das sacolas que percebi ser a de comida e vou até a cozinha.

Quando organizo as porções de espaguete nos pratos os chamo para comer e a situação fica ainda mais estranha, quando nos sentamos os três à mesa.

A campainha toca e quando Theo, Matteo e Asher passam pela porta travo no lugar.

Está acontecendo de novo! Eu posso sentir meu coração acelerar, minhas mãos tremem à medida que encaro Matteo vestido com uma jaqueta de policial.

Minha mente está entrando em colapso mais uma vez. Respiro fundo desviando do olhar atento de Matteo.

Respira, Ceci...

Peço mentalmente, e quando consigo focar por um instante em todos sinto seus olhos preocupados em mim, exceto Lauren e Asher que já nem estão no meu campo de visão.

Theo dá um passo à frente me olhando atentamente. Nesse momento agradeço por estar sentada, caso contrário já teria caído. Minhas pernas tremem enquanto inspiro e expiro fundo.

— Cecília... — Theo me chama tenso. Olho para cima com ele já parando ao meu lado. — O que você tem? — Eu quero responder, mas não sou capaz.

— E... eu... eu preciso ir. — Buscando minhas últimas reservas de forças me levanto num rompante e no caminho até minha bolsa no sofá. Meu olhar se fixa de novo em Matteo que me olha tenso. Desvio assim que consigo e sem dizer mais nada a ninguém saio correndo do apartamento.

Na frente do elevador, bato com força no botão para que as portas se abram.

Eu vou cair. É a sensação que me invade.

Antes que consiga entrar no elevador, braços rodeiam minha cintura me puxando. Fecho os olhos quando reconheço seu cheiro.

Mike!

— O que foi aquilo? — ele me pergunta depois de me encostar contra a parede e se colocar na minha frente. Meus olhos se encontram com os seus e já sem forças deixo o primeiro soluço escapar.

Mike me puxa para seus braços fortes tatuados e me abraça apertado enquanto choro sem controle ou vergonha. Quando percebe que minhas pernas vão ceder ele me puxa para a escada da saída de incêndio do seu andar.

Ele me coloca sentada entre suas pernas, e eu afundo meu rosto no seu peito, escutando o quanto acelerado seu coração está. Mike não diz nada enquanto passa devagar uma mão no meu cabelo fazendo uma carícia leve. Estranhamente eu me sinto segura como há muito tempo não me sentia.

— Respira, Ceci — pede com a voz baixa, quase como um sussurro. Faço o que ele diz ainda com a cabeça em seu peito. — Vamos lá, princesinha, só respira e volta pra mim. — Eu quero dizer algo, talvez eu deveria dizer, mas simplesmente não consigo. Como dizer que eu tenho evitado Matteo que é nosso amigo porque o fato de só o olhar me faz ter crises de pânico?

Levanto a cabeça para olhar Mike nos olhos. Seu semblante preocupado deixa claro que ele não vai parar, não quando acabou de presenciar uma segunda crise minha.

— Eu preciso ir embora — digo fungando. Passo as mãos em meu rosto enxugando as lágrimas, o que ainda assim deixa bem claro que chorei. Devo estar vermelha como um pimentão.

— Não, Cecília — Mike fala firme segurando meu rosto com ambas as mãos me fazendo encará-lo. Estamos tão perto que sinto o roçar do seu nariz no meu.

— Eu não quero falar sobre isso agora. Lauren precisa de você. — Ele me olha nos olhos calado por alguns minutos e depois me solta. De forma automática eu me levanto e me recomponho como posso.

— Isso não acabou, Ceci. Você vai me dizer o que é que está acontecendo. — Balanço a cabeça confirmando e me viro, deixando-o para trás.

CAPÍTULO 10

Mike

Deixo Ceci ir embora mesmo vendo o quanto está abalada. Eu entendi que ela precisa do tempo dela e mesmo querendo que divida o que está acontecendo comigo, não quero obrigá-la a isso. Quero que ela sinta confiança em mim para se abrir.

Abro a porta do meu apartamento e de cara observo Asher e Lauren brincando com os blocos de montar que o moleque tanto gosta e carrega para todo lado.

— Onde está a tia Ceci? — Lauren me pergunta assim que me vê.

— Ela teve que ir embora, mas vai voltar, pequena, não se preocupe. — Desconfiada, mas ao mesmo tempo empolgada com a presença de Asher, Lauren decide deixar o assunto. Deixando os dois brincando sigo para a cozinha e nem preciso olhar para trás para saber que Matteo e Theo me acompanharam.

Em silêncio, despejo um dos meus vinhos preferidos em uma taça, virando a bebida em um só gole.

— Tá legal, em que momento vamos falar sobre a porra do elefante branco que estava na sala meia hora atrás? — Suspiro quando Matteo quebra o silêncio. Eu me viro recebendo a atenção de ambos.

— Eu não sei. Ela estava bem até vocês chegarem. — respondo confuso.

— Ela parecia fora da órbita, seu olhar estava vago. — Theo diz cauteloso, olha para mim e aperta o olhar. — O que ela estava fazendo aqui? Me diz que vocês não estão fazendo a porra do jogo dos encontros! — Ele me encara duro. Então me vejo em um beco sem saída.

— Lauren pediu para Ceci vir ainda no hospital e ela aceitou. — Reviro os olhos quando os dois claramente demonstram não acreditar em minha fala.

— Ela me olhou estranho, aliás, Ceci vem agindo assim comigo — Matteo murmura pensativo. — Há dias percebo isso.

Isso é uma coisa que também já percebi e vem me deixando confuso, o modo como seu corpo pequeno tremeu em meus braços enquanto chorava fez meu coração se apertar. Apesar dela sempre me irritar, eu não gostei de vê-la naquela situação.

— Beca não sabe disso. Porque ela não me disse nada e esse tipo de coisa é algo que ela diria, ela já anda preocupada com Ayla, tem sido difícil controlar sua pressão. — Theo fala apreensivo. É claro que todos nós aqui percebemos que a loirinha está escondendo algo sério.

— Papai, nós podemos ir à praia amanhã? — Somos interrompidos por Asher que, seguido por Lauren, entra em nosso campo de visão eufórico.

— Claro que podemos, herói. — Matteo responde bagunçando seus cabelos que estão crescendo novamente, depois da bruaca da Valerie os ter cortado.

— E vamos levar a Lauren também, ela me disse que nunca foi à praia, papai! — Olho para Lauren que abaixa a cabeça talvez envergonhada.

— É claro que vamos levar ela — falo sorrindo, pegando minha pequena no colo que me lança um sorriso. — Amanhã vamos à praia, ao parque e onde mais você quiser, meu amor.

— Ouviu, Ash? Eu vou à praia — Lauren grita animada para Asher que balança a cabeça confirmando.

— Então fechado. Amanhã é dia de praia! Eu e Juliana vamos também — diz Theo pegando Asher no colo.

— E você não vai pedir permissão à diaba? — pergunto zombeteiro.

— Quem é diaba? — Lauren inocente pergunta franzindo o cenho. Matteo e Theo me lançam olhares assassinos.

— É a tia Beca, o tio Mike sempre a chama assim. — As palavras de Asher nos fazem gargalhar.

— Tá ok, herói! Vai brincar mais um pouco porque logo vamos embora! — Eles saem correndo em direção ao corredor dos quartos.

— Agora que você é pai, deveria segurar a língua dentro da boca — Matteo ralha.

— O que eu posso fazer se o apelido pegou?! — Dou de ombros.

— Eu que vou pegar você na porrada se não parar com as gracinhas — Theo pau no cu murmura me fitando.

— Sai pra lá. Você e esse teu soco são potentes demais.

— Já experimentou todas as coisas potentes dele, Mike? — Matteo sorri de lado debochado, ganhando olhares fechados de mim e de Theo.

— A visita foi ótima, a propósito, mas é hora de irem.

— Tá nos expulsando? — Theo me olha incrédulo.

— Estou! Eu e Lauren tivemos um dia cheio, e quero descansar. Amanhã nos encontramos na praia, babacões.

Minutos depois me vejo sozinho com Lauren, ela me olha parada em pé perto do sofá. Tranco a porta e me viro cruzando os braços a olhando arquear a sobrancelha.

— Parece que agora somos só nós dois! — falo sorrindo de lado.

— Então é agora que você vai me colocar pra dormir? — Sua pergunta sai meio incerta e me faz sorrir.

— É agora sim.

Eu a pego no colo e sigo para o quarto que ainda não tem nenhuma decoração, mas em breve estará do jeito que ela sempre sonhou. Deito-a na cama e me sento quando ela se acomoda.

— Tio Mike, eu sei que agora você será meu papai. — Meu coração erra as batidas quando escuto me chamando de pai.

— Sim, eu serei! Mas não precisa se sentir forçada a me chamar assim. Quando estiver preparada e se quiser, poderá me chamar de pai, eu ainda me sinto feliz com Tio Mike — falo tranquilo, apesar de por dentro estar já ansioso pelo momento em que ela me chame o tempo todo de pai.

— A tia Ceci pode ser minha mãe? — A pergunta me pega de surpresa e fico calado por alguns segundos sob o olhar atento de Lauren.

— Pequena. Seremos eu e você sempre. A tia Ceci é uma tia que sempre estará disponível pra você e temos também a vovó Suzy. — Eu não tinha pensado na possibilidade de Lauren querer uma presença materna, mas pelo visto ela já enxerga em Cecília esse papel.

Eu estou muito fodido!

— Vocês se beijaram como papais e mamães fazem!

— Foi algo sem querer, Lauren, eu e a tia Ceci somos só amigos. — Ela balança a cabeça, mas pelo seu olhar sei que essa história ainda vai render outras conversas. — Muito bem, mocinha, precisamos dormir porque amanhã é dia de praia.

Dou um beijo na testa de Lauren e saio do quarto deixando somente a luz fraca do abajur acesa. Dou uma última olhada para a menina deitada e nem acredito que agora a terei todos os dias, eu sei que por enquanto tenho somente uma guarda provisória, mas em breve nada poderá tirá-la de perto de mim.

O dia não poderia estar mais favorável. Sentado em uma cadeira de praia, observo Lauren e Asher fazerem um castelo de areia enquanto Juliana atrapalha toda a construção, o que nos arranca algumas gargalhadas de vez em quando.

— Incrível como ela parece a mãe! — Theo murmura sorrindo feito idiota olhando a filha que mal sabe andar ainda.

— E por falar nela, como ela está? — Matteo pergunta sem tirar os olhos das crianças na nossa frente.

— Ela anda por aí tentando ser forte com aquela barriga crescendo, mas no fundo quando se deita chora pela Ayla todos os dias. A pressão dela vem subindo drasticamente e a Sofia disse que iria intervir caso ela não se cuidasse. — Suas palavras me acertam em cheio, Rebeca é uma mulher forte quase como uma mãe ursa quando se trata de suas amigas. O que aconteceu com a Dra. Anjinho deixou todos nós quebrados e talvez essa seja a razão do problema que Ceci vem tentando esconder.

— Porra. — Saio dos meus pensamentos quando Matteo sentado ao meu lado me acerta um tapa na cabeça. — Doeu, filho da puta!

— Você estava com a cabeça longe.

— Só estava pensando em algo — respondo dando de ombros.

— Pelo jeito é mulher! Você ainda está saindo com a Natasha? — Faço uma careta pela pergunta do Theo. Desde o meu vexame no banheiro do bar aquela noite eu não a vejo, o que é um alívio porque depois daquele dia, firmei o acordo com a princesinha e agora preciso honrá-lo, mesmo que isso me dê um problema de bolas azuis.

— Eu não a vejo há alguns dias. Estou saindo com outra mulher. — Dou de ombros e os dois me olham desconfiados.

— Você está saindo firme com uma mulher? — Theo me olha incrédulo.

— Matteo, comece pedindo perdão pelos pecados, cara! Jesus está voltando!

Murmuro um *VÁ SE FUDER* baixo para que as crianças não escutem.

Estão vendo? Estou aprendendo!

— Quem é ela? — Matteo pergunta sério.

— Não posso falar. Pelo menos por enquanto. — Tomo um gole da minha cerveja gelada e aprecio a vista que é o sorriso lindo de Lauren.

No caminho para cá, passamos em uma loja de roupas de praia e a menina ficou eufórica com tantas opções de biquínis de princesas, o resultado foi cinco modelos de princesas diferentes!

O escolhido para hoje foi da pequena sereia.

Aperto o olhar quando Asher lhe dá um abraço. Olho para os idiotas ao meu lado pegando o sorriso de ambos.

— Matteo, tire seu filho de perto dela! Lauren vai para um convento! — falo irritado, mas isso só faz com que eles caiam na gargalhada.

— O inferno deve ter congelado! — Theo fala entre suas risadas de hiena.

— Congelado uma porra! Ela vai ser santa, toda a vida. Vou ensiná-la a fugir de homens. — Olho para Matteo que se debruça para frente sentado de tanto rir. — Por isso deixe seu filho longe dela, ensine que são primos, sei lá...

— Eu já peguei uma prima minha — ele retruca com um sorriso zombeteiro. — Dizem que Deus fez as primas para não pegarmos as irmãs.

— Vai tomar no cu. Minha Lauren não vai conhecer esses caminhos.

— Por mais que eu ache realmente engraçado esse seu desespero, algo me diz que eu é que terei problemas com Asher futuramente — Theo murmura olhando o menino loiro brincando.

— Deixem meu garoto em paz vocês dois. Ash é um garoto incrível e vai se tornar um homem honrado, além de lindo, é claro! — Matteo estufa o peito para falar.

— Pelo amor de Deus, vamos mudar de assunto que estou sentindo meus olhos tremerem, é infarto! Certeza! — digo colocando a mão no peito.

Theo se levanta para passar mais protetor solar na sua monstrinha enquanto eu e Matteo fazemos o mesmo. Quando ele pega Juliana em seu colo, duas mulheres passam ao seu lado babando nele, o que o deixa morto de vergonha no mesmo instante. Olho ao redor e acabo percebendo que grande parte da população feminina da praia hoje tem sua atenção voltada para nós três. Olho Theo em pé com Ju ainda em seus braços dizendo algo a ela, viro para Matteo que tem Asher sentado em seu colo que canta uma música chata pra caralho enquanto o pai coloca um boné nele e reparo em meus movimentos terminando de passar protetor nas costas de Lauren.

Quando as crianças voltam a se afastar e Theo se senta com Ju no seu colo, olho um grupo de 4 mulheres sentadas ao nosso lado e sorrio sedutor quando uma delas me manda um beijo.

— Essa coisa de ser pai solteiro vai me render muitas fodas! — falo apontando as mulheres para os dois que as olham e logo se viram de cara fechada para mim.

— Não sei se você se lembra, mas eu sou casado e muito bem casado — Theo fala irritado.

— E eu estou bem comprometido também — Matteo murmura.

— Cara, somos três homens boa pinta, curtindo a praia com seus filhos. Isso deve ser o fetiche pra muita mulher nessa praia. Já imagino que agora terei que fazer uma agenda pra dar conta de tanta foda todos os dias.

— O único fetiche que envolve meu marido são os meus, Mike! — Jesus, pode voltar! Olho para a pessoa que acabou de falar e respiro fundo. Beca tem um olhar assassino em minha direção.

— Eu só estava brincando! — eu me defendo e sorrio de lado. — Além disso, seu marido tá ali inteiro e casto. — Aponto para Theo que tem um sorriso bobo para a mulher.

—Se eu não estivesse tão cansada daria uns tapas em você — ela ralha fazendo Matteo rir.

Beca se senta ao lado de Theo e logo Juliana a chama. Olho a família do meu amigo e sorrio pela felicidade deles. Matteo também os olha por alguns minutos e quando me encara vejo toda a tristeza em seu olhar. Talvez desejando isso com sua anjinha, mas sabendo que pode ser difícil.

— Como você está, Matteo? — ela pergunta ao meu amigo que suspira.

— Existindo.

— Onde está Cecília? — A pergunta deveria ser normal já que sempre estão juntas, mas no instante em que ela sai da minha boca e recebo os olhares de todos ao meu redor, eu me arrependo.

— Ela e Miguel saíram na hora do almoço. Ela me disse que precisa fazer algo importante e que quando chegasse me daria detalhes. — Eu me sinto uma criança sendo observado pelos olhos de águia da diaba nesse momento.

Porra!

Como assim aquela loira do cão está com o Miguel! E o nosso trato, onde fica?

Um pigarreio me chama atenção e quando olho para Theo, ele aponta com a cabeça a garrafa de *long neck* na minha mão. Eu estou tão puto que nem percebi que estava apertando a garrafa deixando os nós da minha mão brancos.

Porra, Cecília! Eu vou dar umas palmadas em você.

— Oi, tia Beca! — Lauren e Asher se aproximam e relaxo quando a atenção de todos se volta para eles.

— Lauren, você está linda! Deixe-me ver esses pontos. — Beca examina calmamente os pontos na testa de Lauren sob meu olhar atento.
— Está tudo bem?
— Sim, Mike! Os pontos estão bem secos. — Aliviado, solto o ar que nem percebi que estava prendendo.
Assistimos ao pôr do sol na praia, o que deixou Lauren extremamente em êxtase, eu nunca a tinha visto tão feliz como hoje. Saber que agora poderei fazer de tudo sem reservas para manter esse sorriso em seu rosto me deixa contente. Mas o que me incomodou foi o fato de Cecília não estar presente, e saber que ela está junto daquele cara me deixou puto.

Cecília

— Você prometeu pra mim que iria se cuidar, Ceci, e olha só o que acabou de me dizer! Está saindo com aquele idiota que você não suporta e as crises de ansiedade vêm piorando. — Encolho os ombros quando Miguel me repreende.
Ontem à noite quando saí do prédio de Mike, corri para sua casa achando que seria uma boa, mas quando entrei em seu apartamento usando a chave reserva que ele me deu para emergências e o peguei transando com uma morena no sofá eu quis morrer.
A mulher correu desesperada achando que eu era a esposa dele, no início meu amigo achou graça, mas quando me analisou e viu que eu não estava bem, cuidou de mim até que eu peguei no sono. Agora aqui estou eu, sentindo-me uma criança sendo repreendida por ele.
— Eu preciso confessar uma coisa — falo de cabeça baixa.
— Ceci, olha pra mim! — Levanto meu olhar e encaro seu semblante preocupado. Ele está em pé com as mãos na cintura. — Eu estou falando isso para seu próprio bem, já faz quase um ano, Cecília, e ninguém foi capaz de perceber que você tá com TEPT, nem você mesma.
— Eu sei, tá bom! Eu sei que fui negligente comigo mesma, mas você não pode me culpar por isso. Eu estava cuidando da minha amiga, Miguel. — Eu me levanto do sofá alterada.
— Vou contar uma coisa, Ayla não pode ser ajudada se não quiser e enquanto isso é você quem está se afundando.
— E... eu... eu quase prescrevi minha própria medicação. — Solto o olhando nos olhos. Ele aperta o olhar tenso e solta uma chuva de xingamentos nada bonitos.
— Essa merda está saindo do seu controle, eu vou intervir nisso. Acabou a moleza pra você, vamos a uma psicóloga hoje. Você se ouviu? Prescrever remédios para você mesma é o início do fim. — Ele se aproxima colocando as mãos no meu rosto me fazendo encará-lo. — Você não fez, não é? — Nego com a cabeça e meus olhos se enchem de lágrimas.

— Eu quis, Miguel, eu quis muito, mas acabei sendo chamada quando a Lauren deu entrada no hospital. — Ele me puxa para seus braços e me aperta.

— Ah, Ceci. Chega de tentar carregar os problemas dos outros nas costas, os seus já estão bem pesados! — Fungo com suas palavras.

Na hora do almoço Miguel me acompanha até o consultório de uma amiga sua que também é psicóloga, eu pedi ajuda e discrição. Passo o caminho tensa, tentada a recuar e correr para minha casa e me esconder lá até que tudo isso passe, mas ao mesmo tempo, tenho ciência de que preciso enfrentar essa fase para me libertar e voltar ser dona do controle de mim mesma novamente.

Quando chegamos ao consultório, fico encantada com o espaço amplo. Somos atendidos por uma senhora simpática que prontamente nos conta que em breve serei atendida.

— Você está nervosa — Miguel afirma quando para ao meu lado enquanto olho o movimento da janela do terceiro andar.

— É porque estou. Eu mais do que ninguém sei o quanto é difícil sentar em uma cadeira e soltar para algum desconhecido todos os medos que estão dentro de você.

— Você não está sozinha, Ceci. — Olho para ele e sorrio. Quem poderia imaginar que de encontros fracassados nasceria uma amizade como a nossa. Miguel se tornou um dos meus pontos de apoio, aquele a quem recorro quando vejo Ayla se perdendo dentro de si própria, e não poder fazer nada se torna doloroso.

— Obrigada por isso! — murmura baixo ganhando um beijo na sua testa.

— Cecília Monteiro. — Nós nos viramos quando escutamos meu nome.

Encaro a mulher alta, magra e com um sorriso singelo no rosto me olhando atentamente.

— Sou eu — respondo seguindo-a para dentro do consultório depois de lançar um sorriso tenso para o meu amigo.

O consultório é mais aconchegante do que a parte de fora. As 3 janelas abertas deixam o ambiente arejado e as várias plantas suculentas em cima de dois grandes aparadores dão um charme a mais. Eu me sento na poltrona cinza e me acomodo confortavelmente pegando o sorriso da mulher a minha frente.

— Muito bem, senhorita Monteiro.

— Ceci. — Ela abre um sorriso enorme. — Me chame de Ceci, por favor.

— Ok. Ceci, então!

CAPÍTULO 11

Cecilia

— Meu nome é Bessie Wilson, e se você se sentir confortável nesta nossa primeira conversa poderemos construir uma ótima relação, mas isso vai depender de você, Ceci, eu sei que também é psicóloga e pode achar difícil se sentar na posição que está hoje, mas se está aqui é porque sabe que precisa de ajuda. Então aqui você é a paciente e quero que fique à vontade para me dizer o que achar que deve ser dito. — As palavras de Bessie me deixam mais tranquila, eu estava esperando me sentar aqui e ser julgada o tempo todo por ser da mesma profissão que a sua e estar passando por problemas.

— Eu demorei muito para procurar a ajuda que necessito, pode esperar meu empenho e zero caretas nas nossas sessões — brinco no final ganhando seu sorriso contido.

— O que você espera dessa primeira sessão, Ceci?

— Eu só quero dar um primeiro passo, Bessie. Não está sendo fácil sentir todo o peso do mundo nas costas — falo a olhando séria.

— Então o primeiro passo é hoje? — confirmo com a cabeça. — Isso é ótimo, querida. Eu sei que você conhece como funciona a Escala de Beck, mas eu gostaria de aplicá-la em você. Lembre-se que quando se olha de dentro do problema as coisas parecem mais confusas e sem resolução, mas pra quem está vendo de fora é mais fácil e claro. — Confirmo com a cabeça sabendo que não tem como fugir.

Passo os próximos trinta minutos respondendo a todas as suas perguntas, e a cada vez que eu respondia que tive o sintoma citado e que foi difícil controlar, um bolo se formava em minha garganta. E foi então que percebi que meu problema é muito mais grave do que eu tinha pensado. Parar e analisar de forma profissional em minha mente tudo o que eu disse é assustador.

Grave.

Minha ansiedade está em um estado grave.

— Pela sua cara você já deve ter percebido o resultado. — Bessie afirma me olhando séria. — Há quanto tempo tudo isso começou? — Suspiro derrotada.

— Um ano. — Um ano em que eu quase toda noite vejo Karen morta no chão do quarto antigo de Beca. Digo em meus pensamentos enquanto ela assente e anota algo em seu caderno.

— Para uma primeira sessão e para primeiro passo, você foi excelente. Mas antes que nosso tempo acabe hoje, preciso que você me diga um lugar que gosta. — Arqueio a sobrancelha pela pergunta sem pé nem cabeça, mas ciente de que preciso responder falo o primeiro lugar que vem em minha mente.

— Griffith Park à noite. — Bessie sorri surpresa.

— O parque do letreiro de Hollywood? — Confirmo com a cabeça.

Sem pensar direito, sem dúvidas ou sem qualquer insegurança. Estar naquele lugar foi fantástico, olhar a cidade à noite iluminada me deu uma sensação de paz e mesmo sem querer acreditar, estar com Mike deixou o local ainda mais especial. A lembrança de estar em seus braços chorando, mas ao mesmo tempo me sentindo segura vem como um flash em minha mente, meu corpo se arrepia só com a lembrança de sua mão me acariciando.

Tem algo de muito errado comigo! Só isso explica toda essa confusão em minha cabeça agora.

— Muito bem, Ceci, tenho uma lição para você hoje. Quero que vá até lá antes da nossa próxima consulta. Quero que você se sente e pense em todas as vezes que você teve crises de ansiedade e preste atenção nos gatilhos, não os óbvios, preste atenção nos que estão imperceptíveis.

Concordo com a cabeça sem falar nada. Voltar lá é tudo que eu mais quero, mas para isso eu teria que pedir ao babaca do Mike e com certeza isso pode me custar caro, bem caro.

―――•❖•―――

Passei o resto do dia entre atendimentos e quando Miguel veio me encontrar me intimando a ir jantar com ele, aceitei de bom tom.

Escolhemos nosso restaurante favorito, o *Marrot*. Comida italiana e um bom vinho para encerrar o dia exaustivo era tudo que eu precisava. Nos sentamos no deck que dá acesso a uma vista linda do Pacific Park, o que momentaneamente me faz lembrar das palavras de Bessie sobre ir ao meu lugar favorito da cidade e por consequência, como se o lugar fosse ligado a ele, Mike me vem à mente.

Eu me pergunto como deve estar sendo a adaptação dele com Lauren. Rebeca me disse hoje cedo que iria à praia encontrá-los, mas eu recusei o seu convite dizendo que precisava sair com Miguel.

— Onde sua cabeça está essa noite? — Saio dos meus pensamentos quando Miguel apoia a mão em cima da minha sobre a mesa. Eu o olho sorrindo de lado.

— Estava pensando na sessão, Bessie é maravilhosa. — Ele apruma o corpo e se recosta na cadeira. — Onde vocês se conheceram? — Ele arqueia a sobrancelha e suspira.

— Nós meio que namoramos no início da minha residência. — Meu queixo se abre em choque. Só as palavras Miguel e namoro na mesma frase teriam esse efeito.

— Então o pegador já namorou? — falo zombeteira. Não é que Miguel tenha aversão a relacionamento como Beca teve um dia, mas seu jeito livre e devasso o impede de se prender a alguém e essa foi uma das várias razões que não demos certo, além da grande amizade, é claro.

— Eu era novo. — Dá de ombros. — Ela é uma mulher linda e eu meio que fiquei inseguro. Vai por mim, aquela pele morena e olhos castanhos sempre chamam a atenção dos homens.

— Você terminou com ela por insegurança?

— Não foi bem assim, chegou um momento que nossas ideias não batiam mais. Ela queria algo sério demais para um cara que estava apenas no início da sua residência. — Suas palavras descontraídas me fazem sorrir maliciosa para ele.

— Então Bessie é o caminho do seu coração, Miguelzinho? — murmuro e ele cai na gargalhada.

— Definitivamente não. Ela se tornou uma grande amiga, como você! — Arqueia a sobrancelha.

— Porra nenhuma! Nós somos amigos. Você e ela estão mais para amizade colorida.

Nossos espaguetes chegam e eu devoro meu prato entre risadas e mais conversas. Estar com Miguel é sempre algo relaxante que me faz esquecer por algumas horas a corrente de problemas com Ayla e minhas crises.

— Mudando de pau pra cacete, dona Cecília. — Olho fazendo careta pelo trocadilho. — Você está em pleno andamento de um conjunto de cinco encontros. Quantos já foram?

— Dois — murmuro mexida. É bom falar com alguém sobre isso.

— E como aquele cara chegou a ser um candidato?

— Eu não sei dizer, quando percebi estava no meio de um campo de paintball com ele tendo nosso primeiro encontro. — Miguel gargalha quando conto sobre minha experiencia daquele dia e em como foi bom meter aquelas balas de tinta no idiota do Mike.

— Você deveria ter visto a cara de dor dele. Foi sensacional!

— E os efeitos colaterais! Você os analisou? — Ele agora não tem um sorriso no rosto e sim um olhar de cautela.

— Ele não é uma má pessoa, além disso vai ser bom fazer ele perder aquela pose de fodão quando eu vencer.

— Já parou pra pensar que talvez vocês dois percam no final disso? — Suspiro derrotada. Mike é perigoso demais, depois do que aconteceu ontem naquele corredor, a forma como me senti segura e a forma que me doeu ir e 79deixá-lo para trás anda me assustando.

— Eu estou cansada demais de sempre medir meus atos, de sempre controlar o que quero.

— Você sabe que ele só quer sexo com você e mais nada, né? — Suas palavras me atingem em cheio, eu sei o que Mike espera ao final disso tudo. O pior é perceber que existem pequenos momentos, não tão raros assim, em que meu corpo se arrepia com sua presença.

— Eu sei, por isso vai ser legal ver ele quebrar a cara.

— Por falar no diabo! — Miguel murmura e aponta para Mike e Lauren entrando no deck, mas o que me faz perder o sorriso no rosto é ver que eles não estão só!

Natasha, a mulher que já vi várias vezes rondando Mike nos lugares, está com eles. E pelos sorrisos dos três a conversa está boa ao ponto de nem me notarem na mesa principal do deck.

— Então ele conseguiu adotar Lauren! — Escuto Miguel, mas não me viro para olhá-lo. Meus olhos estão focados em como os três parecem fodidamente lindos juntos, *como uma família deve ser*.

— Ainda é provisória, mas ele vai conseguir no final. — Lauren sorri de algo que Natasha diz enquanto Mike está olhando o cardápio. Meu coração se aperta e tenho vontade de ir até lá e...

Vai fazer o quê? Hm...

— Merda! — murmuro e me viro para frente pegando o olhar analítico de Miguel em mim.

— Sabe, eu sempre soube que no fundo você sentia algo por ele, eu até o provoquei naquele almoço em que ele me jogou na piscina, o cara é um babaca, Ceci. Aquilo ali. — Aponta para eles. — Parece inocente, mas no fundo você sabe que inocente não é uma palavra que combine com ele.

— Não é como se estivéssemos tendo algo sério — respondo bebericando meu vinho.

— Então ele pode ficar com outras pessoas? — Nego.

— Acordamos em ser exclusivos, ele até tentou colocar você no pacote de "manter-se longe". — Faço aspas. — Mas eu o disse que somos amigos e pronto. Ela também deve ser uma amiga.

De repente estar no meu restaurante favorito se torna algo sufocante, meus olhos me traem várias vezes quando desvio para olhar para a mesa deles. A distância e a conversa os impedem de me ver aqui.

Percebendo meu desconforto, Miguel me chama para ir embora e ao sairmos escolho a saída do deck direto para a praia.

O suspiro do meu amigo ao meu lado me faz olhá-lo.

— Você entrou em algo perigoso. Agora que começou sua terapia, coisas ou alguém como Mike podem atrapalhar, Cecília.

— Tá tudo bem, não precisa se preocupar. Não é como se eu fosse entregar meu coração para ele. — Miguel arqueia uma sobrancelha e eu decido que é hora de me calar.

Abro a porta de casa esperando ser recepcionada pelo silêncio massacrante, mas o que vejo faz um sorriso brotar em meu rosto.

— Ainda bem que você chegou. Eu fiz brigadeiro! — Ayla mostra o prato com o doce, ela está sentada no sofá enquanto Rei Leão passa na tv. Fecho a porta com tranca, largo minha bolsa no chão e ando devagar até ela. — Você tá me olhando como quando ganhou aquele patinete da Barbie. Admirava tanto ele que nem queria andar. — Nesse momento eu tenho um sorriso no rosto, mas também posso sentir uma lágrima escorrer.

— Você saiu do quarto — murmuro me sentando ao seu lado no sofá.

— Sim. Eu... eu precisei reunir tudo de mim pra sair daquele quarto, Ceci, e consegui. — Seu olhar recai para o filme, o preferido de Asher. — Eu sinto falta do meu leãozinho — murmura. Puxo ela para meus braços a apertando entre eles.

— Você vai conseguir passar por isso e voltar para eles. — Passo a mão em seu longo cabelo e nos aconchegamos no sofá para ver o filme juntas.

Em semanas é a primeira vez que ela toma atitude para fazer algo. Meu coração está batendo tão rápido com a emoção de sentir que ela está enfim dando o primeiro passo. Internamente sorrio por isso, parece que mesmo sem saber escolhemos o dia de hoje para pegarmos as rédeas de nossas vidas, enfim.

— Ceci — Ayla me chama sem tirar os olhos da TV.
— Oi.
— Obrigada por tudo.

Quando terminamos de ver Rei Leão, Ayla está exausta. Subimos para nossos quartos e quando me vejo sozinha, minha mente traidora me leva ao dia em que estive no quarto de Mike. Enquanto tomo meu banho minhas mãos descem pelos meus seios que se encontram pesados. De olhos fechados deixando a água cair pelo meu rosto, a lembrança de Mike de terno em meu consultório me invade e quando percebo, gemo com o contato da minha própria mão em minha intimidade.

Um pensamento travesso me invade quando termino meu banho. Visto meu roupão e no meu quarto deixo apenas o abajur ligado, deixando o cômodo à meia-luz. Deito-me confortavelmente nos travesseiros e almofadas em cima da cama ficando meio sentada. Abro as pernas e fecho meus olhos quando levo minha mão até meu ponto pulsando. O contato é tão intenso que suspiro de olhos fechados.

Deixando a imaginação falar mais alto que a própria razão, passo minha outra mão em meus seios que têm os bicos duros enquanto imagino Mike aqui comigo.

— *Abre bem essas pernas para mim, princesinha!* — *ele me pede com seu sorriso safado, e precisando do seu contato me abro completamente para ele.*

— *Eu quero que se toque para mim. Use uma mão para abrir seus grandes lábios e a outra para massagear por dentro.* — *Obediente como eu nunca pensei que seria um dia, faço o que ele me pede.*

Uso uma mão abrindo minha intimidade. Saber que os olhos dele estão em mim me deixa quente, por dentro estou me contraindo.

— *Que visão linda do caralho.* — *Escuto sua fala, mas meus olhos estão fechados concentrados na missão de me dar prazer. Roço freneticamente minha mão em meu clitóris deixando escapar gemidos no processo.*

— *Isso, Ceci, prepara essa boceta gostosa pra me receber.* — *As palavras chulas têm o poder de me deixar ainda mais quente.*

Sinto meu corpo convulsionar, posso sentir minha libertação vindo, como um vulcão prestes a entrar em erupção. Aperto o bico duro do meu seio e gemo alto.

— Mike... — *gemo chamando seu nome sem o olhar, mas sentindo seus olhos em mim e me dando prazer.*

Planto meus pés no colchão me preparando para me deixar ser levada por um orgasmo intenso quando o barulho de algo caindo me chama atenção. Abro os olhos saindo de toda a cena erótica que me encontrava. Minha respiração está acelerada. Olho meu roupão totalmente aberto mostrando minha intimidade encharcada.

— Merda. Eu estava quase lá. — *Suspiro, derrotada. Levanto-me e cubro meu corpo corretamente. Saio do meu quarto e desço até a cozinha para verificar o barulho.*

— O que está fazendo acordada? — *pergunto para Ayla que está na cozinha bebendo um copo de água.*

— Eu acabei perdendo o sono e acordei com a campainha. — *Arqueio a sobrancelha.*

— Quem era a essa hora? — *pergunto cruzando os braços na altura do peito.*

— Mike. — *Arregalo meus olhos. Que espécie de coincidência é essa.*

— O qu... que ele queria?

— Theo pediu para ele verificar nós duas esta noite, Matteo ainda vai se manter distante e prefiro assim. Mike pelo visto é o segurança dessa noite, mas ele já foi, saiu correndo como se tivesse visto um fantasma depois de voltar do banheiro. — *Ela dá de ombros, me beija na bochecha e sobe para o quarto.*

— Idiota — *murmuro revirando os olhos e subo para ter quem sabe uma boa noite de sono.*

Mike

Eu deveria ter percebido que não era boa ideia deixar Lauren com a diaba e o Theo e vir verificar as meninas. Primeiro foi a surpresa de ser recebido por Ayla, ver ela enfim fora daquele quarto me deixou aliviado porque eu já estava pensando na possibilidade de a enxotar daquele cômodo, mas meu erro foi querer verificar aquela loira filha da puta da Cecília. Dei a desculpa a Ayla de que iria ao banheiro do antigo quarto da Beca só que na verdade fui direto para o quarto de Ceci.

A porta não estava fechada, por uma fresta saía a luz que vinha do quarto.

Nada.

Absolutamente nada iria me preparar para a visão que tive.

Ceci estava com as costas apoiadas em travesseiros no meio de sua cama, o roupão branco aberto me deu uma visão clara dos seus seios fartos e bicos pontudos rosados. Minha boca salivou com o pensamento de colocá-los em minha boca. Com as pernas abertas e uma mão entre elas se masturbando, pela primeira vez desde que a conheço, Ceci me deixou sem palavras.

Que visão mais linda do caralho!

Com a mão em sua boceta totalmente depilada, ela geme quando seus dedos passam em cima do clitóris que nem preciso estar perto para saber que se encontra inchado. Por reflexo, levo minha mão ao meu pau que está duro e dolorido dentro da cueca, suspiro quando a escuto gemer, meu corpo se arrepia com a cena.

— Mike... — Travo no lugar, a porra do meu coração está batendo tão forte que posso escutar as batidas. Ela está gemendo meu nome.

Fecho os olhos tentando controlar a vontade de invadir esse quarto e me enfiar dentro dessa boceta encharcada. Meu corpo traidor dá um passo à frente para escancarar a porta, mas tomando consciência de que esse não é o momento, levando tudo de mim, eu me viro e sem querer esbarro na porra de um aparador fazendo um barulho alto. Como um adolescente que acabou de fazer algo errado e precisa fugir, desço as escadas correndo e sem me despedir direito de Ayla saio batendo a porta da casa rumo ao meu carro.

— Porra, princesinha, você tá me fodendo, *me fodendo*. — Quando me sento em frente ao volante, solto a respiração que mantinha presa. Encosto a cabeça no banco e fecho meus olhos.

Seios rosados com bicos pontudos e durinhos.

Uma boceta depilada e completamente encharcada.

Como esquecer essa maldita visão?

Ligo o carro tentando focar no caminho até minha casa, meu pau dolorido não ajuda em nada. Meu celular toca e eu o conecto rápido ao *bluetooth* do carro.

— O que foi, Theodoro? — falo ríspido. A culpa é toda desse filho da puta, se ele não tivesse me pedido esse favor, eu não estaria com meu pau dolorido e duro como um bastão de ferro nesse momento.

— *Trocou a ferradura no caminho daí?* — A fala sarcástica me faz bufar.

— Elas estão ótimas. — *Principalmente a loira do cão*. Respondo em pensamentos.

— *Maravilha. Amanhã eu passo na sua casa e deixo Lauren.*

— Não deixe a diaba perto dela, ainda estou pensando se ela é má influência.

— *Você é o pai dela, Mike, ela vive com uma má influência.*

— Vai se foder, Theodoro.

— *Qual é a porra do seu problema? O que aconteceu com você?* — A pergunta é feita sussurrada como se ele estivesse escondido e falando comigo.

A porra do meu problema é que estou com uma puta ereção e meu pau traidor não vai se aliviar com qualquer boceta. O filho da puta quer se enterrar até o talo naquela delícia rosada e molhada. Eu quero dizer isso, Deus sabe o quanto eu quero, mas tudo que respondo é...

— Nada, não aconteceu nada. Traga Lauren cedo! Boa noite. — Desligo sem esperar uma resposta.

O caminho até minha casa em dias normais seria curto, mas com as lembranças de Ceci, ele se torna longo como um inferno.

Porra!

Não sei se estou puto, irritado ou com tesão na filha da puta.

Abro a porta do meu apartamento e sigo direto para meu quarto me livrando da roupa no caminho. Chego em meu banheiro e praguejo quando vejo minha ereção. Entro debaixo da água fria e fecho meus olhos.

Levo minha mão ao meu pau dando uma leve apertada o manuseando de cima pra baixo deixando as lembranças do que vi virem com tudo.

Gemo alto quando me imagino chupando aquela boceta molhada e a sensação é tão intensa que minhas pernas tremem me fazendo apoiar uma mão no box enquanto a outra faz movimentos rápidos, que em segundos me levam a um orgasmo forte que me deixa com a respiração ofegante.

Com as duas mãos apoiadas no box do banheiro e de cabeça baixa ainda me recuperando da punheta que acabei de bater em homenagem a Ceci, faço uma promessa silenciosa: Eu ainda vou me afundar dentro daquela mulher, Cecília ainda vai ser minha. Eu só preciso saber se isso vai me trazer prazer ou me levar à ruína.

CAPÍTULO 12

Cecilia

Estou há alguns minutos encostada no batente da porta do antigo quarto de Beca admirando os pequenos vislumbres de sorrisos que aparecem no rosto de Ayla sempre que Juliana balbucia algo. A tristeza em seus olhos ainda está lá, ainda podemos notar os momentos onde a mente dela se perde em suas lembranças dolorosas, mas ainda assim sua força de vontade em superar é maior. Sim. Superar, coisas como o que aconteceu com minha amiga não tem como esquecer, podem se passar anos e anos e ainda assim ela ainda vai lembrar. A diferença é que a sua força de vontade vai ajudá-la a superar, até que um dia a lembrança não doa mais, até o dia em que ela poderá se libertar dos sentimentos ruins, dos pensamentos ruins, dos pesadelos, e então ela se verá livre do seu passado. As noites mais escuras produzem as estrelas mais brilhantes e Ayla está próxima de brilhar lindamente.

— É bom vê-la assim, não é? — Beca sussurra parando ao meu lado.

— Esse pequeno momento da minha vida se chama felicidade! — recito e a olho sorrir para mim.

— À procura da felicidade! — ela responde quando percebe que tirei a frase do filme que adoramos.

— Ei, vocês duas, Juliana vai dormir, saiam porque eu minha princesinha vamos descansar um pouco, não é mesmo, Juju?! — Ayla fala doce para Juliana, fazendo com que Beca e eu as deixemos sozinhas.

Juntas descemos e vamos direto para a área da piscina, o entardecer está se aproximando e nesse momento somos agraciadas com o sol laranja de Santa Mônica.

— E como você tem passado? — Olho para Beca surpresa por sua pergunta.

— Eu estou bem, agora que Ayla parece estar melhor tudo vai ficar bem. — Enquanto respondo, Beca tem seu olhar afiado em mim. Ela balança a cabeça como se concordasse com o que eu disse e vira o olhar para o céu e eu faço o mesmo.

— E como é que vai esse bebê?

— Vai indo tudo muito bem, em breve vamos saber o sexo e Theo está rezando dia e noite para que seja um menino dessa vez. — Sorrio.

— Ele vai pirar se for outra menina. — Jogo a cabeça para trás gargalhando. Eu me aconchego no sofá e suspiro.

Ainda estou olhando o pôr do sol, mas tendo ciência de que o olhar da minha amiga está em mim.

— Sabe, Ceci. Eu não sou burra, eu posso ter deixado passar por conta do que ouve com Ayla, mas você não me engana em nada. — Viro-me para olhá-la. — Então pode começar a me contar o que você está escondendo. — Suspiro e desvio do seu olhar.

Rebeca sempre pareceu ter uma bola de cristal quando tentávamos esconder algo dela, sempre foi assim, ela começa olhando você por longos minutos como se o estivesse estudando e depois como uma cobra a diaba dá o bote.

Como sei que mentir para ela é a pior escolha no momento, resolvo me abrir. Foco em uma palmeira a quilômetros de distância porque eu sei que se eu a olhar posso perder a coragem.

— Eu descobri que tenho transtorno pós-traumático. — O silêncio é o sinal dela de me dizer para continuar. — Desde que... desde que eu disparei aquela arma, e não venha me dizer que foi um acidente, Beca, porque eu senti o exato momento em que apertei o gatilho. — Fecho meus olhos. — Eu comecei a ter pesadelos, depois vieram as sensações de me sentir suja e me esfregar até minha pele ferir e por último as crises de pânico.

— Há um ano você vem escondendo isso tudo de nós? — ela me pergunta e pela minha visão periférica eu a vejo me olhando.

Balanço a cabeça confirmando.

— Eu só comecei a perceber de fato que era algo pior na semana em que Ayla voltou do Brasil.

— Eu não acredito que você me escondeu isso, Cecília! — Ela explode. Levanta-se e aponta o dedo para mim, sua barriga à mostra por conta do *top* que ela usa parece se mexer. — Você não tinha o direito de passar por isso sozinha, eu deveria estar do seu lado como sempre estive. Será que você não aprendeu nada com o que aconteceu com a Ayla? Porra, ela se calou, foi embora e só quando o pior aconteceu ela abriu o bico. — Olho para minha amiga que grita zangada. Rebeca se encontra alterada.

— Fica calma!

— Calma porra nenhuma, nós não somos amigas, deixamos de ser há muito tempo, nós somos irmãs e você não tem o direito, o dir... — Quando ela soluça e começa a chorar na minha frente me levanto assustada. Beca não é de chorar facilmente e só talvez por isso possa culpar os hormônios da gravidez.

O abraço desajeitado por conta da barriga parece não ser o suficiente para acalmá-la. O choro de dor da minha amiga me faz suspirar enquanto minhas lágrimas rolam.

— Eu fico me perguntando onde é que eu estava quando tudo isso aconteceu, quando Ayla passou por aquilo e agora isso com você, Ceci. Onde eu estava que não vi minhas amigas perdidas?

— Beca, meu amor! — Eu me desvencilho do seu abraço sentando-a no sofá. Eu me abaixo à sua frente enquanto ela limpa o rosto vermelho. — Você estava ocupada sendo mãe, sendo esposa e trabalhando. Estava tendo mais responsabilidades e não pode se culpar. Você acabou de dizer que é nossa irmã, pare de agir feito uma mamãe urso! — Minha fala é doce, mas firme.

— Eu ainda sou a forte da nossa relação — ela murmura fungando e me fazendo sorrir.

— Claro que é, você é uma diaba, Sra. Bittencourt.

— Me diz que está fazendo tratamento! — Seu olhar é de cautela.

— Eu estou! Estou me tratando e está no início, mas já está indo bem. — Bem uma ova, eu não fiz o que Bessie me pediu e talvez tenha faltado à última consulta. Mas eu não vou dizer a verdade se nem eu mesma sei o que há de errado comigo.

— Isso me deixa aliviada. — Seu abraço me acalenta e traz conforto, nesse momento eu quis realmente estar sendo verdadeira com minha amiga.

— Agora vamos falar de coisa boa!

— Na verdade eu quero falar sobre uma fofoca e das grandes! — ela fala com seu olhar sapeca.

— Sou toda ouvidos! — Sentada ao meu lado, ela me fita.

— Há alguns dias, Theo deixou escapar que o Mike está saindo sério com uma mulher. — Meu coração começa a bater rápido. Não é possível que aquele infeliz deu com a língua nos dentes para o Theo.

— E... bom, você sabe quem é? — Minha amiga sorri de lado.

— Eu acho que é a Natasha! Eles foram lá em casa ontem levar a Lauren depois que eu pedi a ele, os três chegaram juntos, não que eu vá com a cara dela, mas parece que ela e Mike são bem próximos. — Nesse momento eu queria berrar e dizer que a mulher que está saindo com ele sou eu, mas ao mesmo tempo uma dúvida me bate.

E se ele estiver saindo com nós duas ao mesmo tempo? Eu posso ter pedido para não sair com mais ninguém, mas acontece que eu não posso me dar o direito de confiar.

A cena dos três chegando no restaurante me vem à mente, meu coração traidor se aperta no peito. Lauren parecia bem à vontade com Natasha.

Ainda perdida em toda confusão dos meus pensamentos, pego o olhar analítico da diaba em cima de mim. Tentando não deixar transparecer nada, dou de ombros.

— Que eles sejam felizes, só lamento por Lauren, Mike é um pé no saco!

— Até quando vocês dois vão ficar se estranhando?

— Beca querida! Mike e eu somos totalmente opostos um do outro, nós nunca vamos nos dar bem.

— Na verdade o que você precisa é de um chá de pau, pra ver se passa esse seu mau humor! Aliás. — Como se uma ideia passasse em sua mente ela me olha com os olhos brilhando. Eu suspiro. Não vem coisa boa por aí. — Como anda a coisa dos encontros? Ceci, às vezes eu acho que você vai pro céu como uma santa intocável. Você não sabe o que tá perdendo.

Eu queria dizer a ela que eu tenho ideia do que estou perdendo, ontem enquanto me tocava foi mais intenso do que das outras vezes e se eu estivesse acompanhada dificilmente teria parado.

— Eu ainda sou virgem e não tenho encontros.

Ela não tem a chance de responder, porque Ayla aparece sorrindo de lado em nossa frente.

— Perdi o sono, mas Juju dormiu feito uma pedra! — ela diz se sentando a nossa frente e nos fita sem jeito me fazendo arquear a sobrancelha.

— O que foi? — Decido quebrar o silêncio.

— Eu tenho tanto a agradecer a vocês duas.

— Sai, Aylinha! Nem vem, já chorei muito hoje e não estou mais a fim. — Rebeca sem tato fala apavorada nos fazendo gargalhar.

— É só você ficar grávida que vira uma manteiga derretida, não é mesmo? — Ayla fala entre gargalhadas.

— Ayla — chamo ganhando sua atenção. Pego sua mão depositando um beijo. — Vencer a si própria é a maior de todas as vitórias, nós duas estamos passando por momentos difíceis e vamos vencer, amiga! — Ela balança a cabeça e se joga em cima de mim em um abraço. E depois de muito tempo, passamos um delicioso fim de tarde juntas.

Mais uma vez o trecho do filme me vem à mente: *"Esse pequeno momento da minha vida, se chama felicidade".*

Estar com as mulheres que escolhi para serem minhas irmãs não tem preço.

Mike

Há dois dias eu venho tendo sonhos que me deixam com uma ereção assustadora ao longo do dia. Os intermináveis banhos frios não estão sendo capazes de aplacar a minha mente filha da puta. É só pensar em Ceci se tocando e pronto, meu pau se anima, ainda bem que sonhar não paga imposto, caso contrário eu estaria falido por causa daquela loira.

No meu banheiro debaixo do chuveiro.

No meu sofá da sala com ela de quatro pra mim.

Na pequena ilha da cozinha, sentada e de pernas abertas, pronta pra me receber.

A maldita está nos meus sonhos, dormindo ou acordado, não faz diferença. Ela está sempre lá, tomando pra si tudo de mim.

Olho para baixo vendo Lauren soltar um dos vários suspiros que foram dados ao longo do caminho da minha casa até a casa da minha mãe.

— Não está contente de vir passar o dia com minha mãe? — pergunto quando aqueles olhinhos castanhos focam em meu rosto.

— Eu só estou com saudades da tia Ceci.

— Ela vai ver você em breve, a tia Ceci está trabalhando muito no hospital. — Enquanto conto uma mentira, planejo mil maneiras de ir buscar aquela filha da puta e fazer um sorriso voltar ao rosto de Lauren.

Abro a porta da casa da minha mãe escutando barulhos vindo do andar de cima.
— Mãe — chamo e logo ela responde que já está vindo.
Quando ela e meu pai descem as escadas com sorrisos amarelos no rosto, eu sei que estão aprontando algo.
— Lauren, meu amor, que saudade que a vovó estava de você! — Dona Suzy abre os braços para receber Lauren que vai alegre.
— Eu tenho uma surpresa pra melhor neta do mundo! — Levanto as duas sobrancelhas achando graça.
— Mas você só tem eu! — Lauren responde ao meu pai.
— Isso é só um detalhe, querida! — minha mãe responde olhando de lado. — Agora vamos, eu quero mostrar algo.
Os três sobem as escadas e eu fico parado no meio da sala os vendo, em nenhum momento se lembraram que eu estava presente. Quando o grito de Lauren preenche meus ouvidos subo correndo ao seu encontro e estaco no lugar quando vejo meu antigo quarto.
— Tio Mike, olha isso! Meu quarto na casa da vovó Suzy. — Olho ao redor com um sorriso bobo. Meu antigo quarto, que antes era totalmente masculino, com troféus de campeonatos de basquete e vários pôsteres de mulheres quase nuas, sim, quase nuas. Não pense o pior de mim. O que importa é que o cômodo agora tem uma pintura rosa-claro com uma cama como de uma princesa e prateleiras com alguns ursinhos, além de uma cômoda branca. Meus pais o mudaram para Lauren que está em êxtase andando para todo lado admirando tudo.
— Olha só pra isso! Parece que eu fui trocado mesmo — digo sarcástico, provocando minha mãe, que rola os olhos.
— John, dê um jeito no seu filho.
— Mike, sua vez já passou! Nós o educamos, fizemos nossa parte, agora temos uma neta para estragar — meu pai fala sorrindo para mim e depois se senta na cama chamando Lauren para um abraço.
— Vocês não podem estragá-la, pensei que me ajudariam a educar!
— Claro que não, os avós servem para estragar os netos. Agora pode ir, eu e Lauren temos um cronograma de tarefas para fazer.
A pequena traidora da minha filha nem sequer se despediu de mim direito quando disse que já estava saindo.
No caminho para o escritório decido antes passar no hospital e, quem sabe, ter um terceiro encontro dentro do consultório da princesinha.
Já na recepção dou de cara com a diaba que me encara com um sorriso zombeteiro de lado me fazendo semicerrar meu olhar para ela.
— O que faz aqui? — pergunta, sempre tão direta!
— Acho que estou doente, aqui ainda é um hospital! — Sorrio.
— Mike, Mike, Mike... eu já disse que não sou idiota. Vocês não me enganam. — Finjo que não entendi sua fala, mas no fundo entendo perfeitamente bem, ou ela já sabe sobre mim e Ceci ou tem suas dúvidas, o fato é que qualquer uma das alternativas o resultado será ruim, a princípio.

— Você está falando coisas desconexas, devo ligar para o Theo? — digo zombeteiro ganhando seu sorriso.

— Eu estou de olho em vocês — fala e sai, mas antes escuto perfeitamente me chamar de babaca.

Pego o elevador indo para o andar da psiquiatria. Quando as portas se abrem meus passos se apressam para encontrá-la logo! Bato na porta do seu escritório e quando ninguém responde eu a abro e encontro o lugar vazio, antes que eu tenha a chance de sair e fechá-la novamente, alguém me empurra totalmente para dentro fechando-a e logo sou prensado na parede.

Meu sangue ferve e eu enxergo vermelho quando percebo que é o filho da puta do Miguel quem me encurrala.

— Me solta — grito enfurecido, pegando no colarinho da sua blusa e o sacudindo.

— Você vai me ouvir. — Ele me solta se afastando um pouco, enquanto eu o fuzilo com um olhar.

— Eu não tenho nada para falar com você!

— Tem sim. Você vai se afastar da Cecília. Me ouviu? — Arqueio uma sobrancelha para a ordem. *Quem esse cara pensa que é?*

— Acho que você deve estar falando com a pessoa errada. Você não manda em mim e nem é dono dela.

— Ela estava passando pelo inferno sozinha enquanto todos vocês estavam ao redor da Ayla, como se só ela importasse. — Aperto meu olhar para ele. — Mas eu fiquei do lado dela, me calei, foi em meu colo que ela chorou e foi comigo que ela se sentia melhor quando tudo ficava pesado demais naquela casa. Você não vai fazê-la sofrer, e eu vou me encarregar disso.

— Mas que porra você está falando? O que a Cecília tem? — Vendo que não sei do que ele está falando, o filho da puta sorri como se estivesse se deliciando com o momento, mas a verdade que estou pouco me lixando para ele, eu só quero saber o que é que ela tem, o que Cecília vem escondendo.

— Isso não sou eu que tem que dizer, se ela quiser ela que conte. — Fúria me consome.

Parto para cima dela e lhe desfiro um soco, ele revida e nós caímos no chão ainda trocando socos e pontapés. Escuto um grito assustado e quando dou por mim, sinto as mãos de Ceci puxando meu braço.

— Mike, solta ele... Mike solta ele, merda! — Mesmo sem querer tiro meu braço que estava apertando a garganta do imbecil e me levanto ofegante.

— Miguel, você está bem? Pelo amor de Deus o que aconteceu com vocês, seus animais?

— Está tudo bem, Ceci — ele responde se levantando.

Ceci para no meio de nós trocando olhares entre um e outro.

— O que é que deu em vocês? Ficaram loucos?

— Parece que seu amigo perdeu a noção do perigo, princesinha — Ela aperta o olhar em minha direção e depois troca um olhar com Miguel.

— Miguel, será que você pode nos deixar a sós? — Mesmo relutante o idiota sai me fuzilando com os olhos enquanto eu mantenho meu sorriso de deboche para ele.

Quando estamos sozinhos, Ceci parece tensa. Sem me olhar, ela se afasta de mim.

— Já me defendendo, eu não tive culpa. Ele quem me atacou primeiro.

— Não se faça de santo porque esse papel não combina com você — ela ralha me olhando. Faço menção de me aproximar dela, mas paro quando ela dá um passo para trás. Encaro seus olhos sem entender nada.

— Eu vou perguntar uma coisa e quero que seja verdadeira comigo, Cecília.

— O que você quer saber? — Ela me fita curiosa.

— O que você tem de verdade? O que tem por trás daquelas crises de pânico e porque o idiota do Miguel se sente no dever de proteger você do mundo? — pergunto me aproximando dela, que está visivelmente tensa. Quando paro a sua frente ficando a centímetros do seu rosto, encaro os azuis intensos que são seus olhos.

— Eu andei passando por momentos difíceis, e acho que foi um erro começar esse jogo com você. — Analiso sua resposta. Ela não quer falar, mas o que mexe comigo é perceber que ela quer acabar com o que temos.

— Fale claro, princesinha — murmuro ainda a encarando.

— Eu não quero mais ter encontros com você. Acabou, Mike. — Nesse momento algo dentro de mim se quebra.

Eu quero brigar, gritar, dizer motivos para isso não acontecer ou até mesmo fazê-la ver que por incrível que possa ser, nós somos bons juntos, mas tudo que digo é:

— Por quê? — Desviando do meu olhar e dando um espaço considerável de mim, ela suspira de olhos fechados e quando os abre me olha como se aquilo doesse mais nela do que está doendo em mim, e porra! Isso é foda pra caralho.

— Nós somos diferentes e eu não quero perder tempo.

— Pare de mentir pra mim, droga! — falo alto, perdendo o controle.

— Eu não estou mentindo e você não deveria estar aqui me cobrando justificativas. Você tem Lauren e... — Ela hesita por segundos e continua. — Você precisa dar a ela uma família, então vamos parar de perder nosso tempo.

Raiva e dor nem chegam perto do que eu estou sentindo nesse momento, sem dizer mais nada eu lhe dou as costas e saio sem olhar para trás. Meu peito se aperta e minha vontade de voltar lá e esbravejar dizendo que não aceito esse fim quase me consome, mas por fim, a mágoa por ela não ter confiado em mim fala mais alto.

Dou passos decididos para fora do hospital sabendo que Cecília é página virada na minha vida.

CAPÍTULO 13

Cecilia

Assim como Ayla está tendo suas consultas, eu venho passando pelas minhas com Bessie, infelizmente ela teve que entrar com remédios no tratamento. Minhas crises nos últimos três meses aumentaram, assim como a falta de sono, o resultado é a perda de peso que tive e as olheiras que agora nem consigo mais esconder com a maquiagem.

Enquanto eu via minha amiga sair do casulo e se libertando dia após dia dos seus traumas e medos, eu me vejo indo em uma direção totalmente oposta. Miguel fala que eu preciso me manter calma, Bessie ainda tenta me ajudar a entender os gatilhos que me levam às crises. Sangue, fardas de policiais, barulhos de armas de fogo e Matteo.

Quando consegue definir os principais gatilhos, o que mais me doeu admitir foi que sempre que vejo Matteo meu corpo entra em estado de alerta. O que é horrível, porque ele é um amigo querido. E por este motivo eu venho evitando ir à casa de Beca quando sei que ele está lá, eu me afastei dele e de Mike.

Desde a nossa briga há três meses, quando eu terminei com os encontros, eu só o vi três vezes, em ocasiões rápidas na casa de Theo. E em todas elas minha vontade era de correr e pedir um abraço ou só ficar lá, do seu lado. Mas acabei fugindo como a covarde que sou.

Quando Beca estaciona o carro, tomo uma lufada de ar para criar coragem e ânimo para sair.

— Ela parece ótima! — murmura enquanto saímos do veículo.

Quando Ayla nos disse que hoje enfim iria atrás de Matteo, ficamos eufóricas. Nos arrumamos e viemos onde Beca disse que eles estariam, e quando ela disse "eles" eu sabia que encontraria Mike também, o que por si só já é um sinal para o idiota do meu coração ficar feliz. Porque eu posso negar para Miguel ou até mesmo para Bessie, mas estaria sendo estúpida de não assumir para mim mesma que eu sinto falta do idiota.

— Ela realmente está — respondo feliz por minha amiga.

Beca caminha devagar por conta da barriga que já está grande com seus cinco meses. A verdade é que mesmo assim a mulher se encontra um arraso em um body preto de renda, saia de couro e botas até o joelho sem saltos.

— Quando você vai fazer o exame para nos dizer o sexo, preciso comprar roupas para esta criança. — Ela revira os olhos me fazendo sorrir por isso.

— Eu e Theo decidimos esperar um pouco. Queremos fazer algo especial para revelar.

— Qual é, Beca, como assim você não vai me contar?! — ralho ofendida.

— Queremos surpresas, ciumenta. Vem, olha eles ali.

Viro meu olhar para onde ela aponta com a cabeça e congelo no lugar quando pego o olhar de Mike em mim. Ele me analisa devagar de cima a baixo sem esconder os olhos de cobiça. Talvez eu tenha ousado um pouco na roupa hoje pelo fato de saber que ele estaria aqui. Talvez eu esteja me inspirando em Ayla hoje e me sinta confiante para reatar nossos encontros. Aproveitei minha perda de peso, coloquei um macacão preto de cetim que abraçou meu corpo perfeitamente bem, deixando meus seios mais fartos do que já são por conta do decote frente única. Beca quando viu minha bunda nessa roupa disse que eu poderia parar qualquer trânsito só a mostrando e isso nos fez cair na gargalhada, meus cabelos soltos estão levemente ondulados nas pontas e minhas sandálias de tiras rosa completa meu look.

À medida que nos aproximamos da mesa, sinto meu corpo ficar mais quente, Mike em nenhum momento tira os olhos de mim, ora em meu corpo, ora em meus olhos.

— Boa noite, rapazes. — Beca sorri largamente para o marido que aperta o olhar para ela.

— Mulher, se eu já não fosse casado com você, eu a pediria em casamento agora! — ele fala dando um sorriso bobo.

— Olá — murmuro e não perco o momento em que Mike engole em seco quando me sento e dou uma amostra do meu decote generoso.

— Como vai, princesinha? — ele me pergunta enquanto leva um copo de cerveja à boca. Claro que não passou despercebido o tom de deboche.

— Eu estou ótima — respondo olhando nos seus olhos, o que faz com que entremos em uma guerra silenciosa de encaradas.

— Onde está Ayla? E Matteo? — Beca pergunta sem esconder a felicidade.

— Ele foi ao banheiro e Ayla foi atrás dele. Parece que hoje nosso casal volta — Mike murmura entre um gole e outro.

Eu o fito e me pego o admirando, a camisa polo azul-marinho colada em seu corpo quase como uma segunda pele deixa as tatuagens à mostra pelos braços e pescoço, ele está com um ar de bad boy sexy.

Suspiro!

Definitivamente o arsenal de produtos do sexy shop que comprei não estão dando conta dos anseios do meu corpo.

— Como está a Lauren? — pergunto sentindo necessidade de conversar com ele e ter de volta sua atenção em mim.

Seus olhos verdes ganham um brilho a mais e curva os lábios num sorriso.

— Ela está ótima, estudando e já fez algumas amizades. — Sorrio ao imaginar ela contente com seus feitos. Aquela menina tem um cérebro de ouro.

Ficamos conversando por alguns minutos até que um Matteo eufórico e uma Ayla vermelha aparecem dizendo que precisam ir embora. Claro que Beca e Mike não deixam passar a oportunidade de zoar o casal, já sabendo o porquê de eles estarem indo.

— Usem camisinha, e não façam nada que eu não faria! — Mike fala rindo deixando Ayla vermelha.

— Pelo o que sei você não anda fazendo nada mesmo, Mike — Matteo fala sarcástico deixando Mike completamente sério.

O que ele quis dizer com isso?

Minha mente martela mil possibilidades alimentando a minha curiosidade.

E quando pensei que a coisa não poderia ficar mais embaraçosa, Rebeca se levanta se despedindo e puxando um Theo com uma visível ereção. Depois de alguns cochichos entre eles me fazendo sorrir, percebo que acabei ficando sozinha com Mike, e o sorriso morre dando lugar à tensão. Não ficamos sozinhos desde a briga.

Olho Mike sentado à minha frente, ele está sério e vez ou outra bebe sua cerveja sem tirar os olhos de mim.

— Talvez seja um bom momento para conversar — ele fala quebrando o silêncio.

— O que você quer conversar? — Mesmo sabendo eu pergunto para ganhar tempo. Posso estar fodida, mas a única coisa que tenho certeza é de que os momentos que mais me deixaram bem foi quando estava com ele.

— Você pode começar me contando os gatilhos das suas crises e porque está com cara de quem não dorme bem há dias. — Minha cara de surpresa o faz curvar a boca num sorriso pequeno. — Você pode achar que não, princesinha, mas eu a vejo! Três fodidos meses não a fizeram invisível a mim.

Mordo o lábio inferior, analisando sua postura séria. Será que ele estava me seguindo ou Beca contou o que estava acontecendo comigo? As íris verdes me encaram como se estivessem vendo minha alma me fazendo engolir em seco e me deixando despida, mas esta noite eu decido desempenhar outro papel, eu quero sentir de novo as sensações que sentia quando estava perto dele nos encontros e não fugir.

— Eu posso contar um outro dia. — É tudo que digo enquanto bebo meu suco de laranja. Por conta dos remédios eu não posso ingerir bebidas alcoólicas.

— Então me diz o que você quer, Cecília! — Não passa despercebido o tom de ordem e mesmo assim me sinto pronta.

— Eu quero os encontros de volta. Você me deve mais 3 da última vez que contei. — Sorrio quando percebo que o peguei desprevenido. Ele não esperava por isso.

Ele se curva para frente, apoiando os braços em cima da mesa me analisando.

— E da última vez que conversamos você deixou claro que não queria, o que mudou? — *O que mudou é que senti sua falta.* É o que quero dizer, é o que venho escondendo, mas ao mesmo tempo a imagem dele com Lauren e Natasha felizes me consome por dentro. Eles pareciam tão certos um para o outro.

— Eu estou bem agora — minto. — Pronta para continuarmos de onde paramos. — Ele aperta o olhar como se soubesse que estou mentindo, mas parece escolher não dizer nada sobre isso.

— Olhe para nós agora, princesinha. Estamos tendo nosso terceiro encontro. — Arqueio a sobrancelha surpresa.

— Lembra das regras? — pergunta e depois passa a língua nos lábios.

Cretino sexy.

Balançando a cabeça confirmando, mas um alerta pisca em minha mente.

— Você não está com ninguém? — Arrisco perguntar sabendo que a resposta pode me machucar.

Ele nega com a cabeça me fazendo sorrir aliviada.

— Onde está Lauren?

— Com meus pais. Aquela traidora adora me deixar e ir ser paparicada por eles, como se também não fosse na nossa casa.

— Eu estou com saudades dela.

— Pode ir vê-la. Sabe onde eu moro.

Ele olha ao redor e quando volta o olhar para mim me chama para irmos para um lugar mais calmo.

— Eu não vou transar com você — ralho apertando o olhar.

— Você me desapontaria se dissesse o contrário. Vem logo!

Pagamos a conta e quando nos levantamos me viro de costas para ele e escuto um rosnado. Eu o olho e o pego fulminando o garçom ao seu lado.

— Olhe para a bunda dela de novo e vai ser a última coisa que você vai olhar na vida — fala ríspido fazendo o homem que não deve ter nem 20 anos ainda arregalar os olhos.

— Mike — ralho, mas ganho sua atenção. — Vamos! — Decido acabar com o show que o imbecil está proporcionando. Pego sua mão e começo a puxá-lo dali, na calçada avisto seu carro do outro lado da rua e sem dizer nada continuo puxando.

Quando atravessamos a rua, calados, paramos na calçada, eu me viro para olhá-lo e levo meu olhar para onde ele olha quase que atormentado.

Nossas mãos entrelaçadas.

Devagar recolho minha mão passando no cabelo para disfarçar.

— Para onde vamos? — pergunto sentindo minhas bochechas corarem. Tomando uma lufada de ar, ele abre a porta do carona para que eu entre, o que me faz arquear a sobrancelha.

— Eu ainda não sei, mas vou decidir. Não estava em meus planos ter você pra mim esta noite. — Eu queria poder retrucar, queria ter forças para dizer o contrário, mas a forma como ele disse que sou dele esta noite mexeu comigo.

O caminho é feito totalmente em silêncio e por mais que pareça estranho, estou confortável. Percebo que o caminho que ele faz é o do seu apartamento, olho de lado me perdendo na visão sexy que é Mike dirigindo. O relógio Montblanc no pulso esquerdo brilha enquanto a mão grande e tatuada aberta desliza devagar pelo volante, mesmo o carro sendo automático o filho da puta gostoso mantém a mão direita no câmbio e a atenção voltada para a estrada, meus olhos focam no seu semblante estranhamente sério e pensativo.

— Eu sinto seus olhos em mim, Cecília. — Viro o olhar para frente quando sou pega em flagrante.

— Eu só estou estranhando esse seu silêncio. Onde está o cara sarcástico que eu conheço? — Pela primeira vez ele me olha por alguns segundos antes de voltar a atenção para o trânsito.

— Está tentando entender o que foi que aconteceu com você. — Balanço a cabeça entendendo seu ponto.

Nem eu sei o que está acontecendo comigo hoje.

Não respondo, exerço meu direito de ficar calada e assim fico até que passamos pela porta do seu apartamento, olho ao redor reparando que muita coisa mudou desde a última vez que estive aqui.

No canto do sofá uma coleção de bonecas Barbie chama a atenção, assim como a mesa posta para um chá infantil rosa na sala próximo à lareira.

— Bela decoração — alfineto quando ele para ao meu lado.

— Lauren mostra onde passa pela casa! — É o que ele diz dando um sorriso de lado. — Suco? — Eu me viro para olhá-lo depois da sua pergunta. — Eu vi que você não bebeu no bar — explica.

— Um suco está ótimo. — Ele sai para a cozinha e eu coloco minha bolsa no canto do sofá me sentando em seguida. Meu coração neste momento parece que correu uma maratona pela forma que está batendo.

Olho para todos os lados do apartamento criando coragem para conversar de maneira limpa com Mike. Ele se senta ao meu lado me entregando uma taça com suco enquanto tem um copo de whisky na mão.

— Sou todo ouvidos! — fala levando o copo até a boca. Suspiro abaixando a cabeça.

— Depois do que aconteceu aquele dia no quarto da Beca eu nunca mais fui a mesma. — Olho de lado percebendo que ele está ereto com os olhos fixados na parede na nossa frente. — Eu desenvolvi transtorno de estresse pós-traumático.

— Isso já faz quase dois anos. — Ele me olha com o semblante sério.

— Eu demorei a perceber os sinais. Achei que só estava sendo louca por limpeza no início ou que estava sendo precavida em trancar as portas e janelas e depois voltar e conferir mais três vezes se estavam fechadas. — Seu olhar não transmite nada, mas ao mesmo tempo me traz o acalento que preciso. — As coisas começaram a piorar com as crises de ansiedade, no começo aconteciam em grandes espaços de tempo e então...

— Você já não estava mais no controle e elas aconteciam a qualquer momento do dia. — Ele me interrompe e completa. Balanço a cabeça, assentindo. Ele fecha os olhos e suspira, quando volta a abri-los bebe em um só gole todo o líquido do copo.

— Na rua aquela noite com Miguel, eu estava tendo uma e aquele dia aqui também. — Ele franze o cenho como se estivesse lembrando algo.

— Qual é o gatilho que a leva a isso? — ele pergunta desconfiado. Com vergonha abaixo a cabeça fugindo do seu olhar.

Eu não posso dizer que é o nosso amigo, não posso!

— Alguns são bem difíceis, mas geralmente sangue ou até mesmo gritos, enfim...

— Olhe para mim, Cecília. — Levanto a cabeça dando conta de que ele está perto demais de mim. — Eu não sou idiota, da primeira vez que a vi, você tinha acabado de trombar com um policial e na segunda vez que aconteceu de novo diante dos meus olhos, Matteo e Theo tinham acabado de chegar. Então ou é por causa de homens, o que acho pouco provável tendo em vista que você age normalmente com Theo, ou o problema é com os policiais. E isso explicaria o fato de que você age estranho com Matteo.

— Mike, eu...

— A verdade! — ele fala em tom firme, mas calmo.

— Eu não consigo ver Matteo sem me lembrar das sensações daquele dia, o cheiro de ferrugem do sangue... — Não termino de falar porque ele me puxa para um abraço me apertando entre seus braços, encosto minha cabeça em seu peito escutando o coração acelerado e fecho os olhos.

— Porra, princesinha! Você deveria ter nos contado, nós teríamos ajudado. — Sua mão passeia pelos meus cabelos me fazendo uma leve carícia, como no dia em que chorei em seus braços, trazendo de volta a sensação de paz.

— Eu estou fazendo tratamento e Miguel estava me ajudando. — Como se tivesse despertado Mike se desvencilha de mim e me fita com olhar raivoso.

— Aquele filho da puta sabia disso tudo e não disse a ninguém? Porra, Cecília!

— Mike, eu não vim aqui discutir minha amizade com Miguel, vim falar sobre os encontros e o motivo de eu ter parado com eles. — Mesmo descontente ele balança a cabeça assentindo.

— Isso quer dizer que você está curada? — pergunta. Nego com a cabeça.

— Não existe cura, somente tratamento, e é o que estou fazendo há meses, enquanto ela vai para a dela eu vou pra minha. É por isso que quis ver você hoje. Eu me sinto pronta para recomeçar de onde paramos. — Dou um sorriso amarelo e ele me olha zombeteiro.

— Então quer dizer que você vai me usar — fala colocando a mão no peito fazendo drama.

— Até parece, nós dois sabemos que o que você quer usar é meu corpo. — Assim que fecho a boca e observo o olhar predador de Mike fitando meu corpo me arrependo do que disse.

— Até que você não está de se jogar fora, Ceci. — Coro quando seus olhos focam em meus seios. Meu corpo esquenta me fazendo beber um grande gole da minha bebida.

— Então, Mike... — Eu o olho e arqueio uma sobrancelha. — Vai fugir?

— Não, mas as regras mudaram. — Aperto meu olhar.

— Como assim? — Ele dá de ombros.

— Mudaram, daqui pra frente vamos ser sinceros um com o outro e eu quero estar a par do seu tratamento. — Fico em silêncio admirada com sua fala. Pensei que ele focaria na parte onde eu quero voltar para os encontros, mas me surpreendendo ele se mostra preocupado com meu estado emocional.

— Tudo bem — respondo, dando de ombros.

— Além disso, os beijos estão liberados a qualquer hora e momento quando estivermos juntos. — Isso vai ser interessante.

— Concordo — respondo rápido demais, o que me deixa corada e ele com um sorriso enorme.

— Ótimo. Porque agora a única coisa que vou fazer é beijar você. — Antes que eu assimile o que acabou de dizer, sou puxada para seu colo, Mike passa uma de minhas pernas pelo seu quadril me deixando montada nele e com meus seios bem na sua cara.

Contraio por dentro e seguro um gemido quando sinto sua ereção roçar na minha parte íntima, nesse momento nossas roupas o impedem de me penetrar.

— Mike... — chamo sem saber o porquê.

Com um olhar febril e intenso, Mike me toma num beijo avassalador. Uma de suas mãos está em minha nuca me segurando e tomando controle do beijo enquanto a outra vagueia pelas minhas costas até parar e apertar meu bumbum, instintivamente rebolo, o que nos faz gemer juntos sem parar o beijo.

Meu corpo anseia pelos toques dele.

Ele para de me beijar e vai salpicando beijos e mordidas pelo meu pescoço até meus seios, de olhos fechados sinto cada mordida e rebolo alucinada.

— Eu preciso parar, Ceci, se eu começar a chupar esses peitos gostosos eu não vou ter controle sobre mim e parar.

Abro meus olhos arfante. E o olho, talvez eu estivesse errada o tempo todo. Mike me olha com desejo e não somente ele, além de sentir eu posso ver agora, paixão. Uma que poderá nos queimar e consumir nesse jogo perigoso. Ele não sabe, mas acabo de tomar uma decisão: Eu o quero.

CAPÍTULO 14

Mike

Ayla e Matteo voltaram. Se eu acreditasse nessa coisa de astronomia, diria que, enfim, o mundo está se alinhando. E para minha alegria, Cecília está de volta e agora parece disposta ao jogo apesar de achá-la ainda um pouco abatida.

Passei meses entre o céu e o inferno longe daquela loira endiabrada. Ter Lauren comigo em definitivo foi uma das coisas mais importantes da minha vida. Aquela menina me tem por completo e agora parece que tem meus pais e amigos na sua pequena mão também.

Foram dias de aprendizado para nós dois morando juntos. Reformei seu quarto, colocando todo tipo de princesa que consegui encontrar no papel de parede personalizado, além de adaptar minha rotina com a de uma garotinha em seu ano escolar.

Lauren ficou eufórica no seu primeiro dia de aula e eu, bom, quase tive um pequeno infarto quando ao final do dia Lauren saiu de mãos dadas com um moleque que mal saiu das fraldas o apresentando como seu amigo.

Eu juro que meu olho tremeu só em encarar aquelas mãos juntas.

Brian é o nome do menino de sete anos que já entrou para minha lista negra!

— Que sorriso é esse? — Olho para a porta do meu escritório dando de cara com Matteo.

— Não sei do que está falando. O único aqui que está com motivos para comemorar e ficar sorrindo como um filho da puta sortudo é você — minto. Porque eu também sou um filho da puta sortudo, mas ele não pode saber disso.

— Tem razão, agora eu só quero sorrir, os dias de luta foram embora. Parece que Ayla agora vai me dar os de glória. — Balanço a cabeça rindo enquanto ele se senta à minha frente.

— Passei para chamar você para um almoço sábado lá em casa. Temos uma novidade. — Arqueio a sobrancelha.

— O que vocês estão aprontando? — Ele dá de ombros e sorri.

— Leve Lauren!

— Não vai dar, Natasha e ela combinaram de ir ao shopping fazer coisas de mulher. — Faço uma careta. Natasha caiu nas graças da minha filha nos últimos meses. Elas se tornaram grandes amigas, o que pra mim é um alívio saber que todos ao meu redor gostam de Lauren e são retribuídos com o mesmo carinho.

— Natasha? — Matteo pergunta surpreso.

— Nós já não nos envolvemos mais se é isso que está pensando. Conversamos e somos amigos que um dia já ficaram, só isso! — Eu me ajeito na cadeira, desconfortável sob o olhar enigmático de Matteo.

— Você sabe que Lauren pode acabar se apegando a ela em questão maternal, não deixe um sentimento assim nascer no coração dela e depois arrancar isso. — Balanço a cabeça e suspiro.

— Lauren a tem como uma grande amiga, aliás, aquela mente fértil já tem uma pessoa que vive dizendo para todos que será sua mãe.

— Me deixe adivinhar, ela tem olhos azuis, é loira e você adora tirar ela do sério. — Balanço a cabeça confirmando.

Lauren colocou na cabeça que vai convidar Cecília para ser sua mãe adotiva, assim como eu sou seu pai. Essa merda vai ficar fodida, mas e daí?

O que é um arranhão pra quem já tá fodido mesmo!

— Sabe o que eu acho? — meu amigo fala e nego. — Que já está na hora de você e Ceci se resolverem, vocês vivem se engalfinhando, mas todo mundo sabe que existe um tesão e atração entre vocês, quem sabe seja ela a mulher que vai colocar você na linha. — Seu sorriso zombeteiro me faz mandar um dedo para ele.

— Só porque você e Theo viraram cachorrinhos de suas mulheres não significa que eu quero ou estou à disposição. E quanto ao tesão, sim, eu sinto, mas Cecília é alguém fora dos meus limites, como você e o outro traíra que chamo de amigo impuseram.

— Se for pra brincar com ela, sim, Mike, fora dos limites, agora se você quiser algo sério eu não iria me opor a isso e até a ajudaria, pra falar a verdade.

Ah, se ele soubesse o que ando fazendo às escondidas...

— Eu não estou à procura de uma mulher, mas obrigado — falo seco.

A porta se abre e Natasha passa por ela e trava quando percebe que não estou sozinho.

— Me desculpa, Mike, eu achei que estava sozinho. — Olha de mim para Matteo.

— Está tudo bem, já estou de saída — Matteo fala se levantando e me olha antes de sair. — Vejo você sábado. — Aceno confirmando.

Quando estamos sozinhos, Natasha se senta na cadeira onde meu amigo estava e coloca algumas pastas em cima da minha mesa.

— Ele parece bem — fala sorrindo de lado. Balanço a cabeça fazendo uma careta.

— Ayla o domou completamente, eles voltaram.

— Fico feliz, foram meses tensos. Só de lembrar tudo que ela passou, ainda bem que vamos fazer justiça. Vai ser um prazer ver aquele verme do Gabe pegar perpétua.

— Vai ser ótimo e eu estarei lá na primeira fila vendo isso, estou pensando até em filmar para guardar de recordação. — Eu a olho por alguns minutos enquanto nossa última conversa me vem à mente.

— O que foi? — ela pergunta franzindo o cenho.

— Nossa amizade, está tudo bem para você? — Ela arqueia uma sobrancelha e se recosta na cadeira me olhando.

— Mike, eu gosto de você e estava disposta sim a ter algo a mais, só que convenhamos, você já foi fisgado e não percebeu isso ainda. — Semicerro meus olhos para ela que sorri de lado. Ela se inclina para frente cruzando os braços em cima da mesa e sussurra: — Você chamou o nome de outra mulher enquanto eu estava fazendo um boquete, Mike Carter, isso é um claro sinal de que ela sim pegou você pelas bolas.

— Achei que você era minha amiga — ralho.

— E sou, por isso estou dizendo. Toma jeito, Mike Carter, Cecília vai ser difícil de domar. — Eu a encaro surpreso. — O que foi? Achou que eu não tivesse escutado o nome dela naquele dia? Claro que escutei, mas decidi ficar calada.

— Eu e ela estamos saindo às escondidas — falo rápido. Ela me olha por alguns segundos e depois cai na gargalhada. — Isso, ria mesmo de mim — falo a fulminando com o olhar.

— Ai, meu Deus, você, Mike, logo você, saindo às escondidas com uma mulher — murmura e volta a gargalhar.

— Começamos isso uns meses atrás e agora parece que a coisa vai engrenar — respondo puto por ela ainda estar rindo. — Você quer parar de rir?

— Tudo bem, parei. Juro! Mas me diz uma coisa, ela não é como as mulheres que você está acostumado, Mike, nas vezes em que eu a vi ela me pareceu mais fechada.

— Ela é diferente quando se conhece. — Aperto meu olhar quando ela sorri amarelo.

— Você tá apaixonado, Mike, e é melhor tirar a cabeça da bunda antes que faça alguma merda, porque nós dois sabemos que disso você entende muito bem.

— Porra, Natasha. Eu não estou apaixonado, mas também não vou dizer o motivo de eu estar saindo com ela.

— Ok, repita isso até que se torne verdade.

— Vamos trabalhar. — Pego as pastas que ela deixou sobre a mesa. — Alguém tem que trabalhar neste escritório, afinal de contas.

Passamos a manhã focados em alguns casos importantes e outros nos quais preciso consultar Noah se pegaremos ou não.

Na hora do almoço saio às presas para buscar Lauren na escola, eu ainda não encontrei uma babá e por isso ela tem passado a tarde ou com minha mãe ou comigo no escritório. Hoje eu a trouxe comigo e a deixo com Noah enquanto entro em uma reunião com um cliente italiano que está prestes a implantar uma de suas filiais em Santa Mônica. Essa cidade jamais viu um empreendimento tão grande como a La Città, uma empresa que constrói boeings.

— Olha, tio Mike, o tio Noah disse que eu tenho talento. — Arqueio a sobrancelha para meu amigo que me olha com cara de quem precisa ser socorrido.

Lauren está em pé enquanto Noah se encontra deitado desajeitado no sofá de dois lugares do seu escritório.

— Duas horas. Eu deixo você por duas horas com o Noah e a opinião dele conta mais que a minha? Pensei que tivesse resolvido o fato de que você iria ser freira. — Eu a olho indignado.

— Mike, será que você pode deixar a menina em paz? Lauren vai ser maquiadora e vai ganhar muitos admiradores — Noah fala se levantando. Minha vontade é de mandá-lo à merda, mas com Lauren nos encarando fica difícil.

— Mas tio Mike, a Natasha me disse que ser freira não tem nada de legal, ela disse que eu posso ser o que eu quiser, que ainda sou nova demais pra escolher — fala sorrindo. Eu mato a Natasha.

— Eu já posso me limpar, princesa? — Noah pede autorização. Um marmanjo de terno e olhos com uma maquiagem verde e com batom vermelho está pedindo permissão a uma menina de seis anos.

É oficial, Lauren nos dominou.

— Pode, tio, amanhã eu vou tentar algo novo — diz animada colocando a mão na cintura.

Noah se levanta e vai às pressas para o banheiro enquanto tento controlar minha risada. Deveria ter tirado uma foto, isso seria um trunfo contra o idiota.

— E você, mocinha — chamo Lauren que me olha. — Vamos embora, vou passar na casa do Theo.

— Mike. — Paro na porta quando Noah me chama da porta do banheiro. — Ache uma babá. — Ele me olha duro e eu sorrio.

— Você leva jeito — digo sarcástico e ele murmura um *vai se foder*.

Com Lauren em seu assento, dirijo até a casa de Theo na esperança de que ele me ajude com indicações de possíveis babás para Lauren, pelo menos na parte da tarde. Não é saudável ela ir quase todos os dias para o escritório ou pra minha mãe, o ideal seria ela criar sua própria rotina.

Paro o carro em frente à enorme casa de Theo e Beca. Quando a vi pela primeira vez achei um exagero, mas agora morando com Lauren em um apartamento acabei percebendo que espaço para uma criança nunca é demais. Ajudo Lauren a descer do carro que logo sai correndo para a porta apertar a campainha, olho ao redor observando o quanto o bairro é calmo.

— Talvez eu vire vizinho deles — murmuro animado.

— Tá olhando o que, filho da puta? — Reviro os olhos quando Theo grita da porta de sua casa, em passos lentos ele vem até mim parando ao meu lado. — Perdeu alguma coisa na minha vizinhança?

— Estou observando a vista. — Dou de ombros vendo duas morenas se aproximarem.

— Bela tatuagem — uma delas murmura quando passa nos secando, mas quando percebo que é pra Theo que está sem camisa que ela diz, olho para o lado o pegando de olhos arregalados e a respiração quase presa.

— Tudo bem, pode respirar, a diaba não ouviu — digo sarcástico.

— Porra, se ela ouve isso vai me fazer tomar banho de roupa para aprender a não tirar.

— Theo, alguém já disse que você é frouxo? — pergunto o olhando incrédulo. Ele por sua vez me encara com o semblante fechado.

— Ache alguém por quem você daria sua vida, por quem você moveria céu e terra para a felicidade dela e depois venha me chamar de frouxo na minha cara. Eu quero assistir de camarote sua queda. — Engulo em seco vendo-o entrar na casa.

Meus pensamentos me levam à Cecília.

Porra!

Entro na casa e encontro Lauren sentada no chão brincando com Juliana que quando me vê se levanta sozinha.

— Porra, Theo! Ela tá andando, caralho — falo animado vendo a minidiaba dando passos preguiçosos até mim. Seu sorriso com alguns dentinhos apontando é lindo, um sentimento estranho passa por mim.

— Ela começou há alguns dias e agora não para quieta — ele diz se abaixando ao meu lado. — Vem pro papai, princesa! — chama, mas quando ela resolve vir de vez para meus braços eu a pego sorrindo.

— Eu sou o rei delas, meu amigo! Foi mal — falo sarcástico.

— Mal posso esperar para ter um irmãozinho. — Um minuto de silêncio. É tudo o que Theo me dá antes de cair na gargalhada.

Juliana em meu colo acaba acompanhando o pai enquanto Lauren me olha com olhos esperançosos.

— Theo, cala a boca — ralho, entregando a filha para ver se o idiota se cala.

— Princesa, venha aqui — chamo Lauren que vem correndo e eu a pego no colo e ando até a cozinha a colocando sentada em cima da ilha. Ergo meu olhar para Theo que olha com um sorriso largo para mim.

— Eu vou ter irmãozinhos, não vou? — Engulo seco. Escuto a risada do idiota ao fundo e afrouxo a gravata.

— Claro que vai, mas você não deve ficar pensando nisso. Tudo tem seu tempo — respondo e deposito um beijo e depois a desço, ela sai correndo em disparada para a frente da tv e Theo coloca Juliana no chão que aos trancos e barrancos a segue.

— Bem-vindo à vida de homem de família — Theo zomba.

— Eu não vou perder meu tempo comentando isso. Só vim aqui porque preciso de uma babá.

— Tá ok. Mas você devia ter visto sua cara... — Mostro o dedo do meio para ele que revira os olhos.

— Meu dia tá um caos, só muda o disco. — Eu me sento frustrado no balcão enquanto ele liga para alguém.

Ser pai! Antes de conhecer Lauren eu nem pensava nessa possibilidade, então ela me escolheu como seu pai e agora com ela ao meu lado ter mais filhos é tudo o que mais quero.

Você está enlouquecendo!

Talvez eu esteja mesmo.

— Você vai amar a Samy, ela tem jeito com crianças. A Ju adora ficar com ela — Theo fala enquanto pega uma garrafa de água na geladeira.

— Gostei do nome! Ela é gostosa? — pergunto animado. — Se for eu vou adorar fechar um combo, de dia ela cuida da filha e à noite do pai.

— Você tem a mente fértil demais, alguém já disse isso? — Ele me olha com os olhos semicerrados.

— Vai me dizer que nunca se imaginou ficando com a babá gostosa? Theodoro, você tá mais santo que o próprio santo. Precisa ser estudado. — Ele sorri de lado.

— Ela já deve estar chegando, é minha vizinha.

— As coisas só melhoram, porra, ela deve ser gostosa, só por causa desse nome.

— Claro que eu sou gostosa, garoto, olhe só para mim! — Viro minha cabeça na direção da voz e encaro incrédulo a mulher parada me olhando com um semblante sério.

A senhorinha baixa, morena e com cabelos grisalhos me fita de cima a baixo.

— O que há de errado com vocês e essas coisas horrorosas na pele? — Aponta para minhas tatuagens. Theo sorri indo até ela lhe dando um abraço. Arqueio a sobrancelha com a intimidade deles.

— O nome é tatuagem, já disse, Samy — ele fala carinhosamente.

— Ainda assim é horrível, olhe só pra ele. — Aponta pra mim e eu me baixo meus olhos para meu corpo procurando algo de errado. — Todo desenhado, até no pescoço, onde sua mãe estava enquanto você fazia isso? — pergunta com o olhar duro.

— Vai por mim, ela pirou!

— Vamos às apresentações. Samy, esse é o Mike, um amigo que está precisando de uma babá por meio período. Como você não dá mais conta da Ju acho que se daria bem com Lauren que já está bem grande.

— Você acha que dá conta? — pergunto. Ela me olha e sorrindo de lado responde:

— Claro que dou, dela e do pai dela. — Theo gargalha, enquanto eu fico petrificado olhando para ela completamente sem jeito.

Merda, uma senhorinha conseguiu me deixar envergonhado, como isso é possível?

— Só preciso que dê conta dela, na verdade — digo mexendo em meus cabelos, incomodado com seus olhos ainda julgadores em minhas tatuagens.

— O que acha de conhecer nossa Lauren, Samy? Ela está ali na sala com a Juliana — Theo questiona segurando a risada, olhando para mim.

Minha vontade de mostrar o dedo para ele é grande, mas aposto que se eu fizer isso agora a senhorinha vai me julgar ainda mais, por isso evito.

— Acho que seria bom.

Nós seguimos para o cômodo onde encontramos Lauren ainda sentada concentrada em frente à televisão e nenhum sinal da pequena diabinha.

— Lauren, cadê a Juju? — Theo pergunta olhando ao redor e quando a acha ela está em frente à janela, segurando fortemente a cortina como se quisesse escalar. Meu amigo corre até ela e a pega no colo. — Meu Deus, você ainda vai me dar um infarto, Juliana.

A pequena solta uma fala infantil no colo do pai enquanto se contorce em seu colo, pedindo para ir para o chão.

Eu me adianto até minha filha, chamando sua atenção para nós.

— Lauren, amor, vem aqui, quero apresentar uma pessoa para você.

A pequena assente se levantando e segura minha mão quando damos alguns passos até a senhora Samy.

— Oi — minha filha diz tímida, olhando para ela que sorri amigavelmente e algo me diz que essa é uma boa escolha.

— Oi, menina linda. — Samy retribui o cumprimento e acaricia os cabelos castanhos da minha menina que sorri para ela. — Sou Samy e você deve ser a Lauren.

— Eu sou sim — diz balançando a cabeça, arrancando uma risadinha nossa.

— Filha, Samy vai cuidar de você depois da escola todos os dias até o papai chegar em casa.

Os olhos curiosos de Lauren me encaram e logo se desviam para a Samy, ela assente com um sorriso pequeno no rosto.

— Então, o que você está assistindo ali? — Samy pergunta indo em direção à televisão com Lauren ao seu encalço.

Fico assistindo as duas conversarem animadamente enquanto Lauren conta sobre o desenho que passa.

— Ela não é a gostosa que vai cuidar do pai, mas da filha eu garanto que ela vai cuidar muito bem.

Theodoro me assusta quando diz e enfim posso mostrar o dedo para ele que gargalha chamando a atenção das duas que logo voltam à sua conversa.

Apesar das nossas implicâncias, confio cegamente no meu amigo e sei que ele não me indicaria uma pessoa ruim para cuidar de Lauren, por isso sinto meu coração em paz e ainda mais ao perceber que minha filha já está se sentindo à vontade na presença da senhora.

Mesmo que me doa um pouco saber que ficarei algumas horas longe dela sei que isso é necessário e que ela estará em boas mãos, e isso é tudo o que me importa!

CAPÍTULO 15

Mike

O sábado chegou rápido. Depois de deixar Lauren na casa da Natasha. Mesmo eu insistindo para que deixasse o passeio para uma outra hora, ela não quis vir.

Estou sentado, feliz por enfim poder ver sorrisos de felicidade estampados nos rostos de Matteo e Ayla, que exibem um anel com uma pedra enorme no dedo.

— Então é isso... Estou perdendo mais um soldado — digo colocando a mão no peito fazendo drama.

— Definitivamente você perdeu um soldado — Ayla responde abraçando Matteo.

O almoço logo virou uma algazarra quando Beca e Theo anunciaram que estão à espera de outra menina.

Parece que Raika chegará para tirar de vez o sossego do meu amigo!

Olho ao redor vendo os semblantes felizes de cada um e paro focando no sorriso de Ceci. Há muito tempo eu não a via tão relaxada. Sorrio quando ela faz uma careta com algo que Beca diz, sentindo que a observo, ela enfim me olha e sorri, mas desvia o olhar. Meu coração filho da puta acelera quando percebo que ela está corando. Continuo olhando e quando nos encaramos aponto com a cabeça para dentro da casa e ela logo entende o recado.

Deixo minha cerveja de lado e entro na casa de Matteo, todos estão entretidos do lado de fora. Ando em direção a lavanderia perto da sala de tv escutando os passos dela logo atrás.

— Mike... — chama, mas não respondo. Abro a porta do cubículo e puxo Ceci que solta um grito de susto.

— Shiii... Eu preciso beijar você, princesinha. Estou morto de saudade dessa boca. — Nossos corpos estão grudados, a iluminação não ajuda muito, mas eu posso senti-la e isso é o bastante, minhas mãos estão firmes em sua cintura enquanto ela leva as dela ao meu pescoço.

Surpreendendo-me, ela me puxa para baixo e inicia um beijo lento, como se estivéssemos matando a saudade um do outro devagar. Nossas línguas se encaixam em um ritmo que faz meu pau ganhar vida dentro da cueca. A danada, sem qualquer vergonha, desce as mãos para meu peito depois para minha barriga, quando sobe minha blusa e raspa as unhas grandes ali, grunho e solto um gemido me afastando.

— Ceci... vamos sair daqui, por favor — peço de olhos fechados encostando minha testa na dela.
— Nem pensar, talvez outro dia. Agora vamos aproveitar nossos amigos. — Abro o olho e pela iluminação que entra de uma fresta consigo olhar aquela imensidão de azul que são seus olhos. Meu desejo por ela vem tomando conta de todo meu autocontrole. Gostaria de dizer que é apenas algo carnal, um desejo que poderia ser saciado só com sexo, mas eu estaria mentindo para mim mesmo. Cecília alcançou uma parte de mim que nunca nenhuma outra mulher chegou perto.
— Vamos embora cedo, você vai primeiro e eu a alcanço — peço e ela sorri.
— Onde diabos ela se meteu? — Ficamos calados quando escutamos a voz de Beca.
— Eu a vi entrando aqui, deve estar no banheiro — Ayla diz. Ceci me olha de olhos arregalados e eu coloco o dedo na boca pedindo para que ela faça silêncio. — Vem, Beca! Logo ela aparece.
Esperamos alguns minutos calados e quando já não se ouve sinal delas abro a porta devagar verificando se a barra tá limpa.
— Isso foi por pouco! — digo aliviado.
— Estou me sentindo uma adolescente — ela fala saindo e olhando para os lados.
— Mas é divertido, o perigoso sempre é mais gostoso. — Sorrio quando ela concorda com um aceno. — Mais duas horas e vamos embora — respondo olhando ela caminhar para fora.
Espero alguns minutos, o tempo necessário para meu pau não me fazer passar vergonha e também saio.
— Mike, onde você estava? — Matteo me pergunta semicerrando os olhos.
— Em uma ligação — respondo pegando uma cerveja do cooler ao seu lado.
Eu me sento e olho de lado para Ceci que conversa animada com Ayla.
— Lauren se apegou a Natasha. Será que isso é algum indicativo? — Viro meu olhar para Theo, ele me olha com um sorriso sacana no rosto.
— Natasha é só uma amiga e Lauren gosta muito dela. — É tudo que digo.
— Asher, não corra assim! Você vai se machucar — Matteo chama o filho e antes que possamos falar mais alguma coisa, Asher cai e começa a chorar. Nós nos levantamos e corremos em sua direção.
Quando Matteo o levanta do chão, uma grande quantidade de sangue escorre da sua mão. Automaticamente olho Cecília que está com os olhos arregalados. Mesmo de longe é possível notar a mudança na sua respiração.
— Foi um corte fundo, vai precisar de pontos — Ayla fala enquanto examina a mão de Asher.

O corpo de Ceci treme e ela dá um passo para trás, como todos têm a atenção voltada para Asher ninguém percebe quando ela vai dando passos para trás devagar.

Ando até ela e quando entro no seu campo de visão, eu sei o que está acontecendo.

— Vamos sair daqui — murmuro olhando para trás pegando o olhar afiado de Beca em nós dois. Quando faz menção em vir até nós, balanço a cabeça negando e ela estaca no lugar. Saio pela lateral da casa puxando Ceci que anda com dificuldade.

Já na rua, paro e me viro a olhando nos olhos.

— Vamos lá, princesinha, meu carro está logo ali, quero que você comece a contar e não se perca, fica comigo. — Ela balança a cabeça ainda aérea. — Comece.

— U...um, do...dois. — Ela vai contando devagar e gaguejando enquanto andamos até o final da rua onde meu carro está. Abro a porta a colocando sentada no lado do passageiro, vendo suas mãos trêmulas decido eu mesmo passar o cinto de segurança nela.

— Vai ficar tudo bem — murmuro olhando-a nos olhos.

Entro no carro a tempo de ver Rebeca de longe nos olhando. Sem pensar em mais ninguém parto para casa. O caminho é silencioso, vez ou outra olho para o lado preocupado com o olhar vidrado de Ceci, além do visível suor escorrendo pelo seu rosto.

Decido levar ela para sua casa, pensando que provavelmente precise de algum remédio que esteja lá. Paro em frente à sua casa e saio sem falar nada, abro a porta e a tiro. Nossos movimentos são mecânicos e silenciosos. Ceci tira da pequena bolsa que estava cruzada em seu corpo as chaves e me entrega. Quando passamos pela porta eu a fecho, mas Ceci se vira tirando as chaves da minha mão e começa a trancar as três trincas existentes ali. Arqueio a sobrancelha surpreso com isso. Eu nunca tinha reparado nelas.

— Você precisa de alguma coisa? — pergunto quando ela se vira e me olha perdida.

— Eu... eu não sei!

— Vem cá... — Eu a puxo para meus braços a apertando entre eles, ela me abraça pela cintura enquanto deposito um beijo no topo da sua cabeça. Respiro fundo sentindo o cheiro de maçã verde dos seus cabelos. Acabo de descobrir que ter Cecília em meus braços é o novo significado de paz.

Quebrando nosso abraço, meio acuada, ela se afasta me olhando intensamente.

— Obrigada! Se você não tivesse me tirado de lá, se não tivesse visto, eu teria surtado na frente de todo mundo. — A sua vulnerabilidade me pedindo desculpas me destrói. Confesso que prefiro a versão atrevida e linguaruda.

— Está tudo bem, quando vi o machucado eu soube que precisava tirar você de lá, só me diz que você está se tratando, Cecília, você me prometeu. — Ela balança a cabeça e me puxa para se sentar no sofá.

— Eu estou indo bem, Bessie, minha psicóloga, é ótima. — Sua fala não me convence, mas decido mudar de assunto.

— Nós devemos viajar. — Minha mudança de assunto repentina a faz me olhar surpresa. Ela arqueia uma sobrancelha e me fita curiosa.

— E por quê? — pergunta semicerrando o olho.

— Nosso quarto encontro. Eu quero levar você para um lugar. — Ela me olha desconfiada.

— Eu tenho até medo de perguntar que lugar é esse, Mike. — Sorrio de lado me aconchegando no sofá espaçoso. Ela está sentada na mesa de centro de frente para mim.

— O que eu vou contar é segredo, princesinha. Se você contar para alguém eu vou negar até a morte.

— Ai, meu Deus, você quer me levar a um club de sexo, não é mesmo? — ela pergunta de olhos arregalados.

— Você anda lendo muitos livros, mocinha — respondo, mas no fundo mal sabe ela que me deu uma puta de uma ideia.

Ceci presa em uma cruz de Santo André ou de quatro com a bunda vermelha depois de levar várias palmadas minhas deve ser uma visão do inferno de quente.

Saio dos meus pensamentos quando ela estala o dedo bem na minha cara.

Merda.

— Quando se trata de você, posso esperar qualquer coisa!

— Nós vamos para Austin, eu quero levar você para um rodeio. Mas você vai ter que pausar nossos encontros para essa viagem. — Ela pisca algumas vezes e me olha surpresa.

— Texas? — pergunta e eu balanço a cabeça.

— Da última vez que cheguei Austin ficava no Texas — retruco zombeteiro ganhando um tapa no ombro.

— Deixa de ser palhaço. E desde quando você gosta de rodeios?

— Desde sempre, só é algo que não saio contando por aí. — Eu tento manter meus olhos focados em seus olhos, mas quando ela morde o lábio inferior num claro sinal de que está pensando, suspiro.

— Você realmente gosta?

— Está falando com um cara que tem o Texas nas veias. Meu pai veio de Austin ainda muito novo para cá, ele sempre manteve alguns costumes e eu acabei me apegando. — Dou de ombros meio nervoso, eu nunca tinha contado esse meu lado para outra pessoa. Parece que com Ceci eu tenho experimentado muitas *primeiras vezes*.

— Você está corado, Mike. — Arqueio a sobrancelha quando ela aponta para meu rosto. — Ai, meu Deus, você está com vergonha de me contar isso? Ai, meu Deus, você está vermelho. Porra, eu tenho que filmar isso. — Faz menção em se levantar, mas eu a puxo fazendo-a cair sentada de lado em meu colo.

Automaticamente meus olhos vão para a boca que me chama todo o fodido tempo. Ceci se mexe fazendo meu pau se contorcer.

— Ceci... — gemo a chamando.
— Eu quero. — Eu a olho nos olhos e tiro alguns cabelos do seu rosto. — Eu quero ir com você.
Abro um sorriso largo. Vai ser um final de semana incrível.
—Você não vai se arrepender. Vamos esse final de semana, além disso quando voltarmos vai ser uma loucura com o casamento tão perto.
— O que mais você esconde? — Surpreso com sua pergunta, sorrio de lado me recostando no sofá.
— Eu sei cantar, sei tocar violão e nas horas vagas sou garoto de programa. — Mexo minhas sobrancelhas sugestivamente fazendo-a revirar os olhos.
— Eu não sei como ainda perco meu tempo conversando com você, sabia?
Interrompo sua fala e roubo um beijo da boca carnuda trazendo-a para mais perto.
Paraíso, beijar Cecília é meu paraíso particular.

Cecília

— Vai ficar tudo bem, eu prometo. — Reviro os olhos quando Rebeca começa de novo seu discurso de que eu preciso dar um jeito na minha situação com Miguel.
A semana passou voando, e com os preparativos para a viagem com Mike, fiquei sem tempo de arrumar uma desculpa plausível pelo meu sumiço. Quando a vi no hospital, por coincidência Miguel passava na hora eu o chamei e disse que ficaria o final de semana fora com ele, claro que ele não entendeu no começo, mas soube interpretar bem o papel diante do furacão.
— *Eu queria que você me dissesse a verdade, mas eu sei que não tá preparada* — Beca murmura ganhando minha atenção.
— Do que é que você está falando? — pergunto focando na janela do meu quarto.
— *Do fato de você achar que me engana, enfim, vamos ver até onde tudo isso vai...*
— Beca, por favor. Preciso terminar de arrumar as coisas, mande um beijo pra Juju — digo apressada, desligando a ligação.
Aquela mulher é astuta demais e pega tudo no ar, eu sei que ela anda desconfiada de que esteja acontecendo algo entre Mike e eu, mas eu consegui evitar esse assunto durante a semana usando Miguel como meu escudo.
— Descobri que você tem um paladar de uma criança, Cecília. — Olho para a porta e faço uma careta quando Miguel balança um iogurte.
— Eu me alimento bem, só não estou tendo tempo de ir ao supermercado. Ayla ficava com essa parte, mas agora ela está

praticamente morando com Matteo — falo dando de ombros, enquanto termino de separar minhas roupas.

— E você pensa em ficar aqui sozinha? Deveria falar com as meninas e vender essa casa.

— Eu vou pensar nisso depois do casamento. — Sentando-se na cama ele olha as roupas que separei intrigado.

—Você está gostando dele, não é? — Escuto sua pergunta calada, mas me remoendo por dentro. Nos últimos dias, Mike e eu nos aproximamos muito, desde a minha crise na casa de Matteo, ele vem se mantendo por perto, além de sempre trazer Lauren para me ver.

Secretamente desenvolvemos uma relação. Ele está se alojando em meu coração quando deveria só alimentar os prazeres do meu corpo.

— Gostar é muito. Aprendi a aturar ele, é diferente — minto, porque ultimamente é mais fácil.

— Eu odeio admitir isso, então vai ser a única vez que vai me escutar falando algo do tipo. — Coloco a última blusa dentro da mala e cruzo os braços o encarando.

— Manda.

— Ele gosta de você, mas é um babaca de carteirinha. Ele vai ferrar com as coisas e eu vou ferrar com a cara dele quando você se machucar. — Sorrio de lado. Miguel e seu jeito protetor.

—Está agindo com um irmão mais velho.

— Porque você é minha irmãzinha mais nova, tudo bem que já demos uns beijinhos. — Faz careta me fazendo soltar uma gargalhada.

— Foram horríveis — brinco.

— Péssimos. — Ele admite.

Passo o resto do tempo arrumando o que falta e me arrumo também, vestindo uma roupa confortável para a viagem de carro. Eu andei pesquisando e descobri que serão longas 21 horas de estrada ao lado de Mike, o que me faz pensar que se um de nós sobreviver a essa viagem deveremos ganhar na loteria. Decidimos sair assim que meu plantão terminasse hoje à noite, para que cheguemos lá amanhã anoitecendo.

— Tudo pronto. — Desço as escadas enquanto Miguel me olha de cima a baixo.

— Você se arrumou pra ele! Tá mais fodida do que imaginei — murmura carrancudo.

— Ei... Eu sempre me arrumei bem.

Depois de um pequeno discurso sobre me cuidar ele sai, deixando-me à espera de Mike.

Olho para meu short jeans desfiado, deixando à mostra grande parte das minhas coxas e para meu cropped branco sem alças, amando o resultado. Vou até o banheiro para retocar a pouca maquiagem que passei e suspiro me olhando no espelho.

— Vamos lá, garota, se permita viver tudo nessa viagem — digo a mim mesma. — Você consegue, Ceci, você é forte, decidida. — A campainha toca me fazendo sorrir de lado.

Saio rapidamente do banheiro mandando um beijo para Miguel que foi responsável por trancar a casa, pego minha bolsa ao lado da porta e abro. Instantaneamente os olhos verdes de Mike fazem uma inspeção em meu corpo me fazendo arrepiar.

— Princesinha, preciso dizer que você nunca esteve tão linda! — Seu elogio é recheado de desejo, seus olhos encaram meus seios no cropped.

— Obrigada por isso, mas agradeceria se olhasse em meus olhos — falo sarcástica e quando nossos olhares se cruzam prendo a respiração.

Luxúria estampada em seu olhar me faz sentir frio na barriga.

— Vamos então, quero chegar antes do jantar amanhã. — Balanço a cabeça e ele pega minha pequena mala.

Já dentro do carro a caminho de Austin, o nosso silêncio é preenchido pelas músicas de Blake Shelton, acabei descobrindo que Mike é um superfã do cantor country. Enquanto os dedos dele batem no volante seguindo a melodia de *God's country* observo as veias grossas da sua mão e logo a fala de Beca vem à minha mente.

"Se tiver veia grosas à mostra, provavelmente tem um pau dos deuses."

Porra, Rebeca. Você tinha que ter me falado isso?

As veias de Mike evidentes me fazem desviar olhar para a paisagem do lado de fora.

Não quero pensar sobre isso...

Não quero pensar sobre isso.

— O que foi? — pergunta me fazendo olhar para ele.

— Nada! Há muito tempo não viajava assim, eu pesquisei e Austin parece ser uma cidade linda. — Mudo de assunto.

— Você vai gostar, espere para ver.

Passamos o restante da viagem conversando sobre qualquer coisa, cantando e comendo algumas coisinhas que eu trouxe para beliscarmos, já pensando na longa viagem. Vemos o amanhecer e faço ele parar algumas vezes para que eu possa usar o banheiro, tirando resmungos do homem que reclama que assim vamos demorar ainda mais.

No meio da tarde acabo dormindo, deixando-o dirigir em silêncio, sentindo-me exausta e desconfortável com o tempo que ficamos dentro do carro.

— Princesinha... — Ouço ao longe e resmungo pedindo para me deixar em paz. — Ei, princesinha, chegamos.

Abro os olhos aos poucos e vejo a fachada da pousada onde ficaremos. É toda rústica, de uma madeira escura, mas sem deixar de ser elegante, com o gramado verde e algumas flores e pequenos arbustos enfeitando, ao fundo consigo ver os pequenos chalés que seguem o mesmo modelo bonito.

— Meu Deus, eu estava exausta — resmungo e ele ri.

— Eu percebi, você dormiu algumas horas.

O loiro já vai saindo do carro e indo para o porta-malas pegar sua mochila e minha mala. Desço e sigo atrás dele, não consigo não me sentir encantada cada vez que me aproximo mais do local. Do lado de dentro do hall é tudo perfeitamente decorado em tons de preto e com madeira em tons claros e escuros. O cheiro de campo invade meus sentidos me fazendo respirar fundo.

— Boa noite. — Uma loira sentada atrás do balcão diz, olhando para nós dois, porém seus olhos demoram tempo demais no corpo de Mike, deixando-me irritada com a luxúria que nem tenta esconder.

— Boa noite, temos uma reserva para hoje. Está em nome de Mike Carter.

O loiro distribui toda a sua simpatia me fazendo rolar os olhos.

A mulher mexe no computador e após alguns minutos ela levanta uma chave, colocando diretamente na mão dele, com um sorriso que mostra todos os seus dentes para ele que pega a chave. Ela mantém sua mão na dele por tempo demais.

— É o chalé 15. Espero que aproveite sua estadia e para o que precisar é só discar no telefone o número da recepção que eu o ajudarei em qualquer coisa — diz com nítido duplo sentido e isso me irrita ainda mais.

Tomo as chaves da mão dele e olho para a loira que me olha com os olhos cerrados.

— Se precisarmos de algo eu ligo, pode ficar tranquila — enfatizo a frase para que ela perceba minha presença que ignorou na cara dura até agora.

Saio pisando duro em direção à porta que dá para os chalés, sentindo meu sangue ferver porque parece que é impossível sair com esse babaca e não ter uma mulher babando nele e me sinto ainda mais revoltada porque sei que o que estou sentindo é ciúme.

Ouço a risada rouca atrás de mim e minhas mãos coçam para voltar lá e bater naquele rostinho bonito que ele tem.

Acho o nosso chalé e o abro. Solto minha mala ao lado da porta e passeio meus olhos por todos os cantos, sala e cozinha conjugada, os móveis na mesma madeira preta e marrom-claro da recepção, uma porta de vidro enorme em um dos lados da sala que dá visão para uma hidromassagem que, meu Deus, agora ela está parecendo super convidativa. Ao lado uma grande cama king size com roupas de cama brancas deixa o ambiente completamente aconchegante.

Sinto o corpo grande atrás de mim antes que eu possa continuar minha inspeção, o formigamento passa por toda a minha coluna indo até o meio das minhas pernas, me fazendo contrair.

— Foi impressão minha ou você estava com ciúmes, princesa? — Sua voz rouca alcança meus ouvidos quando ele se abaixa até meu ouvido, arrepiando-me completamente consciente da sua presença e toda a bagunça que ele causa em meu corpo.

— Vai sonhando. — Minha voz sai baixa até para os meus ouvidos, arrancando uma risada dele.

— Ceci, Ceci, você pode assumir seu ciúme para mim. Não contarei para ninguém.

Suas mãos alcançam minha cintura, apertando com força, puxando-me contra ele. Quase me derreto com seu calor tão próximo, mas logo recobro a consciência e me afasto, virando-me para ele com as mãos na cintura, quase bufando.

— Você é um idiota. — Acuso e ele abre um sorriso de lado. — Viemos para essa merda juntos e você fica todo de sorrisinhos para ela.

Com alguns passos ele se aproxima novamente, ficando tão perto de mim que eu consigo sentir seu cheiro forte invadir meus sentidos, deixando-me entorpecida.

Seus olhos descem pelo meu corpo com uma luxúria quase palpável, deixando-me quente e molhada.

— Ceci, eu não olho para mais ninguém como tenho olhado para você.

— Aham, sei! — Zombo ainda irritada.

Só percebo que estou dando passos para trás quando esbarro em uma parede e seu corpo me prende contra ela. Ele pega a minha mão na sua e brinca com meus dedos enquanto fala:

— Eu estou falando a verdade, Cecília. Ninguém chama tanto a minha atenção quanto você e nem consegue me deixar assim... — Ele leva minha mão para o volume em sua calça, fazendo-me apertar seu membro que, puta que pariu, está tão rígido que enche minha mão. — Estou sendo paciente e muito, porque, caralho, você me deixa completamente louco para conhecer cada pedaço do seu corpo...

— Mike...

Praticamente gemo seu nome e ele rosna quando aperto seu pau ainda em minhas mãos.

— Você está tão molhada para mim quanto eu estou duro por você?

CAPÍTULO 16

Cecilia

Sua boca cai para o meu pescoço, distribuindo beijos e lambidas fazendo meu corpo tremer contra o seu, sentindo minha umidade aumentar. Gemidos involuntários escapam da minha boca, antes que ele a cubra com a sua em um beijo de pura fome.

Sua língua enrosca na minha, dividindo o sabor delicioso que ele tem, enquanto explora a minha boca de uma forma tão sexual que me esfrego desavergonhadamente nele, fazendo-o gemer em minha boca.

Seus beijos logo voltam para o meu pescoço, fazendo uma trilha molhada até meu colo que sobe e desce com a respiração pesada.

— Eu quero tanto provar você, princesinha — diz abafado, chupando o alto do meu seio. Sua mão escorrega diretamente para a minha boceta, fazendo-me rebolar inconscientemente em sua mão que me acaricia por cima do short. — Eu posso sentir sua boceta molhada mesmo por cima dessa porra de short que me tentou o caminho todo.

Sinto quando seu dedo invade meu short e me esfrega por cima do tecido fino da calcinha que está tão melada agora que quase me envergonho, mas seu dedo esperto não me deixa pensar muito porque logo aperta meu clitóris me fazendo gemer alto.

— Porra, sente isso, Cecília? — questiona, mas não consigo pensar quando seu dedo está trabalhando tão bem em mim. — Você está encharcada para mim, merda.

Sua boca suga o bico do meu seio por cima da blusinha e minhas mãos que até então estavam na parede vão para a sua camisa e a tiro com pressa tendo sua ajuda, logo ele tira meu short me deixando apenas com minha pequena calcinha vermelha. Seus olhos caem para a pequena peça arrancando um rosnado dele.

Seu semblante está sério, pesado com pura luxúria, a mesma que também sinto em cada parte do meu corpo.

Mike cai de joelhos no chão e sinto minhas pernas falharem quando ele passa o nariz sobre a calcinha encharcada, como se fosse um animal farejando sua presa.

— Eu só consigo imaginar como deve ser delicioso o seu sabor. — Ele me lambe e me tira do prumo, deixando-me ainda mais desejosa.

— Pelo amor de Deus, Mike... — Nunca achei que imploraria por algo, mas, merda, aqui estou eu implorando para que ele alivie esse tesão louco que está me consumindo.

— O que você quer, Cecília? Quer gozar na minha língua? — Assinto freneticamente para ele, olhando-o todo bagunçado aos meus pés.

Isso é melhor do que todo meu arsenal de vibradores!

Suas mãos rasgam violentamente a minha calcinha e ele me ataca com uma fome assustadora, mas deliciosa. Primeiro me lambendo de baixo a cima, como se estivesse conhecendo meu corpo, mas logo ele beija minha boceta como beija a minha boca, mordendo, lambendo e chupando. Mike ergue minha perna em seu ombro.

Meu clitóris implora por atenção enquanto ele brinca com a língua na minha entrada encharcada. Os únicos sons ouvidos dentro do cômodo são dos meus gemidos altos e da minha umidade se misturando com a sua saliva me deixando ainda mais mole.

Seus dentes roçam no meu clitóris, puxando-o suavemente, mas logo ele o suga para dentro da sua boca com um vigor que me arranca um grito.

— Mike...

Meu corpo se movimenta me esfregando ainda mais em todo seu rosto deixando-o lambuzado dos meus fluidos.

— Grita mais alto, porra. — Sua voz vibra no brotinho duro que logo está novamente em sua boca enquanto ele suga com força, tirando-me gemidos cada vez mais altos. Seu dedo brinca na minha entrada e ele entra apenas um pouco para acertar um ponto onde logo estou gozando e tremendo em seu rosto. — Goza, gostosa do caralho.

O orgasmo me atinge com tanta força que minhas pernas amolecem e meu corpo parece estar se derretendo. Minha mente anuviada, concentrada apenas nas sensações que ele me causa.

Assim que paro de tremer ele sobe o corpo colado no meu, abro os olhos para encontrar os olhos verdes dele me encarando vidrados, pesados de puro tesão. Mike leva o dedo que esteve em mim para dentro da sua boca me deixando fixada na visão dele sugando seu dedo com o meu gozo.

— Deliciosa — diz e traz o mesmo dedo para minha boca que sugo, sentindo os resquícios do meu sabor nele. — Porra, Cecília, agora eu só consigo pensar em você chupando meu pau desse jeito.

Quando ele retira o dedo da minha boca, sua testa encosta na minha com nossas respirações pesadas se misturando.

— Isso foi... — sussurro.

— Foi! — ele diz e solta uma risadinha baixa. — Vou tomar um banho para podermos dormir.

— Mas...

— Não complica, princesinha, já tá difícil pra caralho aqui para mim. — Seu corpo se afasta e logo sinto falta do calor dele. Seus olhos caem para o volume de sua bermuda e eu sigo, mordendo meu lábio, querendo provar dele também. — Vou tomar um banho.

Deixa um selinho em minha boca e se afasta indo para o banheiro. Fico por um tempo ainda processando tudo o que aconteceu e vou para a cama, jogando-me de costas, sentindo meu corpo completamente leve e satisfeito pelo orgasmo mais delicioso que já tive até hoje. Já me dei prazer várias vezes, mas nunca nenhum foi tão intenso quanto o que Mike me fez sentir.

Suspiro no exato momento em que o homem sai do banheiro com um short de dormir apenas, deixando aquele corpo delicioso à mostra.

— Princesinha, tem uma baba escorrendo aqui. — Ele passa o polegar no canto da boca e eu mostro o dedo para ele, levantando e indo para o banheiro, parando apenas para pegar meu baby doll.

— Vai se foder, Mike.

— Acabei de te foder com a boca, serve?

Bato a porta em sua cara, quando me olho no espelho estou sorrindo como uma boba.

Tomo um banho rápido e visto meu pijama, quando saio encontro Mike já deitado na cama e me deito ao seu lado, cobrindo meu corpo com o edredom. Ficamos nos encarando por alguns minutos até que ele se aproxima e me puxa para o seu peito. Eu me aconchego nele, sentindo uma estranheza repentina com como nossos corpos se encaixam tão perfeitamente.

— Boa noite, princesa.

— Boa noite, Mike.

Apago sentindo o cheiro de sabonete que exala do seu corpo e o calor que me aquece.

Mike

Eu sou um filho da puta sortudo!

É o que digo a mim mesmo quando acordo sentindo um corpo pequeno enroscado em mim. As lembranças da noite passada vêm com tudo. Enfim dei um passo importante com Cecília e que se foda a regra dos 5 encontros ou nossos amigos. Aquilo foi bom pra caralho e eu quero mais e mais dela a cada dia.

Meu braço que ela faz de travesseiro está formigando, a perna dela que está em cima da minha me faz sentir calor, mas foda-se. Esse é o lugar dela daqui em diante.

Como se sentisse que eu acordei, ela levanta a cabeça fazendo nossos olhares se encontrarem.

— Bom dia! — murmura ainda sonolenta, suas bochechas ficam vermelhas. Talvez se lembrando de tudo que aconteceu ontem à noite. E que noite!

— Bom dia, princesinha. Hora de levantar, já está na hora do almoço. — Prefiro ser menos invasivo e deixar que ela assimile tudo.

— Eu vou me arrumar — ela fala se levantando, quando passa por mim, suspiro olhando aquela bunda tampada somente por um pedaço de pano que ela chama de baby doll.

Enquanto Ceci se troca, arrumo a cama e separo minha roupa. Calça jeans escura e camisa de malha branca. Olho meu celular e mando uma mensagem para Samy perguntando como Lauren está e recebo em troca uma foto de ambas assistindo tv.

A trinca da porta do banheiro me chama atenção e estaco no lugar observando Ceci sair do banheiro toda arrumada. Usando um short jeans que não chega no meio de suas coxas e um body preto de renda, Cecília está mais linda do que ontem, se é que é possível, visto que a loira é uma tentação.

— Vai ficar me olhando o dia todo? — Tiro meus olhos das coxas grossas e encaro seus olhos, apertando o olhar.

— Se me tentar hoje, voltamos para esse quarto e você vai ver o que é me ter. — Minha fala a faz descruzar os braços e passar as mãos nervosa no cabelo.

— Vai se arrumar, Mike. Eu estou morrendo de fome. — Sem querer prolongar o assunto, pego minha roupa separada e marcho para o banheiro sem me dar o trabalho de fechar a porta.

Tiro a samba canção e ligo o registro do chuveiro. A água morna cai e devagar passo as mãos pelo meu corpo. Estou de costas para a porta e não preciso me virar pra saber que Ceci está de olho em mim. Cada parte do meu corpo a sente.

Depois do meu pequeno show, desligo o chuveiro e me visto rápido. Saio do banheiro e...

— Porra, Ceci! — murmuro chamando sua atenção. — Você está sexy pra caralho com essas botas. — Ela sorri de lado. O visual agora completo com uma bota marrom country a deixa uma verdadeira cowgirl.

Eu já disse que prefiro cowgirl a amazona? Pra domar um touro como eu só entendendo de coisas brutas.

— Obrigada! Agora vamos. Estou com fome.

Saímos do chalé quando passa das onze da manhã. Decidimos andar até um restaurante que fica perto. Durante a caminhada alguns homens passam olhando para Ceci, que está alheia a tudo isso encantada com as vitrines das lojas. Em cinco minutos de caminhada me sinto puto com cada filho da puta que passa por nós.

Cecília para em frente a uma loja e olha empolgada para a roupinha de princesa na vitrine.

— Ai, meu Deus, eu quero um para a Raika. Vem, Mike. — Ela me puxa pela mão para dentro da loja.

Vinte minutos depois, saímos de lá com vestidos para Juliana, Raika e Lauren.

— Você não estava com fome? — pergunto arqueando a sobrancelha.

— Muita. Olha lá, estamos chegando.

Alguns metros à frente olho a fachada do restaurante e fico agradecido, mas durante o caminho até a porta do estabelecimento acabo notando que Cecília e eu estamos andando esse tempo todo de mãos dadas.
MÃOS DADAS.
Eu nem sequer havia notado e pelo jeito em que ela anda alheia a tudo a sua volta também não deve ter percebido nosso contato.
Porra, isso parece tão fodidamente certo. Foi algo tão natural.
Sentamos em uma mesa com vista para a rua, Austin é uma cidade maravilhosa de se viver, se eu não estivesse tão estabelecido em Santa Mônica e amasse aquela cidade, provavelmente estaria morando aqui.
Uma garçonete se aproxima de nós nos entregando o cardápio.
— Eu quero um café preto, bacon e ovos mexidos. — Faço meu pedido e olho para Ceci que está com os olhos de águia encarando a garçonete. Meu peito infla quando percebo que de novo ela está demonstrando ciúmes de mim mesmo que inconsciente. — Ceci — chamo ganhando sua atenção.
— Quero waffer com mel e suco de laranja natural. Por favor! — Quando ficamos sozinhos ela cruza os braços em cima da mesa e vira o olhar para a rua.
— Gostando de tudo?
— Aqui é lindo, estou me perguntando como é que eu e as meninas nunca saímos assim para conhecer esse país.
— Vocês chegaram e passaram por muitas coisas ao mesmo tempo. É normal! Agora que você já conhece, pode marcar de trazê-las. Aquela diaba vai amar esse lugar. — Ela sorri.
Nosso pedido chega e enquanto comemos, falamos sobre o casamento de Ayla e Matteo daqui a dois meses e sobre Lauren.
— Você deveria ter trazido ela — Ceci murmura tomando um gole do seu suco.
— Eu vou ter muitas oportunidades de trazê-la aqui. Além disso, essa viagem é sobre você, sobre nós. — Ela me olha intensamente quando termino de falar.
— O que você quer dizer com nós? — Sorrio. Claro que ela se atentou a cada palavra que eu disse.
— Nós, Ceci. Esses encontros às escondidas, o desejo, a atração, o tesão e essa coisa toda que anda acontecendo conosco. — Apoio meus cotovelos na mesa a olhando. — Eu sou homem o suficiente pra admitir para você que eu me envolvi mais do que deveria e gostaria. — Seus olhos se arregalam e ela engole seco. — Eu quero tudo que você possa me dar, princesinha, e o que não puder, digamos que estou disposto a esperar seu tempo. — Estática em seu lugar ela bebe um pouco de suco sem tirar os olhos de mim.
— Você tá falando sério? — pergunta insegura.
— Como nunca falei antes. Tudo no seu tempo. Nós sabemos que os encontros falharam. — Ela assente e eu também.
Alguma coisa mudou ontem à noite quando ela enfim confiou em mim para tocá-la. Não chegamos às vias de fato, mas eu pude sentir a

segurança dela em mim, pude sentir o desejo e os anseios do seu corpo com cada toque meu.

Cecília é realmente uma princesa e merece ser tratada da melhor forma possível. Eu deveria me afastar e deixar ela encontrar o cara certo, mas eu sou um filho da puta egoísta e a quero pelo tempo que puder ter.

— Eu gostei de ontem! — confidencia.

— Eu também gostei muito. — Logo me vem à mente o dia em que a peguei se tocando e antes que eu filtre a pergunta sai.

— Alguém já tinha te masturbado? — pergunto sabendo que não vou gostar da resposta. Imaginar as mãos daquele filho da puta do Miguel em cima dela me deixa puto.

— Já que estamos sendo honestos aqui, não. Ninguém nunca me tocou como ontem. — PORRA! Mil vezes, porra.

— Agora eu fiquei confuso. Você ficou muito tempo com o Miguel, ele não a tocou? — Ela nega com a cabeça sorrindo de lado.

— Eu e ele tentamos no começo, trocamos beijos e carícias nada quentes. — Ela faz uma careta. — Mas com o tempo nossa amizade falou mais alto, é claro que Miguel não ficaria muito tempo sem sexo e quando entendemos que seríamos ótimos amigos tudo se ajeitou. Digamos que sou a única mulher na vida dele. — Dá de ombros e eu aperto o olhar.

Isso explicaria muita coisa. Aquele idiota se sente protetor com ela e por isso veio pra cima de mim aquele dia.

— Entendo — murmuro, mas no fundo eu ainda o odeio.

— E você e a Natasha? — Sua pergunta sai meio sussurrada e se eu não estivesse perto dela não teria escutado.

— Mesma coisa que vocês, ficávamos e agora somos bons amigos. Do tipo saudável, ela não é louca. — Sorrio enquanto ela faz uma careta como se discordasse.

— Eu vi vocês e Lauren juntos e achei que vocês formavam um belo trio. — Arqueio uma sobrancelha.

— Eu e Lauren formamos uma bela dupla. Natasha é só uma amiga assim como Miguel é para você. — Ela balança a cabeça como se concordasse, mas algo me diz que isso não é verdade.

A garçonete para ao lado da nossa mesa nos entregando um convite.

— O que é? — ela pergunta à mulher que sorri para nós dois.

— Amanhã é a noite do jantar beneficente da cidade, somente para casais, e será no salão na parte de trás do restaurante.

Leio o convite que deixa claro que realmente é somente para casais. Olho Ceci, que parece ler o mesmo que eu e antes que ela diga o que sei que irá dizer falo rápido.

— Muito obrigado, nós estaremos aqui hoje à noite com toda certeza. — A mulher sorri parecendo estar satisfeita com minha resposta e se afasta.

Solto um gruindo quando levo um chute na canela.

— Porra.

— Nós não somos um casal, ficou maluco? — a loira endiabrada sussurra me olhando.

— Eu não sei se percebeu, mas nós meio que estamos viajando como um casal então um jantar não deve ser tão ruim assim.

— Pensei que tivéssemos vindo para o rodeio — murmura apertando o olhar.

— E viemos mesmo, mas também podemos jantar, vai ser legal, relaxa.

Depois de pagar a conta saímos andando pela cidade. Por fim a levo para uma clareira onde eu sei que tem uma vista incrível.

— Que lugar lindo — ela murmura encantada olhando o lago Barton.

— Meus pais sempre me traziam aqui quando eu era pequeno. Austin é uma cidade eclética onde você vai encontrar de tudo um pouco — falo olhando a paisagem. Olho para o lado pegando os azuis firmes em mim.

— Quando você se mostra de verdade, fica menos irritante — fala sorrindo de lado.

— Eu sou assim o tempo todo, o seu problema comigo é tesão — retruco e ganho um tapa no braço.

— Não estraga esse momento, Mike, se for para falar besteiras fique calado.

— Você que leva a vida sério demais. Precisa se desconectar às vezes, princesinha. — Eu a olho enquanto ela fecha os olhos e respira.

O vento faz as árvores ao nosso redor balançarem em sincronia e ao mesmo tempo o cabelo dela, a cena é fodida de linda. Fico hipnotizando a observando com um semblante de paz, e saber que eu fui quem a proporcionou isso me deixa feliz.

CAPÍTULO 17

Cecilia

Termino de tomar banho e envolvo meu corpo rapidamente num roupão e corro para abrir a porta do banheiro. Rio quando Mike passa pela porta afobado em direção ao vaso sanitário enquanto eu me posiciono em uma das pias da bancada dupla do banheiro para me maquiar.

— Achei que fosse morar aqui dentro — ele fala irritado e solta um som de alívio.

— Para de reclamar, eu só estava tomando meu banho — respondo passando um hidratante no rosto.

Escuto o barulho do chuveiro ligado e mesmo querendo virar o rosto permaneço concentrada em me maquiar.

— Acho que o tempo hoje vai ser frio. Coloque roupas quentes.

— Não trouxe roupas quentes, minha mala se resume a camisetas, shorts e saias. Mudando de assunto, falou com Lauren agora à noite?

— Sim. Ela e Samy estavam se arrumando para um passeio na casa dos meus pais. — Sorrio. — Minha mãe gostou muito da Samy, parecem amigas de infância.

— Beca disse que a mulher é um doce.

— Ela foi um anjo que caiu do céu, Noah já estava em tempo de surtar por ser maquiado todos os dias.

— Isso é bom, assim ele vai treinando para quando tiver filhos.

— Me passa a toalha, por favor.

Tudo acontece no automático.

Escuto seu pedido, deixo minha base em cima da pia pegando a toalha preta pendurada no puxador na parede, entrego e respondo de nada quando me agradece, mas quando ele sai do box com o pano enrolado na cintura o encaro pelo reflexo do espelho.

Não estou focada na cena em si, mas, sim, no que aconteceu minutos atrás. Parecíamos um casal que convive há anos, eu não me importei dele estar tomando seu banho ao mesmo tempo em que eu estou me maquiando.

Sem se dar conta do que está acontecendo ao seu redor, ele se coloca ao meu lado pegando sua escova de dentes dentro de sua necessaire. Suspiro deixando essa conversa para depois e volto a me arrumar. Ele termina sua higiene, me dá um tapa na bunda me fazendo soltar um grito assustado e sai murmurando para que eu não demore.

Merda, isso tá cada vez mais estranho.

Saio do banheiro de braços cruzados encontrando o chalé vazio.

— Mike! — chamo e nada. Pego minha roupa separada em cima da cama e volto para o banheiro.

Levo exatos cinco minutos criando coragem para vestir a menor calcinha que eu tenho. As lembranças do que fizemos ontem são mais encorajadoras do que gostaria de assumir. Coloco a saia jeans, blusa xadrez vermelha a amarrando na barriga e saio.

— Princesinha, nós vamos para um rodeio, não um desfile da *Victoria Secret*. — Arqueio a sobrancelha o escutando falar sentado na poltrona de frente para a cama. Sua perna esquerda está apoiada na da direita enquanto ele tem em uma das mãos um copo de whisky.

— Onde você estava? — pergunto enquanto coloco meu calçado.

— Fui pegar uma garrafa do meu amigo Jack aqui — responde levantando o copo.

— Eu estou pronta de qualquer forma. — Ele assente e passa seu olhar pelo meu corpo.

Quando saímos do chalé ele entrelaça suas mãos nas minhas, acho o contato estranho, mas decido ficar calada. Durante o caminho de carro até o rodeio, as ruas se encontram movimentadas.

Andamos o caminho todo reparando em como a festa se arrasta até mesmo na rua onde tem pessoas dançando ao som de músicas que tocam em seus carros, conversando e rindo de toda a festança.

Chegamos na arena e vamos desviando das pessoas que já estão acomodadas nas arquibancadas e paramos em uma parte onde temos uma visão perfeita de tudo e observo o pessoal organizando o rodeio.

— Meu Deus, estou tão animada — grito para que Mike me ouça enquanto esfrego minhas mãos, sentindo a vibração me deixar em êxtase. Quando olho para o homem ao meu lado ele me encara firmemente com um sorriso enorme no rosto. — O que foi?

— Nada — diz rindo, coloca uma mecha do meu cabelo atrás da orelha. — Gosto de saber que está feliz assim ao meu lado.

Dou uma risada e fico na ponta dos pés para alcançar sua boca, depositando um beijo rápido. É incrível como eu me sinto bem ao lado dele, nunca imaginei que ele me faria feliz.

De repente a gritaria aumenta e olho para frente notando o touro entrando com um homem montado em cima dele, lutando para se manter no posto enquanto o bicho se debate de um lado para o outro.

Ouço Mike gritar e grito junto com ele, agitando meu corpo como se de alguma forma nossa energia pudesse ajudar o homem a se equilibrar. Depois de alguns segundos, o homem cai no chão e rola para o lado saindo de perto do bicho que parece furioso e logo algumas pessoas aparecem para ajudar. O homem pula comemorando que conseguiu passar os 8 segundos em cima do animal e nós gritamos ainda mais.

Passamos tanto tempo gritando animados com o show que tenho certeza que amanhã não terei voz.

— Estou com fome, vamos procurar algo para comer? — Puxo o braço de Mike para ele se abaixar e eu alcançar seu ouvido.

Sua mão segura a minha e ele sai me puxando, tirando-nos da multidão que ainda grita e pula. Colo meu corpo mais no dele para não me perder, já que está ainda mais lotado.

— O que quer comer, princesinha? — ele pergunta quando finalmente chegamos à rua e olhamos em volta, onde tem algumas barracas montadas.

— Huuuuum... Podemos comer batatinhas? Parecem deliciosas.

Aponto para a barraca de batatas e ele assente, rindo enquanto vamos até lá. É inevitável não chamarmos atenção porque ele definitivamente está maravilhoso com seus braços tatuados à mostra. Faço careta para algumas mulheres que o olham com fome, com um sentimento estranho dentro de mim, vou para sua frente e o beijo sua boca, um beijo calmo, mas que acende meu corpo assustadoramente rápido.

Suas mãos seguram minha cintura e ele nem mesmo hesita antes de retribuir, colocando sua língua em minha boca e puta que pariu, eu amo o sabor que ele tem. Paro o beijo antes que nos empolguemos ainda mais e a coisa passe para um nível que não deve chegar em público.

— O que foi isso? — ele pergunta, ainda me segurando contra ele, com aquele sorriso cretino que ele tem.

— Não posso te beijar?

— Você pode tudo, princesinha.

Deixa um selinho na minha boca e me vira abraçando meu corpo enquanto andamos. Não consigo deixar de rir da situação.

Quem um dia imaginou que eu e Mike estaríamos parecendo um casal com tanta naturalidade? Mas logo sinto algo cutucando minhas costas e percebo o que o levou a isso. Mordo meu lábio tentando conter o calor que se espalha pelo meu corpo.

— Você me deixou de pau duro, agora vai ter que me esconder.

Viro meu rosto para olhá-lo e seus olhos brilham de luxúria enquanto me encaram.

— Você precisa de muito pouco para ficar excitado, seu tarado — zombo.

— Duvido que você também não esteja molhada agora. Louca para sentir minha boca em você de novo — murmura na minha boca e morde o lábio inferior, puxando-o entre os dentes. — Você está molhada, Cecília?

A cada passo que damos sinto a umidade crescente no meio das minhas pernas. E completamente consciente do corpo grande grudado em mim e da ereção que parece que não vai diminuir.

E eu sei, simplesmente sei, que eu posso confiar meu corpo a ele. Sei que ele cuidará de mim e fará da minha primeira vez algo memorável e tomar essa decisão, por incrível que pareça, não me assusta.

Eu me viro para ele enroscando meus braços em seu pescoço, procuro seus olhos e o que vejo lá me faz ter ainda mais certeza da minha decisão.

— Princesinha, vamos comprar suas batatas logo, porque se continuar me olhando assim... — Ele geme baixinho, encostando a testa na minha.

Assinto para ele e seguimos em direção à barraca, ao chegar faço meu pedido e olho para Mike, esperando que faça o dele, mas ele diz que não quer e apenas paga.

Assim que a mulher me entrega a embalagem com as batatas chips que pedi, Mike vem com sua mãozona grande atacar minhas batatas me fazendo acertar um tapa nele.

— Ai! Que isso, mulher? É só uma batatinha. — Coloco uma batata na boca e faço careta para ele.

— Se quisesse teria pedido para você. — Saio andando na sua frente e logo sinto seu braço me envolver tentando alcançar as batatas que estou esticando mais à frente, rindo. — Sai, seu cretino! Minhas batatas não.

— Vamos lá, só uma batatinha, sua gulosa. — Ele está rindo, mas não me larga e se esforça para alcançar.

Quando cedo um pouco ele enche a mão e joga tudo na boca me deixando de boca aberta.

— Meu Deus, vai se engasgar — digo rindo enquanto ele tenta mastigar a quantidade grande que colocou na boca.

— Isso é delicioso — fala com a boca cheia me arrancando outra careta.

— Nojento — murmuro.

Terminamos de comer antes de chegar na pousada e entramos, passando pela atendente que olha para ele de cima a baixo sem disfarçar e eu a encaro com a sobrancelha arqueada, fazendo-a desviar o olhar.

Entramos no nosso chalé e paro à sua frente assim que ele fecha a porta, observando seu rosto másculo marcado pela barba feita.

Ele tinha que ser tão lindo?

Suspiro chamando sua atenção para minha boca, seu corpo cola no meu enquanto ele brinca com uma mecha do meu cabelo.

— Eu adorei o rodeio.

— Eu sabia que ia gostar. Ainda mais quando se tem boa companhia. — Sorri orgulhoso, reviro os olhos, mas não consigo não rir.

— Você tem que estragar tudo, né?

Acerto um tapa em seu braço, mas não tiro minha mão de lá, sentindo seus músculos firmes, lembrando do quanto eu amo estar dentro deles.

— Eu também adorei a noite de hoje — murmura chegando sua boca perto da minha, nossas respirações aceleradas, parecendo em sincronia e meu coração batendo forte no peito. — Adorei ainda mais a companhia.

E sua boca toma a minha, quando nossos corpos se colam ainda mais. Suas mãos em meus cabelos me deixando presa na névoa do tesão intenso.

O beijo é lento. Nossas línguas parecem dançar em uma sintonia perfeita ao mesmo tempo em que sinto as mãos de Mike passarem pelas minhas costas e pararem no meu bumbum. Sem perder tempo levo as minhas mãos até os botões da sua camisa e sem quebrar o beijo vou tirando cada botão de sua casa. Mike sorri em meio ao nosso beijo e desajeitado tira a blusa. O toque da minha mão gelada no seu peito quente faz com que seu corpo se arrepie. Depois de gemer ele enfim para nosso beijo e afasta a cabeça para me olhar. Seus olhos verdes me olham e eu engulo seco por achar que estou vendo sentimentos neles, e com medo de que tudo acabe, só hoje eu me permito me iludir e viver no faz de conta.

Hoje eu sou só uma mulher me entregando ao homem que a ama, porque é isso que os olhos dele me transmitem.

— Você está mais linda do que nunca hoje! — Sou presenteada com sua voz rouca. Seus lábios a centímetros da minha boca se abrem dando um sorriso de lado, o mesmo sorriso que faz calcinhas derreterem pelo seu caminho.

— Eu achei que me achasse linda todos os dias — falo fazendo um bico entrando no seu jogo. Carinhosamente sua mão vem até meu rosto me fazendo fechar os olhos quando sinto seu toque quase como inspecionando.

—Você é linda de qualquer jeito todos os dias, Ceci. — Sinto cada célula do meu corpo. Cada batida do coração. Cada lufada de ar que eu puxo. Eu o sinto. Eu sinto Mike dentro de mim e pode ser que eu me arrependa amanhã dessa decisão, mas não posso mudar o que sinto.

— Eu quero tudo, Mike! — Minha fala firme faz um vinco se formar entre suas sobrancelhas enquanto me olha sem entender. — Eu quero você, sem desculpas, sem rodeios. Você me trouxe aqui, me mostrou outro lado seu que eu aprendi a gostar.

Como se tivesse acabado de descobrir que ganhou um prêmio da loteria, o homem à minha frente sorri abertamente. Solto um gritinho de susto quando ele me pega em seus braços sem avisar.

Prendo firme minhas pernas ao redor da sua cintura.

— Ah, princesinha! Eu poderia me fazer de rogado e dizer que não quero, mas a verdade é que tudo que desejo desde o dia que a vi é ter você em meus braços. — Mordo meu lábio inferior e seu olhar automaticamente foca em minha boca.

— Vai doer? — pergunto incerta.

— Eu vou cuidar de você. — E do meu coração, quem é que vai cuidar? Eu me pergunto em pensamentos, mas afasto logo.

Nada vai atrapalhar o aqui e agora!

Em passos lentos e beijando meu pescoço pelo caminho até a cama, Mike aos poucos vai fazendo meu corpo se acender para ele, por ele. Quando sinto minhas costas se chocarem com o colchão macio fico parada o olhando tirar a calça jeans e as botas de caubói.

O volume na cueca box vermelha me deixa assustada! Essa coisa não vai caber em mim!

— Se Deus fez, cabe! — Levo meu olhar para o rosto de Mike depois de sua fala orgulhosa.

— Calado você é um poeta, sabia? — Aperto o olhar para ele que gargalha, de cueca ele sobe na cama engatinhando até ficar em cima de mim.

— Aí está ela! Minha gata arisca está de volta. Estava me perguntando em que momento ela iria aparecer. — Sorrio pela provocação.

Sem perder tempo e coragem, puxo sua cabeça e tomo o controle da situação o beijando louca e apaixonadamente, guardando essa informação bem no fundo da minha alma.

Por conta da confusão que somos roçando um no outro, a saia que uso se embola em minha cintura fazendo com que nossos sexos se encontrem. Quando rebolo, gememos juntos, posso sentir minha calcinha completamente encharcada por esse filho da puta!

— Você está vestida demais! — É tudo que ele diz enquanto me ajuda a ficar de joelhos sobre a cama. Começo a tirar minha blusa sob o olhar de predador do homem grande e completamente tatuado a minha frente. Mike me come com os olhos sem pudor e posso jurar que na sua cabeça nesse momento já passam as cenas de tudo que irá fazer comigo.

Tiro a blusa jogando-a no chão, logo a saia tem o mesmo destino, suspiro por um segundo e fecho os olhos quando sinto mãos fortes e ásperas vagarem lentamente pelo meu corpo. Uma está na minha cintura me segurando firme e a outra tem meu pescoço em um aperto que faz com que meu sexo pulse.

— Nada no mundo iria me preparar para ter você, Cecília. — A voz rouca sussurrada no pé do meu ouvido me faz prender meu lábio inferior entre os dentes.

Sua mão em minha cintura desce perigosamente e atravessa minha calcinha. Nós dois arfamos quando ele toca minha boceta.

— Mike... — gemo sem saber o porquê.

— Caralho, toda meladinha pra mim, princesa! — A mão em meu pescoço me traz para mais perto de sua boca.

Mike leva tudo de mim com o contato rude, mas ao mesmo tempo cheio de cuidados. Provando o fato de que já estou completamente molhada, coloco minhas mãos em seu peito fazendo uma leve pressão para que se afaste.

Olho dentro dos olhos de Mike e deixo as palavras deslizarem por minha boca.

— Me chupa, Mike! — O safado deveria ao menos fazer cara de espanto diante do meu pedido, mas não. Ele sorri de lado e me ajuda a deitar novamente.

Passando as mãos entre as laterais do meu corpo, ele arranca minha calcinha e a leva até o nariz, deixando-me embasbacada com a cena sexy.

Deveria ser proibido Mike ser tão tentadoramente gostoso.

— Você tem cheiro de paraíso! — Rolo meus olhos pela sua fala. — Da próxima vez que você rolar esses olhos azuis vou estar dentro de você.

Suas mãos ásperas afastam minhas pernas me deixando completamente exposta. Seu olhar de tesão me faz gemer e quando ele passa a língua em seus lábios antes de cair de boca em mim, eu sei que é meu fim!

Mike passa a língua de baixo para cima devagar me fazendo ofegar. Eu me apoio sobre os cotovelos para ter uma visão melhor da cena que se desenrola. Seu olhar está em mim enquanto passa sua língua pelos meus lábios grandes.

O filho da puta está me torturando.

Sinto minha boceta encharcada e quando ele levanta a boca deixando à mostra que seus lábios estão molhados por conta dos meus sucos, eu me arrepio.

Sem dizer nada, mas ao mesmo tempo me fazendo mil promessas de prazer para a noite, Mike empurra a parte de trás dos meus joelhos para cima me deixando ainda mais aberta, a posição deixa meu sexo ainda mais exposto, a centímetros de sua boca.

E caralho, fodeu!

Jogo a cabeça para trás quando sua língua faz pressão no meu broto ao mesmo tempo em que seus lábios agem como se estivessem beijando minha boca.

—Ahhh... — grito.

Vai e vem, esse é o movimento sem parar da sua língua. Quando Mike começa a me chupar eu me contorço, meu corpo se arrepia, eu me pego rebolando em sua boca buscando mais contato para que as sensações não tenham fim.

Nada é mais animalesco do que os sons que Mike solta enquanto me chupa.

— Porra. Gostosa pra caralho, Ceci — fala e volta a chupar.

— Mike... mais, eu preciso de mais — choramingo fechando os olhos com força, sentindo-me em chamas nesse momento.

Quando sinto dois dedos entrando em meu canal, abaixo meu olhar para o homem que me olha atentamente. Eu estou tão molhada que seus longos dedos entram facilmente.

— Essa boceta gostosa está sugando meus dedos, mal posso esperar para ter meu pau sendo sugado por ela. — Sua boca suja me excita ainda mais.

—Mike... ohhh. — Meu corpo treme. — Mikee... — Dando todos os sinais possíveis de que vou gozar, meu corpo entra em um estado de ebulição, Mike volta a me chupar ao mesmo tempo em que comanda seus dedos em um entra e sai cuidadosamente devagar.

Não sei como nem de onde veio, mas meu corpo se contorce e me deixo levar, gozando na boca do filho da puta. Fecho os olhos respirando rápido, ainda me recuperando, sinto a movimentação em cima de mim, abro meus olhos para ver Mike tirando a cueca me fazendo suspirar.

Sua mão faz carícias de sobe e desce enquanto seu olhar está em meus olhos.

CARALHO, É AGORA!

Eu queria poder dizer que não quero mais depois de ver o tamanho do pau dele, mas me chamem de corajosa. Porque eu quero, ah... eu vou me esbaldar!

Mike fica de joelhos e posiciona a cabeça rosada do seu membro grande na entrada da minha vagina. Perco tudo observando as veias grossas do seu pau.

Puta que pariu, acho que vou ficar assada.

— Olhe para mim, princesinha! — Seu pedido sai como uma ordem e me sentindo bem obediente o olho. — Vai doer, Ceci, mas eu prometo que o pote de ouro no final do arco íris vai valer a pena.
— Mike, cala a porra da boca! — É tudo que eu digo.
Sorrindo de lado e ele me cobre com seu corpo musculoso. Levo minhas mãos para suas costas o abraçando. Sua testa está colada na minha quando começo a sentir a ardência da cabeça do seu membro me abrindo, puxo uma lufada de ar à medida que a coisa monstruosa vai me rasgando, quando chega em um ponto Mike me olha nos olhos.
Por segundos, suas írises verdes me olham apaixonadas, com devoção. É isso ou eu estou ficando louca.
O que pode ser o caso!
— Pronta? — pergunta com a voz rouca.
Incapaz de falar, apenas concordo com a cabeça, fecho os olhos e prendo a respiração quando empurra tudo dentro de mim. A dor é infernal. Sinto uma lágrima escorrer pelo canto do meu rosto e parar em meu ouvido.
— Respira, logo passa! Assim que eu puder me mexer me diga!
Abro meus olhos encarando Mike, que me olha atentamente como se não quisesse perder nada dos meus movimentos.
— Pode se mexer, Mike. Me faça sua.
O pedido sai com toda a verdade que existe dentro de mim, para usar ou jogar fora, para amar ou machucar, acabo de descobrir que sou dele.
Eu estou apaixonada por Mike!

CAPÍTULO 18

Mike

Pode se mexer, Mike. Me faça sua. — Eu a olho intensamente quando me pede. Meu peito se aperta e uma sensação estranha toma conta de mim.

Ceci me olha com um brilho nos olhos me fazendo engolir seco.

Eu me puxo para fora e devagar volto a me enfiar todo dentro da boceta apertada, fixo no seu olhar. Ceci solta um suspiro e fecha os olhos quando aumento um pouco mais meus movimentos.

— Preciso que você me diga se estiver doendo — peço com a voz embargada de tanto tesão.

Solto um gemido quando suas unhas me arranham à medida que vou intensificando meus movimentos. Contorcendo-se e soltando gemidos baixos sob mim, cruza as pernas prendendo-as quase em cima da minha bunda, isso faz com que eu me enfie ainda mais dentro dela.

Tudo é intenso e diferente de qualquer coisa que eu já tenha feito na vida.

Saio e entro lentamente, tentando prolongar ao máximo esse momento e ao mesmo tempo nos torturando.

— Você é perfeita, princesinha — falo ofegante quando ela solta um gemido que me faz arrepiar.

Distribuo beijos pelo seu rosto até chegar em sua boca, mordo de leve o lábio inferior e depois o puxo chupando.

Suas unhas cravam nas minhas costas de uma forma dolorosamente deliciosa, arranhando-me até onde alcança e ela parece estar ficando relaxada, porque sinto seu corpo cada vez mais entregue a mim, por isso passo a estocar mais rápido e forte, fazendo-a gemer mais.

— Por favor, Mike... — Sua língua alcança meu pescoço, fazendo-me pulsar dentro do seu aperto. — Eu preciso de mais...

Porra, o que essa mulher me pede que eu não faça?

Saio completamente de dentro dela e volto de uma vez, batendo fundo dentro, gemendo tão alto quanto ela ao sentir seu aperto em mim e caralho, ela é apertada demais. Apoio os dois braços ao lado do seu rosto, segurando-o para que ela não desvie os olhos de mim porque agora eu preciso apenas olhar em seus olhos e ver que ela está tão entregue a esse momento quanto eu.

A cada estocada que dou, sua pélvis vem de encontro à minha, fazendo meu pau bater em um ponto dentro dela, que grita em sintonia.
Sua boceta me esmaga em um aperto mortal me fazendo urrar.
— Porra... isso... — gemo quando ela volta a apertar, suas paredes me esmagando deliciosamente, sugando meu pau para dentro dela ainda mais.
— Ai, merda, isso é bom demais, princesinha.
Os barulhos dos nossos corpos se chocando e nossos gemidos ecoam por todo o quarto, deixando tudo ainda mais erótico. Minha respiração fica tão acelerada quanto a dela, desço minha boca para o seu seio e sugo o biquinho duro, mordendo com um pouco força, fazendo-a arquear contra mim.
Sua mão pequena desliza pelo meu corpo que a essa altura já está suado, alcança minha mão e ela a puxa levando-a para o seu pescoço, fazendo-me sorrir ao perceber o que ela quer. Aperto com pouca pressão o pescoço pequeno no mesmo momento que bato mais fundo dentro dela.
— Ai, meu Deus, Mike... — diz gemendo.
Seus olhos vidrados pelo tesão me encaram e me levam ao limite. Sinto quando o aperto de sua boceta se intensifica ainda mais, seu cenho franze e sua boca se abre em um grito mudo quando seu corpo pequeno treme pela intensidade do orgasmo dela, levando-me junto.
— Caralho, princesinha... — gemo ofegante.
Meu saco dói pelo gozo, uma energia eletrizante passa pela minha espinha e esporro forte dentro dela com meu pau pulsando dolorosamente. Urro alto com a força do orgasmo que me rasga.
Meu corpo cai mole em cima dela, completamente exausto do orgasmo mais alucinante da minha vida, mas me preocupo quando ela prende a respiração, por isso saio de cima dela me jogando ao seu lado e quando a olho é a visão mais perfeita que já vi.
Seu corpo pequeno está coberto pela camada de suor, um sorriso satisfeito nos lábios e os olhos fechados como se ainda estivesse curtindo as sensações do orgasmo.
— Tá tudo bem? — pergunto quando ela abre os olhos e foca o teto.
Ela vira a cabeça me olhando com um sorriso contente no rosto.
— Tá tudo ótimo. — Eu sou um filho da puta sortudo mesmo. O sorriso que ela me dá deixa claro o quanto está satisfeita e feliz.
— Obrigado por isso, princesinha. — Ela me olha confusa e eu lhe dou um selinho. Levanto-me da cama indo até o banheiro. Pego uma toalha de rosto limpa e molho com água da torneira da pia. Quando volto para o quarto, Ceci me olha atentamente quando me aproximo dela.
— O que está fazendo? — Seu rosto corado se abre em choque quando abro suas pernas e começo a limpá-la.
— Eu estou cuidando de você. — Termino de limpar o pouco sangue, vestígios de que ela não é mais virgem e jogo a toalha no chão. Vou até a banheira que tem uma vista incrível colocando para encher com água morna.

— Venha comigo. — Estendo minha mão para ela que aceita ainda chocada, talvez com meu cuidado, mas ela precisa ver o quanto eu sou honrado por ela ter me escolhido para um momento tão importante na vida de uma mulher. Claro que eu já tinha ficado com outras virgens, mas era novo e imaturo, além disso, Cecília é diferente de todas as mulheres que eu já estive na vida.

Ajudo a entrar na banheira que já está pela metade. Sorrio quando ela suspira se sentando na água morna. Jogo alguns sais que achei no banheiro.

— Meu Deus, essa banheira é o paraíso — murmura de olhos fechados.

— Achei que você fosse querer esse momento — digo enquanto me sento em uma cadeira ao lado da banheira. Ceci me olha com um brilho nos olhos, fazendo meu coração se apertar.

— Você não vai entrar? — De início eu iria só a observar e ainda digerir o que aconteceu minutos atrás, mas seu pedido se torna irrecusável quando me olha cheia de expectativa.

Entro na banheira que é grande e me sento ao seu lado. Sentindo necessidade de tocá-la, eu a puxo, passando meu braço pelo seu ombro fazendo-a deitar a cabeça no meu e em silêncio observamos a vista das montanhas.

Sábio é aquele que faz silêncios serem ouvidos.

Cecília e eu não dissemos mais nada, mas os toques e beijos que trocamos naquela noite foram o suficiente para deixar claro que tudo tinha mudado a partir dali. Não existia mais jogo, atritos ou nossos amigos, ali estava nascendo algo mais forte e ao mesmo tempo em que me deixava excitado pelo que estava por vir, o medo ainda se fazia presente.

Cecília

— Isso aqui está lindo! — falo encantada com a decoração do grande salão de festas, mesas decoradas com forros brancos e velas em cima. Algo simples e charmoso ao mesmo tempo.

— Perfeito para celebrar nossa última noite na cidade — Mike, que me segura possessivamente pela cintura, fala em meu ouvido.

Só de sentir seu hálito quente perto da minha pele, eu me arrepio e fecho os olhos suspirando.

— Boa noite. Que bom que vieram. — A atendente da lanchonete nos recepciona com um sorriso largo, olha de lado para Mike que tem a atenção no salão.

— Onde podemos nos sentar? — ele pergunta e seguimos para uma das mesas de frente para o pequeno palco.

— Fiquem à vontade, toda consumação será para ajudar nas obras da igreja da cidade — a mulher diz olhando para Mike e sai nos deixando sozinhos.

— O que você vai querer comer? — ele pergunta olhando o cardápio que estava em cima da mesa e quando não o respondo me fita com uma sobrancelha arqueada.

Eu tenho um sorriso bobo no rosto enquanto o olho.

— Você parece não ter noção do quanto chama a atenção das mulheres. — Eu o fito quando sorri travesso se curvando na mesa e cruzando os braços sobre ela.

— Eu tenho noção, princesinha. Sou um cara bem grande e tatuado. Mas a questão é que eu não ligo mais para isso quando a única que vale a pena ter a atenção está ao meu lado. — Sinto minhas bochechas corarem, mordo o lábio inferior levando sua atenção até lá. Seu olhar passa de algo doce para luxúria num piscar.

— Você não deveria me dizer essas coisas bonitas — murmuro pegando o cardápio.

De repente ficou calor nesse lugar!

— Tem razão — diz e se recosta na cadeira com um sorriso de lado. — Deveria mostrar. — Semicerro o olhar para ele.

— Como?

— Até irmos embora penso em algo. — Dá de ombros. — E no final da noite tenho certeza de que serei muito bem recompensado.

É uma missão difícil não pensar em como vamos terminar esta noite. Tudo que fizemos ontem e hoje à tarde ainda está em meus pensamentos e eu juro que se eu fechar os olhos, ainda posso senti-lo dentro de mim.

Nem em um milhão de anos eu imaginei que minha primeira vez seria maravilhosa daquele jeito. O idiota me fez gozar três fodidas vezes.

— Já escolheram? — Saímos da troca de olhares intensa que em que estávamos quando a garçonete se aproxima querendo anotar nosso pedido.

— Vocês por acaso têm algum espumante? — Abro a boca em choque. A mulher arregala os olhos e depois sorri.

— É a bebida mais cara da noite. Temos sim. — O olhar afiado de Mike cruza com o meu quando responde:

— Traga uma garrafa, hoje é dia de comemorar. — Saltitante a mulher sai em busca do nosso pedido.

— O que exatamente estamos comemorando? — pergunto intrigada.

— Nossa derrota, Ceci. — Aperto meu olhar para ele sem entender.

— Como assim? Do que é que está falando?

— Vamos ser francos e assumir que depois de ontem à noite tudo mudou. Eu não quero me afastar de você. — Arregalo meus olhos enquanto processo o que acabei de escutar.

— Não estou entendendo — respondo.

— Quero que fiquemos fixos. — Arqueio minha sobrancelha, entendo enfim sua fala. É claro que eu já vi esse filme.

— Olha, Mike, nós não somos a Beca e o Theo.

— Eu não quero que sejamos eles. Desde o início todos nós sabíamos que eles foram feitos um para o outro. No nosso caso é diferente. — Suas palavras não deveriam, mas acabam me machucando. Ele só quer um

momento enquanto eu acabei me envolvendo mais do que deveria com ele.
— Nós brigamos grande parte do nosso tempo, mas também somos bons quando estamos sozinhos. — Ele interrompe sua fala quando nossa bebida chega.

Enquanto ele enche nossas taças com um sorriso eu me vejo estática sem saber o que fazer.

— Eu sei que não está bebendo, mas quero pelo menos que brinde comigo. — Pego minha taça onde ele colocou um dedo do espumante e ergo. — Um brinde a esse final de semana que nem terminou, mas já é um dos mais especiais para ambos. — Ainda incomodada, brindo e tomo um pequeno gole.

Pego o cardápio tentando fugir do seu olhar e chamo a atendente escolhendo algo sem álcool para mim e Mike pede para eu escolher nosso jantar.

Nosso jantar é leve e divertido, Mike como sempre me arranca gargalhadas na mesma medida em que me irrita. No fim da noite, o salão se transforma, uma banda começa a tocar músicas fazendo com que vários casais sigam para mais perto do palco para dançarem. O lugar, o momento, as pessoas e a música contribuem para que fique algo bem romântico.

Sorrio quando foco em um casal de idosos dançando lentamente, ele está com uma mão em sua cintura enquanto a senhora está visivelmente corada enquanto seu marido murmura algo em seu ouvido.

Cenas como esta é que me fazem perceber que é assim o amor que quero para mim, o mesmo amor que vejo em meus pais, o cuidado, o zelo. Tudo isso me fascina.

Quando a banda começa a tocar *Millionaire de Chris Stapleton*, eu me surpreendo com Mike me estendendo a mão. Arqueio minha sobrancelha.

— Vem, vamos dançar. — Sem hesitar, pego sua mão e ele me guia para a pista.

Como Mike é grande, não consigo envolver meus braços em seu pescoço, então apenas deixo minhas mãos em seu peito enquanto ele me prende pela cintura e puxa para bem perto dele.

Balançamos devagar no ritmo lento das batidas, a música fala sobre um homem se achar milionário por ter a mulher que ama ao seu lado. Infelizmente a letra aciona um lado do meu coração que eu pensei não existir, mas que agora está ali se fazendo presente de um modo assustador.

Eu queria ser essa mulher para Mike, engulo em seco quando minha mente me alerta sobre o caminho perigoso em que estou indo enquanto meu coração se enche de esperanças.

Minha mente me diz que estou me envolvendo com o homem mais cafajeste que conheço e que isso já é um indicativo de quantas foram machucadas, enquanto meu pobre coração se enche com pensamentos de que podemos dar certo, que o Mike que conheci aqui é o verdadeiro Mike e que ele merece qualquer chance que eu tenha a dar.

Deito a cabeça em seu peito escutando seu coração bater rápido. Fecho meus olhos esvaziando minha mente e deixando apenas a canção me dominar, aproveitando as sensações do momento. Em uma parte da música, sinto quando ele beija minha cabeça.

— Tudo bem aí? — Ergo meu olhar para o seu quando quebra o silêncio.

— Tudo — respondo ganhando um sorriso seu. — Você já pensou como vai ser quando voltarmos?

— Sim. Eu vou sequestrar você todos os dias, talvez eu me mude com Lauren para sua casa — fala sorrindo de lado.

— Eu estou falando sério, Mike — ralho.

— Eu não sei, princesinha. Olhe só para nós dois. Vivíamos em pé de guerra e não podíamos ficar no mesmo ambiente sem um querer matar o outro e agora estamos ficando escondidos como dois adolescentes e num jantar romântico, abraçados e dançando. — Sorrio com sua sinceridade.

— Vai ser complicado, não é mesmo? — digo e ele assente.

— Minha única certeza é de que não acaba aqui, Ceci.

Somos interrompidos quando o cantor da banda anuncia uma pausa.

— Ok, pessoal. Preciso de descanso! Algum aspirante a cantor para me substituir? — Todos gargalham quando o cantor fala.

Mas fico em choque quando Mike começa a andar em direção à escada para ter acesso ao palco.

— Olha só, temos um candidato. Qual é seu nome? — o cantor pergunta e Mike, dando um sorriso, me fita já em cima do palco.

— Me chamo Mike Carter.

— Ok, Mike. Você tem uma música para cantar enquanto descanso?

Eu estou em choque com a ousadia do idiota. Mas ao mesmo tempo extasiada em conhecer outro lado dele. Depois de conversar com o homem que está no violão Mike pega o microfone e me sinto corar quando seus olhos intensos focam em mim.

— Bom, há muito tempo não faço isso, então me desculpem se eu sair do tom. Quero dedicar essa música à minha princesinha Cecília, aquela loira de olhos azuis intensos ali. — Merda. Ele aponta com a cabeça para mim e eu quero correr quando todos se viram.

Mike sorri zombeteiro sabendo que odeio ter atenção assim. Esqueça o que eu disse minutos atrás, talvez eu o mate aqui hoje.

Engulo em seco quando reconheço a melodia da canção. Balanço a cabeça negando e ele, por sua vez, sorri começando a cantar:

Não tenho que sair desta cidade para ver o mundo porque é algo que eu tenho que fazer. Eu não quero olhar para trás em trinta anos e me perguntar com quem você é casado. Quero dizer agora, quero deixar claro para apenas você e Deus ouvirem. Quando você ama alguém, eles dizem que você os liberta, mas isso não vai funcionar para mim.

Eu não quero viver sem você. Eu nem quero respirar. Eu não quero sonhar com você. Quero acordar com você ao meu lado. Eu não quero seguir por nenhuma outra estrada agora. Eu não quero amar ninguém além de você. Olhando nos seus olhos agora, se eu tivesse que morrer agora, eu não quero amar ninguém além de você.

Uma lágrima rola do meu rosto e sorrio, *Nobody but you* acaba de se tornar oficialmente a música mais linda desse mundo para mim.

Quando ele termina de cantar ovacionado, pula do palco orgulhoso, andando em passos decididos em minha direção.

— Eu disse que iria mostrar até o final da noite — fala dando de ombros, convencido.

Por impulso pulo em seu colo, rodeando minhas pernas em sua cintura escutando os gritos de todos ao nosso redor.

— Você é um idiota, sabia? — murmuro sorrindo e olhando em seus olhos. Sua mão me segurando desavergonhadamente pela bunda me aperta.

— Diga isso depois que eu fizer você gozar mais algumas vezes esta noite.

— Cretino. — Solto e o beijo apaixonadamente.

CAPÍTULO 19

Mike

O final de semana não poderia ter sido mais perfeito. Se eu já gostava daquela cidade antes, agora ela se tornou algo que sempre vou levar comigo. Olho para o lado e sorrio quando percebo que Cecília ainda dorme no banco do passageiro. Pegamos a estrada hoje de madrugada e agora estamos já em Santa Mônica, a noite está quente e agradável como sempre.

— Princesinha — chamo e cutuco sua barriga, fazendo-a despertar e me dar um tapa no braço. — Porra, Ceci, eu só estava acordando você, estamos chegando.

— Vê se aprende a acordar as pessoas com mais carinho — retruca de mau humor.

— Esse humor azedo é por causa da fome. Eu avisei para comer quando parei. — Ela fica mais ogra quando está com fome.

— Vai se ferrar, idiota. — Suspira e geme. Viro-me para ela quando paro no semáforo. — Mas eu realmente estou com fome, para em algum fast-food antes de me levar, vou comprar minha janta. — Sorrio da sua careta.

Dirijo até parar em um drive-thru e fico surpreso quando a loira pede um combo que daria facilmente para duas pessoas.

— Ainda me pergunto para onde vai tudo isso.

— Tem dias que não sinto fome por causa dos remédios, mas em outros é como se eu só vivesse com fome.

Estaciono o carro em frente à sua casa e desço a ajudando com a mala. Entramos e deixo suas coisas no chão, puxando-a para um beijo.

Beijo-a lentamente, já sofrendo com a ideia de não poder fazer isso o tempo todo, parece que agora que eu a tive por completo é praticamente impossível viver sem senti-la.

— Hora de ir, cowboy — ela fala se afastando.

— Eu vou, mas em breve eu volto. — Roubo um beijo e saio rumo à minha casa.

Os dias vão passando rápido. Eu e Lauren estamos cada dia mais adaptados à nossa rotina, ela é incrível. Esperta, sagaz, adora uma bagunça, mas acima de tudo é muito carinhosa. E se com minha filha está indo tudo bem, com Cecília não poderia ser diferente.

Quase todos os dias eu e ela nos vemos em sua casa, já que Ayla quase não vai pra lá enquanto prepara o casamento com Matteo. Como adolescentes, nós nos pegamos às escondidas em qualquer lugar e hora. Na última vez quase fomos pegos por Rebeca.

— Gostosa — falo ofegante com a visão dela em pé com o tronco curvado em sua mesa do consultório, suas pernas estão abertas com seus saltos altos deixando-a sexy como um inferno, sua calcinha está no chão. A filha da puta já está molhada só com meia dúzia de palmadas. Uma coisa que vem me surpreendendo: a princesinha adora um sexo mais bruto. Tapas mais fortes que deixam sua pele branquinha completamente vermelha com a marca de meus dedos, e o que me faz sair do controle é quando ela toma a iniciativa e leva uma mão minha para seu pescoço. Porra, foder Ceci enquanto seguro aquele pescocinho é meu fim.

— Mais forte — ela geme me pedindo pra meter mais forte e eu como um bom soldado atendo à sua ordem.

Seguro sua bunda elevando um pouco para ter mais acesso a sua entrada. Dou um tapa forte fazendo-a gemer e olhar sobre seus ombros. Sorrio de lado em uma provocação para que ela me xingue, mas a cachorra acaba se contraindo, esmagando meu cacete dentro dela e me fazendo revirar os olhos.

— Safada. — Estalo mais um tapa em sua bunda. Sem continuar minhas investidas, tiro o paletó do meu terno jogando-o de qualquer jeito no chão e me curvo para colocar uma mão em seu clitóris sensível, fazendo-a suspirar audivelmente.

Como um bom Dj e sem perder o ritmo das estocadas percebo o momento exato em que ela está no seu limite.

Mas o pior estava por vir. Batidas na porta nos fazem paralisar por segundos antes de corrermos para o banheiro fechando a porta.

— Ceci, você está aí? —Ouvimos a voz de Beca. Cecília gruda o ouvido na porta.

— Oi, Beca, estou no banheiro. — Resolvo melhorar o momento, empino sua bunda e a penetro, fazendo-a soltar um gemido.

— Está tudo bem aí dentro? — Beca pergunta do outro lado.

— Está, eu... ahh — geme mais quando invisto mais forte. Porro de mulher gostosa. — Estou com cólica.

— Tudo bem, mais tarde eu volto, preciso ver com você sobre o arranjo do casamento.

Volto minha mão para seu clitóris tocando e metendo até que gozamos juntos.

— Você está com cara de apaixonado. — Saio das minhas lembranças quando Matteo se senta ao meu lado. Acabamos de voltar da escola, Lauren e Asher tiveram uma apresentação e eu e ele fomos como dois pais babões que somos. Agora enquanto Asher e Lauren correm pelo quintal, enfim estamos descansando do dia corrido.

— Ha-ha. Estou morrendo de rir — murmuro.

— Tem algo errado com você. Há semanas você está aéreo, sumido e sempre com essa carinha aí de apaixonado. — Ele aperta o olhar para mim. — Eu conheço essa cara, seu puto! É a mesma que eu tenho sempre que estou pensando na Ayla. — Mostro um dedo para ele que sorri.

— Eu realmente estou saindo com uma mulher. — Admito. — E antes que você diga algo, não é a Natasha.

— Mike, olha nos meus olhos e diz que não é a Cecília. — Automaticamente eu olho. Ele faz uma careta praguejando que Ayla vai arrancar seu pau.

— Como soube? — pergunto realmente curioso, achei que estivéssemos tomando todo cuidado para não deixar pistas.

— Vocês dois andam suspirando pelos cantos, pararam de querer se matar e, francamente, toda vez que ela chega você muda sua postura. Você tenta, amigo, mas seu olhar o dedura.

— Estamos há semanas juntos. Eu e ela fomos aos finalmente e agora não conseguimos parar, Matteo — falo, olhando as crianças brincando a uma certa distância.

— Você gosta dela? — Sua pergunta me faz suspirar.

 Eu gosto dela?
Porra. Sim!
Balanço a cabeça assentindo.

— Só é complicado.

— Errado, Mike. Nós é que complicamos tudo. Se vocês dois estão se dando bem, precisam admitir um para o outro primeiro.

— Ela parece só estar curtindo meu belo corpo, às vezes — digo e o olho. Ele arqueia uma sobrancelha.

— Você está se sentindo usado? Você? Faça-me o favor, Carter.

— Essa coisa entre a gente é carnal, tá ok? Não tem espaço pra sentimento — retruco me levantando.

— Lembro que já escutei alguém falando isso.

— E o que aconteceu? — pergunto falhando em esconder a curiosidade.

— Ela está grávida e casada com meu outro amigo, o Theo! — Sorri zombeteiro e eu bufo.

— Eu e Ceci temos algo temporário. — Nem eu mesmo acredito na merda que acabei de dizer, mas no fundo eu sei que é assim que tem que ser. Estamos ficando cada dia juntos e eu estou com medo do próximo passo dessa relação.

Ultimamente venho imaginando como seria se estivéssemos realmente juntos e assumidos, e ao mesmo tempo em que gostei, fico puto com os pensamentos.

Deixo a casa de Matteo com Lauren rumo à nossa. Quando chegamos, ela corre para o banho enquanto preparo um lanche para ela dormir. Como é sexta e sábado não tem aula, pretendo passar o dia com ela, talvez eu a leve para brincar no parque.

— Lauren — grito e sorrio quando a pequena aparece no meu campo de visão com seu pijama da Bela Adormecida e cara de poucos amigos.

— Papai. — E aí está a palavrinha mágica que ela começou a dizer nas últimas semanas. Pensei que fosse infartar quando ela me chamou de pai pela primeira vez, mas depois meus olhos se encheram de lágrimas e eu a abracei tão forte que fiquei com medo de ter quebrado algo.

— O que foi? — Arqueio a sobrancelha. Por algum motivo que desconheço ela está de mau humor.

— Pensei que a tia Ceci iria a minha apresentação hoje. — Ceci e ela estão inseparáveis.

— Pequena, ela estava no trabalho. Já conversamos sobre isso.

— Eu sei, só não entendo porque o Ash pode ter a tia Ayla todas as noites e eu não posso ver a tia Ceci. — Ah, merda! Lauren sempre tem o dom de me desconcertar com certas perguntas.

— Lauren, Ayla e Matteo vão se casar. Por isso eles moram juntos. — Ela me olha por alguns minutos e sei que está pensando em algo, porque de repente ela sorri.

— Então podemos morar com a tia Ceci, vocês se beijam como o tio e a tia mesmo que eu já vi. — Engasgo com a água que estou tomando. Dou batidas no peito e quando me recupero encaro a pequena pestinha que é minha filha.

— De onde você tirou isso? — Aperto o olhar para ela que sorri largamente.

— Eu vejo a tia Ceci chegando toda noite quando vocês pensam que eu estou dormindo, eu já saí do quarto e vi vocês se beijando no sofá. — MERDA. MERDA.

— Lauren, isso não se faz. Você não pode ficar olhando escondida, eu e Cecília somos adultos e quando estamos sozinhos nos beijando, crianças não podem estar por perto. — Pelo menos não vendo o que fazemos sozinhos.

— Tá vendo?! Vocês se beijaram. — Suspiro sem saber o que fazer. Eu estou sendo passado para trás pela minha filha de seis anos.

Eu a pego e ando até o sofá, sentando-a em meu colo. Seus olhinhos castanhos me olham atentamente.

— Eu sei que você gosta da tia Ceci, mas nós dois somos só amigos. Tudo é coisa de adulto.

— Ela..., ela ainda pode ser minha mãe? — Engulo seco quando seus olhos se enchem de lágrimas quando me pergunta.

— Claro que pode. Basta perguntar se ela aceita. Agora vá comer e dormir, mocinha.

Cecília

O grande dia do casamento de Ayla e Matteo está perto. Falta um dia, para ser mais exata. Com a correria que estamos e com a chegada dos nossos pais, que estão instalados em nossa casa, acabei ficando sem tempo para ver Mike essa semana. A saudade daquela peste tá me matando.

Descobri que sou viciada nele, em seus toques, sacanagens e em sua risada. Eu ainda tenho vontade de matá-lo às vezes, mas também tenho vontade de montá-lo na maioria do tempo.

Mike me transformou em uma devassa, sexo com ele se tornou algo natural. Há dois meses estamos vivendo algo que chega a ser proibido. E a expressão "proibido é mais gostoso" nunca me fez tanto sentido.

Da cozinha escuto o alerta do despertador tocar na sala, pela hora sei que é um dos alarmes para que eu tome o remédio de ansiedade. Apesar de alguns sintomas ruins, tomar minha medicação vem me ajudando muito, além disso eu já me sinto menos tensa na presença de Matteo, o que é um grande alívio, visto que ele está se casando com minha melhor amiga.

Passa da hora do jantar quando vou para meu quarto me deitar. Entro em meu banheiro para passar meus hidratantes no rosto antes de dormir e é quando tudo acontece. Assim que abro o armário do meu banheiro, dou de cara com meu pacote de absorvente intacto. Franzo o cenho quando tento me lembrar a última vez que menstruei e caio sentada no chão quando a realidade me invade.

— Ai, meu Deus. Não pode ser, comigo não, por favor! — Coloco as mãos na cabeça sentindo o desespero bater.

Eu estou atrasada. Muito atrasada, tipo mais de um mês atrasada.

Por reflexo pego meu celular e quando estou prestes a ligar para Beca, desisto. Eu não contei que já perdi minha virgindade, como vou contar assim que estou atrasada? Ela vai surtar, mas antes vai me matar lentamente.

— Merda... MERDAAAAA. — Sinto minhas mãos tremerem e volto para meu quarto. Quando foco em meus remédios na mesinha ao lado da cama, o pavor me consome.

Meus remédios são fortes e abortivos, e eu os estou tomando todo esse tempo. Fecho meus olhos me sentindo a pior pessoa do mundo.

— Calma, você não tem certeza — digo a mim mesma, antes que um soluço me escape.

Eu estou ferrada, como eu pude ser tão irresponsável? Eu e Mike não nos prevenimos em nenhum momento.

Claro que não, o fogo no rabo estava demais.

Até posso escutar a voz de Beca me recriminando.

Meu telefone toca em minha mão e quando vejo o nome de Mike, fecho meus olhos e atendo.

— *É oficial, princesinha, se eu não vir você hoje, vou morrer de saudades. Porra, Ceci, quase oito dias sem poder tocar você está me matando.* — Eu não digo nada, a única coisa que está em minha mente é a possibilidade da gravidez.

— Eu não posso hoje. Nos vemos amanhã — murmuro.

— *Você está bem? Sua voz parece estranha.*

— Eu só estou com sono, amanhã vai ser um dia cheio.

— *Nem me fale, estarei à sua procura. Me diga qual é a cor do seu vestido.* — Sorrio.

— Eu serei a de rosa. — Eu e todas as outras madrinhas, guardo essa informação.
— *Rosa me parece uma ótima cor quando está enrolada na sua cintura.*
— Eu preciso desligar, Mike.
É tudo que digo antes de desligar a chamada sem esperar que ele responda. Levo uma mão até minha barriga de olhos arregalados.
— Eu não posso estar grávida.

CAPÍTULO 20

Cecilia

A cerimônia do casamento passou como um borrão para mim, um dos momentos mais tensos foi quando Mike e eu entramos na igreja e nos sentamos lado a lado. Eu estava desconcertada ainda com a possibilidade de estar grávida e ele como um bom observador acabou notando minha tensão.

— Você não me parece bem, quer que eu a leve ao médico? — ele murmura em meu ouvido pela terceira vez enquanto estou focada em Ayla recitando seus votos.

— Eu estou bem, só cansada — respondo dando de ombros.

Já na festa, eu me permito sorrir e brindar a felicidade de minha amiga, claro que eu já não bebia antes, então recusar qualquer tipo de álcool hoje foi fácil.

— Tia Ceci, pode ir ao banheiro comigo? — Lauren chega ao meu lado me puxando para o banheiro. Quando entramos ele está vazio e sorrio quando ela vai sozinha para uma das cabines.

— Até que enfim — grito de susto quando Mike chega do nada por trás de mim. Eu me viro pegando seu sorriso.

— Filho da puta. Quer me matar? — falo respirando fundo.

— Eu preciso te beijar. — Ele vem para cima de mim me fazendo arregalar os olhos.

— Ficou doido, Lauren está logo ali e alguém pode entrar a qualquer momento.

— Eu vou ficar doido se não beijar você.

—Tá tudo bem, tia Ceci. Papai me disse que vocês fazem coisas de adulto. Eu não vou olhar. — Escuto a fala de Lauren e olho feio para Mike que dá de ombros.

— Minha filha é perfeita, eu sei — ele fala quando me puxa para um beijo.

Sua boca pede passagem e eu deixo, porque eu também estava morrendo de saudades dele. Suas mãos descem para minha bunda me fazendo gemer quando ele a aperta.

— Papai, eu terminei. Posso olhar agora? — Nosso beijo é quebrado quando escutamos Lauren, eu me viro para olhar na direção das cabines e sorrio quando ela está nos olhando fingindo estar com as pálpebras fechadas.

— Querida, lave a mão. — Agora me olhando com um sorriso ela lava a mão enquanto me viro para olhar Mike. — Depois vamos conversar sobre o que ela disse — murmuro.

— Ah, vamos conversar sim. Eu, você e minha cama. — Por mais que o convite seja tentador, a possível gravidez vem como um balde de água fria em minha mente.

— Outro dia, agora vai! — Aponto com a cabeça para a porta e suspiro quando ele sai me deixando sozinha com Lauren.

— Tia, eu quero fazer um convite a você. — Sorrio e me sento na poltrona do toalete puxando-a para se sentar ao meu lado.

— Pode pedir. Se estiver ao meu alcance eu faço. — Seus olhinhos brilham quando falo.

—Assim que papai disse que eu o escolhi para ser meu pai, eu escolhi você para ser minha mamãe. — Puxo uma lufada de ar e sinto meus olhos lacrimejarem com suas palavras. Mãe, Lauren está me escolhendo para ser sua mãe. Levo uma mão à minha barriga e um pensamento me toma, talvez eu possa estar carregando um filho do Mike e Lauren agora seja promovida a irmã mais velha.

E nada me deixaria mais feliz do que criá-la como minha filha, meu amor por ela jamais irá mudar. Eu a olho e enxugo uma lágrima.

— Nada me deixaria mais feliz do que ser sua mãe, me sinto honrada por isso e farei de tudo por você, minha princesinha! — Passo a mão em seu cabelo e a puxo para um abraço apertado.

— Eu preciso contar para o Ash que tenho uma mãe. Já volto... — fala eufórica e sai correndo do banheiro me deixando com uma enxurrada de emoções. Eu acabei de ser nomeada mãe e posso ao mesmo tempo estar grávida.

Fecho meus olhos respirando fundo. Com minha suspeita de gravidez não tomei meus remédios e por isso sinto que posso sair do controle de minhas emoções. Eu me recomponho e volto para a festa. Olho o salão e vejo Ayla sentada sozinha, pela minha visão periférica noto Beca indo até ela e decido me juntar às minhas amigas.

Como se tivéssemos programado, Beca e eu chegamos juntas e nos sentamos cada uma de um lado de Ayla.

Instantaneamente minha atenção se volta para a pista de dança onde Mike dança animado com Talissa. Meus pensamentos me levam para a possível gravidez me perguntando em como ainda não fiz um teste.

— Ei. — Tiro meu olhar deles e foco em Ayla e Beca que me olham curiosas. — O que foi? —Ayla pergunta me fazendo suspirar e meus olhos voltam a se encher de lágrimas.

— Eu preciso contar uma coisa. — As duas franzem o cenho sem tirar os olhos de mim. Eu preciso contar, elas são tudo que tenho. Preciso compartilhar logo o medo que estou sentindo. O silêncio é massacrante entre nós três. — Acho que estou grávida. — Solto de uma vez quando ambas gritam juntas com olhos arregalados. — Acho que estou grávida — repito.

— Sempre juntas — Ayla murmura pegando minha mão carinhosamente, eu sinto minhas lágrimas rolarem pelo meu rosto e quando olho para Beca que me fita ainda desacreditada murmura:

— Sempre juntas é o caralho. — Beca grunhe e me fulmina com os olhos. — Quem é o pai? E desde quando você vem transando sem ao menos ter dividido a novidade conosco?

— Beca —Ayla a chama e trocam um olhar.

— Eu não tenho certeza, tão bom?! Não tive coragem de fazer o teste — murmuro me encolhendo e abaixando a cabeça.

Escuto Beca soltar um riso tenso e a olho quando se levanta arrumando o vestido, ela faz uma careta olhando entre mim e Ayla.

— Vem, levantem. Vamos resolver isso, depois eu mato o infeliz. — Olho assustada para Ayla que me lança um sorriso tenso e dá de ombros.

— Vem, Ceci, vamos resolver tudo.

Sem ter alternativa eu as sigo, quando estamos perto da saída do salão Matteo e Theo entram em nossa frente.

— Onde vocês vão? — Matteo pergunta para Ayla que sorri de lado.

— Resolver um pequeno problema — Beca responde.

— Tudo bem, anjo? — Matteo franze o cenho e pergunta olhando Ayla nos olhos. Nesse momento gostaria de ter a mesma cumplicidade que a deles, eu me sinto sozinha mesmo rodeada por pessoas.

—Tudo sim — ela responde e lhe dá um beijo.

Rebeca estende a mão para Theo que fica alguns segundos a olhando de sobrancelha erguida.

— A chave do carro, Theo — pede sorrindo de lado.

— Eu não vou dar a chave do meu carro para você, já conversamos sobre isso — ele ralha e nega.

— A chave do carro, Theodoro. — Ela o olha intensamente, sorrio quando Theo resmunga algo e entrega. Matteo gargalha.

— Ri, filho da puta, quando for sua vez de ser dominado você me paga.

— Onde vão? — Matteo pergunta dessa vez para nossa líder, diaba.

— Vamos arrumar uns problemas, não se preocupe, eu entrego sua noiva intacta para a lua de mel — ela responde saindo como um foguete do salão. No estacionamento Ayla e eu paramos de andar e ficamos olhando Beca ir em direção ao seu carro.

— Ei, maluca, eu estou de vestido de noiva se não percebeu —Ayla grita fazendo com que Beca pare e se vire nos olhando.

— E eu grávida. Agora entrem nesse carro e vamos à farmácia mais próxima pra descobrir se Cecília é a mais nova mamãe do pedaço.

— E não podemos esperar até mais tarde quando a festa acabar? — pergunto tensa. Rebeca tem o dom de ser imprevisível.

— Eu não conseguiria focar na festa sabendo que você ainda não fez a porra do teste, andem logo — ralha.

— Ela está cada dia pior — murmuro para Ayla.

— São os hormônios, espero que você não fique assim — ela fala rindo enquanto levanta sua saia muito redonda e bufante do vestido.

Dentro do carro eu me sento na frente com Beca enquanto Ayla e seu vestido tomam conta do banco de trás. O caminho é feito em silêncio. Talvez elas tenham percebido que eu posso não estar pronta para o resultado desse teste.

Quando paramos em frente a uma farmácia, Beca se vira para mim.

— Tá legal, vamos lá. Aqui tem um banheiro e você pode usar ele. — Sem esperar que eu responda, ela sai seguida por Ayla, eu respiro fundo criando coragem.

— Ainda bem que ela tem coragem por nós duas — murmuro saindo do carro.

Enquanto andamos para dentro da farmácia percebo que estamos chamando a atenção.

— Porque estão todos nos olhando? — pergunto tensa.

— Deve ser porque eu saí da porra do meu casamento usando meu vestido de noiva —Ayla ralha me fazendo rir. — Só você mesmo, Beca, me tirar do meu casamento assim.

— Agradeça à Cecília, ela deveria ter feito o teste antes de nos contar.

— Ei, eu estava com medo, ok? — Antes de passar pela porta de entrada ela se vira para mim com um sorriso zombeteiro de lado.

— Aposto que não teve medo quando o pau do possível pai estava enfiado aí. — Ok, ela está com raiva.

— Cretina... — murmuro, quando sinto que estou corada.

— Andem. — Ayla a segue rindo de mim que abano meu rosto.

— Olá, doutora. — Um senhor cumprimenta Beca e depois olha curioso para Ayla que sorri tensa.

— Oi, senhor Bloc. Eu gostaria de um teste de gravidez e de usar seu banheiro, por gentileza.

Sem questionar o velho sai e volta dois minutos depois com o teste.

— O banheiro vou ficar devendo, ele está em manutenção.

— Vamos voltar para o salão, Beca —Ayla que está ao seu lado fala. Eu me encontro a passos atrás delas de braços cruzados e calada, repreendendo-me em silêncio por não ter feito essa porra de teste antes.

Voltamos para o carro e nos ajeitamos, a tensão paira sobre a gente nos deixando a cada segundo mais apreensivas e eu sei que elas estão tão nervosas com esse teste quanto eu.

Logo chegamos no salão da festa e quanto mais nos aproximamos mais rápido meu coração bate e minhas mão suam, ansiosa. Ao entrar faço o possível para não olhar ao redor porque ver Mike agora não vai me ajudar em nada.

Mas antes de entrarmos no banheiro, somos interrompidas por duas criaturinhas eufóricas.

— Mamãe, você sabia que a tia Ceci agora é mamãe também? — Asher pergunta e logo dois pares de olhos se viram para mim, arregalados. Mas eu não consigo me mover, segurando a sacola com o teste com tanta força que chega a me assustar.

— Sim, a tia Ceci agora é minha mamãe — Lauren fala pulando direto para as minhas pernas, abraçando-me, e eu solto a respiração que estava segurando.

O que eu estava achando? Que de repente duas crianças estivessem prevendo meu futuro assustador?

— Mamãe? — Beca pergunta nos olhando e eu sorrio pequeno, assentindo para ela.

— Pedi para ela ser minha mamãe... — Lauren diz olhando para Beca enquanto acaricio seus cabelos. — Agora eu tenho uma mamãe e um papai.

Ayla se abaixa como pode por causa do vestido e puxa Asher para perto, seus bracinhos pequenos abraçam o pescoço dela, com um sorriso largo. É sempre uma onda de emoção quando vejo os dois assim, juntos e bem.

— Lauren, a tia Ceci vai ser uma ótima mamãe — diz e me olhando com aquele sorriso que aquece meu coração e sua fala carrega tanta certeza que, por alguns segundos, eu me sinto um pouco mais tranquila. — O que você acha de levar a Lauren para ir comer docinhos lá na cozinha, leãozinho? Guardei um monte lá para comermos mais tarde.

Ela pisca para ele que grita alegre, beija o rosto dela e sai puxando uma Lauren tão animada quanto ele.

— Por que não me disse que guardou docinhos? Eu estou grávida e preciso ser paparicada — Rebeca diz brava fazendo nós duas rirmos.

— Temos outra coisa para fazer agora e quando terminarmos vamos lá comer muitos docinhos, duvido que os dois consigam comer tudo sozinhos.

Ela se levanta com a minha ajuda e entramos no banheiro checando se está vazio, Beca passa a chave na porta para que ninguém atrapalhe.

Fico parada olhando para a cabine como se dali fossem sair as respostas do meu problema, mas sou empurrada em direção a uma delas.

— Vai logo, Cecília, pelo amor de Deus.

Ayla ri baixinho da ansiedade da nossa amiga e eu faço uma careta para ela.

— Não é fácil, tá? Eu estou com medo — murmuro, olhando para minhas mãos que seguram o teste.

Beca segura meu rosto me fazendo olhar diretamente em seus olhos verdes e ela sorri para mim.

— Independente do resultado, estaremos ao seu lado para ajudar em tudo o que precisar. Uma hora ou outra você precisará fazer esse teste e agora eu e Ayla estamos aqui para dar apoio — diz e acaricia meus cabelos. — Se der positivo você será uma ótima mãe, cuidaremos e amaremos esse bebê, porque ele será uma parte nossa também, tá? Assim como Juliana, Raika, Asher e Lauren.

Assinto para ela sentindo-me um pouco mais calma, vou para uma das cabines e abro a caixinha do teste que tem um potinho e faço meu xixi, assim que saio encontro as duas em silêncio. Deixo o potinho em cima da pia e mergulho o palito como diz na caixa por cinco segundos e o tiro, colocando ao lado e fico ali, olhando para ele como se a minha vida dependesse do resultado.

E realmente depende.

Se der positivo toda a minha vida vai mudar. Meu tratamento a partir de agora terá que ser feito de uma forma diferente e meus remédios terão que continuar suspensos, porque de forma alguma eu arriscaria tomá-los e afetar meu bebê.

Sem falar em Mike... Deus, ele vai enlouquecer.

Ainda está no processo da adoção da Lauren, acostumando-se com a vida de pai e eu não sei como ele reagiria com uma gravidez tão inesperada. Até onde eu sei, antes da pequena ele nem mesmo pensava nisso e de repente se tornar pai de duas crianças?

E em que pé ficaria a nossa relação? Como será que ele me trataria?

Ok, eu sei que ele nunca me trataria mal, nesse tempo em que nos envolvemos conheci um lado de Mike que tenho certeza que poucas pessoas conhecem. Vi como ele pode ser um bom homem, apesar de ainda ser bem irritante, agora vejo qualidades nele que antes não via. Porém isso não me alivia em nada, porque mesmo com tudo isso, ainda não consigo imaginar qual seria sua reação.

Sou abraçada pelos dois lados e suspiro ao me sentir acolhida pelas minhas amigas.

— Não precisa chorar, Ceci — Ayla sussurra, secando minhas lágrimas que eu nem mesmo havia notado. — Ser mãe é uma coisa maravilhosa. Não gerei Asher, mas eu juro, olhar para ele e o ouvir me chamar de mamãe é a coisa mais gratificante de toda a minha vida. E eu tenho certeza que esse bebê terá a melhor mãe do mundo, assim como Lauren.

Dá uma risadinha baixa por citar minha menininha e não consigo não sorrir entre as lágrimas, porque o convite de Lauren ainda me deixa aquecida.

— Sem falar que vamos amar mimar mais uma criança e ele nascerá bem pertinho da minha bebê, já pensou na bagunça que será? Vamos deixar todo mundo maluco — a diaba diz rindo. — Agora, pelo amor de Deus, vamos olhar esse teste porque já passou do tempo e Raika está ficando ansiosa aqui dentro.

As duas me soltam e eu me aproximo da pia, olho o teste e meu mundo para.

Meu coração para.

Minha respiração para.

De repente, eu me sinto anestesiada, porque esse palitinho acabou de confirmar o que eu já sabia.

Estou grávida!

Grávida de Mike.

Meu Deus, eu não consigo respirar.

— Positivo... — sussurro e logo as duas estão ao meu lado, olhando a mesma coisa que eu.

Ouço as duas arfar, mas não consigo me mexer, estou me sentindo entorpecida ainda com a novidade.

— Meu Deus.

— Porra...
Solto a respiração de uma vez fazendo as duas olharem para mim.
— Como você está? — Aylinha pergunta com cautela.
— Eu ainda não sei — respondo sincera, recolho o palito com a palavra "grávida" gravado nele e um sentimento diferente aquece meu coração, mas o medo de tudo que está por vir não me deixa aproveitar, eu apenas fico ali, uma confusão de sentimentos. Respiro fundo e guardo o teste na minha bolsa pequena. — Vamos voltar para o salão antes que os meninos sintam falta de vocês, amanhã pensarei com mais calma sobre isso.

Antes que as duas respondam já estou saindo do banheiro, com o coração batendo forte ainda devido à descoberta. Ayla e Rebeca me alcançam e logo vamos até a cozinha onde Ayla prometeu dar docinhos para Rebeca e acabamos nos distraindo com Lauren, Asher, Juliana, Theo, Matteo e Mike comendo escondido.

A conversa é leve o tempo todo, as gargalhadas das crianças ressoam por todo o ambiente e vejo os adultos fazendo e falando besteiras para arrancar risadas cada vez mais altas dos três e é impossível não sentir o amor que eles emanam.

E mesmo com medo, eu sei que meu filho terá uma família maluca, mas que fará tudo por ele ou ela.

Não deixo de perceber os olhares de Mike em mim, mas não dou muita atenção, minha cabeça já está bagunçada o suficiente para ter que lidar com ele agora.

— Ei, você. — Pulo assustada com o sussurro de Rebeca e olho para ela enquanto coloco um brigadeiro na boca, sentindo o sabor delicioso explodir na minha língua. — Só queria dizer que quando for contar para ele, caso ele fale alguma merda, me avise que darei um soco naquela cara abusada.

— Ele quem?
— O pai do seu bebê, ué. — Dá de ombros como se fosse óbvio.
— Não é o Miguel! — Eu me vejo falando mesmo que ela não tenha falado nada sobre ele, mas imagino o que esteja passando na cabecinha diabólica dela.

Rebeca me olha com desdém e solta uma risada irônica.

— E quem está falando do Miguel aqui, meu amor? — pergunta e eu engulo em seco, sem coragem de olhar para ela. — Vocês não disfarçam tão bem quanto pensam.

E com isso ela some, deixando-me processar sozinha a informação de que ela sabe que Mike é o pai do meu bebê. Merda.

O restante da festa passa como um borrão, não me lembro de aproveitar muito, mas me esforcei para participar ativamente do melhor dia da vida da minha amiga.

Mas quando me deito na minha cama, no silêncio do meu quarto, só consigo chorar. Chorar toda a minha angústia e desespero pelo que o futuro me reserva.

CAPÍTULO 21

Mike

Quando mais um dia em que não sou atendido por Ceci passa, decido ir procurá-la para saber o que foi que aconteceu. Porra, já se passaram três dias desde o casamento de Matteo e Ayla, os pais delas já voltaram para o Brasil e ela simplesmente sumiu. Tenho em mente que provavelmente ela possa estar em meio a uma crise. E sendo este o caso, estou mais do que pronto para estar ao lado dela.

— Posso ajudá-lo? — Uma enfermeira me para quando passo pela recepção.

— Eu estou indo no andar da psiquiatria encontrar com a Dra. Monteiro — respondo.

— Lamento, mas a Dra. não se encontra mais, ela já foi embora depois de se sentir mal. — Eu a fito, agora interessado.

— O que ela tinha? — Mil coisas ruins me vêm à mente enquanto a mulher olha para os lados antes de se aproximar mais de mim falando baixo.

— Ela desmaiou na hora do almoço e o Dr. Rivera a levou para ser atendida na obstetrícia. — Arqueio a sobrancelha. Obstetrícia?

— Mas a Beca não cuida apenas de grávidas? — pergunto num murmúrio para ninguém em particular.

— Sim, parece que os doutores estão com um bebê a caminho.

— Mike. — Eu escuto o que a mulher diz ao mesmo tempo em que Beca me chama. Ela me olha de olhos arregalados e quando percebe a enfermeira ao meu lado, a fulmina com o olhar.

Olho para Beca estático, ainda tentando processar o último minuto. Ela se aproxima de mim enquanto a enfermeira se afasta fugindo dela.

— Mike, senta. Você está pálido. — Ela me puxa pelo braço me fazendo sentar em um banco.

— Beca. Ela... — Não consigo dizer, simplesmente não consigo. E que porra é esse do Miguel nessa história? Minha cabeça dá voltas e quando dou por mim, estou saindo em disparado para o estacionamento escutando o grito de Beca.

Sem olhar para trás e com a cabeça quente, dirijo até a casa de Cecília. Mal paro o carro e saio correndo. Toco a campainha insistentemente até que ela abre a porta e sem esperar entro.

— Olha pra mim, Cecília, olha nos meus olhos e me diz se você está grávida. — Ela permanece de cabeça baixa, mas quando a levanta seus olhos me encaram com lágrimas que começam a se derramar pelo seu rosto.

— Eu estou grávida. — Dou um passo para trás quando a escuto falar. Meus ouvidos zumbem e meu coração acelera que chega a doer. Coloco a mão no peito e fecho os olhos. — Mike, calma. Respira. — Escuto sua voz, mas não sou capaz de falar nada.

— E... eu vou ser pai! — murmuro a encarando que assente com a cabeça.

— Eu estava com medo de contar, Mike. — Quando ela soluça e começa a chorar, eu me xingo mentalmente pela minha reação.

Então a puxo para meus braços, apertando entre eles, e solto o ar que nem percebi que estava preso. O corpo pequeno de Ceci treme à medida que o choro vai se intensificando e eu fico sem saber o que fazer ou o que dizer.

— Vai ficar tudo bem, Ceci, eu vou cuidar de vocês, nós vamos ficar bem! — falo tentando acalmá-la.

Eu a coloco sentada no sofá e vou até a cozinha para pegar água. Volto e a encontro deitada em posição fetal no sofá. Seu rosto é uma confusão vermelha e inchada.

— Por favor, beba! — Peço e ela nega.

— Eu estou com medo — diz baixinho. Eu me sento no chão da sala levando uma mão até seu cabelo fazendo uma leve carícia.

— Vai dar tudo certo. Eu nunca vou deixar você sozinha. Nós fizemos isso, princesinha. Vamos ter um filho juntos, Ceci. — Minha fala embarga e uma lágrima rola pelo meu rosto, a qual nem me preocupo em secar.

O olhar perdido dela se encontra com o meu. Franzo o cenho sem entender o motivo de tanta preocupação. Nós tivemos momentos incríveis, eu mostrei coisas a ela que não mostro a ninguém.

— Tá tudo acontecendo muito rápido. — Sua fala me faz olhar sem entender. Seu corpo treme, pego uma manta que está aos seus pés e a cubro.

— Qual é o problema? Você não quer, é isso? — Mesmo sabendo que isso é errado, eu sei que não posso impedi-la de fazer o que quiser com seu corpo.

— Eu quero esse bebê mais do que tudo, Mike, mas eu... eu estava vivendo à base de remédios, entende? Eu já parei com todos, mas tudo vai ser um inferno daqui para a frente. Eu estou com medo, não durmo, não como mesmo sabendo que preciso. Que espécie de mãe vou ser para meu filho? — Engulo em seco percebendo a gravidade.

— Ei, vai ficar tudo bem, eu vou cuidar de vocês. Você não vai estar sozinha, podemos procurar ajuda com sua psicóloga, além disso Ayla e Beca podem fazer marcação cerrada monitorando você — falo otimista dando-lhe um sorriso mesmo estando completamente sem saber o que fazer por dentro.

A única coisa que sei é que precisamos de ajuda e não sei por onde começar. Cecília se tornou minha para cuidar e proteger há muito tempo e agora com um filho meu na barriga eu jamais a perderei de vista.

— Eu quero que você descanse, só isso, princesinha. Não vou sair do seu lado para nada, você vai ficar comigo e com a Lauren. — Começo a ficar tenso quando percebo que ela está alterada. Seus olhos estão fundos e as olheiras são visíveis.

— Eu não quero isso, nós concordamos que seríamos amigos de novo e você tem sua vida.

— Minha vida é você, Ceci — falo rápido fazendo-a arregalar os olhos. — Minha vida é você, Lauren e agora essa criança que você espera.

— Nós não somos um casal — ela murmura sorrindo de lado. Seu semblante suavizando aos poucos.

— Mas teremos um filho juntos, é isso que importa.

Passo os próximos minutos acariciando seu rosto e cabelo até ter certeza de que ela pegou no sono e depois me levanto indo para a área da piscina.

Sou recebido pelo vento frio da noite e o silêncio do momento é bem-vindo. Minha cabeça fervilha com as últimas descobertas.

Eu vou ser pai, de novo. Um filho meu e da Ceci. Parece que a ficha ainda não caiu, ao mesmo tempo em que me sinto feliz, o medo de não saber ao certo como vai ser uma gravidez num momento em que ela está passando por problemas psicológicos sérios me deixa com sentimentos conflitantes.

É claro que depois daquela viagem, tudo mudou entre nós dois. Eu a fiz minha e, apesar do seu afastamento confuso, sei que ela nutre sentimentos por mim. Ainda sem saber o que fazer ou como agir pego meu telefone e ligo para a única pessoa que pode me acalmar nesse momento. Fecho os olhos quando depois de quatro toques sou atendido.

— *Espero que seja sério. Eu estava muito ocupado com minha esposa* — Theo murmura irritado.

— E... eu. — Um bolo se forma em minha garganta e por algum motivo não consigo dizer nada.

— *Mike, o que foi?* — Sua voz muda drasticamente, mostrando preocupação. Por outro lado, eu acabo soltando um soluço e quando dou por mim estou chorando com o celular no ouvido.

— *Porra, cara, o que aconteceu? Onde você está? Mike, fala comigo.* — Theo faz perguntas tenso.

— Eu vou ser pai. — A frase sai embargada pelo choro. Fungo levantando a cabeça para cima fechando os olhos.

— *Co... como?*

— Você sabe como fazemos os bebês, Theo — murmuro me irritando mesmo sem motivo.

— *Claro que eu sei, eu quero saber quem é a doida que está grávida de você.*

— Theo, eu estou com medo, cara! Eu não sei o que fazer, isso nunca aconteceu comigo... Esse medo de perder alguém que você gosta. — Soluço tentando em vão controlar minhas emoções.

— *Mike, seja lá o que for, você não está sozinho, cara, agora me diz onde você está. Eu estou indo ver você, amigo.*

— Eu estou na casa da Cecília. — Minha resposta o faz soltar um longo suspiro e por alguns segundos ele não diz nada.

— *Eu estou indo* — fala e desliga sem que eu responda.

Enxugo meus olhos e quando me sinto melhor, volto para dentro e a encontro dormindo como a deixei. Eu a pego em meus braços e subo as escadas devagar, levando-a para seu quarto. Quando a deito em sua cama, ela solta um suspiro pesado e se encolhe. Fico olhando por um tempo, seu rosto sereno dormindo é um contraste de quando está acordada. Ceci adquiriu nos últimos dias marcas de expressão entre as sobrancelhas como se estivesse sempre zangada. Minha Ceci já não é mais a mesma e algo me diz que os próximos dias vão ser difíceis para nós dois.

Eu me inclino, beijo sua testa e saio do seu quarto. Enquanto desço as escadas a porta é aberta devagar e por ela Theo seguido por Matteo passam e me encaram com semblantes sérios.

— Eu não quero escutar um *"nós avisamos"* — falo já sentindo meus olhos se encherem de lágrimas. Ambos nesse momento me olham assustados.

— Cadê ela? — Theo pergunta olhando ao redor enquanto eu sigo para o sofá e me jogo nele de qualquer jeito.

— Dormindo, lá em cima. — Ele e Matteo se sentam, Matteo na mesa de centro na minha frente e Theo no sofá ao meu lado.

— Qual é o real problema? — Matteo pergunta sério me olhando com os cotovelos apoiados nos joelhos. Meus olhos estão vidrados em seus coturnos ridículos.

— Ela está grávida do nosso filho — murmuro sentindo lágrimas rolarem pelo meu rosto. — E ao mesmo tempo está com medo porque o tratamento dela é fodido demais e não sabe o que fazer e eu não sei o que fazer ou o que dizer para ajudá-la, Matteo. — Quando termino, ambos me olham assustados por minha explosão.

— Mike, no começo é normal sentir medo, cara. Mas com o tempo você se acostuma com ele, o medo de que algo aconteça com seu filho nunca vai passar, você se acostuma a viver com ele — Theo fala. Eu o olho e nego com a cabeça. Olho para Matteo que me fita sério.

— Uma vez eu peguei um caso de um homem que queria a guarda do seu filho porque alegava que a ex-mulher estava depressiva. A criança só tinha 3 meses de vida e eu lutei para tirar o bebê daquela mulher. Porque a julguei mal por conta do seu histórico médico. Hoje, quando Ceci me disse que está grávida e que está com medo por causa do seu tratamento, eu me lembrei dessa mulher. Porque Cecília me olhou da mesma forma que ela me olhou no dia que ganhei a causa. — Fungo sentindo meu peito apertado.

— De que forma, Mike? — Matteo me pergunta tenso.

— Pedindo socorro, Matteo. Aquela mulher estava pedindo socorro e hoje a mulher que está esperando um filho meu está na mesma condição, ela me olhou pedindo socorro. Eu não a mereço, eu não os mereço. Se isso for um castigo eu... — Não completo minha fala porque Theo me puxa para um abraço.

— Se acalma cara, tudo vai se ajeitar — Theo fala me dando tapas nas costas.

— Ela vai precisar de você inteiro, Mike. Ayla me disse que Ceci vem fazendo seu tratamento e que é mais sério do que imaginou. — Eu me solto de Theo e fungo limpando minhas lágrimas.

— Há meses ela faz terapia, além de usar alguns remédios.

— Seja qualquer for o obstáculo estaremos juntos, amigo.

Ficamos mais algum tempo ali até que eles vão embora para suas esposas. Eu me deito no sofá colocando em ordem meus próximos passos. Eu não posso errar, Cecília e meu filho precisam de mim e estarei firme por eles.

— Bom dia. — Viro-me para encarar Ceci que me olha intrigada. Fico surpreso quando percebo que ela está arrumada para sair.

— Bom dia, princesinha. Fiz seu café da manhã. — Ela suspira visivelmente incomodada.

— Mike, não precisa fazer isso só porque eu estou grávida. Posso me cuidar, não quero que se sinta na obrigação de estar ao meu lado sempre. Ontem eu desabafei com você, mas eu não quero que fique perto por pena. — Deixo a jarra de suco em cima da mesa e me aproximo ficando a sua frente. Seguro seu rosto e o ergo, fazendo-a me olhar.

— Não tem ninguém fazendo nada por obrigação ou com pena aqui, Cecília. Eu só estou cuidando de você, de vocês — respondo olhando nos seus olhos. — Você não está sozinha e o seu desabafo de ontem foi necessário. — Ela assente e se desvencilha de mim indo até a mesa que preparei.

— Estou morrendo de fome. — Muda de assunto, eu decido deixar para lá, por hora.

— Onde você vai? — pergunto e ela para de comer o pedaço de bolo e me olha.

— Eu tenho uma consulta agora de manhã — fala séria.

— Vocês estão bem? — pergunto tenso e ela balança a cabeça afirmando que sim.

— É uma consulta com Bessie, minha psicóloga — murmura desviando do meu olhar.

Coloco minhas mãos no bolso da calça jeans vendo-a engolir seu suco apressada.

— Eu posso acompanhar? — pergunto mesmo sabendo que vou arrumar um jeito de ir de qualquer forma.

Por alguns segundos que parecem minutos, ela me olha intrigada.
— Você tem que viver sua vida, onde está Lauren?
— Na escola, vou passar para pegá-la na saída. — Olho a hora no meu relógio e depois a encaro. — Se sairmos agora, consigo fazer tudo isso sem atrasar.
— Ok. — É tudo que ela diz.

Depois de me ajeitar de qualquer maneira, seguimos para o consultório, durante o caminho as únicas palavras que ela solta são instruções de como chegar ao local. Estaciono onde ela pede e quando descemos, para seu espanto, seguro em sua mão e só solto quando já estamos em frente à recepção em um dos andares do prédio comercial.

— Bom dia, Cecília! A Bessie já está a sua espera. — A recepcionista simpática a cumprimenta ao mesmo tempo em que a porta do que parece ser o consultório se abre e uma mulher morena nos recebe com um sorriso.
— *Time* perfeito, Ceci — fala e depois me olha.
— Bessie, este é Mike Carter. Ele é o pai do meu bebê. — E eu me vejo sorrindo feito um idiota pela sua fala.

Estendo minha mão para a mulher que antes de apertar troca olhares entre mim e Ceci.
— Prazer, Sr. Carter.
— Pode me chamar de Mike. — Ela assente e volta sua atenção para Ceci.
— Seremos só nós duas? — Sua pergunta faz Ceci se virar e me olhar com um olhar indeciso.
— Não, Bessie, ele vai participar — responde à mulher, mas com os olhos voltados para mim.

Eu as sigo para dentro do consultório e me sento onde a doutora me indica, permanecendo calado.
— Bom, vamos lá então! Vejo que confirmou a gravidez — fala sorrindo em tom amável para Ceci que assente.
— Sim, eu confirmei. Já estou com algumas boas semanas. — Arqueio minha sobrancelha e começo a pensar de quanto tempo ela está. Digamos que não fomos nem um pouco cuidadosos em nos prevenir.
— E você já conversou com ele sobre o que vão enfrentar daqui para frente? — Aperto meu olhar para a médica e depois olho para o lado vendo Cecília completamente tensa. Ela mexe suas mãos em seu colo e nem sequer me olha.
— Não conversamos. Eu pensei que seria bom trazê-lo hoje para que você possa falar. Já que nesse caso eu sou a paciente. — Mas que porra está acontecendo aqui? Eu não estou entendendo nada.

Vendo meu semblante confuso, a mulher me fita séria.
— Bom, Sr. Carter, há alguns dias Cecília cortou seus remédios quando suspeitou de uma possível gravidez. — Olho para Ceci encontrando seus olhos em mim, ela assente.
— Como eu já tinha dito, eu tenho transtorno por estresse pós-traumático e estava usando alguns remédios que poderiam ser abortivos e

prejudiciais ao bebê, e quando percebi que estava atrasada cortei na hora. — Eu a olho sério.

— Há quantos dias? — pergunto tenso.

— Isso não vem ao caso agora, Sr. Mike. — Viro-me para psicóloga apertando meu olhar. Claro que isso importa. Porra!

— Como não? — A mulher olha para Ceci como se estivesse pedindo permissão para dizer algo.

— A ausência desses remédios vai deixá-la mais sensível.

— Por que não continua? — pergunto confuso olhando de uma para outra. Bessie sorri de lado e nega com a cabeça, ela tira os óculos de grau do rosto colocando-os em seu colo e suspira.

— Porque eles são abortivos, contêm substâncias pesadas, além disso podem trazer consequências para o bebê ainda dentro da barriga da mãe. — Olho para o lado quando Ceci funga, as lágrimas que rolam pelo seu rosto me deixam em estado de alerta.

— Como os remédios já estavam há algum tempo no meu organismo, isso já pode ter interferido para que o bebê nasça com alguma doença, Mike. — Os olhos azuis me olham como se estivesse pedindo desculpas por isso. Ela se culpa e isso a está consumindo por dentro.

— Isso não é culpa sua — respondo a fazendo negar.

— Você precisa entender que a gravidez dela vai ser difícil, Sr. Carter, não porque ela é mulher, não por causa dos hormônios e sim devido à condição em que ela está, sem medicação Cecília está sozinha para se controlar. Os remédios a ajudavam a controlar as variações de humor e as crises de ansiedade, cortando-os assim, tudo vai se tornar mais confuso para ela. O esforço vai ser grande, vamos todos monitorá-la sem a sufocar e ter paciência, porque ela vai precisar de toda ajuda possível para ter uma gravidez saudável dentro do possível. — Eu escuto tudo que ela diz calado, não sei o que fazer ou falar.

Nesse momento os pensamentos ruins de que algo possa acontecer com Cecília ou com nosso filho me deixam sem reação.

— Eu não sei o que dizer. — Sou franco.

— Você vai conseguir, Ceci. — Bessie fala pela primeira vez de forma direta para Ceci. — Você é forte, estava fazendo seu tratamento e precisou parar para o bem do seu filho. Está lutando por ele, minha querida, agarre-se a isso todos os dias. Sabemos que terá dias terríveis pela frente, mas veja só. — Aponta com a cabeça para mim. — Você tem pessoas maravilhosas que enfrentaram tudo ao seu lado.

— Onde foi que eu errei, Bessie? Eu não podia estar passando por isso. — Ceci se descontrola e começa a chorar, eu a puxo para meus braços a apertando como se assim eu pudesse tirar toda a agonia que eu sei que ela está sentindo.

— Geralmente quando a gente não sabe onde errou, é porque o erro não é nosso. Não podemos procurar os erros de tudo em nós mesmos o tempo todo e já conversamos sobre isso. Tire o peso do mundo de suas costas, Cecília.

CAPÍTULO 22

Cecilia

Eu sempre fui a sonhadora do nosso trio. Sempre acreditei que contos de fadas poderiam ser reais e por isso me guardei por anos para poder me entregar ao meu verdadeiro amor, um príncipe, quem sabe. Mas a verdade é bem diferente e mais dolorosa, por obra do destino eu matei Karen, mesmo que tenha sido em legítima defesa, eu a matei. Sempre que fecho os olhos ainda posso sentir a sensação de pavor em ter apertado aquele gatilho.

Depois disso eu me afundei por meses dentro de mim mesma, tentando convencer a todos de que eu estava bem, mesmo que nas entrelinhas eu estivesse ali gritando por socorro. No meio do caminho descobri que minha melhor amiga tinha sido abusada e me vi passando com ela uma das piores dores que uma mulher pode enfrentar na vida.

Eu me vi carregando nas costas o que aconteceu com Ayla, mas o fardo da morte de Karen já estava pesado o bastante. Uma vez ouvi dizer que o destino brinca com as pessoas. Lembro de rir e dizer que o destino somos nós que trilhamos, colhendo tudo o que plantamos.

Para me provar que estava errada, descobri que meu destino era cruel. Eu não morri como a Karen, nem fui violada como Ayla. Mas eu me sinto devastada.

Levo minha mão à minha barriga e acaricio. Como pude ser tão imatura em não me prevenir? Descobri estar grávida na pior hora possível. Meu corpo não estava preparado e meu psicológico está completamente fodido.

E olha mais uma vez o destino brincando comigo e me mostrando que ele pode fazer o que quiser.

— Não deveria estar dormindo? — Olho para a porta do meu quarto e vejo Beca parada me olhando de braços cruzados. Fito sua barriguinha redonda à mostra. Ela usa um top preto e calça legging da mesma cor.

— Eu estou sem sono — respondo enquanto ela se deita ao meu lado se aconchegando embaixo da coberta. Deitada de lado ela sorri e me olha.

— Vai dar tudo certo. Você será uma mãe incrível. — Sorrio triste com sua fala. Desde que descobri que estou grávida ela tomou para si a responsabilidade de ser minha obstetra. Sabendo tudo que estou passando ela e Bessie, mesmo sem se conhecerem, estão me ajudando muito.

— Eu sei. — É o que respondo.

— Agora seria uma boa hora para você me contar como esse bebê foi parar aí dentro, dona Cecília. — Faço uma careta. Eu sabia que ela acharia a hora certa para me pressionar. Rebeca é uma mulher astuta e que nunca se esquece de absolutamente nada.

— Achei vocês. — Como se tivesse pressentido a fofoca, Ayla entra no meu quarto toda sorridente.

— Olha só, Ceci, ela deu o ar da graça. Matteo a deixou sair da cama enfim. — Beca zomba de Ayla que cora.

— Como se você fosse diferente, não sai da cama também, o resultado bem aí — retruca apontando a barriga de Beca.

— Isso não vem ao caso. Agora deita aí que a Ceci vai contar o que eu já sei. — Ayla me olha maliciosa.

— Quem ti viu, hein, Ceci? Vivia brigando com o Mike na nossa frente e se agarrando com ele em off. — Sinto minhas bochechas corarem e levo minhas mãos ao rosto, escutando a gargalhada de ambas.

— Vai, Ceci. Conta logo.

Passo as próximas horas contando desde o início como foi meu envolvimento com Mike, contei sobre a viagem e em como me senti quando ele cantou para mim.

— Mike careta. Essa eu pagava pra ver.

— Para, Beca, isso foi lindo — Ayla murmura sorrindo.

— E foi assim que eu fiquei grávida. Amanhã minha querida obstetra vai fazer os exames para sabermos de quantas semanas eu estou. — Beca sorri de lado.

— Eu vou junto — Ayla grita eufórica.

Nós nos levantamos quando escutamos a campainha. Descemos as três juntas, enquanto Ayla abria a porta eu e Beca fomos para a cozinha. Minutos depois Ayla aparece diante de nós com olhos arregalados.

— Puta que pariu — ela fala nos fazendo a encarar.

— O que foi? — pergunto me levantando e indo para a sala.

Dou dois passos e paro estática. A sala está repleta de vasos com girassóis. E quando eu digo que está repleta, eu quero dizer que há muitos mesmo.

— Abriu uma floricultura, Ceci? — Escuto Rebeca falar, mas eu ainda estou estática em meu lugar.

— Olha aqui o cartão. — Ayla me estende o pequeno envelope, puxo rápido abrindo.

Descobri por acaso que girassol representa felicidade, essa é a coisa mais brega que já fiz na vida, mas pra tudo tem uma primeira vez. Você me trouxe felicidade, princesinha, eu estarei ao seu lado sempre.

Mike

Leio o cartão em voz alta e depois encaro minhas amigas que estampam sorrisos largos.

— Mike mandando flores, meu Deus esse mundo está virado mesmo.
— Meu Deus, ele mandou flores, Ceci.
— Aylinha, meu bem, ele já colocou um bebê no forno, mandar flores é o de menos. Quero ver ele encarar Amanda Monteiro. — A menção da minha mãe me faz olhá-las.

Porra, eu não contei para meus pais que estou grávida. Conhecendo meu pai ele vai caçar Mike até fazê-lo se casar comigo. Roo minha unha nervosa olhando para elas.

— Eu ainda não disse a eles — conto.
— Claro que não, eu conversei com papai ontem e ele não comentou nada.
— Eles vão surtar, foram embora há dois dias. Eu poderia ter contado para eles no outro dia do casamento, mas eu ainda estava em choque.
— Vai dar tudo certo, mantenha a calma. — Ayla pede vindo me abraçar.
— Agora vamos, Ceci, olhe só para essa sala. — Dou uma olhada para toda as flores e sorrio.
— Liga pra ele — Beca murmura. — Vamos comer, Ayla, o casalzinho precisa de privacidade.

Quando as duas saem me deixando sozinha, pego meu telefone e mando uma mensagem para ele.

Ceci: Eu amei as flores.
Mike: Quando li o significado soube que deveria mandar pra vc, como estamos hoje?

Meu Deus do céu, parece que estou conversando com outra pessoa, Mike vem se mostrando mais carinhoso e cuidadoso desde que tivemos a conversa com Bessie.

Ceci: Estamos bem! Obrigada por perguntar.
Mike: Lauren quer te ver, posso levá-la hoje à noite?
Ceci: Claro, vou adorar. Aproveitamos e conversamos com ela, Mike, para que ela não entenda nada errado.

Minutos se passam até que ele me responda.
Mike: À noite conversamos.

———◆———

O resto do dia passou como um borrão. Ayla e Beca foram embora no final da tarde.

Eu me deito e fico encolhida debaixo do cobertor no sofá, minha mente analisa tudo que vem acontecendo e em como as coisas vão mudar ainda mais. O barulho da porta se abrindo me faz arregalar os olhos e me encolher. Eu juro que a tranquei e as meninas avisariam se estivessem vindo.

O andar de baixo está à meia-luz, o que me deixa ainda mais tensa com o pensamento de que alguém entrou. Quando a luz do lustre se acende, olhinhos castanhos me fitam, o sorriso de Lauren tem o poder de me fazer relaxar.

— Oi, tia Ceci. — Ela me cumprimenta sorridente. Sorrio de lado e me sento no sofá puxando-a pra um abraço apertado.

— Oi, linda. — Mike aparece em meu campo de visão nos olhando de forma estranha.

— Eu estava com saudades, papai disse que vocês vão me contar algo muito importante — fala eufórica se sentando ao meu lado.

— Como você está? — Levanto meu olhar para Mike que me pergunta e dou de ombros.

— Bem. — Minha resposta o faz assentir.

— Fala, papai, fala o que é? — Lauren bate palmas animada. Com uma troca de olhares com ele descubro que ele está se referindo à gravidez e balanço a cabeça concordando. Sentando-se na mesa de centro na nossa frente, Mike me olha e depois encara Lauren.

— Sabe, princesa, você lembra quando me pediu um irmãozinho assim como a Juju vai ter a Raika? — Ela me olha com os olhos arregalados e eu balanço a cabeça confirmando.

— Eu vou ganhar um irmãozinho?

— Vai, meu amor, seu irmãozinho ou irmãzinha já está crescendo aqui. — Pego sua mão e coloco em minha barriga. Ela prende a respiração alternando olhadas entre nós dois, mas quando pula no colo de Mike sorrio pela cena.

— Eu sabia que você me daria um irmãozinho, papai. — Meus olhos se enchem de lágrimas vendo-os abraçados. Mike me olha com um sorriso bobo no rosto e murmura um *obrigada*. — Você, hein, tia Ceci, sabia que agora será minha mãe e do meu irmãozinho. Somos uma família bem grande agora. — Tensiono meu corpo com sua fala.

— Princesa, vamos com calma. Eu sei que é difícil de você entender, mas eu e a tia Ceci não somos um casal como os pais da Juju, mas nós vamos ter um bebê — explica.

— Eu sei que não são, pra isso a tia Ceci tem que colocar um vestido de noiva de princesa e se casar com você, papai.

— Lauren, tem gelatina na geladeira, por que você não vai pegar um pouco para você? — Ofereço com um sorriso tenso e a menina sai pulando rumo à cozinha.

Mike me olha de olhos arregalados e eu não devo estar muito diferente.

— Isso foi...

— Estranho — completo sua fala.

Quando se recupera da conversa, ele se levanta para se sentar ao meu lado.

— Como você realmente está? Sem mentir dessa vez.

— Estou bem, as meninas passaram quase o dia todo comigo e agora sabem como nós dois aconteceu. — Ele faz uma careta.

— Acho que devo ficar longe daquela diaba por um tempo. Talvez 100 anos sejam suficientes — fala sorrindo de lado.

— Não seja idiota, ela sempre soube de nós dois, me confidenciou hoje. O que me deixou chocada, já que nós éramos bem discretos.

— Poderes de diabos, vai por mim.
— Cala a boca.

Junto com Lauren preparo o jantar enquanto Mike termina de ler alguns contratos sentado na ilha perto de nós. A cena vista de fora é de uma típica família preparando o jantar, mas pelo meu ângulo é algo que está indo rápido demais, só que infelizmente não tem o que se fazer. Mike entrou de vez em minha vida, sem bater na porta e tomando pra si um lugar que antes nunca pensei em ceder para ninguém.

Mike e Lauren comem conversando animados, enquanto eu apenas reviro a comida em meu prato. Em alguns momentos pego os olhos afiados dele em mim, mas acabo deixando para lá.

— Eu estou com sono — ela murmura coçando os olhinhos.
— Vem, meu amor, vou colocar você para dormir. — Pego sua mãozinha e quando passamos pela sala, ela corre para pegar sua mochila. Assim que subimos para o andar de cima Lauren corre para a porta do antigo quarto de Beca, deixando-me tensa.

— Não, princesa, você vai ficar no quarto ao lado. — As palavras de Mike me fazem olhar por cima do ombro. Ele está atras de mim, analisando-me como vem fazendo a noite toda.

Lauren entra no quarto antes ocupado por Ayla. Ele passa por mim entrando no quarto e eu decido deixá-los sozinhos, seguindo para o meu.

Olho ao redor do meu quarto e percebo o quanto estou só nessa casa enorme. Talvez seja realmente a hora de me mudar. Faço uma anotação mental de resolver isso nos próximos dias.

Arrumo minha cama e visto meu conjuntinho de dormir de seda preta. Deitada na cama, respiro fundo pedindo a Deus que essa noite eu consiga dormir um sono decente. Meu sono desde que parei com os remédios é quase inexistente, assim como minha fome.

De olhos fechados e sem saber quanto tempo se passou escuto quando alguém se senta na beira da minha cama passando a mão em meu cabelo, abro os olhos e encaro Mike me olhando de cenho franzido.

— O que foi? — pergunto sem me mexer.
— Você não comeu nada, Cecília. — Respiro fundo.
— Eu só não estou com fome.
— Estava pensando na possibilidade de você ir morar com a gente, talvez por uns meses até o bebê nascer. Aqui é enorme, além disso eu estaria mais tranquilo com você comigo todo dia. — Eu não me mecho, nem sequer pisco analisando seu pedido.

— Eu... eu não sei. — Eu me levanto recostando na cabeceira da cama.
— Eu não vou aceitar que você não vá — diz de olhos apertados.
— E desde quando você acha que manda em mim? — retruco o fuzilando com o olhar. Cruzo meus braços emburrada.
— Tá ok. Mas pensa comigo, essa casa traz lembranças difíceis para você, Ceci, estar aqui todo dia é algo que já não estava ajudando no tratamento e agora com você grávida pode ser pior. Eu me lembro de que

ouvi algo sobre seus nervos estarem à flor da pele e também estará mais vulnerável. — Cretino filho da puta.

Ele está certo, em todos esses meses eu já havia pensado em deixar esse lugar, mas ao mesmo tempo sabia que não estava pronta.

Encaro sem demonstrar minha incerteza. Mordo meu lábio inferior atraindo seu olhar para minha boca.

— Isso está cada vez mais confuso — falo baixo.

— Não tem nada confuso, princesinha. Vamos somente simplificar as coisas, nós somos um time agora. Um time que vai morar junto e, por mim, dormir junto também. — Ele arqueia as sobrancelhas sugestivamente me fazendo apertar o olhar.

— Eu não vou dormir com você.

— Então isso é um sim — afirma. — Vai ser ótimo ter você comigo.

— Já que você está contente agora, podemos fazer algo prazeroso. — Seu sorriso se expande, seu olhar desce para meus seios que tem os bicos marcados pela seda.

— Eu vou adorar. — Rapidamente ele se levanta tirando a blusa de qualquer jeito e jogando para o canto, sorrio quando desajeitado tira as calças ficando somente de cueca box preta. Suas pernas tatuadas me fazem esquentar.

— Por que tirou a roupa? — Sorrio.

— Porque eu não preciso delas para o que vamos fazer. — Como um predador ele vem para cima da cama. Comigo ainda sentada com minhas pernas esticadas, ele se coloca de joelhos em minha frente, deixando seu pênis escondido dentro da cueca, mas visivelmente duro em minha cara. Olho para cima pegando seu sorriso cafajeste.

— Você não vale nada! — Curvando-se para ficar cara a cara comigo ele sorri e me dá um selinho.

— Ainda bem que eu nunca disse o contrário. — Mike está em seu modo sedutor, o que faz com que meu corpo fique quente, ansiando pelos seus toques.

— Mas eu estava me referindo a uma ligação, Mike Carter. — Ainda cara a cara, sorrio quando ele franze o cenho. — Uma ligação super prazerosa para meus pais contando a novidade. — Ele aperta o olhar para mim e volta a se erguer, ficando ajoelhado a minha frente.

— Seu pai me ama, vai adorar saber que será avô de um filho meu. — Reviro meus olhos.

— Deixa de ser arrogante. Ele sabe da sua fama, provavelmente vai mandar Felipe amanhã no primeiro voo para cá. — Pego meu celular ao lado do travesseiro enquanto Mike se coloca em meus pés começando a massageá-los.

Depois de alguns toques minha mãe me atende.

— Oi, mãe, sou eu.

— *Ceci, meu amor, já estou com saudades de você e olha que nos vimos há alguns dias.*

— Eu também sinto saudades — respondo observando Mike me massagear, seus olhos estão em mim o tempo todo.

— *Como você está? Ayla e Beca estão bem? Cristiano está eufórico com mais uma neta.*

— Sim, mamãe, estamos todas bem. Em breve mais uma mini Beca estará deixando esse mundo mais caótico. — Minha fala a faz gargalhar do outro lado da linha.

— *Não seja má, filha. Beca sempre foi assim* — fala entre risadas.

Nesse momento Mike larga meus pés para massagear minhas panturrilhas.

— Eu preciso falar com você e com papai, ele está em casa? — Meu coração acelera. Existe uma razão muito grande para eu ter ligado e não feito uma chamada de vídeo. Meus pais saberiam só de me olhar o quanto toda essa situação está sendo difícil para mim e eu quero poupá-los dessa preocupação.

Eu escolhi vim morar em outro país os conhecendo bem, sei que deixaria tudo para trás para virem ficar comigo e eu não posso fazer isso com eles.

— *Sim.* — Escuto quando ela o grita e afasto um pouco o celular do ouvido. Mike pergunta sem emitir som se eu estou bem e eu apenas balanço a cabeça.

— *Oi, filha, estamos no viva-voz.* — A voz grave do meu pai me faz respirar fundo e fechar os olhos.

— Gente, o que eu vou falar é algo maravilhoso. Mas eu quero que vocês não surtem.

— *Você está me assustando, Cecília* — mamãe responde.

— Eu estou bem. Mãe, pai... Eu estou grávida — digo olhando diretamente nos olhos de Mike que agora está parado me olhando. Meus pais não dizem nada por alguns segundos, o que me deixa extremamente preocupada.

— *Isso é uma piada? Porque se for não tem graça* — meu pai ralha. Coloco meu celular no viva-voz e me deito, fitando o teto.

— Não, pai, eu estou grávida. Vocês serão avós. Meus parabéns. — Suspiro quando sinto carícias em minha perna.

— *Cecília Monteiro... Nós estivemos aí há poucos dias e não me lembro de você ter um namorado.* — Abaixo meu olhar para Mike que tem um sorrido de lado escutando tudo.

— Não é algo sério, mamãe. Mas fomos imprudentes e agora estou grávida.

— *Quem é o pai?* — Mike amplia seu sorriso.

— O Mike, pai. Nós estávamos nos envolvendo e aconteceu.

— *O tatuado mau-caráter?* — meu pai grita enquanto Mike faz uma careta. Sorrio sarcástica para ele que me olha carrancudo.

— Pai, não fala assim, ele é legal depois. — Minha fala faz papai bufar, de longe posso escutar os gritos da minha mãe.

Mike começa a subir suas mãos pelas minhas pernas e quando percebo estou sem meu short.

— *Cecília, eu vou para aí. Vou cuidar de vocês, meu amor.* — Mamãe volta a falar, pela sua voz ela está chorando, mas minha atenção está voltada para Mike que encara minha intimidade como se estivesse prestes a devorá-la. Quando seu olhar se levanta cruzando com o meu percebo rápido sua intenção. Balanço a cabeça negando.

— Mãe, não se preocupe, vamos nos falar todos os dias e quando eu estiver nos dias de ganhar vocês podem vir para ficar comigo.

— *Vou ligar para a Beca, quero saber tudo sobre você e o bebê.* — Não tenho tempo de responder. Porque Mike abaixa a cabeça e assopra contra minha intimidade que está molhada. O vento frio me faz gemer sem querer. — *Ceci...*

— Mãe, preciso desligar aqui, ahhh...

— *O que foi, meu amor?*

— A comida está queimando, preciso desligar. — Desligo o telefone a tempo de sentir a primeira lambida que recebo.

— Você deveria ter dito que a comida é você — Mike murmura e volta a me lamber.

CAPÍTULO 23

Cecilia

Eu sabia que os dias seriam difíceis, mas cada dia que passa é uma luta ainda mais árdua que a anterior.

Mike e Lauren estão sendo uma parte importante nos meus dias, mesmo que a pequena não entenda o que realmente acontece, estar perto dela me traz uma sensação de calma indescritível mesmo com o medo à espreita e Mike tem se mostrado tão parceiro que eu só consigo me sentir ainda pior, como se o estivesse amarrando a uma vida que ele não queria, mas se vê obrigado a cuidar de tudo.

Não que eu não seja grata, porque eu sou, mas a minha cabeça não deixa de pensar nisso, que ele poderia estar vivendo a tranquilidade da sua paternidade com Lauren e sua amada vida de solteiro.

Estou enrolada no edredom, completamente perdida nos meus pensamentos e chorando mais uma vez.

A porra do medo é o sentimento mais desesperador.

Ele me sufoca como se alguém estivesse apertando minha garganta, evitando o ar de entrar nos meus pulmões.

Pulo assustada com o toque do meu celular e quando pego vejo que é Mike, por isso logo o atendo.

— *Oi, princesinha.*

— Oi, Mike, aconteceu alguma coisa?

— *Não, nada aconteceu, eu só liguei para ver como você está.* — A preocupação genuína em sua voz aquece meu coração momentaneamente.

— Mike, não faz nem três horas que você saiu de casa. — Dou uma risada meio estranha por causa do choro.

— *E pelo jeito isso foi tempo suficiente para você voltar a chorar.* — Ele suspira e ouço barulho de folhas sendo remexidas e uma cadeira sendo arrastada. — *Estou indo para casa.*

— Não! — quase grito. — Sério, não. Estou levantando agora, vou tomar um banho, comer alguma coisa e assistir a uma série, não quero você aqui.

Ele ri sarcástico do outro lado da linha e me vejo sorrindo fraco ao som da risada.

— *É bom ver que ainda adora minha companhia.*

Nós rimos, mas depois de confirmar para ele que realmente não precisava que viesse embora, desligamos a ligação e eu me jogo na cama de volta, suspirando.

Passo tanto tempo enrolada no edredom, chafurdando no meu desespero, que nem percebo a manhã passar, só me levanto para ir para a sala, ligo a televisão e fico ali, enrolada completamente no edredom.

Na televisão passa um filme sobre uma mulher que vive uma vida de pobreza, mas descobre que está grávida e desde o primeiro momento ela luta para cuidar do bebê como pode.

Eu não consigo deixar de sentir uma pontada de inveja, de vê-la lutando com tanto afinco por seu filho. Eu sei que farei o mesmo pelo meu bebê, mas é impossível segurar o pensamento de que eu não serei boa o suficiente ou que eu não darei conta sem os meus remédios.

O choro vem forte, fazendo-me soluçar enquanto abraço meu corpo como se pudesse proteger meu filho das minhas angústias e é estranho pensar que ao mesmo tempo em que eu me desespero sem meus remédios, eu queria deixá-lo aqui guardadinho dentro de mim para protegê-lo do mundo.

Sobressalto quando ouço a porta ser aberta e encaro Suzy, mãe de Mike. Mesmo com as vistas embaçadas pelo choro consigo enxergar as semelhanças com Mike e quando seus olhos me encontram eles amolecem. Ela solta a bolsa no chão vindo diretamente para mim, envolvendo-me em um abraço forte que me desestabiliza ainda mais.

O choro é forte, soluço nos braços dela. Nas poucas vezes em que a vi, Suzy se mostrou uma mulher extraordinária. Sinto o carinho nos meus cabelos enquanto ela tenta me acalmar.

— Tudo ficará bem... Pode chorar... — Despeja palavras de conforto enquanto sua mão sobe e desce nas minhas costas.

Não sei quanto tempo ficamos assim, mas quando consigo finalmente parar de chorar, eu me afasto dela, forçando um sorriso enquanto limpo as lágrimas que ainda descem pelo meu rosto.

Seus cabelos são loiros e suas feições são iguais às de Mike. A mulher é linda. Possui traços delicados com algumas marquinhas causadas pelos anos, mas parecem deixá-la ainda mais harmônica. O corpo esbelto coberto por uma calça jeans e uma camisa de botões, a tornam completamente elegante.

— Me desculpa por isso... eu... eu... — gaguejo. Ela sorri amavelmente para mim e eu tento retribuir, mas imagino como devo estar agora, com a cara inchada do choro e toda amassada. — Eu... é... O Mike não está.

— Eu sei, eu sei. Vim aqui ver você. — Seu sorriso se expande e ela passa a mão no meu rosto. — Mike me contou sobre o bebezinho que está a caminho. Você não imagina o quanto estou feliz com essa novidade. John e eu estamos em festa.

Meu coração aperta de uma forma quase dolorosa quando ela fala sobre o bebê, não sei até onde Mike contou para ela.

E se ela achar que eu serei uma péssima mãe?

Droga, eu já acho isso, mas saber que outra pessoa, principalmente a mãe dele, acharia isso é mais doloroso ainda.

— Imagino... — murmuro evitando seus olhos.

— Olha, por que você não vai tomar um banho quente e eu vou preparar um almoço delicioso para nós duas?

— Olha, a senhora não precisa fazer isso. Se o Mike pediu para você vir aqui...

— Primeiro, nada de senhora, apenas Suzy e segundo, Mike não me pediu nada. Para falar a verdade nem falei para ele que eu viria aqui. — Ela afaga meus cabelos em um carinho suave. — Pode se desarmar, eu estou aqui como uma amiga, para conversarmos. Agora vai tomar um banho que eu vou ver o que tem nessa casa para preparar.

E com isso ela vai para a cozinha e eu para o banheiro, tentando acalmar meu coração e meus pensamentos que não me deixam em paz.

Tiro meu baby doll e entro debaixo da ducha, a água quente cai no meu corpo e, como sempre, rezo para que ela leve junto a minha angústia.

Tomo um banho rápido, escovo meus dentes e visto uma calça jeans e uma regata simples, depois de pentear meus cabelos e me sentir um pouco mais apresentável sigo para a cozinha, atrás da visita inesperada.

Encontro a loira mexendo nas panelas e um cheiro delicioso permeando todo o ambiente.

Ela se vira para mim e sorri, seus olhos caem para minha barriga ainda plana. O brilho que enxergo neles me deixa um pouco desconfortável, mas não é nada como pena e eu nem sei porque esperava que ela me olhasse com pena, mas é um olhar de carinho, de amor.

— Estou preparando um risoto para nós.
— Precisa de ajuda?
— Claro que não, senta aí.

Faço o que ela diz e ela se senta na minha frente, sorrindo. Suas mãos pequenas alcançam as minhas, fazendo um carinho suave.

— Olha, eu sei que é assustador descobrir uma gravidez assim e imagino que seja ainda mais na sua situação. — Eu me remexo desconfortável com a sua fala, mas ela continua. — Mas você não está sozinha nessa. Tem ótimas amigas até onde eu sei, Mike a apoiará em tudo o que precisar e nossa família ficará ainda mais unida com esse bebê. Ele será muito amado.

— Eu sei disso... — fungo, segurando as lágrimas.

— E você é forte, não importa o quão difícil tudo fique, você vai conseguir. Sabe por quê? Porque você não está sozinha e todas as vezes em que as coisas ficarem muito pesadas você tem pessoas em quem se apoiar.

— Eu não sei o que Mike contou, mas é que no meu caso é um pouco mais complicado. Sem falar que isso tudo nos pegou desprevenidos, Mike nem mesmo queria ser pai e mesmo que agora ele tenha Lauren, eu sei que para ele também vai ser mais complicado — digo fungando, abaixo meu olhar para as nossas mãos, focando minha atenção em suas unhas pintadas de rosa-claro. — E mesmo que ele pareça estar tranquilo com isso, eu estou assustada. Muito assustada.

— Mike me contou tudo e sinceramente, sinto muito que sua gravidez cause tantas angústias, mas pense pelo lado positivo... — Sua mão me solta para segurar meu queixo. — Eu sei que meu filho nunca a deixaria desamparada e ele vai ficar ao seu lado, ajudando a passar por todos os obstáculos e quando você tiver seu bebezinho em seus braços vai sentir um amor tão grande e puro que mesmo com medo vai tudo valer a pena, porque ele será o seu mundo todo.

Assinto para ela, em silêncio, deixando suas palavras flutuarem no meu cérebro, rezando para que ela tenha razão.

Percebendo que não vou falar mais nada, volta para o fogão e eu fico a observando trazer o risoto até a mesa e logo me levanto para pegar os pratos e talheres, pego um suco na geladeira e sirvo dois copos.

Nós nos acomodamos uma de frente para a outra e logo entramos no assunto sobre Lauren e a adoção dela.

— No começo, confesso que fiquei com receio de Mike não dar conta. — Solta uma risada sem graça e come um pouco do risoto enquanto eu como o meu, observando-a. — Não que eu não soubesse que ele seria capaz, ele quando quer algo é persistente e dá sempre o seu melhor, mas toda a sua rotina era bagunçada demais para envolver uma criança.

Bufo, revirando os olhos.

— Eu acho que fui a primeira a duvidar dele — digo, recordando do dia que o encontrei no hospital e ele me contou sobre a decisão.

Ela ri de novo.

— Pois é, mas como eu disse, meu menino sempre dá o seu melhor em tudo que se dispõe a fazer.

Ah! Se tem alguém que sabe disso sou eu.

Desde quando decidimos entrar nessa coisa dos encontros ele nunca decepcionou, do seu próprio jeito ele me mostrou o quanto é empenhado.

— Ele é um bom pai para ela.

— Sim, ele é. Lauren chegou na vida dele para colocá-lo nos trilhos de vez e trazer mais cor às nossas vidas. Eu e meu marido adoramos o trabalho de estragá-la com tudo o que podemos. — Ela solta outra risada. — Você deveria ter visto a cara dele quando viu que desfizemos o quarto dele para fazer um para a nossa netinha.

Não consigo não rir disso, imaginando a cena dele encontrando seu antigo quarto todo rosa e com coisas de princesas.

Terminamos nosso almoço entre conversas amenas e vou lavar a louça enquanto ela me ajuda, contando histórias de quando Mike era pirralho e é inevitável a imagem que se forma em minha cabeça. Um menininho loiro, de olhos azuis e longos cílios claros, a boca rosada pequena, mas perfeitamente desenhada, correndo pela casa me deixando maluca.

Meu peito afunda com essa imagem.

Mas como se sentisse que estou mergulhando mais uma vez na minha dor, Suzy me puxa para a sala onde nos sentamos e ela me distrai com as conversas.

Não sei quanto tempo passamos conversando, mas percebo que passou tempo demais e mesmo quando falamos sobre o futuro ela não me deixa nem por um segundo entrar em desespero e isso só me faz me sentir grata a ela.

A mulher se levanta dizendo que tem que ir embora e eu sinto de imediato o medo de ficar sozinha, mas assinto e levanto atrás dela, caminhamos tranquilamente até a porta e ela mais uma vez me abraça.

— Fique bem, querida. — Acaricia meu rosto, abro um sorriso pequeno para ela assentindo. — Qualquer coisa que precisar pode me ligar e eu virei correndo. E não se esqueça de que mesmo que pareça aterrorizador tudo isso, você tem muitas pessoas ao seu redor que segurarão a sua mão e não a deixarão cair.

Assinto com um nó na garganta.

— Obrigada por hoje, dona Suzy.

— Imagina, precisava vir conhecer a mãe do meu netinho e cuidar de vocês também.

Ela me dá um beijo no rosto e se vai, fecho a porta, encostando na mesma suspirando. Automaticamente minha mão vai até minha barriga e faço um leve carinho.

— Eu juro que queria ser mais forte por você, bebezinho.

※

Ouço passos leves vindo em direção à cozinha, onde estou atacando um sanduíche saboroso de peito de peru e quando olho para a porta Lauren aparece vestida em seu uniforme escolar seguida por um Mike vestido em seu habitual terno.

Puta merda, esses hormônios estão acabando comigo, porque só de olhá-lo assim sinto uma forte palpitação no meio das minhas pernas.

— Tia Ceci! — Lauren grita eufórica e vem me abraçar, que retribuo rapidamente.

— Oi, meu amor, como foi a escola? — Olho para o homem atrás dela. — Oi, Mike.

— Oi, princesinha — Mike diz e vai até a geladeira.

— Muito legal, tia Ceci. Já tenho um monte de amiguinhos lá e hoje teve educação física e é minha aula favorita.

— Aposto que é. — Dou risada. — O que acha de ir tomar banho enquanto eu preparo um lanchinho bem gostoso para a senhorita?

Ela sai correndo gritando que está com muita fominha me tirando mais risadas.

Quando me levanto e viro para trás percebo Mike me olhando intensamente.

— O que foi? — questiono, desconfortável.

— Nada. Fiquei sabendo que teve visita hoje — diz bebendo um gole do suco que pegou. — Espero que ela tenha deixado você descansar um pouco, porque conheço dona Suzy o suficiente para saber o quanto ela pode ser bem falante.

Olho feio para ele.

— Não fala assim da sua mãe — repreendo. — Ela foi uma ótima companhia. Adorei passar a tarde com ela, mesmo dizendo que ela não precisava ficar, acho que precisava de uma boa companhia.

— Está dizendo que não sou uma boa companhia, princesinha?

Apesar da pergunta noto o tom de diversão em sua voz e fico aliviada ao perceber que ele está realmente se empenhando em me distrair e por incrível que pareça, ele é sim uma boa companhia.

— Tenho dó é da Lauren que tem que aguentar você diariamente — retruco e ele gargalha, jogando a cabeça para trás.

Não sei o que me deixa mais fascinada, se é o som da sua risada ou como ele fica extremamente gostoso fazendo isso.

— Não se esqueça de que agora você também não pode mais fugir de mim.

Cerro os olhos para ele e logo estamos os dois preparando lanches para nós três. Colocamos a mesa e logo Lauren retorna para a cozinha se juntando a nós.

Entre uma mordida e outra Lauren tagarela sobre seu dia e é encantador ver sua evolução.

Pensar na menininha que deu entrada no hospital tão machucada, fragilizada e vulnerável traz um certo aconchego poder ver o quanto ela tem melhorado cada dia mais.

— Papai... — ela pergunta e o sorriso de Mike expande e ilumina, como sempre acontece quando ela o chama assim. — O que eu sou da Juju?

A pergunta me faz rir, ela parece sinceramente confusa.

— Vocês são amiguinhas, quase primas — ele diz e pisca para ela que assente.

— Do Asher também?

A mão do Mike que estava levando o pão até sua boca para no ar enquanto ele cerra os olhos para ela, completamente pálido me fazendo rir.

Vejo que ele não vai falar nada, por isso decido ajudar.

— Do Asher também, princesa. — Assinto.

— Eu gosto de brincar com ele. — A cada palavra parece que Mike fica ainda mais branco e eu seguro a risada. — Sabia que ele estuda na mesma escola que eu, tia Ceci?

— Sabia sim.

— Eu acho que estou enfartando — Mike sussurra, bato em suas costas, e ele me olha de olhos cerrados.

— Deixa de drama, ela só está falando sobre ele. São duas crianças! — brigo com ele que olha para a filha.

Logo o assunto muda e Mike parece esquecer Asher.

Não sei que medo é esse que esses homens têm com essas meninas ao redor do leãozinho e ele ainda nem cresceu, quero só ver quando crescerem. Asher provavelmente será lindo e vai causar muita dor de cabeça para Mike e Theo, mesmo que a gente tente fazer com que eles vejam que as crianças apenas são muito unidas.

Terminamos nosso lanche e Mike sobe dizendo que vai tomar banho, enquanto eu e Lauren vamos até o quarto dela onde a ajudo com o dever de casa.

Olhando para ela completamente concentrada em sua atividade meu coração expande com um sentimento tão forte como sempre quando a olho. Desde que ela me pediu para ser mamãe dela não é sempre que ela me chama assim, mas cada vez é uma novidade e se eu já tinha um carinho pela menina, hoje em dia evoluiu para um amor forte demais.

E acho que isso também me assusta.

Todos esses sentimentos de uma vez, essa loucura... é como se eu estivesse em um tipo de experiência extracorpórea, porque eu sinto tudo, até demais, mas mesmo assim me sinto amortecida.

Termino a atividade com ela e a ajudo a guardar suas coisas. Sinto-me exausta emocional e fisicamente, mesmo que eu tenha passado todo o meu dia enfiada no sofá.

Logo ela começa a brincar contando histórias de suas bonecas, mas mesmo querendo ficar aqui com ela, eu me levanto dizendo para ela que estou cansada e vou me deitar.

No caminho para o quarto sou interceptada por Mike.

— Princesinha, tudo bem? — Seus olhos me observam atentamente.

— Tudo, só estou me sentindo cansada. Preciso me deitar.

— Mas ainda é cedo... — diz confuso.

— Eu sei, mas estou cansada. Você e Lauren se viram com o jantar?

— Claro... — Não parece nada feliz com isso, mas não discute comigo. — Pode ficar tranquila e qualquer coisa me grita.

Assinto para ele e vou para o quarto que estou ficando, troco de roupa, coloco uma camisola confortável e me enfio debaixo do edredom.

É tão exaustivo me esforçar para estar bem, todos os dias parece que requer mais e mais forças e eu quero ser forte. Eu quero não precisar mais fingir, mas é tão difícil com todos esses sentimentos e pensamentos turbulentos. São tantos que nem mesmo consigo focar em apenas um, é como se eu tivesse me tornado uma completa bagunça.

Não sei quanto tempo fico acariciando minha barriga e pedindo forças para poder passar por isso, mas apago, mais uma vez embalada pelo choro silencioso.

CAPÍTULO 24

Mike

Desde que descobri a gravidez de Cecília, meus dias têm sidos tensos e cansativos. Não que eu esteja feliz, porque se tem algo que me deixa orgulhoso é olhá-la e saber que dentro daquele corpo meu filho cresce.

Não está sendo fácil para ela, seu humor está mais ácido do que costume, sem falar sobre quando está no estado deprimente. Este provavelmente é o pior para mim. Cecília se sente fraca e tem vergonha de todos a sua volta porque acha que a estão julgando por estar assim, mas a verdade é bem diferente. Aquela mulher, todos os dias, mesmo se sentindo mal, mesmo seu organismo dando sinais claros do que a abstinência dos remédios está causando, não desiste do nosso filho nem por um momento.

Bessie e Beca a acompanham de perto e eu sinto orgulho dela, pena que ela não enxergue isso, ainda. Já faz uma semana que estamos morando juntos e é estranho afirmar o quanto é prazeroso voltar para casa e encontrá-la. Beca decidiu afastá-la do trabalho por conta da gravidez de risco que estamos enfrentando. Lauren agora passa o dia todo na escola em atividades extracurriculares enquanto Samy parece ter virado babá de Ceci.

Batidas da porta me tiram dos meus pensamentos. Encaro Natasha entrando e logo em seguida Noah.

— No mundo da lua? — Noah pergunta com um sorrisinho filho da puta. Desde que a notícia de que eu serei pai, de novo, se espalhou, ele vem sendo um pé no saco.

— Talvez. — Suspiro. — O que vocês dois querem? — Eles se encaram deixando de lado as feições leves e quando voltam a me encarar aperto meu olhar. — Qual é a merda dessa vez?

—Bom, Mike, o escritório está crescendo, achamos que chegou a hora de contratar uma recepcionista, eu não estou dando mais conta de tudo. — Assinto com a fala de Natasha, desde que fomos contratados por Ottavio para organizar todos os trâmites para a implantação de uma filial sua em nosso país, isso acabou chamando outros clientes, o que está nos deixando com uma conta bancária bastante vantajosa, mas sem qualquer tempo disponível.

— Tem razão, mas não quero ter que lidar com isso. Você pode fazer uma seleção ou ligar para uma agência. — Ela concorda sorrindo, e me entrega as correspondências endereçadas a mim, Sai em seguida me deixando sozinho com um Noah calado.

— Eu acho que tenho alguém em mente para o cargo. — Tiro meus olhos das cartas em minha mão e o fito.

— Não venha trazer seus casos para o escritório, Noah.

— Olha só quem fala, até pouco tempo atrás você e Natasha viviam atracados em cima dessa mesa. — Faço uma careta e ele sorri.

— Águas passadas, agora sou um homem sério.

— Cecília já cortou seu pau, Mike? — Mostro o dedo do meio para ele que me devolve o gesto.

— Mesmo estando morando juntos, não significa que estamos casados. Eu só estou cuidando deles, fazendo meu papel — murmuro enquanto analiso uma carta endereçada a mim. Não tem remetente. Rasgo o envelope e pego o papel de dentro.

Meu coração se aperta já na primeira frase, sinto meus ombros tencionarem enquanto minhas mãos tremem.

— O que foi, Mike? — Noah pergunta notando minha mudança de postura.

— Isso só pode ser brincadeira. — Solto o papel na mesa e me levanto agitado. Nervoso, passo as mãos em meus cabelos, bagunçando-os.

Noah pega a folha e o vejo fechar os olhos e praguejar.

— Porra.

— Me diz que isso é brincadeira. Que hora mais fodida para esse cara aparecer, Noah. Ela é minha filha, eu não vou abrir mão dela para ninguém — grito, mandando para a puta que pariu meu autocontrole.

— Ele não pode fazer nada, Mike. Legalmente Lauren já é sua filha. — Pego a carta de suas mãos.

— Ele a quer, esse maldito saiu do inferno e decidiu de um dia para a noite que quer a filha de volta! Mas só por cima do meu cadáver.

— Mike, mantenha a calma. Ele não pode fazer nada, a própria mãe abriu mão da guarda colocando Lauren para adoção.

— Aquela mulher nem pode ser considerada mãe, Noah. Você lembra de como conhecemos Lauren no hospital? — Só de me lembrar sinto meu sangue ferver. Aquela filha da puta da Evans, mãe biológica de Lauren, a maltratava e batia sem motivo algum. Lauren foi achada em condições precárias com machucados pelo corpo além de desnutrida.

Um mês e meio, esse foi o tempo em que a pequena ficou internada e eu ia visitá-la todos os dias. Olho Noah nos olhos para mostrar que não tem volta.

— Lauren é minha filha. Eu não vou deixá-lo se aproximar dela.

Pego minha carteira e a carta e saio direto para a delegacia. Eu sei que Matteo pode me ajudar, assim como eu sei que a lei está do meu lado, mas eu não vou deixar que o pior aconteça com minha família.

Dirijo cerca de meia hora até estacionar em frente à delegacia onde Matteo trabalha. Assim que passo pela porta do lugar cumprimento alguns policiais conhecidos.

— Dr. Carter. Boa tarde.

— Boa tarde, Bob. Preciso falar com o King. — O policial aponta para um canto onde vejo Matteo concentrando lendo algo, ando em sua direção esbaforido. — De castigo? — pergunto fazendo-o levantar a cabeça e apertar o olhar em minha direção.

— Digamos que o capitão não gostou quando viu um suspeito de feminicídio com um olho roxo no interrogatório. — Seu sorriso sarcástico deixa claro que ele foi o responsável pelo olho roxo e não se arrepende.

— Tá legal, agora leia essa merda. — Jogo a carta em sua mesa e ele usando de uma calma absurda desdobra o papel e começa a ler.

— *Eu sou o pai verdadeiro de Lauren e vou entrar com uma ação para tê-la de volta. Ou podemos resolver de forma civilizada*. — Ele termina de ler em voz alta e depois me olha. Seu olhar está duro, ele agora tem a postura tensa e se torna o Matteo modo policial mau, o que vai me ser muito útil.

— Ela é minha filha, Matteo, eu não vou abrir mão dela.

— Ninguém vai tirar ela de você. — Ele se recosta na cadeira me olhando sério.

— Eu tenho a lei ao meu lado, mas nós dois sabemos o que ele quis dizer com "*conversa civilizada*". Foi uma ameaça. — Matteo contrai o maxilar e desvia o olhar do meu.

— Eu vou fazer uma visita a Evans na cadeia e tentar saber mais a respeito do cara. A única coisa que eu sei é que ele um dia saiu e nunca mais voltou.

— Você não está me ajudando, Matteo. Eu tenho pessoas para proteger agora. — Trocamos um olhar de entendimento.

Ele sabe bem o que é se sentir protetor e meu instinto está gritando nesse momento, prevendo a merda que isso vai dar.

— Eu vou cuidar disso, pode se manter calmo. Nada de alarde, vocês precisam de sossego. — Respiro frustrado e me sento na cadeira a sua frente. — Como está a gravidez? — Esfrego meus olhos de cabeça baixa.

— Indo, ainda estamos passando pela abstinência e eu não sei como pode piorar — falo encarando o grampeador em cima da mesa.

— Foi tudo muito rápido, mas logo as coisas se ajeitam.

— Ela está cada vez mais ansiosa e dorme menos a cada dia. Não sei como vai se ajeitar. — Eu o olho nos olhos deixando visível minha frustração.

— Paciência, meu amigo. Achou que seria fácil, iria só contribuir com seu esperma? Ser pai é passar pela maternidade junto com a mulher, infelizmente isso é algo que nem todos praticam, mas vai por mim, quando seu filho nascer, vocês dois vão perceber que tudo isso que estão passando agora valeu a pena. — Matteo tem um sorriso idiota no rosto quando termina de falar. Admiro ele, sempre foi um pai exemplar para Asher.

— Você sentiu medo? — pergunto fazendo-o arquear a sobrancelha.

— Todo tempo e ainda sinto. Theo me fez a mesma pergunta quando estavam à espera da Juliana. — Sorrio.

— Aquele bunda mole — murmuro.

Meu celular notifica a chegada de uma nova mensagem

Princesinha: Não se esqueça do ultrassom.

Eu: Você me conhece, eu não esqueceria ;)

Princesinha: Se não tivesse se esquecido não estaria atrasado. Idiota! Já estou a caminho do hospital, te encontro lá.

Olho as horas e me levanto rápido.

— Preciso ir, hoje vamos fazer o primeiro ultrassom.

— Por que só hoje? Já faz duas semanas que ela descobriu que está grávida! — Ele franze o cenho.

— Ela se recusava a sair de casa até que a diaba foi vê-la e ameaçou contar tudo para a mãe dela. — Dou de ombros e me despeço dele.

Gasto vinte minutos em um trajeto que normalmente é feito em meia hora, só de pensar naquela loira do cão solta pelo hospital com Miguel ao seu lado é um motivo plausível para meter o pé no acelerador.

Entro no hospital e já na recepção dou de cara com a enfermeira fofoqueira que encontrei na última vez. Olha-me curiosa enquanto passo por ela indo em direção ao elevador. Aperto o andar onde é o consultório da diaba e suspiro.

Parece que somente agora caiu a ficha de que vamos fazer o primeiro ultrassom do nosso filho.

As portas se abrem me fazendo fechar o semblante instantaneamente. Cecília e Miguel estão sentados lado a lado conversando despreocupados. A filha da puta solta uma gargalhada de algo que o babaca fala, minha vontade é de pegá-la e a colocar de quatro para dar umas boas palmadas naquela bunda arrebitada. Eu me aproximo sem ainda ser notado.

— Olá — cumprimento, Miguel se levanta arrumando o jaleco e depois me olha com um sorriso de lado.

Eu ainda amasso a cara desse filho da puta!

— Oi. — Ceci me olha ainda sorrindo.

— Bom, devo parabenizar o papai do ano. — Ele me estende a mão me fazendo encarar o gesto por alguns segundos até sentir um cutucão da loira ao meu lado.

Bufo, mas aperto sua mão.

— Obrigado.

— Assim está ótimo, já passou da hora de superarem seja lá o que foi que aconteceu entre vocês. — Olho para Ceci que nos observa intrigada.

— Eu nunca vou superar o fato de que esse filho da puta queria botar as mãos imundas dele em cima de você — ralho, meu olhar para ele é mortal.

— Mas no final quem botou foi o mais puto de nós.

— Eu nunca me fiz de santo para ela — respondo dando um passo à frente.

Um tapa em minha nuca me faz grunhir e olhar para o lado.

— Já acabaram com a demonstração de testosterona? — Beca pergunta olhando para o relógio em seu pulso. — Eu ainda tenho algumas consultas antes de ir embora para casa colocar meus pés super inchados para cima. — Ela nos olha duro.

— Vem, Beca. — Cecília a chama entrando no consultório. Eu a sigo, não sem antes encarar uma última vez o imbecil.

Fecho a porta e me sento ao lado de Beca.

— Bem, então depois de uma leve ameaça aqui estamos nós — Rebeca diz sarcástica olhando Ceci, que bufa ao meu lado. — Eu entrei em contato com Bessie, como já tinha conversado com você, Ceci.

— O que ela disse? — a loira pergunta nervosa.

— O que eu já esperava, as substâncias dos remédios ainda estão no seu corpo, se fosse uma gravidez planejada você teria que tê-los parado um ano antes, pelo menos.

— Eu sei.

— Mas ela vai ficar bem, não é? Quer dizer, eles vão ficar bem? — Minha pergunta faz Beca se recostar na cadeira.

— Vamos trabalhar para isso nos próximos meses, quero deixar claro que dentro deste consultório eu não sou a amiga de vocês, sou a obstetra dela e o que eu pedir aqui dentro terá que ser feito, caso contrário vou pegar no pé de vocês e não irão gostar, vão por mim. — Sua fala vem carregada de sarcasmo.

— Pare de ser má — Ceci ralha atraindo o olhar mortal da Dra. Bitencourt.

— Me diz como você está se sentindo.

— Ela está péssima, os enjoos matutinos começaram há dois dias, ela não come direito além de passar a noite toda feito um zumbi vagando pelo apartamento. — Sou rápido na resposta mas em troca ganho um tapa forte do braço. — Ai, sua louca.

— Calado vence, Mike — Ceci diz me fuzilando com os olhos.

— Vou receitar um remédio para os enjoos. Sobre a fome, tente comer um pouco a cada três horas. Frutas, sucos naturais sem açúcar e biscoitos integrais podem ser a melhor escolha. Olha, Ceci, eu sei que está sendo difícil para você, mas vamos trabalhar juntas para manter você e esse bebezinho saudáveis. Não precisa comer muito, mas coma nos horários. Nada de coisas calóricas ou gordurosas, isso pode fazer mal para vocês dois.

— Eu vou tentar — Ceci responde com um semblante preocupado.

— Agora vou examinar você. — Beca se levanta indicando a porta para que Ceci entre para trocar de roupa.

Quando estamos sozinhos ela se vira para mim.

— Ela está abatida — murmura.

— Não vem dormindo direito, dei graças a Deus que Bessie e você conseguiram afastá-la do trabalho.

— Continue de olho nela, infelizmente o que podemos fazer é ser pacientes, Mike. Qualquer problema não hesite em me ligar. Seja o menor deles. — Balanço a cabeça assentindo.

A porta se abre e Ceci volta usando uma roupa estranha de hospital aberta na frente. Beca a pede para deitar na maca e eu me sento na cadeira ao lado.

Ligando um aparelho com uma tela e pegando uma coisa super estranha e comprida, ela passa um gel e faço careta quando pede para que Ceci apoie as pernas nos encostos da maca.

— O que foi, Mike, não é forte o bastante para o primeiro ultrassom do seu filho? — a diaba fala para me provocar enquanto enfia aquilo dentro do canal de Ceci.

Um intruso dentro do MEU BURACO DA FELICIDADE.

— Eu pensei que seria na barriga — respondo.

Ela nega.

— O primeiro não.

Com a coisa enfiada dentro de Ceci, que hora ou outra faz caretas, Beca vai analisando tudo através da tela do monitor. Tenho que tirar o chapéu para ela, porque eu não vejo nada além de um ponto preto na tela.

— Está tudo bem? — Ceci quebra o silêncio que estava ficando massacrante.

— Está tudo ótimo. Temos um feto de aproximadamente 10 semanas. — Eu e Ceci nos encaramos por alguns minutos. Entendimento nos bate quando sem falar nada fazemos a conta mentalmente.

— Eu não acredito nisso. — Ela revira os olhos e depois sorri de lado.

— Pode apostar nisso, minha pontaria é excelente.

— Compartilhem comigo a piada interna, por favor — Beca fala tirando o graveto de dentro de Ceci e fazendo algumas anotações.

— Ela engravidou na nossa primeira vez, ou numa das primeiras — respondo estufando meu peito.

Rebeca me olha e depois encara Ceci.

— Eu não acredito que você engravidou logo que perdeu sua virgindade. Francamente, Cecília, em que mundo você vive que não conhece a porra da camisinha?

— Beca... — Ceci começa, mas é interrompida.

— E você. — Aponta o dedo para mim. — Espero que não tenha enfiado seu brinquedinho em outras mulheres sem camisinha. Quero exames de sangue dos dois em minha mesa na próxima consulta.

— Eu me cuido. E foi só um acidente não usarmos — respondo me sentindo acuado diante do olhar fatal. Agora entendo porque Theo tem medo da esposa. Beca é uma força da natureza quando está com raiva.

— Acidente? — retruca sarcástica. — Acidente é escorregar e cair, não usar camisinha é escolha.

Porra, a mulher é o diabo mesmo.

— Beca, o bebê já está aqui dentro. Não adianta mais chorar — Ceci fala se levantando. Eu a ajudo a descer.

— Prometo me lembrar da caminha de agora em diante — respondo vendo Ceci voltar para o banheiro.

— Faça alguma sacanagem com ela e eu te mato, eu sei esconder um corpo e o seu não será difícil depois de cortado em pedaços. — Aperto meu olhar diante da ameaça.

— Mulher, você está com uma barriga imensa e ameaçando um homem grande como eu? Perdeu o juízo? — Gargalho.

— Vai rindo, seu idiota, vai rindo.

Quando Beca nos liberou seguimos direto para a escola de Lauren para pegá-la. No portão encontramos Ayla que estava com um sorriso amarelo no rosto.

— 10 semanas, meu Deus, Cecília. — Ela ficou em choque quando soube. — De qualquer forma amanhã eu tenho algo para contar, então vamos ter uma noite das mulheres na casa da Beca. — Dizendo isso ela e Asher vão embora nos deixando com a pulga atrás da orelha.

O que a Dra. Anjinho está aprontando?

CAPÍTULO 25

Ayla

O nervosismo me faz olhar mais uma vez para o espelho, observando o vestido vermelho solto que tem a frente única, deixando o decote todo para as costas que chega até próximo do meu bumbum, seu comprimento vai até o meio das minhas coxas. Meus cabelos caem lisos em uma cascata castanha emoldurando meu rosto que carrega uma maquiagem leve, apenas o batom vermelho destacando minha boca.

Viro-me de lado ainda tentando ver alguma mudança no meu corpo, mas parece tudo normal. Afinal, o que eu estava esperando?

Solto uma risada com o meu pensamento, balançando a cabeça como se pudesse espantá-lo.

Asher aparece na porta do quarto e me olha pelo espelho sorrindo, meu coração bate completamente descompassado como todas as vezes que o olho e as suas palavras me enchem de uma felicidade surreal que também já é costumeira.

— Você está linda, mamãe. Vai sair com o papai? — Ele me olha com aqueles olhinhos azuis cerrados me fazendo rir.

Vou até ele, abaixando em sua frente. Deixo um beijo em sua bochecha e isso faz seu sorriso aumentar.

Olhar para ele e ver o quanto está melhor me enche de orgulho, a terapia não tem ajudado apenas a mim, meu leãozinho também está muito melhor.

— Não vamos sair, amor. Vamos ficar em casa, eu prometo.

Asher ainda parece desconfiado, mas assente. Em todo esse tempo ele tem se mostrado tão ou mais ciumento que o pai, às vezes tenho até mesmo que dar umas broncas nos dois, porque eles se juntam para me deixar louca.

— Tio Beni já está vindo me buscar? Ele prometeu que íamos jogar um jogo novo que ele comprou — diz animado enquanto seguimos para a cozinha.

— Ele deve estar para chegar, leãozinho. — Dou mais uma espiada no risoto e desligo ao perceber que já está no ponto. — O que acha de ajudar a mamãe a arrumar a mesa?

Ash dá de ombros e entrego dois garfos em suas mãos, acompanhando com atenção enquanto ele os ajeita na mesa, mexendo várias vezes até achar uma posição que goste, arrancando-me uma risada enquanto pego os pratos e os copos, ajeitando-os sobre a mesa.

— Como foi a escola hoje, leãozinho?

Apesar da sua melhora notável, ainda percebemos o quanto ele ainda é retraído em certos momentos, difícil de fazer amizade, mas todos os dias tanto eu quanto Matteo o incentivamos a fazer amigos, até usamos nossas amizades como exemplo para que ele veja que isso é bom.

— Normal, mamãe. Tem um menino lá que joga videogame também e... — Seus olhos transmitem incerteza quando me olham, mas sorrio para ele o incentivando. — Queria chamar ele pra vir jogar comigo. — Sua voz sai em um sussurro, mas meu orgulho me faz ouvir perfeitamente o que ele diz.

— Acho ótimo, leãozinho! — digo e ele abre um sorriso brilhante para mim. — O que acha de falarmos com a mãe dele amanhã quando eu for buscar você? Aí nós vemos quando ele pode vir.

Ele assente sorrindo e se joga nos meus braços que eu acolho com todo meu amor por ele. Meus olhos se enchem de lágrimas com o simples gesto, mas respiro fundo, me contendo.

Ouço o barulho da porta se abrir e os passos se aproximarem, quando ergo os olhos encontro meu cunhado parado na porta com um sorriso largo no rosto.

— Oi, cunhadinha — ele diz e me dá um beijo na testa, bagunça os cabelos, que já estão maiores, de Asher. — Oi, pestinha.

— Tio Beni — meu filho reclama nos fazendo rir.

Benicio escaneia a mesa que estávamos arrumando, olha para mim com um brilho nos olhos e sorri de lado, um sorriso que eu sei que é o charme dos Kings.

— Vamos, moleque, que parece que as coisas serão boas aqui hoje.

O palhaço diz me fazendo ruborizar, notando o que ele quis dizer.

— Benicio — repreendo.

Ele ri e seguimos para a sala, Ash vai para o seu quarto pegar a sua mochila e volta correndo e saltitando. Os cabelos loiros espetados em um penteado que ele tem usado ultimamente deixam ele ainda mais parecido com seu pai, mesmo com a cor dos cabelos diferente.

— Amanhã eu volto, estrelinha.

— Vou esperar ansiosamente, leãozinho.

Eu me abaixo para que ele me beije e eu o beijo também, abraçando-o forte. Mesmo sabendo que ele está seguro hoje em dia, que ninguém o machucaria mais, sinto sempre um vazio imenso cada vez que ele não está no alcance dos meus olhos.

— Te amo, mamãe.

— Te amo, leãozinho, daqui até a lua.

Eu me despeço de Beni que logo o leva para fora.

Pedi para Benicio levar ele hoje para a casa da minha sogra, para ter um momento com meu marido, alegando que precisava conversar com ele.

Meu marido...

Sorrio observando a aliança dourada no meu dedo anelar.

Eu me acostumei tão fácil com a minha nova vida que às vezes até me surpreendo, mas não teria como ser diferente. Matteo me faz sentir amada todos os dias e nosso filho preenche nossa vida.

Volto para a cozinha, olho a mesa arrumada pela metade e de repente a mesa do lado de fora em frente à porta de vidro chama minha atenção e sorrio com a ideia. A noite está fresca, um calor agradável para um jantar sob as estrelas.

Pego tudo o que já tinha arrumado e levo para o lado de fora. Perco um tempo arrumando tudo o que quero.

Quando estou a caminho do quarto para pegar o presente que fiz para o Matteo a porta se abre e o próprio pecado entra, vestido em sua camiseta preta colada ao corpo, uma calça preta e seu distintivo pendurado no pescoço. Meu núcleo pulsa automaticamente com a visão maravilhosa que é meu marido.

Mas quando ele abre um sorriso assim que seus olhos me encontram é que eu me torno uma poça derretida aos seus pés.

Dou alguns passos em sua direção, espalmando minhas mãos em seu peito, e alcanço sua boca que me recebe rapidamente com um beijo calmo, que logo é desfeito.

— Boa noite, senhora King. — O homem adora me chamar assim desde que nos casamos, como se adorasse o seu sobrenome em mim.

— Boa noite, senhor King. — Abro um sorriso contido. — Cansado?

Ele suspira, passando os braços ao redor da minha cintura, puxando-me contra o seu corpo.

— Demais. — Sua cabeça descansa em meu ombro de forma que sua respiração bate em meu pescoço, arrepiando-me e me deixando desejosa, como se ele tivesse me tocado por inteira. Tem sido assim ultimamente, o mínimo contato dele me deixa queimando por esse homem. — Essa casa está muito silenciosa — diz desconfiado.

— Benicio acabou de levar o Asher para a casa da sua mãe.

— Hum, acho que o cansaço se foi, viu? — Sua voz rouca vibra no meu pescoço, e eu arfo. — Teremos que aproveitar muito bem essa noite.

Rimos e me afasto dele que bufa descontente, aponto para o quarto.

— Vai tomar banho, lindo.

Ele cerra os olhos com o meu comando, mas não paro de sorrir quando resmunga algo parecido com odiar como sempre faz o que eu quero enquanto segue direto para o banheiro.

Vou até o quarto e pego o presente, voltando para a cozinha onde coloco o embrulho em cima do armário de fácil acesso, mas que não chame sua atenção antes da hora. A ansiedade faz com que as borboletas voltem a bater asas no meu estômago, fazendo-me colocar minha mão em minha barriga, tentando me acalmar.

A inquietação me faz mexer na organização da mesa mais umas duas vezes aguardando que Matteo saia do seu banho, mas eu me sinto tão nervosa que acabo esbarrando em um dos copos que se espatifa em vários pedaços no chão. Pulo para trás assustada.

— Ai, merda.

Eu me abaixo para recolher os cacos maiores quando ouço um rosnado vindo de trás de mim e logo duas mãos grandes apertam minha cintura e me puxam para trás, encaixando minha bunda na ereção latejante. Arfo com a brutalidade, e fico imediatamente molhada.

— Porra, anjo, você quer me matar com essa bunda para cima assim?

Fico ereta mais uma vez, sentindo o corpo todo duro atrás de mim. Sua respiração quente e pesada batendo no meu pescoço me deixando arrepiada.

Suas mãos apertam ainda mais minha cintura, gemo, rebolando contra seu pau duro que cutuca minhas costas devido a diferença de tamanho.

A boca quente distribui beijos pelo meu pescoço, mordendo e lambendo.

— Eu sou apaixonado no seu sabor — sussurra com a voz rouca, gemo perdida nas sensações, tentando forçar o meu cérebro a se lembrar do que eu tinha planejado.

— Lindo, eu fiz um jantar para nós.

Minha voz soa fraca, entregue demais às sensações que ele me causa.

Solto um gritinho assustada quando ele me senta na mesa, mas não tenho muito tempo para pensar porque sua boca ataca a minha com uma fome crua, que correspondo na mesma intensidade. Como se pudéssemos nos fundir com esse beijo, como se tivéssemos sede um do outro e nada fosse o suficiente.

Solto um gemido alto quando seu dedo atrevido invade minha pequena calcinha, entrando em mim com uma facilidade que arranca um rosnado dele.

Jogo a cabeça para trás com os olhos fechados, sentindo meu corpo tremer com o movimento de vai e vem que ele faz dentro de mim.

— Hoje eu vou pular direto para a sobremesa... — ele fala tão arfante quanto eu e pulo quando sinto sua língua me lamber de cima a baixo. Minha boca se abre em um O, sem emitir som algum. — Uma sobremesa deliciosa.

Abro meus olhos encontrando os olhos azuis tempestuosos me olhando, brilhando com uma luxúria que me faz queimar ainda mais.

— Matteo — gemo, implorando por mais.

Vejo ele tirar minha calcinha com uma calma que me irrita, porque, meu Deus, eu estou quase chorando de vontade da boca dele em mim. Sua língua sobe lambendo minha perna, deixando algumas mordidas e arrastando a barba pela minha pele, e logo sua boca está onde eu realmente quero.

Sua língua trabalha com destreza no meu clitóris enquanto dois dedos me invadem, me comendo com uma força deliciosa. Os meus gemidos ecoam pelo nosso jardim, junto com o barulho que seus dedos produzem com a minha umidade.

— Isso, anjo, quero ouvir você gritando a porra do meu nome a noite toda.

Então sua boca beija minha boceta como se beijando a minha boca, lambuzando-se completamente em meus fluidos que jorram descontroladamente com o ataque.

Sua mão livre trabalha nos meus seios ainda cobertos pelo vestido e quando ele morde meu clitóris ao mesmo tempo que belisca meu mamilo, eu grito seu nome e gozo em sua boca, tremendo descontroladamente em cima da mesa.

Meu corpo mole desaba sobre a mesa e sinto quando sua boca sobe beijando meu corpo, com uma delicadeza completamente diferente da intensidade com que me devorou agora. Quando alcança minha boca ele me encontra sorrindo e sorri de volta, deixando vários selinhos em minha boca.

Seus olhos estão quase negros pela pupila dilatada, sua barba melada do meu gozo e sua boca vermelha, deixando-o ainda mais perfeito.

— Eu amo ver você gozando e gritando meu nome, é o meu próprio paraíso.

Sinto meu rosto queimar com sua fala, sorrindo sem jeito para ele que ri baixinho. Suas mãos me puxam para descer da mesa me deixando confusa, mas logo ele arranca meu vestido, jogando para longe e me vira de costas.

— Empina esse rabo delicioso — sussurra na minha orelha e eu prontamente obedeço, deitando meu tronco na mesa e logo sinto o peso de um tapa que arde minha bunda e me faz gemer alto e minha boceta pulsar.

— Puta que pariu, nunca vou me cansar dessa visão do caralho, anjo!

Ele vem beijando minha coluna e quanto mais ele sobe mais seu pau cutuca minha entrada e quando ele segura meus cabelos em seu punho com força, forçando meu rosto na mesa, sou invadida com uma força que me faz engasgar com o grito que sai de mim.

—Matteo... — gemo, implorando que ele se mexa quando ele fica parado por tempo demais.

— Está com pressa para ser fodida, anjo? — assinto freneticamente, com meu rosto contra a mesa, sentindo sua respiração bater contra o meu rosto. — Eu sempre a obedeço, não é mesmo?

Diz e quase ri, mas seu pau sai de dentro e logo volta, batendo tão fundo que minha visão embaça. Sentindo todo o tesão rodar minha mente.

Nossos corpos se chocam firme enquanto ele me come incansavelmente e eu gemo alto, ouvindo seus gemidos e grunhidos.

Rebolo em seu pau com ele completamente dentro de mim, apertando minha musculatura ao seu redor, tirando mais rosnados animalescos dele.

— Caralho, isso é bom demais, anjo! — diz arfante.

Sinto um dedo rodear meu buraquinho enrugado e ele o invade, mas não consigo nem reclamar, porque ele volta a meter em mim com ainda mais força, fazendo com que meu corpo seja jogado diretamente no precipício.

Gozo gritando mais uma vez, apertando minhas musculaturas ao redor dele que logo goza dentro de mim, urrando. Eu só queria conseguir ver seu rosto agora, porque eu sou apaixonada pelo rosto do meu marido quando goza.

Levamos alguns segundos acalmando nossas respirações até que ele sai de dentro de mim e me vira, puxando meu corpo contra o dele e beijando minha cabeça.

— Acho que preciso de um banho — sussurro abafado contra seu peito que vibra com a risada rouca.

— Vamos para um banho então, senhora King.

Seguimos para o banheiro do nosso quarto e vamos para um banho. Ele lava meu cabelo e eu esfrego seu corpo com carinho, ora ou outra deixando beijos onde alcanço. E logo ele me tem contra a parede fria, estocando em mim até que gozamos mais uma vez.

Assim que termino de me secar, saio do banheiro olhando o corpo grande jogado na cama, enrolado em uma toalha, deixando a barriga com gominhos à mostra. Passo a língua no meu lábio sentindo a boca seca.

Merda, eu me tornei uma completa safada.

Lembrando-me do presente, vou para a cozinha, pego o embrulho e volto para o quarto, sentando-me na beirada da cama. Os cílios escuros tremem quando ele abre os olhos azuis para mim e se senta, vendo o que tenho em minhas mãos.

— O que é isso, anjo?

— Um presente. — Rio da cara desconfiada e entrego. — Abra, lindo!

O homem rasga o embrulho, igual o filho faz quando ganha presente e quando vê o álbum escrito "nossa história" abre um sorriso para mim.

— Eu comprei o álbum, achei que seria legal guardarmos boas lembranças aí — digo, sentindo minhas bochechas quentes e a ansiedade atacar novamente.

— Perfeito, anjo.

Eu mesma abro na primeira página onde tem uma foto dele com Asher no dia do nascimento do menino e embaixo uma minha com ele, porque não poderia ser diferente, toda a nossa história começou pelo nosso menino.

Matteo passa as páginas com calma, observando as fotos que usei nas colagens e algumas frases soltas representando os momentos. A penúltima foto é da nossa lua de mel, estamos os dois na praia, com o sol se pondo atrás de nós e ele sorri.

— Asher vai amar fazer essas artes com a gente — ele fala me arrancando um sorriso, faz menção de fechar, mas seguro sua mão e fito seus olhos.

— Tem mais uma... — digo baixo, sentindo meu estômago esfriar.

Seus olhos azuis me encaram, e eu rio nervosa. Ele passa para a próxima sem nem olhar, mas quando seus olhos caem para a foto, a surpresa toma conta de suas feições.

— Você... Você... — gagueja e fico tensa.

Não é uma foto e sim um exame de sangue com a frase "estou chegando, papai e irmãozinho mais velho" enfeitam a página que eu enchi de corações.

Há alguns dias tenho notado pequenos indícios, enjoos, seios doloridos, um sono que parece nunca me abandonar e quando minha menstruação atrasou achei que era o momento de fazer um exame.

No início fiquei com muito medo, lembranças do meu primeiro bebê me assolaram de uma forma dolorosa, mas quando tive a certeza um amor tão forte me tomou e eu sabia que amaria e faria de tudo para cuidar desse bebê que é fruto do amor mais lindo!

— Eu desconfiei há algum tempo, mas só fui ter realmente certeza ontem. Minha menstruação estava atrasada, eu estava me sentindo muito cansada, meus seios doloridos, enjoos matinais... enfim, fiz um exame de sangue logo para ter certeza. — Abro um sorriso nervoso, sem conseguir encarar seus olhos. — Eu sei que nos casamos recentemente e que não chegamos a conversar sobre...

Sou calada quando ele se joga no chão, ajoelhando na minha frente, suas mãos abrem a toalha que estava no meu corpo e distribui beijos na minha barriga.

Eu sabia que ele receberia muito bem a notícia da minha gravidez, mas a minha insegurança não me deixava quieta, jogando na minha mente que ele poderia não gostar tanto já que nunca mais conversamos sobre ter filhos além do nosso menino.

— Meu anjo, eu vou ser pai de novo — ele diz rindo, quando vem se deitar por cima de mim, assinto para ele, com meus olhos cheios de lágrimas. Ele para de sorrir e escaneia meu rosto com cautela. — Você está bem com isso, anjo?

— Eu estou com medo de acontecer alguma coisa... — digo meu maior receio, porque eu sei que ele vai me ajudar com isso. — Eu já o amo com a minha vida. É nosso bebê, fruto do nosso amor e me assusta pensar que...

— Não vai acontecer nada, anjo! — Ele me garante e beija todo meu rosto com carinho. — Nós vamos em todas as consultas, não perderemos nada, cuidaremos de sua rotina toda para não haver nenhum risco. — De repente seus olhos se arregalam e ele questiona assustado: — Anjo, eu acabei de foder você duas vezes, meu Deus, eu não fui cuidadoso. E se...

Rindo pego seu rosto entre minhas mãos.

— Sobre isso, você pode ficar em paz, acabou de fazer uma mamãe muito feliz e satisfeita e o bebê está bem. — Ele assente, suspirando aliviado. — Marquei uma consulta para semana que vem, você quer me acompanhar?

— Claro! Precisamos contar logo para nosso filho, ele vai ficar eufórico. — Ele volta a beijar minha barriga. — Porra, eu sou o homem mais feliz do mundo. Ei, bebê, aqui é o papai. Não judia muito da mamãe não, viu? Eu já estou muito ansioso para conhecer você e o seu irmãozinho também vai ficar.

Rimos, porque desde que eu moro com eles, o pequeno vem pedindo um irmãozinho, sempre reclamando e aposto que isso é coisa dos tios dele que também pedem mais sobrinhos.
— Eu te amo, Ayla — diz com a sua natural intensidade.
— Eu te amo, Matteo — respondo, derramando todo meu coração nessas palavras.

CAPÍTULO 26

Mike

Chego em casa depois de deixar Lauren na casa dos meus pais e encontro Cecília surgindo do corredor com os cabelos loiros molhados caindo sobre ombros. A princesinha veste um de seus baby dolls, esse é de seda branco, o short tão curto que deixa muito pouco para minha mente pervertida e a blusinha desenha perfeitamente seus seios, que não sei se é impressão minha, mas já estão um pouco maiores.

Lambo meus lábios quase sentindo o sabor dela em minha boca.

— Oi, princesinha! — digo rouco.

— Oi, Mike! cadê a Lauren?

Cecília passa por mim deixando um rastro do cheiro de banho misturado ao seu perfume gostoso.

Esse tempo todo tem sido difícil para ela e automaticamente para mim também, porque às vezes eu sinto como se estivesse perdendo o controle de tudo, mas não permito que ela veja meus momentos de desespero, apenas sorrio e dou a força necessária para ela. Tudo para o bem dela e do nosso filho.

Hoje decidi deixar minha filha com meus pais para dar um momento de distração para a loira, por isso abro um sorriso me virando para ela que agora se sentou no sofá.

— Deixei ela com os meus pais, pensei em comermos algo e aproveitarmos um momento a sós. — Quase dou risada da cara de contrariada dela.

— Mike, eu não...

— Estou indo para o banho, princesinha. O que acha de fazer aquele famoso brigadeiro de panela que você tanto fala? Se quiser, já pode pedir algo para jantarmos também ou pode me esperar.

Nem espero ela responder, teimosa do jeito que é, vai dar um jeito de fugir para o quarto e estragar meus planos.

Vou direto para o banheiro jogando meu paletó na poltrona do quarto e abrindo os botões da camisa, tiro minha roupa e vou para a ducha, ligo e sinto a água quente cair pelo meu corpo, imediatamente relaxando meus músculos.

O dia no escritório foi estressante e eu não via a hora de chegar esse momento onde eu só me enfio debaixo da água e todo o cansaço se esvai, mas depois daquela porra daquela carta mesmo nesses momentos fico inquieto e talvez seja por isso que decidi ter esse momento com Cecília.

Estou precisando de um pouco de paz tanto quanto ela.

Tomo meu banho com calma e assim que termino, me seco e vou para o quarto. Visto uma cueca branca e uma bermuda de dormir.

Saio bagunçando meus cabelos ainda úmidos e vou direto para a cozinha, sentindo um cheiro gostoso. Encontro a loira de costas para mim, mexendo algo na panela com muito afinco.

Sua bunda bem contornada naquilo que ela chama de short parece me convidar para fodê-la.

Sem conseguir me conter, vou até ela a passos silenciosos, encaixo meu corpo no seu notando o pulinho discreto que ela dá pela aproximação repentina e não consigo não sorrir, sentindo seu corpo pequeno tão gostoso colado ao meu.

— O cheiro está delicioso, princesa — murmuro.

— Precisa ficar tão perto, Mike?

Solto uma risada da sua fala nervosa, abaixo meu rosto até seu pescoço deixando um beijo abaixo de sua orelha.

— Preciso — sussurro, jogo o seu cabelo para o outro lado e vou distribuindo beijos por todo o seu pescoço. — Precisava sentir você assim, colada em mim.

— Mike... — Sua voz sai em um sussurro e consigo perceber sua respiração se alterar.

— Sim, princesinha?

Ela se mexe dando um jeito de sair da minha frente, levando a panela para o outro lado e logo ela se vira apontando a colher suja com o brigadeiro em minha direção.

— Se eu tivesse queimado esse brigadeiro, eu iria matar você porque esse era o último leite condensado e duvido que você iria achar um antes que minhas mãos esganassem esse seu lindo pescoço.

Seguro a risada a olhando com aquela carinha de brava que ela faz e que a deixa tão linda.

— Lindo pescoço, hein... — Balanço as sobrancelhas sugestivamente fazendo-a bufar e revirar os olhos.

— Idiota! — Ela se vira e despeja o tal brigadeiro em um prato enquanto volta a falar. Quero deixar claro que acho impressionante como ela consegue fazer as coisas como se dois minutos atrás eu não estivesse completamente duro e colado nela que parecia estar tão interessada em ir adiante quanto eu. — Pedi uma pizza, deve estar para chegar já que a donzela demora uma hora no banho.

Ouço a campainha tocar assim que ela termina de falar e sigo para lá, recebo a pizza ainda bem quente e volto para a sala, deixo a embalagem na mesa de centro no mesmo momento que Cecília aparece com dois pratos.

Nos acomodamos e coloco uma fatia de pizza em cada prato para comermos enquanto ela escolhe um filme.

Acabo nem entrando em discussão quando vejo o filme escolhido, um daqueles romances chatos que ela adora.

Percebo que ela dá algumas mordidas na fatia lentamente, levando mais tempo que o necessário para mastigar e engolir, mas não falo nada, apenas fico aguardando que ela se alimente em seu tempo e assisto ao filme idiota.

— Sério, esse filme é muito tosco, Cecília, tenha dó — reclamo pela décima vez e ela bufa.

— Cala a boca e assiste.

Confesso que ter seu corpo tão perto do meu me desconcentra totalmente do filme, eu não preciso nem estar olhando para ela, apenas sentir sua presença tão perto de mim me deixa completamente louco para tê-la e essa sensação apesar de estranha já é familiar. Passo meus braços por trás dela, tocando levemente seu ombro e o acariciando suavemente.

Desço meus dedos pelo seu braço e por estar encolhida resvalo em seus seios, ouço a loira arfar com o leve contato e sorrio automaticamente.

Eu amo as reações rápidas que ela tem ao meu contato.

De repente ela se levanta agitada e recolhe os pratos.

— Vou pegar o brigadeiro.

Quase rio ao perceber que ela está fugindo, mas engasgo com a risada quando meus olhos param naquela bunda maravilhosa.

Porra, deveria ser um pecado essa mulher com esses shortinhos que ela gosta de usar.

Ela volta com o prato e duas colheres, senta-se ao meu lado colocando o prato em seu próprio colo. Na primeira colherada que dou sinto o sabor doce agradar meu paladar.

Mas quando olho para ela, a loira do cão está com a língua para fora, lambendo a colher com uma calma absurda e não deveria, mas o gesto me parece tão erótico que fico duro imediatamente.

Não consigo desviar os olhos da boca entreaberta e com a colher encaixada na língua. Tudo o que eu mais queria agora era ser essa porra de colher para ela me lamber desse jeito.

Cecília pega mais um pouco do doce, mas fica um pouco na parte de baixo da colher e quando ela vai levar à boca acaba caindo em seu decote.

— Merda! — resmunga e vejo o momento que levanta a mão para limpar, mas eu seguro seu pulso e isso a faz me olhar confusa.

Aproximo meu rosto dos seus peitos, respirando pesadamente. É a minha vez de colocar a língua para fora e lamber o doce direto em sua pele. Esfrego meu rosto no local fazendo minha barba raspar nela enquanto sugo o restinho do doce.

— Caralho, brigadeiro com Cecília! — Olho para cima e seus olhos estão focados em mim enquanto respira pela boca. — Melhor combinação.

Não sei quem atacou quem primeiro, só me dou conta quando ela está em meu colo e estamos nos beijando como loucos sedentos um pelo outro. Sua língua se enrosca na minha, misturando nossas salivas e o gosto do doce.

Só paramos o beijo quando precisamos respirar, mas não consigo afastar minha boca, vou descendo beijos pela sua mandíbula até seu pescoço, lambendo e mordendo, raspando minha barba nela, deixando-a marcada de todas as formas que consigo.

— Mike... — geme baixinho.

— Sim, princesinha?

A loira do cão rebola em cima da minha ereção me fazendo gemer e apertar minhas mãos em sua cintura. Deixo uma mordida em seu queixo antes de tomar sua boca em um beijo calmo, mas com uma fome que só ela é capaz de matar. Quando ela suga minha língua para sua boca de forma erótica, meu quadril se projeta para cima automaticamente, forçando-me ainda mais em sua boceta.

Suas mãos inquietas deslizam por todo meu corpo arranhando despretensiosamente e me deixando ainda mais duro.

Ela sai do meu colo com um sorriso sapeca estampado no rosto me fazendo resmungar com a falta do seu corpo pequeno em cima de mim, mas quando cai de joelhos na minha frente a ansiedade me faz segurar a respiração pelos longos segundos que ela leva para tirar minha bermuda e cueca.

Seus olhos azuis não abandonam os meus em momento algum e isso só me deixa com ainda mais tesão, porque, porra! ela tem uma carinha de princesa, mas eu sei bem o que ela é capaz de fazer. Seu olhar cai para o meu pau que salta ereto da cueca. Ela está tão perto dele que sinto sua respiração quente e isso parece enviar uma energia eletrizante da cabeça do meu pau ao resto do meu corpo.

Sua língua sai da boca lambendo os lábios e quando acho que vai fazer o mesmo na cabeça do meu pau, ela se vira e pega a colher enchendo-a com um punhado de doce. Leva a colher até sua boca onde lambe apenas a pontinha encarando meus olhos de forma lasciva. Meu pau pulsa como se implorasse por atenção e ela o atende, passando o dedo no doce e espalhando na glande, misturando-o com o pré-sêmen que vazava, o simples contato me faz gemer.

— Princesa, caralho, coloca essa boca gostosa em mim! — ordeno e vejo hipnotizado o momento que ela me abocanha.

Caralho, a partir de agora sua boca é um dos meus lugares favoritos, perdendo apenas para sua boceta.

Ela rodeia toda a glande com a língua quente, sugando e limpando o doce que passou em mim e logo passa mais, agora em toda minha extensão e volta a me chupar, fazendo-me ferver por dentro e usar todo o meu autocontrole para me manter parado, deixando que se delicie com meu pau. Os gemidinhos que ela solta vibram no pau e não consigo evitar de segurar seu cabelo e movimentar meu quadril, socando fundo em sua boca fazendo-a engasgar.

Caralho, é errado o som ter sido excitante para caralho?

Apesar de ter gostado estudo seu rosto procurando por algum sinal de desconforto, mas seus olhos estão queimando da mais pura luxúria e sua língua nervosa rodeando meu pau, me babando inteiro.

— Essa sua boca é uma delícia do caralho, princesa — murmuro com a voz pesada.

Meu saco pesa quando sua mão o alcança, fazendo uma massagem deliciosa que me faz delirar ainda mais e quando me dou conta estou fodendo sua boca com força, tirando gemidos e grunhidos dela que se misturam aos meus.

Seguro seus cabelos com força mantendo sua cabeça parada e enfiando meu pau até tocar sua garganta. A cena da sua boca completamente aberta, babando, com meu pau dentro dela enquanto seus olhos azuis brilham com lágrimas me leva ao mais puro êxtase, porém não quero gozar agora, por isso saio de sua boca e ela suspira frustrada.

— Eu quero mais, Mike... — diz manhosa e eu não consigo não rir.

Eu aqui, com medo de estar sendo bruto demais e a safada pedindo mais.

Acho que Cecília foi feita para mim.

Que porra...

Decido não dar atenção a esse pensamento, é sexo, porra. A mulher adora meu jeito bruto e eu só preciso agradecer por isso e não me prender às outras questões.

Eu me levanto e a puxo para cima.

— Tem cinco segundos para tirar esse pedaço de pano ou vou rasgá-lo com os dentes! — afirmo olhando em seus olhos e a mulher tira a roupa tão rápido que preciso morder o lábio para não sorrir.

Sempre achei Cecília gostosa para caralho, mas saber que ela carrega meu filho em seu ventre a elevou a níveis de gostosura surpreendentes, por isso agora estou parecendo um maldito cachorrinho babando em seu corpo que parece já estar criando leves curvas.

Passo meus dedos nos bicos dos seus peitos que já estão durinhos e ela geme alto, aperto-o e os rodo levemente, sentindo a textura gostosa na ponta dos meus dedos.

— Acho melhor eu aproveitar e mamar muito nesses peitos gostosos porque depois meu filho tomará conta.

— Mike, cala a boca, porra... — resmunga entre gemidos.

— O que foi, princesinha? Minha boca suja a excita? — Aproximo minha boca do outro peito e assopro, lambendo em seguida e ela não responde, apenas geme e treme na minha frente. — Você já está encharcada? Pronta para receber meu pau nessa boceta gostosa, hum?

Antes que ela possa responder desço minha mão desocupada até sua boceta e acerto um tapa de leve, enchendo minha mão em sua intimidade tão pequena e consigo sentir sua excitação vazando direto em meus dedos. Meu dedo médio abre seus lábios direto para sua abertura e escorrega tão fácil para dentro dela que nós dois gememos.

— Caralho, Cecília! — murmuro com a boca cheia com seu peito.

— Mike, eu estou grávida, para de me torturar — resmunga entre os gemidos altos enquanto a fodo lentamente com meu dedo e chupo seu peito.

— Mas eu nem comecei, princesinha.

Eu me afasto quando tiro meu dedo de dentro dela e o lambo, sentindo o sabor delicioso de Cecília.

GOSTOSA. PRA. CARALHO.

— Eu vou te matar se você não me fizer gozar logo. — Quase grita, olhando-me furiosa e preciso rir da cena.

— Ah! mas você vai gozar, princesinha! Vai gozar para caralho. Vai gozar até perder todas as forças desse corpinho delicioso.

Cecília arfa com a promessa e meu sorriso se expande.

Puxo seu corpo fazendo-a se sentar no sofá com as pernas abertas para mim, completamente exposta. Minha boca chega a salivar morrendo de vontade de lamber cada pedacinho dessa loira do cão.

A mulher é um atentado à minha saúde mental e isso já é fato!

Pego a colher que ela deixou no prato e encho de doce, voltando-me para ela, levo até sua boca, lambuzando-a com o doce e não perco tempo, ataco sua boca. Lambendo todo o doce que passei por ela, sugando e beijando, sendo correspondido com uma ânsia avassaladora.

Seu corpo se projeta para frente, procurando pelo mínimo contato, mas estou disposto a nos torturar um pouco, antes de finalmente dar o que nossos corpos estão implorando.

— Mike... — murmura na minha boca.

Sugo seu lábio, mordendo-o e puxando para mim com meus dentes, porém me afasto. Aproveito o momento que ela joga a cabeça para trás se encostando no sofá e faço um caminho doce da sua garganta até o meio dos seus peitos. Cecília fica imóvel, apenas respirando pesadamente enquanto me projeto sobre ela e vou lambendo e sugando toda a bagunça que fiz, limpando-a deliciosamente.

Seus gemidinhos baixos me deixam ainda mais duro e focado no meu objetivo que é deixar essa mulher tão louca por mim hoje que ela não vai nem se lembrar dos seus medos, vai apenas implorar pelo meu pau a noite toda.

— Esse brigadeiro é uma delícia — afirmo sorrindo quando termino meu trabalho e vou pegar mais.

— Você está judiando de mim, Mike, eu estou grávida... tenha piedade. — Implora manhosa e eu rio.

— Princesinha, tenha paciência, estou comendo o brigadeiro que você fez para mim, não podemos desperdiçar.

Pisco para ela e quando passo a colher em seu peito ela estremece, soltando um gemido esganiçado. Caio de boca. Primeiro lambendo, sentindo o gosto doce na minha língua e mamo em seu peito, sugando e mordendo, arrancando mais gemidos de nós dois.

Faço o mesmo processo no outro seio, segurando-o em minha mão, apertando-o.

Quando paro, eu me afasto para olhá-la e seus montes deliciosos estão vermelhos devido às mordidas e à minha barba que eu fiz questão de esfregar em sua pele clara, eles sobem e descem com a respiração irregular. Sua boca entreaberta, as bochechas vermelhas e a fina camada de suor que começa a cobrir seu corpo me deixam completamente fascinado.

— Acho que vou gozar só olhando você assim, caralho!

Ela ri baixinho e desce a mão pelo corpo alcançando sua boceta, esfregando-se desavergonhadamente.

Preciso confessar, olhar essa mulher e vê-la tão dona de si, sem vergonha alguma, é uma porra de uma bomba de hormônios em meu corpo.

Não deixo que se empolgue, tiro sua mão e faço o processo que fiz em todo o resto do seu corpo. Lambuzo sua boceta inteira com o doce, ajeitando-me melhor entre suas pernas, abrindo-as ainda mais.

Começo passando minha língua calmamente por toda sua boceta, dando uma atenção maior ao clitóris que está durinho. E quando dou por mim estou me lambuzando nela, lambendo, chupando, sugando, brincando com sua entrada até que não reste mais doce. Ela se remexe, espalhando ainda mais seus líquidos em meu rosto.

— Ai, merda, Mike...

— Isso, gostosa, se esfrega na minha boca. Quero seu cheiro em todo o meu rosto, Cecília.

É o caralho do meu paraíso!

Inferno!

Não consigo parar. Minha língua chicoteia seu clitóris, judiando dela que implora para que eu não pare e quando sinto que está perto me afasto um pouco.

Acerto um tapa fraco em cheio em sua boceta, esfrego minha mão cheia, fazendo uma bagunça de fluidos deliciosa. Olho a cena dela tão entregue e meu pau pulsa, levo minha mão livre até ele, começando a bater uma punheta com calma, dando leves apertos, queimo por dentro.

Sem conseguir me manter longe, sugo seu clitóris com força ao mesmo tempo que a invado com dois dedos fazendo-a gozar fortemente, tremendo e gritando meu nome. Eu tomo tudo o que ela me dá, limpando-a completamente.

— Porra, que delicia do caralho, princesa! — Eu me levanto ainda me tocando e ela se ajeita no sofá ereta e vem com a boca diretamente para ele, abocanhando-o com ânsia, mas não a deixo se empolgar, sento-me ao seu lado e a puxo para mim. — Senta no meu pau, Cecília! Quero ver você me cavalgar, engolindo todo meu pau com essa boceta apertada.

Ela geme com minhas palavras, mesmo parecendo ainda meio atordoada ela vem. Seguro meu pau para que ela se sente, mas a loira do cão parece ter outra ideia, substitui minha mão pela dela e começa a brincar com a cabeça inchada por toda a sua boceta, eu grunho, sentindo o quão molhada ela está.

Cecília é uma bagunça, seus cabelos volumosos, seu rosto corada e suado, os olhos pequenos pelo prazer, a boca vermelha e inchada entreaberta.

A porra do meu tesão vai a mil, com a junção da sua imagem e da sua brincadeira.

— Senta, caralho. — Não sei se ordeno ou se imploro, mas ela parece ter piedade de mim.

Meus olhos caem para o local onde nossos corpos se encaixam, hipnotizado com a cena da boceta engolindo meu pau aos poucos, sua quentura me recebendo deliciosamente. Sinto como se nós dois tivéssemos parado de respirar, apenas observando e sentindo. Quando falta pouco a mulher decide se sentar de uma vez, arrancando gemidos altos de nós dois.

— Isso... Meu Deus...

Preciso respirar fundo algumas vezes e segurar sua cintura para que ela não se mexa e eu goze como a porra de um adolescente, porque o tempo todo que a torturava, me torturava também, adiando esse momento e agora, porra, agora eu só consigo sentir meu saco pesado, louco para esporrar dentro dela.

— Não se mexa! — digo entredentes, com os olhos fechados.

A diaba continua tentando se mexer mesmo que eu a esteja segurando.

— Mike, eu preciso... — geme frustrada.

Quando me sinto mais no controle afrouxo o aperto e ela se esfrega em mim, para frente e para trás. Apertando suas unhas em meus ombros enquanto geme cada vez mais alto.

Logo ela começa a quicar. Sentir e ver sua boceta quente e molhada me engolir me leva a um nível insano de tesão. Seus peitos quicando na minha cara, aproveito para mamar neles, grunhindo como um animal quando ela esmaga meu pau dentro dela.

— Caralho! Mais uma dessa e eu gozo, Cecília — repreendo e quando ergo meus olhos vejo a merda que fiz, porque ela está sorrindo maldosa me olhando.

Empurra meu corpo para trás, obrigando-me a encostar e se apoia em minha barriga. Pula em meu pau e a cada vez que ela desce nele sua boceta o aperto mortalmente, sugando. O barulho das nossas pélvis batendo uma contra a outra preenchem toda a sala e eleva a luxúria.

— Mike... Eu vou gozar... Mike... — grita, seus gemidos altíssimos, provavelmente dando um show e tanto para os vizinhos.

Fodam-se.

Aprendam! É assim que se faz uma mulher gozar, caralho.

Abraço sua cintura com força quando ela começa a tremer, sua boceta me apertando mais ainda, sua respiração densa contra o meu rosto, levam-me junto ao mais delicioso orgasmo que já tive na vida.

Seu corpo cai mole sobre o meu e acabamos ficando assim por um tempo, tentando nos acalmar. Assim que sinto minhas pernas mais firmes, beijo sua cabeça.

— Ei, princesinha, vamos tomar um banho?

— Você vai me carregar? — questiona manhosa e eu rio baixinho.
— Claro!
Tomamos um banho entre beijos e carícias, faço-a gozar mais uma vez em meus dedos e em meu pau, levo-a para a cama, deitando-a nua mesmo, porque seu corpo mole não me ajudaria a vesti-la e porque eu vou adorar dormir com seu corpo quente contra o meu.

CAPÍTULO 27

Cecília

Depois de um café da manhã recheado de sacanagem onde mais uma vez começamos uma discussão sobre possíveis nomes para o bebê que ainda nem sabemos o sexo terminamos a conversa na cama, comigo em cima dele.

E por fim eu ganhei a batalha, mas não a guerra.

Que fique claro!

Aproveitamos que é sábado para sairmos e fazer algumas compras para a casa e depois pegar Lauren na casa dos pais de Mike.

— Não se esqueça do leite condensado. — Sorrio, quando o escuto.

— Querendo repetir a noite de ontem? — pergunto, sorrindo sapeca.

— Com toda certeza sim, mas não quero repetir, na próxima vamos nos aventurar mais ainda e criar novas memórias. — Meu sorriso bobo deve estar bem evidente, porque ele me beija na testa, mas o momento se torna tenso, pelo menos para mim, quando nos afastamos e encontramos Natasha, que tem um sorriso largo enquanto nos encara.

— Oi! — cumprimenta.

— Oi, Natasha. — Mike fala e sorri.

Os olhos sem graça dela são direcionados a mim que balanço a cabeça em um cumprimento.

— Então, Cecília, queria parabenizar pela gravidez! Ainda não tive a chance. — O sorriso e a fala sincera dela me fazem me odiar por sentir ciúmes do que ela já teve com o Mike.

— Obrigada! Muito gentil da sua parte. — Involuntariamente levo a mão à minha barriga.

— Natasha, segunda quero ser informado sobre o processo seletivo.

— Ah! Claro. Eu já tenho alguém em mente, na verdade foi indicação do Noah — responde enquanto eu ainda estou parada os observando.

Será que ainda se gostam?

Olho para Mike que assente e me olha arqueando a sobrancelha.

— Bom, agora eu preciso ir — ela murmura acenando.

Quando estamos sozinhos, Mike se vira para mim.

— Princesinha, eu sei que pode parecer estranho para você, mas eu e Natasha não tínhamos nada além do que sexo casual. Hoje somos apenas amigos que se respeitam. — Sua sinceridade me faz suspirar. Mordo o lábio inferior.

— É difícil não sentir ciúmes quando me lembro que vocês já... — pigarreio — bom, ficaram juntos. — Eu me sinto corar.

— Pode ser, mas não quero que tenha pensamentos errados em relação a isso. E se quer saber, eu também não gosto do Miguel. — Dá de ombros e eu aperto o olhar em sua direção.

— Eu já disse que ele é só um amigo.

— Assim como eu estou dizendo que ela é só minha amiga.

Ponto para o imbecil, mas eu não vou admitir que concordo com ele. Olho para o lado e pego o pacote de morangos congelados ciente que seu olhar está sobre mim.

Compramos o essencial, que dê para a semana, e saímos direto para a casa dos pais de Mike que já estão nos aguardando no quintal. Eles brincam com Lauren e me recebem com um abraço carinho. Somos convidados para o almoço, mas Mike acaba declinando quando recebemos uma mensagem de Matteo solicitando nossa presença em sua casa para um comunicado.

Com Lauren falando sem parar sobre como adora os avós no banco de trás, seguimos para a casa de Ayla.

— Eu sei que não se sente totalmente confortável na presença do Matteo, quero que me avise caso queira ir embora. — Olho para ele quando fala enquanto dirige.

Às vezes eu tento não deixar à mostra o quanto Matteo ainda me afeta, mas sei que falho miseravelmente.

— Obrigada! Vou me esforçar — respondo.

— Eu não quero que se esforce, a situação é bem simples, se você não estiver se sentindo bem, vamos embora. Vocês em primeiro lugar, sempre. — Seu olhar recai em mim quando para o carro em frente à casa dos nossos amigos, logo em seguida mira minha barriga e sorri de lado.

Nesse momento o filho da puta do meu coração erra algumas batidas.

Iludido!

Descemos os três do carro e passamos pelo corredor na lateral da casa que leva aos fundos, o quintal espaçoso é um charme, assim como o gramado e as árvores ao fundo. Somos os últimos a chegar, então somos recebidos por quatro pares de olhos que nos encaram boquiabertos.

— Me prometeram comida! — É o digo, ainda desconfortável com a avaliação de todos.

Mas quando sigo o olhar de Beca, percebo o porquê do espanto. Mike e eu fizemos todo o caminho até aqui de mãos dadas.

Mais uma vez nos demos as mãos sem perceber.

É algo natural da minha parte e pelo visto da sua também.

— Chegaram na hora certa! Acabei de preparar a comida — Ayla murmura quebrando o silêncio.

Cumprimento a todos e quando Matteo se aproxima de mim, pela visão periférica percebo Mike tenso.

— Gostaria de conversar com você, se possível — ele fala e olha para o lado fitando Mike, que tem sua atenção voltada para nós.

Meio incerta, mas com vergonha de recusar, balanço a cabeça concordando. Eu o sigo quando entra na casa e se senta à mesa da cozinha.

Ainda de pé, engulo em seco quando ele arrasta uma cadeira ao seu lado para que eu me sente.

Desde o ocorrido eu não fico assim, tão perto dele. Nesse momento meu coração acelera enquanto sinto leves tremores na mão. Matteo não perde meu movimento quando passo ambas as mãos na calça jeans, tentando secá-las do suor.

— Eu não faço bem a você, não é? — Meus olhos lacrimejam quando percebo que eu o faço sofrer por isso.

Merda! Ele é marido da minha amiga.

— Não é você — sussurro quando percebo que ele vai se levantar.

Seus olhos azuis me encaram tristes.

— Eu não sei mais como reagir perto de você, Cecília. — Sorri dando de ombros. — E isso é uma droga, porque eu gosto de você. Junto com Beca, vocês são importantes para minha mulher e meus amigos e isso as torna importantes para mim também.

— Me perdoa — murmuro. Minhas lágrimas rolam enquanto fungo. — E... eu não sei o que fazer, quando dou por mim já estou em pânico e isso é horrível. — Vendo meu desespero e talvez por reflexo, ele se levanta e fica diante de mim a poucos metros de distância.

— Eu jamais a machucaria, sei que está num momento difícil e se pudesse eu faria você esquecer aquele dia. — Soluço com suas palavras. — Mas, Ceci, você é a mais forte de todos nós, porque você enfrentou tudo sozinha e colocou sempre os problemas de todos em suas costas.

Eu olho em seus olhos ainda com lágrimas rolando sem controle pelo meu rosto. Fecho meus olhos e suspiro fundo, dou um passo à frente.

— E... eu sinto muito! — falo.

— Eu vou abraçar você — diz.

Sem abrir meus olhos, sinto quando seus braços rodeiam meus ombros e um beijo estala no alto da minha cabeça. Mesmo com o corpo tenso e o choro, hesitante, rodeio a cintura de Matteo que aperta o abraço.

— Vai dar tudo certo. Nós estamos aqui.

Gatilhos emocionais, que é o meu caso, podem ser pessoas, palavras, opiniões ou situações que desencadeiam uma reação emocional intensa e excessiva. Entre as emoções mais frequentes quando um gatilho é desencadeado estão raiva, tristeza, ansiedade e medo.

Matteo desencadeia a ansiedade em mim, vê-lo faz lembranças e sensações dolorosas daquele dia virem à tona. Mas dentro de mim e juntamente com Bessie, eu venho trabalhando dia após dia estar em sua presença.

Infelizmente não é algo que vá mudar do dia para a noite, mas com certeza é algo que pode ser ainda mais trabalhado. Esse abraço é a prova de que meu esforço vem dando resultado. Eu não posso deixar que emoções tomem conta do meu corpo e me faça perder pessoas importantes, foi a primeira lição que Bessie me ajudou a entender.

— Se eu não soubesse que o amor da sua vida é a morena lá fora, daria um soco em você agora por estar abraçando minha garota assim. — Arregalo os olhos quando me afasto de Matteo.

Mike está de braços cruzados com um sorriso. Matteo solta uma gargalhada, talvez se dando conta do que seu amigo disse.

"*Minha garota.*"

Ai, meu, Deus!

Isso não deveria soar tão bom vindo dele, mas porra, é quase como música para meus ouvidos.

— Mike, não precisa disso. Além do mais, você não se garante? — Matteo provoca.

— Claro que eu me garanto, a prova disso é aquela barriga em fase de crescimento ali — fala apontando para minha barriga.

— Mike! — ralho o repreendendo.

— Deixa ele, Ceci. Até o final do dia vou estar rindo dele. — Matteo me olha sorrindo e vai para a área externa.

Mike se aproxima rodeando minha cintura com seus braços fortes.

— Tudo bem? — Seu semblante preocupado me faz sorrir.

— Sim. Ele quis conversar, parece que andei dando indícios sobre meu problema. — Abaixo a cabeça envergonha.

Mike me puxa para me aconchegar em seu peito. Deito a cabeça no tórax suspirando com o carinho.

— Não gosto quando chora — murmura.

— Está tudo bem, você não pode me proteger de tudo. Eu ainda vou chorar por coisas bobas — falo levantando a cabeça para encarar seus olhos.

— Meu Deus, viviam se estranho e agora não conseguem se manter longe um do outro — Rebeca diz se aproximando de nós.

— Deixa de ser chata. Preciso mimar a grávida aqui.

— Eu também estou grávida, e não estou vendo você me mimar.

— Chame seu marido, diaba! Cada um com sua cruz — Mike diz, fazendo com que Beca o fuzile com o olhar.

— Babaca — murmura. — Andem, Ayla quer dizer algo e eu espero que seja rápido porque eu estou com fome.

De mãos dadas, que é importante dizer, Mike e eu voltamos para o lado de fora com Beca logo atrás e nos acomodamos na grande mesa de piquenique que está recheada de comida.

Isso deveria me alegrar, mas acabo fazendo careta pelo cheiro.

— O que vou dizer precisa de toda atenção do mundo. Eu não vou repetir.

Franzo a testa e olho para Beca, que também está confusa.

— O que foi dessa vez? — Mike ao meu lado suspira largando em cima da mesa o prato que iria se servir com comida.

Matteo se aproxima de Ayla a abraçando por trás, mas suas mãos em sua barriga chamam a atenção de todos, até mesmo de Asher e Lauren.

— Nossa família vai aumentar. — Quando Ayla apenas confirma o que já está claro, viramos uma bagunça de abraços.

Beca, com sua barriga já grande, Ayla e eu nos abraçamos ao mesmo tempo.

— Ai, meu Deus, estamos grávidas ao mesmo tempo — falo, sorrindo. Os olhos de ambas se enchem de lágrimas.

Nós nos afastamos ao mesmo tempo em que tomo um susto quando mãos grandes e tatuadas passam pela minha cintura e param em minha barriga saliente.

— Olha só para elas, grávidas ao mesmo tempo — Mike, que está me abraçando por trás, fala.

— Eu não me aguento de felicidade. Mais um filho com a mulher que eu amo! Não poderia ficar melhor — Matteo diz sorrindo.

— Podem dizer, vocês três planejaram nos engravidar quase ao mesmo tempo. Isso é coincidência demais para o meu gosto — Rebeca, sempre desconfiada, fala enquanto se senta.

Seus pés parecem duas bolas de tão inchados.

— Até que não seria má ideia, mas nós sabemos que não é o caso aqui — Matteo diz.

— Pois é, Mike e Ceci foram uma surpresa e tanto. — Coro com a fala de Theo, que sorri sarcástico para Mike.

— Somos bons de mira, é tudo o que vocês precisam saber — Mike fala para Beca, que faz uma careta.

Com três grávidas à mesa, o almoço se tornou uma competição entre os meninos de quem mima mais a sua grávida preferida. Lauren e Asher ficaram empolgados quando souberam que em breve mais bebês vão chegar para completar essa nossa grande família maluca.

Quando Mike, Matteo e Theo se afastam para jogar beisebol com as crianças, Ayla, Beca e eu aproveitamos o tempo sozinhas para relaxarmos na sala. Estiradas no sofá grande como nos velhos tempos compartilhamos as novas experiências de nossas vidas.

É assustador parar e analisar o quanto nossa vida mudou desde que chegamos a Santa Mônica!

— O que foi? — Ayla pergunta a Beca, que tem um olhar de águia em mim.

— Esperando Cecília admitir que está apaixonada pelo Mike para poder ter o gostinho de falar: eu avisei! — O sorriso sarcástico e carregado de ironia não me causa medo, mas transformar em palavras ou até mesmo em sentimentos a montanha russa que é meu relacionamento com Mike me apavora.

Intercalo olhadas sem-graça entre elas.

— Ai, merda! Ela está mesmo apaixonada por ele. — Suspiro, quando Ayla murmura.

Sem alternativas apenas dou de ombro, fazendo com que as duas fiquem de boca aberta.

— Foi inevitável, não sei dizer quando começou, mas eu o amo. Merda! Estou ferrada, eu sei.

— Vocês parecem bem juntos, Ceci. Não enfie os pés pelas mãos, nada de neurose. — Rebeca, em uma versão sensata, diz.

— Isso mesmo, eu reparei em vocês durante o almoço. Ele quase deu comida na sua boca, *princesinha*. — Franzo o cenho quando Ayla me chama pelo apelido idiota que Mike me deu.

— Tá tudo tão difícil — murmuro abaixando a cabeça, já sentindo meus olhos lacrimejarem. — Tem dias que eu acordo bem, disposta a me levantar e fazer daquele dia o melhor, mas em outros eu só quero ficar deitada sem comer ou conversar. Como eu posso querer que ele me ame assim? Eu estou fora de controle, sou uma bomba prestes a explodir. — Divido meu medo com ambas que me olham com carinho.

— Você não pode mandar nos sentimentos dele, querida! O idiota loiro lá fora está completamente rendido por você — Rebeca fala me fazendo levar meu olhar até ela. — Eu diria que ela está cadelando já!

Caímos na risada com sua fala.

— Eu só queria dormir e acordar desse pesadelo que estou vivendo.

— Um dia de cada vez, Ceci. Eu sei que é diferente e que não podemos comparar nossas dores, mas eu já estive nesse caminho por onde você quer ir, não faça isso. Você estava lá por mim, mesmo quando eu não falava, não comia e até mesmo não queria tomar banho. Você fez tudo isso por mim. — Ayla fala, segurando minhas mãos entre as suas. Lágrimas escorrem pelo seu rosto. — Agora eu estou aqui por você, amiga! Só peço para não se perder dentro de você, como um dia eu me perdi.

Sem dizer nada, apenas a puxo para um abraço apertado.

— Obrigada!

— Por favor, me diz que isso são hormônios da gravidez. — Nos desvencilhamos quando Matteo seguido por Theo e Mike entram na sala, esse último me olha com um olhar preocupado.

— Até parece, essas duas são choronas assim desde sempre — Beca diz se levantando com a ajuda de Theo.

— Amor, mas você também anda chorando bastante — Theo murmura nos fazendo gargalhar.

— Hoje tem greve, Theo. Não ouse encostar em mim. Vou mostrar quem é a chorona.

No começo da noite chegamos em casa com Lauren dormindo nos braços de Mike, que vai direto para o quarto dela.

Sigo para o quarto de Mike, que agora tem mais coisas minhas do que dele. Tiro minhas roupas no banheiro e ligo a ducha.

No meio do meu banho me viro para a porta pegando o olhar de Mike em mim, escorado no batente da porta de braços cruzados.

— A cada vez que olho você parece mais linda. — Seus olhos brilham enquanto fala e se aproxima entrando debaixo da água comigo.

— Está querendo alguma coisa? — pergunto e arqueio a sobrancelha.

— Um banho e dormir de conchinha! — Sorrio. — Você se esforçou muito hoje e apesar de eu estar orgulhoso da sua conversa com Matteo, foi estressante. Banho e cama para você, dona Cecília.

Sou cuidada com carinho como se eu fosse algo importante para Mike, infelizmente não teve para mim. Eu não precisei de cinco encontros para me apaixonar.

❖

Deixo a casa onde morava com as meninas aos cuidados da corretora e decido andar até a sorveteria perto do parque. Faço o caminho devagar, colocando meus pensamentos em ordem. Quando eu e as meninas decidimos que colocaríamos à venda a casa que nossos pais nos deram, foi como se um peso tivesse saído das minhas costas, eu não imaginava que só em saber que iríamos desfazer daquela casa me deixaria tão bem.

Quando paro no semáforo esperando o sinal para que eu atravesse, olho para o lado pegando o olhar de um homem alto em mim, seu olhar parece avaliar meu corpo me fazendo sentir um calafrio.

Volto a olhar para frente tensa e quando é permitido, atravesso a rua a passos largos. Aperto minha bolsa em meu peito quando viro a esquina da sorveteria, olho para trás pegando o mesmo homem a poucos passos atrás de mim, quando percebe que eu estou olhando ele sorri.

— Cecília! — Respiro aliviada quando escuto Talissa me chamar, saindo de uma loja de roupas. Minha respiração está alterada e meus olhos arregalados. Percebendo meu descontrole, Talissa franze o cenho. — O que foi?

— E... eu acho que estava sendo seguida — murmuro, fazendo com que ela olhe ao nosso redor.

— Vem, Ceci, vamos sair daqui.

—Não, eu...e... liga para o Mike, por favor! Eu...

Minhas pernas tremem, o ar me falta, mas tento manter a calma quando a vejo com o celular na orelha.

— Calma, por favor — ela pede. — Mike, por favor vem pra praça perto da antiga casa das meninas, a Cecília não está bem, eu... — Ela me olha assustada. — Droga, Mike, eu não sei. — Dizendo isso ela desliga o celular e com dificuldade me leva até um banco do parque para me sentar.

— Não me deixe aqui sozinha, por favor. — Peço, quando ela se levanta.

— Calma, eu não vou a lugar nenhum.

Alguns minutos depois solto o ar que nem percebi que estava prendendo quando vejo Mike e Noah andando em nossa direção a passos rápidos. Quando sou abraçada, uma avalanche de lágrimas sai de mim, demostrando o quanto estou apavorada.

—Shiii. Eu estou aqui. — Ele me consola enquanto eu me perco no seu abraço.

— Eu estava sendo seguida, eu senti, Mike — murmuro entre soluços e lágrimas.

— Ela estava apavorada quando a encontrei, mas eu não vi ninguém de estranho — Talissa diz.

— Vamos embora, em casa você me diz o que aconteceu. — Mike me puxa na direção em que veio e olhando ao redor.

— Se precisar de ajuda me fala — Noah, que estava calado até então, fala.

No caminho até o apartamento encosto minha cabeça na janela do carro e me perco nos pensamentos sobre quem é aquele homem e o que ele poderia querer comigo.

Meu instinto desperta e uma sensação ruim passa em meu corpo.

CAPÍTULO 28

Mike

A sensação que eu tenho é a de que alguma merda está para acontecer e isso é assustador.
Sempre gostei de ter tudo sob controle e é uma merda não saber o que está por vir. É como se toda essa situação estivesse simplesmente escapando de mim e eu não posso nem me preparar para o que vem a seguir, mesmo tomando todas as providências que posso.
Não consigo nem me concentrar no meu trabalho, preocupado com essa merda do progenitor da Lauren ter aparecido e depois do que Cecília me falou sobre estar sendo seguida estou me sentindo ainda pior e mais ansioso para dar um jeito nesse merda.
Pego meu celular e vou direto no contato de Matteo.
— Fala, Mike! — Atende rapidamente.
— Matteo, alguma novidade?
— Vou falar com Evans hoje e ver o que consigo. Fora isso estamos fazendo o possível para achá-lo, mas o cara é escorregadio, quando penso que estamos perto, ele some. — Ouço seu suspiro do outro lado. — Mas Mike, preciso que se acalme e deixe com a polícia isso, eu juro que não pararemos até que tudo se resolva. Confia em mim, ok?
— Porra, é fácil para caralho falar, mas parece que essa merda está chegando perto demais da minha filha.
— Eu imagino que seja difícil, mas você precisa ficar tranquilo.
Trocamos mais algumas palavras e marcamos de nos encontrar no bar de sempre para conversarmos um pouco e ele fala que vai chamar o Theo, já que faz alguns dias que não saímos nós três.
Depois de desligar volto ao trabalho, forçando minha mente a focar no processo, mas meu cérebro não ajuda muito, já que ele me leva à imagem de Cecília deitada na minha cama hoje mais cedo.
A loira estava tão linda e em um sono tão profundo que fiquei até com dó de me mover demais na cama e acordá-la. É estranho falar, mas dormir e acordar ao lado dela é uma coisa que tem se tornado cada vez mais natural e delicioso.
O corpo quente e pequeno colado ao meu deixa cada dia mais difícil sair da cama e olhar para o seu rosto sereno dormindo me traz uma paz insana. Aquela boca cheia e avermelhada entreaberta e os cílios longos fazendo sombra no rosto, em conjunto com o nariz arrebitado, tudo em Cecília

parece um conjunto perfeito enviado diretamente para mim e eu só posso agradecer por isso.

Quem diria que logo eu adoraria acordar ao lado de uma mulher?

Sem falar no quanto ela é dedicada à Lauren.

Ver as duas juntas faz o meu coração saltar tão forte dentro de mim como se quisesse pular direto para as mãos das duas.

Amar Lauren foi algo instantâneo, eu a amei com uma facilidade absurda, mas amar Cecília... Tem sido um processo.

Um processo absurdamente fácil.

Com a dificuldade em me concentrar em qualquer coisa o dia se arrastou lentamente, só me dei conta do final do expediente quando Matteo me mandou mensagem avisando que já estava me esperando com o Theo. Não pensei duas vezes antes de pegar minhas coisas e sumir daquele escritório que parecia estar me sufocando.

Dirijo até o local combinado e quando chego acho uma vaga onde estaciono rapidamente, desligo o carro e pego apenas meu celular antes de descer, porque não pretendo demorar, mas não posso ficar incomunicável com Cecília.

Acho meus amigos e me jogo na cadeira, soltando um suspiro alto enquanto os dois tomam um gole de suas cervejas me encarando. Theo está com uma cara de cansado e Matteo tenso com os ombros duros e uma cara nada feliz.

Sinceramente, não sei se quero ouvir o que ele tem para me dizer agora.

— Oi para você também — Matteo resmunga.

— Parece que dormiu com a gente — é Theo quem fala agora.

— Oi, seus babacas. — Tomo um gole da cerveja que está à minha frente que eles já haviam pedido para mim. — Graças a Deus eu dormi muito bem acompanhado com uma loira e não com vocês, obrigado.

Os dois me olham estranho e eu mostro o dedo para eles, já prevendo a zoação que estão preparando.

— Mike gostando de dormir com uma mulher, isso é um sinal do fim do mundo?

— Cala a boca, Theodoro — murmuro e olho para Matteo. — Conversou com a Evans?

— Conversei, Mike. — Solta um suspiro e se ajeita na cadeira, colocando os braços em cima da mesa, olhando nos meus olhos. — Ela não vai ajudar.

— Como assim, merda? O que ela disse?

— Apenas que não vai ajudar. A desgraçada não facilitou em nada nem a mínima conversa, foi muito difícil. E antes de eu ir, dei uma lida no caso dela novamente para ver se achava algo que pudesse usar a meu favor, mas não achei nada relevante e que fosse fazer ela querer cooperar.

— Droga! — Theo resmunga enquanto bebemos.

Eu sabia que era muito alta a probabilidade da desgraçada da genitora da Lauren não querer nos ajudar, não a conheci pessoalmente, mas o pouco que sei sobre ela é que ela é realmente uma pessoa de merda e tiro isso pelo que ela fez com a minha filha.

— Tentei até mesmo tentar apelar de todas as formas, falei sobre tentar diminuir a pena, sobre tentar ajudá-la lá dentro de alguma forma, mas nada a convenceu.

— Não tem mais nada que possamos fazer? — pergunto, encarando-o.

A raiva parece crescer gradativamente dentro de mim, fervendo meu sangue em minhas veias.

Porra, por que essa filha da puta não facilita?

É óbvio o quão ruim ela é, mas por um momento acho que pensei que ela poderia querer no mínimo um futuro melhor para a filha depois de todo o trauma que ela causou. Mas é claro que a filha da puta não faria, se ela não teve o mínimo de amor e respeito pela filha quando era apenas uma criancinha, agora é que isso não mudaria e eu não sei por que criei esperança disso.

— Mike, sobre Evans eu fiz o que podia hoje, usei tudo o que pude e ela não vai ajudar de forma nenhuma. Realmente não temos o que fazer sobre isso — afirma, sério. — E sobre o desgraçado estamos fazendo tudo o que podemos. Estou contando com...

— Porra, Matteo, não estão fazendo o suficiente! — Quase grito na cara dele, que cerra os olhos em minha direção e suas sobrancelhas se franzem.

— Mike, cara, se acalma. — Theo que estava calado até agora abre a boca.

— Me acalmar? Me acalmar, Theodoro? — Viro minha cabeça para ele que se endireita na cadeira, encarando-me de volta. — É a minha filha, caralho. Minha menina e só de pensar nesse filho da puta perto dela... Porra!

Encosto de uma vez na cadeira e esfrego minhas mãos em meu rosto, respirando fundo.

Merda, eles têm razão, preciso me acalmar.

Sei que Matteo está realmente fazendo o melhor que pode e agora só estou jogando minha frustração em cima dele, porque ter tudo tão fora do meu controle é uma merda frustrante pra caralho.

— A gente sabe, tá legal? — Matteo volta a falar, e eu consigo olhar para ele novamente. — Eu imagino o seu desespero, mas você surtar agora não vai resolver nada. Precisa ter calma e paciência, cuidar da sua filha e de Cecília tem que ser sua prioridade e deixar que o resto eu faço.

— Eu sei, eu sei... — resmungo, esfrego meus cabelos, nervoso, ansioso, nem sei mais o que estou sentindo agora com tantos sentimentos aflorados dentro de mim. — Mas é que eu não sei o que faria se algo acontecesse com a Lauren.

— Cara, nada vai acontecer com ela — Theo afirma me dando um tapa no ombro e me fazendo bufar para ele.

Olho firme para os dois e paro meu olhar em Matteo, apontando a garrafa da minha cerveja vazia para ele. Pigarreio antes de responder.

— Cecília me disse que às vezes tem a impressão de estar sendo seguida.
— Ai, merda! — Theo fala.
— Caralho — Matteo murmura.
Meus amigos ressoam os palavrões. Quando Cecília me falou isso eu só pensei que queria trancá-la dentro de casa e mantê-la ali até que Matteo prendesse o filho da puta, porque pensar em algo acontecendo com ela é tão desesperador quanto com Lauren.
Tudo o que eu mais quero hoje em dia é proteger as pessoas mais importantes da minha vida e elas com certeza são Lauren, Cecília e meu filho que ainda está na barriga da mãe.
— E eu também tive essa impressão quando saí de casa algumas vezes.
— Por que não me contou antes?
— Estou contando agora. — Dou de ombros.
— Tá, vou falar com o capitão e tentar aumentar a segurança de vocês e tentem sair o menos possível.
Assinto para ele e respiro fundo.
Eu me sinto maluco com essa sensação de estar de mãos atadas quando tudo o que eu mais queria era dar um jeito em toda essa loucura e poder viver em paz com as minhas meninas.
— Eu agradeço por isso. — Assinto para ele e chamo o garçom pedindo mais uma rodada de cerveja para nós. — Eu odeio não poder fazer nada, estou me sentindo de mãos atadas.
— Cara, o Matteo já falou mil vezes que está fazendo o que pode e você também. — Theo me lembra.
O garçom traz nossas cervejas e eu dou um longo gole na minha, molhando a garganta seca, tentando desfazer o nó que está entalado na minha garganta.
— Estou com medo pra caralho! Medo de que esse merda se aproxime de Lauren, que algo aconteça com Cecília, com nosso filho... — suspiro audivelmente. — Eu não sei o que faria!
— Não vai, vamos trabalhar juntos, ok? Você só mantém a calma e tente segurar Cecília e Lauren o máximo que puder em casa.
— Mas e aí, como estão as coisas com a loira? — Theo questiona olhando em meus olhos.
Odeio quando ele faz isso, como se pudesse ler meus pensamentos só de me olhar assim.
Insuportável.
— Está tudo bem na medida do possível. Cecília tem dias ruins, dias bons, aí junta tudo com os enjoos e hormônios da gravidez que parece que ela vai enlouquecer e me enlouquecer junto. — Os dois caem na risada me olhando. — Isso mesmo, deem risadas, seus putos. As mulheres de vocês também estão grávidas.
— Ai, porra, Rebeca está cada dia pior — Theo fala entre as risadas como se fosse a coisa mais normal a maluca da mulher dele estar mais maluca ainda.

— Ayla está tranquila na maior parte dos dias, mas tem dia que, caralho, ela me deixa maluco. Até o Asher às vezes fica desesperado — Matteo reclama e então somos Theo e eu gargalhando.

Essas três sempre foram malucas e agora grávidas ao mesmo tempo parece ter triplicado tudo. Mesmo que eu esteja amando essa versão de Cecília.

— Pois é, estamos levando bem essa vida de morar juntos com uma criança e um bebê a caminho.

— Para uma pessoa que não queria relacionamento, você está muito bem, viu? — Matteo tira sarro e eu mostro o dedo para ele.

— Vai se foder!

— Uma família completa e mais rápido que nós dois, Matteo. — Theo entra na onda.

— Fazer o que, se sou o melhor. — Dou de ombros, rindo dos dois. Suspiro, inclinando sobre a mesa e olhando atentamente para os dois. — Confesso que estou amando essa vida! — Um sorriso se abre inevitavelmente em meu rosto. — Eu amo minha filha, amo aprender com ela todos os dias coisas novas e surpreendentes. Eu aprendi a amar cada loucura daquela loira maluca, todas as versões dela, seja comigo ou com Lauren, ou com as amigas. Amo chegar em casa e ter as duas lá, me esperando e...

— Porra, eu vivi para ver Mike Carter se declarar por uma mulher! — Theo gargalha, levando Matteo junto.

Reviro os olhos para ele, mas dou risada junto, porque, porra, eu mesmo nunca me imaginei amando ninguém.

E olha onde estou... Com uma filha que me tem enrolado nos seus pequenos dedinhos, uma porra de uma loira do cão que me tem comendo em suas mãos e um bebê que nem chegou ao mundo ainda e eu já sou maluco por ele. Eu sou rendido demais na minha família, caralho!

— Pois é, meus amigos, eu caí. — Abro os braços, enquanto os idiotas continuam rindo. Espero eles se acalmarem e olho sério para eles. — É sério... Eu... Eu a amo, cara.

— Amém! Agora teremos paz dessas briguinhas de vocês — Theo resmunga, fazendo Matteo soltar um som de concordância.

— Não garanto...

— O que, é tipo umas preliminares para vocês dois? — o meu outro amigo idiota pergunta, com a sobrancelha arqueada.

— Digamos que mais ou menos.

Não consigo não rir da cara deles.

Ficamos mais algum tempo bebendo e jogando conversa fora, até que meu celular toca com uma mensagem de Cecília.

Princesinha: Lauren está com um pouco de febre, você pode passar na farmácia e comprar um antitérmico?

Mike: Claro, chego em 15 minutos.

Merda, será que ela está há muito tempo com febre?

Não, Cecília não demoraria para me avisar, ela se preocupa até mais do que eu com qualquer coisa que envolva Lauren.

A raiva que estava sentindo é substituída pelo medo e a ansiedade. Desde que minha filha chegou na minha vida, ela não ficou doente e agora estou um pouco desesperado e um pouco aliviado por ter alguém para me ajudar com isso. Talvez se eu estivesse sozinho entraria em pânico.

— Sei que vocês amam minha companhia, mas Cecília acabou de me mandar uma mensagem falando que Lauren está com febre então preciso ir.

— Vai lá, cara.

— Qualquer coisa nos mande uma mensagem.

Eu me levanto para sair, guardo meu celular no bolso da calça.

— Matteo, me mantenha informado.

— Pode deixar.

Despeço-me deles e vou para o meu carro, dirigindo até a farmácia, compro o remédio que Cecília pediu e vou direto para casa, dirigindo o mais rápido que posso.

Estaciono na garagem do prédio e desço, pegando minhas coisas todas. Sigo direto para o elevador, que não demora a chegar no meu andar.

Sigo até meu apartamento e abro a porta, a primeira coisa que percebo é o silêncio e a sala vazia, largo tudo de qualquer jeito no sofá e ando a passos largos até o quarto de Lauren, onde encontro ela e Cecília deitadas lado a lado. A mais nova colada no corpo da loira, encolhida, deixando-a ainda menor.

Eu me aproximo dela e passo a mão nos cabelos escuros que estão uma pequena bagunça no travesseiro. Cecília se assusta, mas não se mexe, apenas gira um pouco o rosto para me olhar, com um sorriso apertado.

— Oi! — sussurra.

— Oi, como ela está? — Meus dedos resvalam na testa da minha filha e percebo o quão quente ela está. Porra! — Não é melhor levá-la ao médico?

— Falei com Ayla e ela me disse para dar um banho gelado e ministrar um antitérmico. Fiz uma sopa para ela, mas ela comeu muito pouco.

— Trouxe o remédio, vou pegar um copo de água para ela tomar.

Cecília se mexe devagar na cama, mas Lauren acorda, resmungando um pouco. Seus olhos castanhos lacrimejantes se abrem, olhando diretamente para mim.

— Papai... — A vozinha baixa e rouca me desmonta.

— Oi, meu amor, o papai está aqui.

A loira se levanta da cama quando Lauren se senta, seu corpinho mole encostado na cama enquanto nos olha.

— Vou pegar a água, fique um pouco com ela.

Ela me dá um sorriso reconfortante quando pega o remédio da minha mão, mas antes que ela se afaste, puxo seu rosto para mim, deixando um selinho casto em sua boca e quando a solto, ela some rapidamente.

Vou para a cama onde me ajeito para abrigar o corpo pequeno da minha menina, que vem facilmente quando a puxo para mim, abraçando-a protetoramente. Sinto todo o seu corpo quente e tento forçar minha mente a não surtar. Cecília disse que conversou com Ayla e se fosse algo muito preocupante ela a teria levado ao hospital.

Mas é mais fácil pensar do que fazer, porque é a primeira vez que vivo isso e é um pouco assustador.

Os choramingos que ela solta vão cortando lentamente meu coração e agora eu entendo quando minha mãe dizia que se pudesse tomaria minhas dores para ela, porque se eu pudesse tomaria a dor dela para mim.

— Estava com saudades, papai — fala baixinho contra o meu peito, fazendo-me apertá-la ainda mais contra mim.

Merda, deveria ter vindo direto para casa.

— Estou aqui agora, princesa.

Cecília volta com o copo de água e fazemos Lauren se sentar para podermos dar o remédio que ela toma resmungando algo sobre ser ruim. Nós nos ajeitamos, com minha filha deitada entre nós. Levo minha mão para os cabelos loiros e faço um carinho nela também, minha filha está completamente grudada em mim.

A sensação é tão gostosa e familiar que eu poderia viver isso para sempre.

— Papai?

— Sim, meu amor...

— Eu não quero outro papai. — Sua fala me pega desprevenido e fico confuso. Mas o peso em meu peito parece saber do que ela está falando antes que ela termine. — Eu quero só você de papai.

Olho para o lado e um par de olhos azuis me encaram incertos, com o cenho franzido Cecília parece perdida.

— De onde tirou isso, Lauren? O Mike é seu pai e ninguém vai tomar o lugar dele — ela confirma para minha filha, porque, merda, eu não consigo falar nada.

Minha boca parece estar cheia de areia agora, me impedindo de ao menos abri-la.

Lauren ergue os olhos pequenos de sono para mim, seu semblante triste aperta ainda mais meu coração.

— Um homem foi na minha escolinha e disse que ele era meu papai e não o tio Mike. — Lágrimas começam a descer pelo seu rosto e eu continuo estático no meu lugar, sentindo a raiva novamente borbulhar dentro de mim. — Eu disse que você era meu papai, só você, mas ele brigou comigo. Disse que você não me amava...

— Ei! — Eu me ajeito, tomando seu rostinho assustado em minhas mãos, beijo a pontinha do nariz quente. — Eu sou seu pai, ok? Ninguém mais, amor! Eu te amo tanto, Lauren. Você é todo o meu coração. Você e seu irmãozinho são meu coração. Nunca pense nada diferente disso. — Seus bracinhos apertam meu pescoço em um abraço firme enquanto acaricia suas costas. — E você não deve conversar com ninguém sem mim ou a Cecília por perto, tá?

— Tá bom, papai... — diz entre o choro. — Eu te amo.

E assim passo um tempo fazendo carinho até sentir que ela realmente pegou no sono e evitando por todo esse tempo o olhar apavorado e interrogativo de Cecília. Mas quando ela percebe que Lauren dormiu, pega ela do meu colo mesmo sob meus protestos e a ajeita na cama.

A febre abaixou e agora ela dorme tranquilamente.

Saímos do quarto da pequena e vamos direto para o meu, o silêncio pesado entre nós carrega todas as perguntas que eu sei que ela quer fazer e agora eu vou ter que deixá-la a par de toda a situação.

— Mike, será que esse homem era o pai biológico dela? Como será que ele a achou? — Cecília começa a surtar assim que fecho a porta, andando de um lado para o outro. — Como ele conseguiu entrar na escola? E se ele fizer alguma coisa contra ela? Mike, meu Deus, esse homem chegou perto dela e a gente nem iria saber se ela não falasse nada.

— Cecília, você precisa se acalmar.

— E se ele voltar a se aproximar dela? Precisamos fazer alguma coisa. Você pode falar com Matteo e dar um jeito nisso, Mike. O cara pode ser tão perigoso quanto a mãe e nós vimos o que a filha da puta fez com nossa menininha. Só de pensar em alguém se aproximando dela e a fazendo mal de novo...

A loira cai sentada na cama, chorando incontrolavelmente. Eu me aproximo e ajoelho em sua frente, olhando em seus olhos perdidos.

— Princesinha, olha para mim! — Seguro seu rosto e forço-a me encarar. — Nada vai acontecer, tá? Matteo e eu já estamos cuidando disso!

Suas sobrancelhas se unem em confusão e eu respiro fundo antes de contar o que vem acontecendo. A mulher me escuta atentamente, chorando, mas sem me interromper em momento algum.

Se eu tivesse opção, não a envolveria nisso, eu não falaria sobre nada, Cecília já tem muito com o que se preocupar e agora eu sei que é mais uma coisa para encher sua cabecinha.

— Droga, Mike, por que não me contou? — pergunta baixinho quando para de chorar.

— Porque eu não queria preocupar você e Matteo já está trabalhando para encontrá-lo. Estamos fazendo o que podemos para resolver tudo isso e, merda, por mais que estivesse com medo, acho que não pensei que realmente chegaria a Lauren ou a você.

— Temos que tirá-la da escola? O que vamos fazer?

— Você vai tomar um banho e dormir, descansar e deixar que eu cuidarei disso. Você tem que pensar no nosso bebezinho, princesa.

Ela suspira e não parece muito convencida ou feliz com isso, mas agora isso é o que menos me importa, o que realmente importa agora é que ela, Lauren e nosso filho estejam seguros.

— Promete que nada vai acontecer? — choraminga, olhando dentro dos meus olhos.

— Prometo, princesinha.

Sorrio e quando ela vai para o banho fico rezando para ser capaz de conseguir cumprir essa promessa.

CAPÍTULO 29

Cecília

Eu me olho no espelho assim que termino de pentear meus cabelos, que, aliás, estão mais crescidos devido às vitaminas que venho tomando. Optei por um vestido curto azul de manga longa, o decote em V termina logo acima da minha barriga, que já está bem grande, ele é soltinho, mas marca perfeitamente.

Viro-me de lado, encarando minha barriga fazendo um carinho suave. Dou um pequeno sorriso enquanto imagino que logo meu bebê estará comigo, mas o sorriso morre com o pensamento também.

Pego minha bolsa e saio praticamente correndo do apartamento, indo até o elevador.

Depois da minha conversa com Mike há alguns dias eu me sinto ainda pior, minhas crises andam mais fortes e me fazem ficar o dia todo apenas chorando entre um banho ou estar deitada na cama.

A sensação de impotência vem me levando a um estado de loucura. Se eu pudesse com certeza teria mantido Lauren apenas dentro de casa.

Só de pensar que algo possa acontecer com minha princesinha, meu corpo fica tenso e o pânico toma conta de mim.

— Cecília, anda logo! — Miguel grita do seu carro enquanto saio do prédio fazendo com que meu rosto queime de vergonha.

Apesar de querer muito continuar fechada em meu mundo, hoje tenho consulta com Bessie e não queria faltar, sinto que preciso da terapia mais a cada dia para deixar passar.

Caminho até o carro e entro, ajeitando-me no banco do carona.

— Está com pressa por quê? — pergunto, erguendo a sobrancelha.

— Se demorasse um pouco, você iria se atrasar — resmunga e eu reviro os olhos.

— Bom dia para você também! — disparo, fazendo careta.

— Bom dia.

O sorriso que ele dá é tão grande e brilhante que sinto meu coração aquecer por alguns segundos e sorrio junto.

Miguel, apesar de ter ficado receoso no início, agora está tão vibrante com a minha gravidez que às vezes até me irrita. Acho que ele e Mike só brigam muito porque são bem parecidos, apesar de que me matariam se um dia dissesse isso em voz alta.

Hoje coloquei ele na obrigação de me levar à consulta e o homem nem ao menos reclamou, apenas veio.

Vamos todo o caminho conversando e digo a ele que depois da terapia, tenho uma consulta com Rebeca onde provavelmente vou descobrir o sexo do bebê e ele diz que quer estar presente.

— Você sabe que o Mike estará lá, né? — digo rindo para ele que murcha como se não tivesse pensado nisso.

— Posso esperar você lá fora. Estou pronto para saber que meu sobrinho será um meninão.

Não consigo conter a gargalhada.

Como eu disse... Iguais!

Mike jura a Deus e ao mundo que nosso filho é um menino.

Chegamos no consultório de Bessie, assim que entramos cumprimento a recepcionista e Miguel fica por ali para conversar com ela. Reviro os olhos.

Bessie não demora a me chamar e quando entro em sua sala, eu me ajeito no sofá em frente a ela que se senta também com um sorriso simpático e um olhar que transmite uma paz surreal.

— E esse barrigão? — diz sorrindo, olhando para minha barriga avantajada que fica ainda mais marcada quando me sento. — Já está enorme.

— Pois é, já estou com dezesseis semanas, mas está muito grande.

Ela solta uma risadinha que eu acompanho, mas logo morre, dando espaço para os sentimentos conflitantes que vêm me atormentando.

— Então... — Bessie se ajeita na poltrona, adotando sua postura mais séria enquanto me olha nos olhos. — Como você está, Cecília?

Solto um suspiro quando a enxurrada de lembranças toma meu cérebro, como uma onda forte, levando todo e qualquer outro pensamento.

— Na verdade, ando em uma crise constante esses dias. Parece que tudo tem piorado a cada dia que passa e eu me sinto cada dia mais sufocada e desesperada. — Solto um suspiro audível, deitando minha cabeça no encosto do sofá evitando seu olhar. — Eu só quero deitar e chorar todos os dias, queria poder tirar esse sentimento ruim de dentro de mim.

— Aconteceu algo em especial que possa ter piorado suas crises?

— O pai da Lauren apareceu. — Minha voz sai baixa, como se fosse tornar real falar mais alto.

— Lauren é a filha adotada do Mike?

Eu me ajeito ereta no sofá, olhando-a feio. Sei que não falou dessa forma por maldade, mas me incomodou mesmo assim.

Lauren me escolheu para ser mãe dela e desde então eu tomei totalmente esse papel para mim. A própria mamãe urso, protegendo-a de tudo o que posso e a amando com todo o meu coração.

— Nossa. Nossa filha! — corrijo.

— Claro, me perdoe. E o que aconteceu?

— Ele mandou uma carta para Mike, falando algo sobre tomar Lauren e depois descobrimos que ele se aproximou dela no colégio. Ainda não sabemos como, mas ele encheu a cabecinha dela sobre ele ser seu pai verdadeiro e não o Mike. E mesmo antes de saber de tudo isso eu sentia que estava sendo seguida na rua. E agora... — Um soluço corta minha fala e eu limpo algumas lágrimas que escorrem do meu rosto.

Quando olho para Bessie, seus olhos estão firmes em mim, sua expressão em branco enquanto ela me deixa ter o meu tempo para respirar.

— Eu só tenho medo do que ele pode ser capaz de fazer. Não o conhecemos e Lauren já teve um começo de vida difícil demais e não consigo nem pensar em algo acontecendo com ela sem sentir meu corpo todo doer. É tão assustador estar às cegas, porque o palhaço do Mike decidiu me contar o mínimo possível — volto a falar.

— Ele pode estar fazendo isso porque está vendo o quanto está afetada e combinamos de trabalhar em equipe para que a sua gravidez seja a melhor possível sem os seus remédios, não combinamos? — Sua sobrancelha arqueia enquanto ela me deixa digerir o que falou me fazendo respirar fundo algumas vezes.

Merda, eu sei que ela tem razão. Entendo a preocupação de Mike em não querer me contar tudo, mas é horrível a sensação de estar às cegas.

— Sim, combinamos. Mas eu odeio não saber o que vem a seguir, odeio não poder ajudá-lo com isso, odeio não poder proteger Lauren, odeio como todos parecem estar querendo me proteger, odeio estar essa bagunça de sentimentos...

— Cecília, já conversamos sobre isso, mas vou dizer mais uma vez... Você não precisa fazer todas as coisas do mundo de uma vez. Você pode simplesmente deixar que as pessoas ajudem ou que se preocupem com você. Pode simplesmente abrir mão de algumas coisas em prol da sua saúde.

Eu já ouvi isso tantas vezes, mas é mais fácil falar que farei isso do que realmente fazer. É muito mais forte que eu querer agarrar o mundo com as mãos e resolver tudo sozinha. Mesmo que eu saiba que não estou sozinha e que eu esteja vendo o quão ruim isso pode ser para minha saúde mental, é simplesmente algo muito mais forte que eu.

A sessão passa mais rápido que achei que seria, Bessie parece ter o dom de acalmar um pouco meu coração, por isso saio de sua sala bem mais leve do que entrei e pronta para tentar me preocupar menos.

Porém... Mais fácil falar do que fazer.

Encontro Miguel sentado em uma das cadeiras da recepção, conversando com uma mulher. Que novidade.

— Podemos ir? — questiono, parando em sua frente e ele me olha sorrindo.

— Claro, Ceci.

Ele se despede da mulher e da recepcionista e saio rindo da cara de pau dele.

— Você não dá paz nem em um consultório?
— O que eu fiz? Só estava conversando.

Dá de ombros rindo e entramos no carro, quando ele liga coloco uma música baixinho e seguimos direto para o hospital. Mando uma mensagem para Mike.
Cecília: Estamos chegando.
Mike: Estou te esperando aqui na entrada.
Depois de alguns minutos entretida na conversa com Miguel, ele estaciona em frente ao hospital e descemos, caminhando calmamente até estarmos na porta de entrada.
O dia está um pouco nublado, mas deliciosamente quente e me parabenizo mentalmente pela escolha de roupa. Parece que faz uma década desde a última vez em que eu realmente olhei para o céu e admirei a beleza dele. Respiro o ar puro e o sinto invadir meus pulmões. Fazer isso agora é tão...
— O que esse babaca está fazendo aqui? — A voz grave de Mike corta meus pensamentos e quando o olho, está fulminando Miguel parado ao meu lado parecendo entediado.
— Ele me levou na consulta com Bessie hoje e peguei carona para vir até aqui — respondo dando de ombros, enquanto saio andando pelo hospital, cumprimentando algumas pessoas pelo caminho.
— Já trouxe ela, pode voltar para o buraco que saiu!
— Nossa, você perde muito tempo pesquisando as coisas idiotas que fala? — Miguel retruca.
— Eu faço coisas muito melhores com o meu tempo. — Mike joga no ar e quando olho por cima ombro, ele me encara de baixo a cima, me fazendo esquentar.
— É sério que você aguenta esse idiota? — Miguel se dirige a mim e eu respiro fundo.
— O que você ainda está fazendo aqui? Você não tem um paciente para atender, uma cirurgia para fazer, um lixão para se esconder, sei lá... — Mike debocha.
— Estou aqui porque Cecília é minha amiga.
— Eu vou cuidar dela. Você pode ir embora agora, obrigado. — O advogado continua debochando.
— Você cuidar dela? Fala sério, mal cuida de você mesmo.
Esses dois me cansam.
Paro abruptamente, coloco as mãos na cintura, encarando com meu olhar mais duro que consigo.
— Olha, é sério, eu não aguento mais vocês dois! — respiro fundo, antes de voltar a falar. — Eu estou grávida, sob muito estresse e não posso ficar assim. E adivinhem quem está me estressando muito agora? Isso mesmo, vocês!
— Mas... — Mike tenta falar, mas eu o corto.
— Eu quero uma trégua entre vocês dois. Mike, você é pai do meu filho e estamos vivendo juntos. Miguel, você é meu amigo. Chega, vocês terão que se acostumar com a presença um do outro, queiram ou não!
Os dois babacas ficam me olhando estupefatos e eu reviro os olhos.

— Vamos logo, se eu chegar atrasada para a consulta Rebeca irá me matar e eu colocarei vocês dois no caminho dela — ameaço e quase rio do espanto dos dois. Mais uma coisa em comum. — Andem, deem as mãos.

Os dois se olham de canto de olho, mas não fazem um movimento, por isso dou dois passos até eles e pego suas mãos, colocando uma sob a outra.

— Vocês querem me ver estressada? — Arqueio a sobrancelha olhando para eles e eles cedem juntos, apertando as mãos.

— Tudo bem — dizem em uníssono.

— Muito obrigada por serem compreensíveis.

Abro um sorriso acalorado para eles e deixo um beijo na bochecha de cada um, mas quando é a vez de Mike, seu braço se enrola na minha cintura e ele me abraça contra seu corpo duro. Quase reviro os olhos pela possessividade, mas fico quieta enquanto ele nos encaminha até o consultório de Rebeca e Miguel vai para o seu.

Chegamos em frente ao consultório e assim que Rebeca abre a porta, ela nos olha de cima a baixo.

— Estão atrasados — reclama, olhando no relógio. — Achei que iria ter que buscar vocês dois.

— A culpa é dessa loira do cão que decidiu que agora tenho que ser amigável com o idi...

Bato com meu cotovelo na costela dele fazendo-o engasgar e me olhar feio.

— Bom dia, para você também, furacão.

Olho para sua barriga enorme de nove meses marcada pela roupa e não consigo não sorrir.

Entramos no consultório e me sento assim que Mike puxa a pequena poltrona para mim e os dois se sentam também. Rebeca me analisa com um sorriso estampado no rosto me deixando um pouco desconfortável.

— Bom, como você está se sentindo?

— Estou bem. Os enjoos sumiram, mas continuo com um sono que parece não ter fim.

Os dois riem de mim e eu faço careta.

— Tudo bem, vai lá colocar o avental para vermos se conseguimos descobrir o sexo desse bebezinho.

Eu me levanto e vou ao banheiro, coloco o avental que tem lá e quando saio os dois já estão em volta da máquina e Rebeca está preparando o aparelho de ultrassom e o gel. Deito na maca e Mike vem para o meu lado, segurando minha mão e sorrindo para mim, passando o conforto que preciso.

Rebeca coloca o gel gelado em minha barriga me fazendo soltar um resmungo e logo o som forte do coração invade o espaço me fazendo sorrir. Meu coração infla com o mais puro amor.

Olho para Mike que está como um bobão olhando o aparelho, sorrindo e completamente encantado com o som. Mas logo outro som se mistura e eu olho para Rebeca com o cenho franzido. Ela está com a boca aberta, olhando hipnotizada para a imagem do pontinho preto na tela.

— Rebeca, está tudo bem?
— Meu Deus! — murmura.
— O que foi, diaba? Está tudo bem com meu filho? — Mike pergunta parecendo mais assustado que eu.
— Eu tenho duas notícias para dar a vocês. — Rebeca nos olha mordendo um sorriso. Ela aponta para a tela, onde consigo ver dois pontinhos e meu coração pula dentro do peito. — Estão vendo aqui? São dois bebês.
— Dois... Dois? Tipo, dois bebês? — Mike gagueja, enquanto eu não consigo parar de abrir e fechar a boca.

Rebeca está sorrindo largamente. E seu dedo aponta para os dois bebês que estão sendo mostrados na tela.

Minha visão turva com as lágrimas e de repente não consigo mais segurar, eu choro.

— Dois bebezinhos — sussurro para ninguém, mas Rebeca assente para mim.
— Isso significa que... — Mike parece ainda absorto demais na novidade.
— Significa que estão na mesma placenta. São gêmeos idênticos. — Ela faz uma pausa antes de voltar a falar com um sorriso imenso. — Na verdade, gêmeas idênticas.

Meu Deus!
Duas meninas!

Meu coração está batendo tão forte que posso jurar que Rebeca e Mike conseguem ouvir. Meu corpo balança levemente com os soluços enquanto choro e nesse momento a alegria se sobressai a qualquer outro sentimento.

— Duas? Duas meninas? — Mike pergunta me fazendo rir entre as lágrimas.

Bato em seu braço e ele me olha, seus olhos estão cheios de lágrimas e ele tem um sorriso preso na boca.

— Vamos ter duas menininhas. — Minha voz sai embargada, mas não consigo não sorrir junto com ele.
— Eu... eu... — Acho que é a primeira vez que vejo Mike gaguejar e isso é muito engraçado. — Eu acho que vou precisar achar um colégio só de meninas e colocar as três lá.

Rebeca e eu rimos, mas logo paro, porque parece que as fichas estão caindo aos poucos.

Se algo acontecer com uma das minhas meninas eu não me perdoaria. Elas têm que estar bem, elas precisam estar bem.

— Theo e Matteo vão adorar a notícia que você será pai de mais duas meninas. — Rebeca tira sarro de Mike, que faz uma careta para ela.
— Aproveita e diz para eles que sou tão foda que meti logo duas de primeira.

Gargalho, mas minhas bochechas esquentam com sua palhaçada. Eu me perco por um tempo olhando a tela onde vejo minhas duas menininhas.

Minha mão aperta a do Mike que não me soltou em nenhum segundo. Encaro seus olhos e eu sei que ele foi a minha escolha certa. Ele será um ótimo pai para as minhas meninas, vai amá-las e protegê-las todos os dias das vidas delas e eu o amo ainda mais por isso.

Ficamos por um tempo nos olhando e talvez tenha se passado tempo demais porque Rebeca limpa o gel e me manda trocar de roupa depois de garantir que as duas estão muito bem.

Depois de me trocar e trocar algumas palavras com Rebeca, ela me abraça e nós saímos indo direto para o apartamento, onde marcamos de nos encontrar com todos para contar a novidade.

Mike não calou a boca desde que chegamos e agora que todos estão aqui ele parece estar dez vezes mais eufórico.

Estamos todos sentados em volta da mesa, comendo petiscos depois de um jantar delicioso feito por Ayla. Lauren e Asher estão brincando na sala, entretidos demais com os brinquedos misturados deles.

— Então, só lembrando que meti logo dois de uma vez. — Mike abre os braços cheio de orgulho. — NA PORRA DA PRIMEIRA VEZ. Sou muito bom de mira né, princesinha?

— Mike, já falei que calado você é um poeta.

Todos gargalham quando ele me olha parecendo chocado.

— E meteu logo duas meninas. — Matteo lembra.

— Como foi que ele me falou uma vez mesmo? — Theo parece pensativo. — Passando de consumidor para fornecedor.

Aponto para o abusado com uma carranca.

— Não diga isso das minhas filhas, elas não têm culpa dos pecados do pai.

— Tem razão, foi mal. — Ergue as mãos para cima em rendição. Mas todos estão rindo, inclusive eu.

— Minhas filhas vão para um colégio só de garotas e depois de lá para um convento. — Mike toma um gole de sua cerveja e volta a falar apontando para mim. — As três, e não tem nada que você possa fazer para me impedir.

O tatuado tem uma veia dramática super afiada e isso é tão engraçado quanto irritante.

Agora só consigo pensar que mal vejo a hora das meninas crescerem para vê-lo pagar com a língua.

Quando contamos para Lauren que ela terá duas irmãzinhas, ela saiu gritando e pulando, completamente eufórica com a novidade de que por falta de uma terá duas irmãs agora e foi a coisa mais fofa do mundo ela sorrindo alegremente e encarando minha barriga.

— Meu amigo, você vai comer na mão dessas meninas antes mesmo que elas estejam falando e mandando e desmandando em você — Matteo fala, rindo junto com todos, mas leva um tapa da minha amiga que o faz olhar para ela com aquela cara apaixonada de sempre.

— Para com isso, Matteo! — Ayla repreende segurando o riso e olha para nós dois. — Elas vão vir para trazer muita felicidade para a vida de vocês.

Eu sei disso, eu realmente sei disso, mas ouvir de outra pessoa é algo que me traz mais conforto.

— Obrigada, Aylinha. Elas vão mesmo trazer muita felicidade para nós com a Lauren.

Mike me olha sorrindo de lado, quando passa o braço pelos meus ombros e deixa um beijo na minha cabeça.

Estar assim com ele em frente aos nossos amigos é um pouco estranho, mas o homem já meteu dois filhos em mim, o que é um abraço?

Quase rio com o pensamento.

Nós nos entretemos em uma conversa animada sobre os quatro bebezinhos que estão chegando agora e os meninos conversam sobre coisas aleatórias e assim passamos a noite.

Eu amo a sensação de estar entre meus amigos, é tão seguro e confortável. Mesmo que ainda seja difícil ficar tão perto de Matteo, estou me esforçando para isso não atrapalhar e percebo que para ele também é um pouco desconfortável, talvez por saber que ele é um dos meus gatilhos.

Quando eles vão embora, colocamos Lauren para dormir em seu quarto e vamos para o nosso.

— Estou exausto, sério. Mas acho que hoje foi um dos meus dias mais felizes.

Abro um sorriso para ele quando me abraça por trás e me ajuda a tirar meu vestido me deixando apenas de calcinha e me deita na cama vindo logo em seguida quando tira sua própria roupa.

Cada vez que ele tira a roupa na minha frente eu me sinto uma boba apaixonada, pronta para lamber todos os pedacinhos tatuados dele.

Seus braços me envolvem por trás e enquanto ele respira perto do meu pescoço e minha pele se arrepia, um suspiro sai dos meus lábios.

— Foi um dos meus dias mais felizes também.

A mão quente acaricia minha barriga até que eu me renda ao sono profundo. Embalada pelo som da sua respiração e suas carícias.

CAPÍTULO 30

Mike

— Até quando você vai ficar com essa cara fechada? — Finjo não ouvir Cecília, na tentativa de mais uma vez se desculpar. Sim, eu estou puto com ela.

Eu pensei que Matteo e principalmente aquele filho da puta quatro olhos do Theodoro fossem ficar do meu lado, mas não.

Eles estão ocupados demais tirando o resto do meu sossego, somente pelo fato de que serei pai de duas meninas! E a loira do cão que deveria me apoiar acabou entrando na gozação.

— Eu ainda não estou pronto! — murmuro quando ela se senta de lado em meu colo, passando os braços em meu pescoço e esticando as pernas no sofá.

— Você precisa se acostumar com sua realidade, pai de três meninas! — Aperto meu olhar enquanto ela sorri sarcástica.

Coloco minha mão em cima da barriga já grande por estar carregando dois bebês e mesmo bravo com toda a implicância, eu me sinto feliz demais.

— Acho que já podemos começar a procurar por colégios de freira. Tenho certeza de que vamos achar alguns bons no Alaska.

— Eu não vou deixar que você mande minhas filhas para longe de mim — diz, irritada.

— Podemos nos mudar para perto delas.

Antes que ela responda um furacão com cabelos castanhos vem correndo do quarto em nossa direção.

— Querida, cuidado para não cair. Você pode acabar se machucando ou batendo em algo. — Olho para Lauren que sorri culpada.

— Acho que precisamos de uma casa, de preferência bem grande! — falo e arregalo os olhos me dando conta de que eu irei conviver com quatro mulheres.

— Quando minhas irmãs chegarem, eu quero dormir com elas.

— Vou me lembrar disso quando elas estiverem chorando à noite, mocinha — murmuro para Lauren, que sorri.

— Não é uma má ideia, vamos precisar de muito espaço — Cecília fala empolgada.

— Podemos morar ao lado da casa do Asher? — Aperto meu olhar para minha filha.

— Você já o vê todos os dias na escola. Não é o bastante? — pergunto.

— Mas, papai, ele é meu amigo.

— Deixa eles, Mike, pare de implicância — Ceci ralha me fazendo suspirar derrotado.

Coloco o filme da Cinderela para vermos.
Pela décima vez em uma semana, vale ressaltar!

Cecília sai do meu colo e se deita no sofá de lado apoiando a cabeça em minhas pernas e Lauren se senta ao pé da barriguinha da loira. Acabo me perdendo na cena simples, mas que me deixa com a sensação de paz.

Ao longo do filme, passo a mão de modo circular na barriguinha de Ceci, que está dormindo. Lauren tem os olhos vidrados no filme enquanto uma de suas mãozinhas também está em cima da barriga.

Entretidos em alisar o lugar, paramos em choque quando sentimos algo. Assustado, olho para Lauren, que tem sua atenção voltada para a barriga. Ceci, agora com os olhos abertos e visivelmente tensa, me olha.

— O... o que foi isso? — pergunta.

— Minhas irmãzinhas se mexeram! — Olhamos para Lauren que sorri animada!

— Eu não sei — respondo.

— É sim, papai. É igual a Raika, na barriga da tia Beca.

Nesse instante a barriga volta a se mexer, Ceci se senta colocando as mãos no rosto.

— Calma, princesinha. Não deve ser nada! — Tento tranquilizá-la.

— Mike, eu não sei... Liga para a Beca, tem algo de errado comigo. — Atendendo seu pedido, pego meu celular e ligo para a diaba, que fica eufórica quando eu relato o que houve.

Depois de passar alguns minutos com Beca em ligação, Cecília desliga me olhando com lágrimas prestes a escorrer.

— Lauren está certa — murmura, mas o que me deixa mal é ver que nem isso foi capaz de fazê-la relaxar.

— Tia Ceci, está tudo bem. Minhas irmãs estão nos dando oi! — Cecília sorri passando uma mão no rosto de Lauren, que exibe uma gargalhada eufórica.

— Eu levei um susto! — Ela me olha e murmura.

O sorriso tímido me leva a suspirar. Fito a barriga na esperança de vê-la se mexer de novo. Por estar apenas de top e short, as curvas do corpo de Ceci me chamam para tocá-lo.

— Somos pais de primeira viagem, acontece! — Dou de ombros trazendo-a para deitar a cabeça em meu peito. Enquanto Lauren pula de um lado para o outro eufórica.

Nesse momento eu percebo que vivi errado grande parte da minha vida até aqui. Um homem não tem nada, se não possui uma família.

Estou há meia-hora encarando a foto de Cecília e Lauren no porta-retrato em cima da minha mesa no escritório. Quando fomos ao shopping para comprar algumas roupas para a princesinha, tirei a foto enquanto elas estavam sentadas lado a lado fazendo careta para mim. As coisas não andam fáceis. Ceci não dorme há duas noites e acha que eu não percebo quando se levanta e vai para a sala chorar ou até mesmo ficar perambulando pelo apartamento. Isso me mata por dentro, deixando um sentimento amargo de impotência, mas infelizmente, como Bessie já me explicou, é uma luta diária que estamos travando.

Pego meu celular conferindo a hora, na verdade, uso isso de pretexto para checar se recebi alguma mensagem importante. E quando digo importante, me refiro a uma certa loira do cão.

— Mike, o Sr. Ruggero já chegou. — Olho para Alice, na porta da minha sala. Faz quatro dias que a garota começou a trabalhar no escritório e se mostrou tão eficiente que já nem sabemos mais como viver sem ela e sua organização.

— Mande-o entrar. — Assente, minutos depois Ottavio Ruggero, o empresário italiano e multimilionário, entra com toda a sua classe usando um terno preto três partes.

— Sr. Carter! como vai? — Cumprimento com um aperto de mão e indico para que se sente à minha frente.

— Bem, obrigado. Fez boa viagem? — Assente balançando a cabeça.

— Eu aproveitei que estava em Nova York resolvendo alguns assuntos inadiáveis com De Luca, e resolvi vir conhecê-lo pessoalmente antes de voltar para a Itália. — O homem nem esconde que me analisa.

A verdade é que, depois de fazer bons contatos, fui indicado para o Sr. Ruggero. Tivemos várias conversas e reuniões através de videoconferência e esta é a primeira vez que nos vemos pessoalmente. Tratar da filial da sua empresa em nosso país está sendo algo benéfico para o escritório. Depois que fechamos esse contrato, ganhamos uma visibilidade absurda no país.

Agora para ter um horário conosco somente marcando hora com três meses de antecedência, no mínimo!

— É um prazer recebê-lo no escritório. — Pego os contratos da La Citta e, um a um, vou mostrando que em algumas semanas toda a parte burocrática para darem início às obras estarão concluídas.

— Tudo está perfeito, Sr. Carter. Eu sabia que você era a pessoa certa para cuidar dos meus assuntos aqui. — O homem é sério até elogiando.

— Obrigado. Por hora, você já pode mandar alguém da sua confiança começar a preparar a parte das contratações e montar um bom grupo administrativo. — Ele balança a cabeça assentindo.

— Meu foco é fazer com que a La Citta comece o quanto antes os trabalhos, em breve receberemos um grande pedido de boeings e espero contar com sua ajuda para preparar os contratos. — Sorrio de lado sem poder me conter.

Isso eu não esperava, a princípio fui contratado apenas para cuidar da parte burocrática para a empresa começar a funcionar.

— Será um prazer trabalhar com o senhor.
— O contrato está excelente, Sr. Carter, De Luca não errou quando o indicou.
— Fico contente, Sr. Ruggero, em breve a documentação para o início da produção da La Cittá nos Estados Unidos estará completa. — Uma batida na porta interrompe minha reunião com o importante cliente.
— Sr. Carter, me desculpe interromper, mas tem um homem lá fora querendo falar com o senhor e parece importante — Alice fala e percebo que está nervosa. Olho para meu cliente que nos fita.
— Ele disse do que se trata? — pergunto e ela engole seco.
— Ele se apresentou como pai da Lauren. — Arregalo em olhos ao mesmo tempo em que sinto meu coração se apertar.
Aquele filho da puta teve coragem de vir até mim.
— Lauren não é a sua filha? — Ottavio me pergunta sério. Eu o olho sentindo minhas mãos tremerem.
— Ela é adotada, mas não deixa de ser minha filha — respondo o vendo assentir e se levantar abotoando o terno.
— Tudo bem, Sr. Carter, você parece precisar resolver algo importante. De qualquer forma já acabamos. Volto para Itália no final da tarde e em breve mando meu irmão vir para cuidar do que for preciso. — Eu o cumprimento no automático, ainda nervoso com o que Alice disse. Assim que Ottavio abre a porta para sair, dá de cara com o homem que reconheço ser o pai de Lauren e depois de olhá-lo de cima a baixo sai.
Eu, por outro lado, fico alguns minutos encarando o homem baixo que entra em meu escritório olhando tudo ao redor.
— O que você quer? — pergunto, sendo direto. Ele me olha e sorri de lado se jogando na cadeira à frente da minha mesa.
— Prazer em conhecer, sou o Travis. O pai da menina, pelo menos o verdadeiro. — Sua fala é carregada de sarcasmo.
— O único pai que Lauren tem sou eu. Você tem alguns minutos antes que minha paciência se acabe. — Ele aperta o olhar para mim.
— Quando eu soube o que tinha acontecido com a menina depois que a Evans inútil foi presa, achei que a jogariam em um abrigo e que ela ficaria por lá, mas qual foi minha surpresa quando descobri que a pestinha tinha se dado bem. — Aperto minhas mãos em punho quando ele se refere a Lauren.
— Não fale da minha filha, eu tenho a justiça ao meu lado. Então não adianta vir nos cercar, você jamais a terá de volta. Vá embora e desapareça.
— Tudo que eu mais quero é isso, senhor advogado, mas eu não tenho dinheiro.
— Eu não tenho nada a ver com isso — grito, prestes a perder o controle.
— Trezentos mil, para deixar a pestinha e sua família em paz. — Sorrio de lado.

— Eu não vou pagar um centavo. Lauren já e minha filha e se você me investigou bem, sabe que posso colocar a polícia no seu encalço se voltar a nos importunar. — Aponto a porta o vendo me fuzilar com os olhos.

— Sem o que preciso para sumir, irei me fazer presente. — Dizendo isso, ele sai me deixando furioso.

Eu nunca imaginei que esse homem pudesse me trazer problemas, segundo os relatos da mãe biológica de Lauren, ele sumiu quando ela ainda era um bebê e agora aparece de repente querendo dinheiro para não reivindicar uma paternidade que nunca foi dele.

Pego meu celular discando o número do Matteo, que me atende no segundo toque.

— Fala.

— Acabei de encontrar com o pai da Lauren. — Escuto quando ele parece derrubar algo.

— Onde?

— No meu escritório, Matteo. Esse cara teve a ousadia de vir até meu escritório pedir dinheiro para não correr atrás dos direitos que ele acha que tem — respondo esbaforido.

— Calma, Mike, nós sabemos que ele não pode fazer nada. Eu consegui a ficha dele. O cara é um drogado que está com uma dívida enorme, talvez esse seja o motivo dele ter ido atrás de você. Porque essa é a verdade, ele não quer a menina e sim o dinheiro que acha que pode ganhar pressionando você.

— Matteo, eu não sei o que fazer, cara. — Sou franco.

Meu celular começa a apitar. Olho o visor vendo que Cecília me liga.

— Preciso desligar, Cecília está me ligando.

Desligo sem dar tempo para resposta pelo medo de que algo possa ter acontecido.

— Mike, estou indo para o hospital. A Beca entrou em trabalho de parto. — Suspiro aliviado.

— Não saia sozinha, já disse.

— Eu estou bem, peguei um taxi e já estou a caminho de lá.

— Então vou direto para lá também.

Nós nos despedimos e saio às presas do escritório direto para o hospital. No caminho, ligo pra que minha mãe pegue Lauren na escola no final da tarde e fique com ela até que eu passe para buscá-la.

Meu coração fica aflito toda vez que me lembro daquele infeliz. Travis é um idiota se acha que vou ceder às suas ameaças.

Entro no hospital e subo sem demora para o andar da obstetrícia. Assim que as portas do elevador se abrem, encontro Ayla abraçada com Matteo enquanto Cecília está sentada, acariciando a barriga. Quando me vê, abre um sorriso genuíno, percebo que precisava dele para ter certeza de que ficaremos bem.

— Mike — Ceci me chama fazendo com que Matteo e Ayla saiam da sua bolha para me olhar. Ele me olha sério e eu retribuo.

Chego mais perto e puxo Cecília para um abraço. Sua barriga não permite que eu me aproxime mais do que gostaria, mas quem é que liga? Minhas filhas estão crescendo saudáveis dentro dela a cada dia.

— Já nasceu? — pergunto quando a solto.

— Ainda não. Theo está nervoso — fala sorrindo. Acabo perdendo alguns minutos olhando o sorriso. Ela franze o cenho. — O que foi, porque está me olhando assim?

Não respondo, mas a puxo para um beijo. Ela se mostra tímida no início, por ter sido pega de surpresa, mas depois se entrega.

Escuto uma tosse ao meu lado e corto o beijo olhando feio para Ayla e Matteo que estão com sorrisos idiotas.

— Se não perceberam, estamos em um hospital — Matteo murmura.

— Estraga prazeres! — ralho.

Uma porta no final do corredor se abre e Theo, visivelmente emocionado, passa por ela.

— Nasceu! Minha filha nasceu — fala, deixando algumas lágrimas caírem.

Passo o braço pelos ombros de Ceci, trazendo-a para mais perto de mim. Ultimamente acabou se tornando uma necessidade tê-la ao meu lado ou tocá-la o tempo todo. Deposito um beijo em sua cabeça quando a escuto fungar.

— A próxima serei eu — murmura quando leva seu olhar ao meu.

— E eu estarei mais radiante ainda. — Seus olhos cheios de lágrimas não derramadas demonstram todo o carinho que eu sei que sente por mim.

Mas ao mesmo tempo, ela deixa passar que o medo ainda está ali, rondando e fazendo-a pensar que não irá dar conta quando sua hora chegar.

Logo, cada um abraça Theo, que não esconde a felicidade.

— Deus sabe que nasci para ser pai, aquela mulher me faz mais feliz a cada dia que passa — fala estufando o peito.

— Precisamos fazer um bolão sobre quanto tempo vai demorar até que você a engravide de novo — digo e acabo ganhando um tapa de Cecília.

— Inferno, princesinha, eu já disse que esses tapas doem.

— Cala a boca. Não estraga o momento — Ceci fala com a cara fechada.

— Deixa ele, Ceci. Isso não me afeta, se a Rebeca quiser, vamos ter mais filhos — Theo responde e eu faço uma careta.

— Meu Deus, desse jeito vocês dois sozinhos vão conseguir povoar o mundo — Matteo fala e eu gargalho.

— Acho que vou precisar aprender a dar tapas fortes como você, Cecília — Ayla diz com o olhar fechado para Matteo, que dá de ombros.

— Vamos vê-la antes que matemos esses dois, Ayla. — Elas saem nos deixando para trás.

Bobos que não somos, nós as seguimos junto de Theo.

BÔNUS

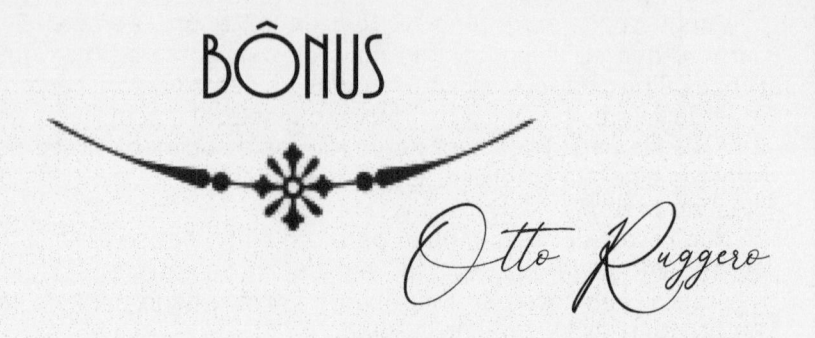

Otto Ruggero

Itália, Sicília

Observo quando Maximiliano derruba Massimo. Com cinco anos de idade, os gêmeos já são uma dor de cabeça para Ottavio e Allegra. Suspiro e fecho os olhos, uma dor de cabeça ameaça me tirar do sério.

Eu não sei onde estava com a cabeça quando aceitei treiná-los!

Meu celular começa a tocar em cima da cadeira ao lado do tatame, fazendo com que os dois, enfim, parem de lutar. Rápido, vou até o aparelho e o atendo.

— Diga.

— *Preciso que venha para Santa Mônica.* — Escuto Ottavio do outro lado da linha e volto o olhar para seus filhos, que mais uma vez, voltaram a se atracar em uma tentativa de treinar autodefesa.

— Qual é o problema? — pergunto, vendo quando Massimo acerta uma cotovelada no rosto do irmão.

— *Quero que fique de olho no advogado.*

— Pensei que ele não fosse parte da *famiglia*!

— *E não faz, nem ele ou qualquer pessoa do seu convívio sabe quem eu sou de verdade, eles conhecem o que a mídia fala.* — Sua voz vem com sarcasmo. — *Mas acontece que o Sr. Carter é importante para a parte lícita da La Citta, ele é um bom homem, com família em construção, mas acabei de descobrir que pode estar correndo perigo, e estamos perto demais de conseguir o nosso objetivo.*

Poder!

Ottavio acabou de fechar um acordo com Marcelo De Luca, no qual, além de levarmos a empresa para os Estados Unidos, faz com que todo o carregamento de armas e drogas fique mais fácil para distribuição em toda a América. Além, é claro, do casamento arranjado do seu pobre coitado *consigliere*, que nem imagina ser uma vítima dos arranjos de seu Don.

— O que você quer que eu faça?

— *Elimine qualquer ameaça a ele ou a família* — fala firme.

— Chego em dois dias — respondo, encerrando a ligação.

Olho para os meninos.

— Ei, vocês dois! Acabamos por hoje, já para o banho. — As cópias fiéis de Ottavio me fitam contrariados, mas acatam.

— Deixa eu adivinhar. Você vai viajar! — Olho para trás quando escuto a voz doce.

— Ottavio precisa de mim. — Trocamos um olhar cheio de entendimentos.

— Quantos dias?

— Ainda não sei, mas prometo ser rápido. — Beijo sua testa e me afasto indo preparar as coisas para a viagem. Antes que eu cruze a porta do ginásio da mansão de Ottavio, paro quando ela fala:

— Não se esqueça, os pesadelos não são reais. — Viro-me para olhá-la de longe.

— Eu poço esquecer tudo nessa vida, menos duas coisas: Os pesadelos não são reais e que você é minha esperança.

Dizendo isso, eu me viro e volto a caminhar.

Por mais que eu odeie aquele país, depois de tudo que passamos anos atrás, meu irmão precisa de mim. E eu já falhei com ele uma vez, antes que possa haver uma segunda, eu me mataria.

CAPÍTULO 31

Cecilia

É oficial, eu odeio procurar casa para morar.

Desde que Mike e eu resolvemos comprar uma casa para nos mudarmos com as meninas e termos mais espaço, estamos nessa função de acharmos algo que nos interesse, mas é realmente difícil achar alguma que agrade a nós dois.

Estou quase a tarde toda sentada em frente ao notebook, olhando algumas opções. Acabo salvando duas que gosto, torcendo para que Mike e Lauren, possam gostar também, pois são espaçosas por dentro e com um quintal imenso. Umas delas tem até uma piscina e já posso imaginar Lauren implorando ao pai por ela, apenas por isso. A com piscina contém cinco quartos e por isso gosto mais dela, as gêmeas no início podem dividir um quarto, mas futuramente vão prezar por suas privacidades.

Cansada e com dor nas costas por estar há muito tempo na mesma posição, vou para a cozinha preparar um chá. Pego a chaleira e coloco água para ferver enquanto preparo um sanduíche de peito de peru.

As gêmeas hoje estão agitadas, por isso decido fazer um chá de camomila, quem sabe assim se aquietem. Quando fica pronto, eu me sento para comer à vontade, mas antes do meu primeiro gole a campainha toca me assustando.

— Droga, eu só queria comer em paz — resmungo para mim mesma.

Caminho até a porta e quando abro, quase caio para trás ao ver Natasha, parada com toda sua pose altiva. Ela me olha receosa, mas abre um sorriso.

— Oi, Natasha, entra. O Mike e a Lauren vão chegar em breve. — Ela me olha meio insegura, mas acaba aceitando meu convite.

Sentando-se no sofá, seu corpo está ereto mostrando uma postura desconfortável.

— Eu sei que não tivemos a oportunidade de conversar a respeito disso e acho uma pena. — Arqueando a sobrancelha ela suspira. — Olha, eu não vim aqui pra fazer mal a você, Mike me disse o que vocês estão passando e eu sinto muito mesmo. Não posso nem imaginar o quanto está sendo difícil...

— Está tudo bem. Olha, eu passei muito tempo sendo criticada por não assumir uma relação que eu não tinha com Miguel, infelizmente para a sociedade não existe amizade entre homem e mulher sem ter um caso por trás disso. No meu caso e de Miguel, foram só beijos até chegarmos à amizade que temos, no caso de você e Mike, foi muito tempo juntos até estarem na amizade. — Ela me olha tensa e depois desvia o olhar.

— Eu..., eu não sei o que dizer. Olha, Cecília, eu gostei muito do Mike, um dia pensei na possibilidade de sermos mais do que amigos sim, mas esse lugar no coração dele já estava ocupado, ele só não sabia disso. — Arregalo os olhos. Ela sorri de lado. — Eu nunca tive chance, porque você já estava lá desde o primeiro dia que ele a viu. E eu sou uma mulher que sabe recuar quando se dá conta de que perdeu. E não preciso ter raiva de você por isso. Eu amo Lauren, assim como adoro o Mike. Além disso, a respeito muito, então, pode ficar despreocupada e se você quiser e se for melhor, posso me afastar.

— Não faça isso, vocês são amigos e eu não tenho o direito de pedir algo assim, eu sei que posso acreditar em tudo que disse.

Escolhendo esse momento para chegarem, a porta se abre e quando meu olhar cruza com o dele meu coração bate mais rápido. A cada dia que passa descubro que amo mais ainda este homem.

Mike me tomou para si arruinando qualquer outra possibilidade de outro. E saber que também fiz isso com ele me deixa orgulhosa.

— Tia Nath — Lauren grita contente pulando no colo de Natasha, eu me levanto e vou até a porta onde Mike me observa se aproximando.

— Tudo bem por aqui? — pergunta, acariciando minha barriga sem tirar os olhos dos meus.

— Tudo ótimo, Natasha veio até aqui e deve ser importante. — Ele leva seu olhar até a mulher sentada no sofá conversando animada com Lauren no colo.

— Não pense besteiras — murmura, sério.

— Eu não estou pensando besteiras, ela é sua amiga assim como Miguel é meu amigo. — Fazendo uma careta, ele me olha feio.

— Eu sei que ele é seu amigo, mas eu ainda não gosto dele.

— Mas você não tem que gostar dele, só tem que respeitá-lo. — Dou um selinho nele e volto a me sentar no sofá.

— Oi, Natasha. — Enfim, eles se cumprimentam com um abraço e sem graça, Natasha me olha quando volta a se sentar.

— Eu trouxe o restante dos contratos das licenciaturas da La Citta.

— Obrigado! — ele agradece.

De repente o clima parece ficar meio pesado, apenas Lauren parece não perceber, porque ela começa a tagarelar sobre o dia na escola e a cada vez que solta o nome de Brian e de Asher, o tatuado sentado ao meu lado fica tenso e até Natasha percebe, porque sempre ri da cara dele junto comigo.

— Tia Nath, você sabia que eu vou ter duas irmãzinhas? — Lauren pergunta e a morena sorri para ela.

— Eu estou sabendo sim. Você está feliz com isso?

— Muito! Não vejo a hora de poder brincar de boneca com elas.

— Acho que vai demorar um pouco, filha, para elas poderem brincar com você — Mike diz mordendo um sorriso e o semblante de Lauren cai de repente.

— Por que, papai?

— Porque elas vão nascer bem pequenas, assim. — Ele mostra com as duas mãos o tamanho que acha que nossas filhas vão nascer e ela abre a boca em choque, arrancando uma gargalhada minha e de Natasha. — E elas vão demorar um tempo para ficarem do seu tamanho, até lá você já vai estar bem maior.

— Ah, não acredito. — Sua boquinha pequena forma um bico e ela se joga no encosto do sofá, brava com isso. — Eu quero brincar com elas.

— Você pode brincar com a Juju. — Lembro-a e logo se anima.

— E com o Ash e o Brian — diz animada, e pula para fora do sofá parando em minha frente. — Podemos chamar eles para brincarem comigo aqui em casa?

— Não — Mike quase grita nos assustando. — Nem pensar. Pode chamar a mini diabinha, mas dois homens não.

— Homens? —Natasha pergunta segurando uma risada.

Mas eu não me aguento, estou quase fazendo xixi de tanto rir do idiota. Preciso respirar fundo algumas vezes antes de conseguir realmente parar de rir para repreendê-lo.

Lauren está olhando para ele com os olhos lacrimejantes e ele tem um bico maior que o dela.

— Para de ser babaca, Mike! — Bato em seu braço e ele reclama. — Não são homens, são duas crianças. E sim, filha, podemos chamá-los para vir brincar um dia com você.

— Oba!

Lauren dá pulinhos alegres e eu não consigo tirar os olhos do sorriso dela, completamente apaixonada por essa pequena pessoa que é parte do meu coração. Tenho a total consciência de que Lauren não saiu de mim, mas ela se tornou uma parte minha agora, e eu não consigo imaginar um dia sequer da minha vida sem ela.

Às vezes fico me perguntando como uma criatura tão pequena assim pode mudar tanto nossas vidas.

— Tudo bem, já fiz o que vim para fazer e agora preciso ir embora. — Natasha se levanta e pega sua bolsa no sofá. — Mike, não se esqueça de ler esse contrato. E Cecília... obrigada pela conversa.

Eu me levanto com um sorriso pequeno para ela que é retribuído da mesma forma, acompanho-a até a porta depois de ela dar um abraço em Lauren, e se despedir de Mike. Também nos despedimos e assim que ela se vai fecho a porta e volto para a sala onde Mike e Lauren conversam animados.

— Ei, vocês dois, o que acham de irmos visitar Rebeca? — pergunto olhando para eles e Lauren pula feliz.

— Eu quero!

— Então vai tomar um banho e se trocar. E você também, Mike.

Os dois batem continência e quando eu reviro os olhos, saem rindo. Vou para a cozinha onde deixei meu lanche e jogo o chá fora, já que esfriou, e como o pão. Preciso aproveitar quando estou com apetite!

Vou para o quarto de Lauren, e escolho uma meia-calça preta e vestido amarelo de poá com babados, deixo em cima da cama e vou para o meu quarto, indo direto para o closet onde pego um vestido amarelo simples para combinar com o de Lauren, e me visto.

Enquanto penteio meu cabelo o barulho de água que vem do banheiro cessa e logo a porta é aberta, Mike sai em toda sua glória, completamente nu, secando o cabelo com a toalha.

Meu centro pulsa e um formigamento começa na minha espinha só com a visão do seu corpo tatuado à mostra. O peitoral marcado e a barriga definida com aqueles gominhos deliciosos e o quadril com o formato de V que leva diretamente para o seu pau, que está lindamente duro e ereto.

Minha boca seca e eu preciso lamber meus lábios, louca para lamber outra coisa.

Meu Deus, estou pensando como o Mike!

Quando me vê, para e me olha estranho, praticamente corre até o closet e se troca enquanto eu basicamente babo por ele.

— Princesinha, pare de me olhar assim — repreende.

Ergo meus olhos para encontrar os dele que tem um brilho de desejo, mas também parecem receosos.

Mike decidiu que não vai mais transar comigo devido ao tamanho da minha barriga, isso tem me consumido, porque tudo o que eu mais quero é descarregar esses hormônios loucos que têm tomado conta do meu corpo.

Chega a ser irônico. O cafajeste, negando sexo para a psicóloga ex-virgem!

—Você é quem tem que parar com isso de que não vai transar comigo. Eu estou grávida de duas filhas suas, é o seu dever satisfazer todas as minhas vontades.

— Eu não vou discutir com você — diz e sai praticamente correndo.

Saio do quarto depois de pegar minha bolsa e vou até a sala, encontrando Lauren já pronta e Mike na porta nos esperando.

Ela me olha de cima a baixo sorrindo largamente e me fazendo sorrir junto.

— Olha, papai, o vestido da mamãe é igual ao meu. — Meus olhos se arregalam, olho para Mike que sorri para mim, Lauren me chamou de mãe pela primeira vez e nem se deu conta disso, sua voz sai tão animada que é quase um grito.

— É sim, meu amor, e as duas estão lindas — Mike responde. Talvez percebendo que estou emocionada demais para conseguir dizer algo.

Saímos do apartamento e pedimos o elevador, indo direto ao estacionamento, enquanto Lauren canta uma música nova que aprendeu na escola para nós. Mike a coloca em seu assento e eu vou para o banco do carona, logo toma seu lugar e começa a dirigir rumo à casa de Rebeca.

— Salvei duas casas para você dar uma olhada depois. A minha preferida tem cinco quartos, o jardim é a coisa mais linda do mundo e é enorme.

— Cinco quartos? — pergunta, soltando uma risada debochada.

— Eu preciso lembrá-lo que você tem três filhas?

Ele bufa me fazendo sorrir. Mike é apaixonado pelas filhas, só não está sabendo lidar tão bem com o fato de serem três meninas. Ele realmente chegou a cogitar mandá-las para um colégio só de meninas, apenas pelo ciúme maluco.

— Como se eu pudesse me esquecer das minhas meninas — resmunga.

O que era para ser uma reclamação, sai com um tom de orgulho tão grande que não consigo não sorrir por ele.

Depois de trinta minutos, estaciona em frente à casa de Rebeca, vejo o carro de Matteo e mais um, pelo jeito ela já tem visita.

Descemos e seguimos para a porta, toco a campainha e logo a porta é aberta por Theodoro, que aparenta estar cansado, mas tem um sorriso radiante no rosto.

— Oi, gente, entrem. — Abre caminho para que possamos entrar.

Nós três entramos e encontramos Ayla, Matteo e Talissa sentados no sofá e Ana, Asher e Juliana brincando no tapete na frente deles.

Lauren corre para dar um beijo em todos e vai brincar com as crianças.

— Oi, pessoal! — cumprimento todos e me sento ao lado de Ayla, sua barriga ainda não está tão grande quanto a minha, mas já está ali e é lindo ver minha amiga radiante assim. — Ei, como está esse bebê?

Todos me cumprimentam e Ayla deita a cabeça no meu ombro, com um sorriso tão grande no rosto que é contagiante.

— Estamos muito bem. — Sua mão acaricia a sua barriga levemente, mas logo vem para a minha bem marcada pelo vestido. — E vocês três?

— Estamos ótimas também, obrigada — recito rindo baixinho.

— Tia Ceci, oi! — Asher vem até mim e me dá um beijo no rosto, Ana faz o mesmo. O leãozinho arregala os olhos quando percebe minha barriga e olha para Ayla, que está sorrindo para ele, suas mãozinhas formam uma concha em volta da sua boca como se fosse contar um segredo para ela. — Mamãe, parece que a tia Ceci vai explodir.

Todos gargalhamos e o menino fica vermelho ao perceber que foi ouvido, puxo-o para um abraço.

— Eu não vou explodir, mas, com certeza, vão sair dois bebês daqui de dentro.

Os olhos azuis iguais aos do pai se arregalam. Por causa do meu pequeno problema com o gatilho que Matteo é para mim, nunca me aproximei tanto do menino, mas eu o amo mesmo assim.

— Dois? — Assinto para ele que estufa o peito e aponta para a barriga da mãe. — Minha mamãe tem um bebê dentro dela.

— Pois é, estou sabendo disso.

A conversa acaba quando ele se cansa e volta a brincar com as meninas. Nós nos envolvemos em uma conversa animada depois que pergunto sobre

Rebeca, Theo me fala que ela foi dar um banho em Raika, que fez cocô vazando por toda a roupa, arrancando risadas de todos.

— Estejam preparados, logo vocês terão duas para trocar. — Theo nos lembra e Mike me olha, seu rosto sem cor.

— Sério? Eu passo isso — diz na maior cara de pau.

— Ah, claro! Está achando que ser pai é só fazer? — Arqueio a sobrancelha em sua direção.

— Coitado. Ainda nem sabe das noites sem dormir... — Matteo ergue a garrafa de cerveja que está tomando, fazendo Theo e Talissa balançarem a cabeça concordando.

Eles continuam listando mil e uma coisas para assustar Mike, e conseguem realmente, porque ele está completamente pálido ao meu lado, mas antes que eu fale algo, Rebeca surge com o embrulho rosa no colo.

Seus cabelos estão presos em um coque bagunçado e os olhos arroxeados com as olheiras, mas ela tem um brilho de felicidade irradiando dela e por mais que eu não queira, não consigo não sentir um pouquinho de inveja disso. Quando minhas meninas nascerem quero as olhar com a mesma reverência que ela olha para Raika, quero que elas venham cheias de saúde para me acordar a noite toda.

Eu me levanto e vou até ela, sorrindo largamente e quando meus olhos caem para o pacotinho rosa encontro uma cabeleira castanha penteada, os olhinhos fechados e uma boquinha rosada tão perfeita que parece tudo desenhado à mão.

Meu coração salta dentro do meu peito, enchendo-se da mais pura alegria.

— Oi, furacão. — Beijo o rosto da minha amiga e volto minha atenção para Raika, que dorme profundamente no colo da mãe. — Olá, meu amor.

— Oi, Ceci — Rebeca responde sorrindo para mim.

Ela me oferece Raika para que eu a pegue e não penso duas vezes, apenas a puxo para o colo, devagar. Não consigo tirar os olhos da perfeição que é o bebê em meu colo, mesmo com a vista embaçada pelas lágrimas não derramadas.

É a perfeição em miniatura.

Olho para o Mike, e o vejo me olhando com um brilho que eu nunca havia visto, um sorriso tão largo que deixa os olhos menores. Meu coração bate rápido, as borboletas voam por todo o meu estômago e meu corpo fica quente com seu olhar.

Logo alguém agarra minha perna e encontro Juliana me olhando feio. Sento-me na poltrona para lhe dar um beijo na bochecha.

— Oi, pequena, o que foi?
— Você não me deu oi.
— Juliana... — Rebeca a repreende.
— Oi, meu amor. Tudo bem?
— Sim, tia Ceci, tudo bem — responde sorrindo e logo as outras crianças estão ao nosso redor. — Minha irmãzinha não é linda? — Juliana fala para os outros que assentem rindo, Lauren me olha.

— Minhas irmãzinhas vão chegar desse tamanho, mamãe?

— Vão sim, amor, pequenininhas assim — respondo. Acho que ela nem sequer percebeu como está me chamando.

Uma mãozinha pequena vem até o rostinho de Raika e vejo Ana, filha de Talissa, acariciar com cuidado a bochecha. Seus olhinhos azuis brilham para a bebê em meu colo e se vira indo direto para a mãe.

— Mamãe, eu também quero uma irmãzinha. — Cruza os bracinhos e bate o pé no chão com um bico enorme no rosto, Talissa fica vermelha imediatamente.

— Filha, você já tem Juju, Raika, Lauren e Asher. Não precisa de uma irmãzinha — Talissa responde à menina ainda emburrada.

Eu me levanto e vou para o lado de Mike. Assim que me sento ele dá um beijo na testa de Raika, percebo que ele aspira o cheiro gostoso de neném, quando seu olhar encontra o meu eles continuam brilhando e o sorriso permanece em seu rosto.

―――◆―――

Chegamos ao apartamento e Mike carrega uma Lauren adormecida nos braços que ele leva diretamente para o quarto dela enquanto eu vou para o nosso.

Passar a noite ao lado do Mike, sentindo o calor do seu corpo e seu cheiro, deixou o *meu* corpo completamente ligado e molhado, querendo-o dentro de mim. Por isso tiro meu vestido e jogo em um canto, esperando-o voltar. Quando ele aparece na porta eu sorrio para ele que me olha receoso.

Dou alguns passos até chegar perto dele e minha boca ataca a sua assim que nossos corpos se colam. O beijo é selvagem, sedento. Enrosco meus dedos em seus cabelos sedosos.

— Princesinha... — murmura entre o beijo, mas minha língua invade sua boca e ele retribui.

Suas mãos apertam minha bunda e consigo sentir perfeitamente sua ereção, onde me esfrego sem vergonha nele que solta um gemido baixo.

— Eu não posso, princesa, tenho medo de machucar vocês.

Completamente desesperada e louca de tesão, eu me aproximo dele o pegando pela camiseta e o fazendo abaixar e me encarar olho no olho.

— Eu estou grávida, Mike, eu quero sexo, eu preciso de sexo, você vai me esperar aqui e quando eu voltar vai se enfiar no meio das minhas pernas e deixá-las bambas como só o devasso que há em você sabe fazer.
— Ele me olhava de olhos arregalados, mas quando o soltei fechando meus olhos e respirando fundo, sorri quando disse:

—Eu vou tomar banho, mulher, me espere que hoje tem. — Sai apressado para o banheiro do nosso quarto.

Dou pulinhos de vitória.

Até que enfim ele voltou a si e vamos transar.

Sem perder tempo, vou até o closet pegando a camisola que comprei. Ela é roxa com alças finas, no busto ela é rendada de um modo que deixa à mostra os bicos dos seios. Na parte de trás o pouco pano transparente cobre superficialmente a bunda, mas mostra a minúscula calcinha da mesma cor.

— Puta que pariu.

Eu me viro e sorrio de um jeito sexy, Mike me olha com os olhos queimando de luxúria. Quase posso sentir ele me tocar mesmo a distância.

— Eu sei que estou um pouco gorda... — Abaixo a cabeça e quando tenho por mim ele já está à minha frente com suas mãos em minha cintura.

— Você está perfeita e eu sou grato por este corpo estar gerando minhas filhas. — Sua fala me desconcerta.

Mike tem todo o jeito brincalhão, mas ele é realmente intenso em tudo o que faz. O homem é quente. Seu corpo grande e aquecido me empurra até a parede. Sem perde tempo, ele me vira de costas, colocando minhas mãos na parede e empinando minha bunda. Suas mãos vão descendo pelas minhas pernas conforme ele se ajoelha atrás de mim, seus dedos se enroscam na minha calcinha e ele vai tirando-a enquanto distribui beijos e mordidas na minha bunda, me arrancando gemidos baixos.

Sua boca me come com uma gula que me faz contorcer e rebolar em seu rosto. Os grunhidos que ele solta reverberam diretamente em minha boceta, vibrando e me fazendo gemer mais alto.

— Caralho, eu estou viciado no seu gosto, princesinha.

Ouço o murmúrio abafado e logo ele volta a me lamber inteira, do meu clitóris até ele precisar abrir as bandas da minha bunda para continuar sua exploração. Sua língua brincando ali, naquele lugar inexplorado, é algo completamente novo que me faz amolecer enquanto seus dedos trabalham no meu clitóris.

Mike parece ter algum tipo de manual do meu corpo, porque ele me toca exatamente nos lugares que eu preciso.

Eu gozo com uma facilidade absurda!

Minhas pernas tremem, meu baixo ventre se apertando e meu corpo fica completamente quente. O orgasmo vem tão forte que minhas vistas embaçam e meu cérebro parece ter derretido.

— Oh... Mike... — gemo seu nome.

Assim que meu corpo se recupera do orgasmo violento, ele se levanta e me leva até a cama, antes que eu possa me deitar, tira minha camisola e me instrui a deitar de lado.

— Seu corpo está perfeito! — sussurra, quando se encaixa atrás de mim. Sua mão puxa meus cabelos para trás e deixa um beijo em meu pescoço ao mesmo tempo em que seu pau me invade, me fazendo abrir a boca em um gemido alto. — Porra, perfeita pra caralho, princesinha.

— Me fode, Mike... Por favor...

Ele tira todo seu pau de dentro de mim e logo bate dentro mais uma vez.

— Isso, amor, continua implorando assim... — Quase consigo ouvir o sorriso em sua voz.

Mike me foda com calma, saindo e entrando tranquilamente, com metidas rasas e fundas. Levando-me cada vez mais alto. Sua boca não abandona meu pescoço e ombro. Mordendo, lambendo e beijando onde ele alcança e sua mão segura minha cintura, mantendo-me firme no lugar.

O barulho dos nossos corpos se encontrando preenchem todo o quarto, junto com nossos gemidos e grunhidos. Eu amo que não importa a forma que ele me leva, meu corpo se rende totalmente aos seus desejos e o responde imediatamente, sempre pronto para recebê-lo e para tê-lo dentro de mim.

Contraio apertando seu pau dentro de mim o fazendo soltar um gemido alto, o que me deixa mais frenética, eu amo escutar seus gemidos, por isso continuo fazendo até que alcanço meu segundo orgasmo, que vem tão intenso quanto o primeiro, deixando-me zonza por alguns instantes.

— Isso... caralho, você está me sugando, princesinha. — Sua voz carregada de prazer em meu ouvido me faz arrepiar e sinto o momento em que ele goza.

CAPÍTULO 32

Mike

Paro no final do corredor e me encosto na parede cruzando meus braços enquanto vejo, Cecília, fungar.

Estamos enfrentando os dias ruins, como Bessie gosta de dizer. Há quase três meses não temos mais notícias do pai de Lauren, mas ainda assim mantemos todo o cuidado. Nesse tempo, a barriga de Ceci cresceu de uma forma assustadoramente linda. As vezes parece que vai explodir, mas essa é uma informação que prefiro guardar apenas para mim.

O fato é que com o tempo, está cada vez mais difícil para ela se manter no controle. Lauren, as vezes se assusta com as crises de choro de Ceci, cada vez mais frequentes como resultado disso. Ela tem evitado sair de casa. Bessie, gentilmente, vem até nós para que ela não fique sem fazer sua terapia e Sofia, a obstetra que cuida de Ceci enquanto Beca está de licença vem se desdobrando para atende-la aqui também.

Meu coração se quebra vendo a mulher que amo tão perdida dentro de si. Cecília se denomina fraca, mas na realidade é a mais forte de nós dois. Ela vem carregando dois bebês dentro de si, tentando controlar a si mesma de toda a confusão que provavelmente deva estar por dentro e ainda assim, ela acorda quase todos os dias disposta a sorrir para Lauren e para mim.

Mostrando que ela é forte até nos dias ruins!

Me aproximo dela quando se senta no sofá e me pega a olhando.

— Senti sua falta na cama — falo e me sento ao seu lado. Mesmo querendo toca-la, espero que ela demonstre isso.

Bessie me disse que as vezes a melhor opção é deixa-la ter o momento dela a sós. Da última vez Ceci se mostrou bem agressiva. Sei que isso é a parte ruim, doeu ouvi-la dizer que já não estava aguentando mais e queria morrer.

Nosso medo agora é que ela desenvolva uma depressão pós-parto!

— Estou sem sono — murmura e me olha.

Me levanto correndo até a cozinha e volto com um copo de água. Mesmo sem vontade, ela toma o líquido me olhando nos olhos.

— O que acha de vermos um dos filmes idiotas que você gosta? — Nega.

— Eu não consigo mais Mike. Eu sou uma pessoa horrível, que tipo de mãe eu serei? Uma louca descontrolada que vai viver tomando remédios a vida toda, que tipo de exemplo eu darei para nossas filhas? — Ela grita exasperada.

— Ei princesinha, não é assim que as coisas funcionam. — Levo minhas mãos em seu rosto segurando firme para que me encare. — Se você pudesse ver o que eu vejo Cecília, ficaria abismada com sua força. Todos os dias eu vejo você travar uma batalha contra si mesma e isso me enche de orgulho e tenho certeza de que nossas filhas vão se orgulhar também. Saio para trabalhar já morrendo de vontade de voltar para te ter em meus braços, não porque tenho medo, mas sim porque você me dá o que preciso para ser feliz. — Uso meu dedão para enxugar uma lágrima que escorre pelo seu rosto.

— Eu vejo o quanto isso está sendo difícil para você. Aposto que deva sentir falta da sua vida antes de mim. — Nego com a cabeça.

— Não meu amor. Você está completamente errada, porque eu não sabia o que era viver ou o que era felicidade sem você ou nossas filhas em minha vida. Você me mostrou que um homem precisa de uma família Cecília, e mais, me mudou, e eu te amo por isso. — Arfante, ela abre a boca em choque.

Pela primeira vez em todos esses meses morando juntos vivendo como um casal, eu estou me declarando. Não que eu ache que precise de palavras quando eu venho a amando em atitudes todo esse tempo, mas aprendi que o que acho é diferente do que precisa.

Cecília parece precisar ouvir que eu a amo.

— Mike...

— Shiii... Eu amo você, loira do cão! — Dando um sorriso entre as lágrimas, ela me dá um selinho rápido.

— Eu também te amo. — Arqueio a sobrancelha. — Eu só tenho medo e a maioria do tempo nem sei dizer do que. — Beijo sua testa a trazendo para mais perto de mim.

— Nós começamos nossa história juntos de trás pra frente, então preciso resolver isso. — Saio do abraço me levantando a sua frente.

— O que foi?

Apoio minhas mãos na cintura e estufo o peito. Seu olhar confuso me faz sorrir.

— Princesinha ou loira do cão. O que você achar melhor. — Faz uma careta, mas depois sorri. — Aceita namorar com este pobre homem, gostoso e pai de família? Prometo compensar você todos os dias pela escolha certa que irá fazer nesse momento.

— Será que você pode incluir nesse pedido a promessa de que vai tentar ser menos idiota? — Sua fala sarcástica me faz revirar os olhos.

— Está brincando, mulher! Ser idiota é meu charme, eu não posso te prometer não te tirar do sério de vez enquanto, quando pretendo usar disso para termos sexo de reconciliação. Ouvi dizer que é maravilhoso, mal posso esperar para termos.

Sua gargalhada alta me faz arquear a sobrancelha. Olho para trás para confirmar se Lauren ainda não acordou.

— Meu Deus, onde eu fui me meter! — fala, entre gargalhadas.

— Eu sei bem onde você foi se meter. — Dou um sorriso sacana.

Ela se levanta rodeando meu pescoço com seus braços e a barriga enorme entre nós começa a se movimentar.

— Elas sentem quando você está por perto — fala quando sinto um chute em meu quadril.

— Eu ainda estou esperando uma resposta. — Os olhos azuis em contraste com o vermelho me hipnotizam.

— Eu aceito namorar com você, apesar de achar que já estamos em um relacionamento a muito tempo — diz sorrindo.

— Eu sei, nosso relacionamento começou a partir do momento em que te beijei pela primeira vez.

— Convencido, se eu pudesse teria explodido a livraria na sua cabeça.

— O que foi? Porque está me olhando com esse sorriso amarelo? — Noah, pergunta quando me sento em sua frente em seu escritório.

Eu pensei que fazer o pedido de namoro seria uma mera formalidade, mas porra! Desde hoje cedo eu não consigo parar de sorrir por isso.

É uma sensação estranha, de felicidade surreal.

— Eu estou namorando — conto a novidade.

Ele joga a caneta que estava em sua mão em cima da mesa e suspira se recostando no assento da cadeira.

— Você está bem? — Franze o cenho quando pergunta.

— Eu estou ótimo, estou namorando, tenho uma filha e outras duas a caminho no qual ainda preciso escolher os nomes.

Noah me olha como se estivesse nascido mais duas cabeças em meu pescoço.

— Pois bem, Sr. Comprometido Carter, eu estou orgulhoso de você amigo, toda felicidade do mundo para vocês. — Sorri quando termina de falar.

Levanto-me, pois eu só vim para contar da novidade!

— Desejo que você encontre um amor também, Noah! — falo dando de ombros e recebo uma careta seguida por um clipes jogado em cima de mim.

— Não é porque Cecília te colocou no cabresto que você vai ficar jogando praga para mim! — ralha.

Gargalho e mostro o dedo do meio para ele.

— Babaca, se eu cai, se prepare! você provavelmente vai cair também.

— Você está poetizando demais Mike, o que acha de ir se foder?

Saio animado da sala dando de cara com Natasha e Alice.

— Boa tarde senhoritas. Souberam da novidade? — pergunto balanço as sobrancelhas sugestivamente.

Elas se entreolham e depois se viram para mim.

— Qual? — Natasha, cruza os braços me olhando.

— Eu estou namorando! — O queixo de ambas cai para depois rirem.

— Meu Deus, como você pode ser assim! Mike, faça meu favor! Você está casado isso sim, trate logo de colocar uma aliança de noivado naquele dedo da Cecilia. — Aperto o olhar para Natasha.

— Vamos com calma, depois que as gêmeas nascerem eu vejo isso.

O telefone da recepção toca e Alice sai nos deixando a sós.

— Eu estou feliz por você. — Os olhos de Natasha brilham enquanto murmura.

Eu não sou cego, sei que ela gostou de mim um dia, mas também sei que ela desistiu fácil demais. Se tem algo em que aprende com meu *namoro* é que, se você ama, não tem nada nesse mundo que te faça desistir da pessoa.

— Mike. — Viro, quando Alice me chama, a garota ruiva está branca como um papel. Me aproximo ficando a sua frente.

— O que foi, Alice? — Natasha pergunta enquanto Alice me olha arregalando os olhos.

— Era o seu amigo detetive, ele disse que Cecília está no hospital! — Uma sensação de desmaio me atinge quando levo a mão ao peito. Minhas vistas escurecem e sinto quando sou segurado pela cintura.

— Mike, calma... não deve ter sido nada demais. — Natasha que me segura murmura.

Noah aparece assustado em meu campo de visão.

— E...eu... — Sou incapaz de terminar a frase.

— Vem, vamos juntos. Natasha, ligue para o Matteo e descubra em qual hospital ela foi levada.

No automático, sendo guiado por meus dois amigos. Deixamos o escritório. Subo no carro de Noah, sem conseguir dizer nada. Fecho os meus olhos e o sorriso dela está amanhã quando me disse sim, me vem a mente.

Meu coração acelerado chega a doer!

Escuto Natasha no banco de traz dizer algo, mas não presto atenção, ocupado demais em me manter são.

O que foi que aconteceu? Eu a deixei, sorridente com Lauren em casa!

Quando o carro para em frente ao hospital onde as meninas trabalham é que me sinto ágil para sair correndo deixando Noah e Natasha para traz me gritando.

Minha mente mentaliza onde devo ir e subo as escadas rápido.

Quando saio no terceiro andar, esbaforido. Meus olhos pousam em Matteo, Ayla, Rebeca e Theo, esse último tem os olhos vermelhos e repleto de lágrimas.

Tensos, eles se aproximam de mim, as meninas parecem perdidas enquanto Matteo, o único mais firme do grupo, toma a minha frente colocando as mãos em meus ombros.

— Calma! — murmura.

— Não me pede para me acalmar, onde elas estão? — Rosno para ele que tensiona as mãos em meus ombros.

— Ela foi atacada pelo pai da Lauren enquanto estavam indo embora da escola. Lauren chegou assustada na delegacia a minha procura.

Dou um passo para trás.

— Como assim atacada? — Olho ao redor, já sentindo lágrimas rolarem pelo meu rosto. — Onde está Lauren? Onde está minha mulher? Onde estão minhas filhas, Matteo? — Sem me importar com os olhares em cima de mim, grito.

— Cecília, está sendo examinada. Lauren está com a Sammy. — Rebeca quem responde. Seus olhos tristes e preocupados não me passam despercebidos.

Sofia escolhe esse momento para aparecer diante de nós. Seu olhar passeia por todos até pousarem em mim.

— Não tenho notícias boas!

CAPÍTULO 33

Cecilia

Horas antes...

Apesar de ter amanhecido o dia mal, depois da minha conversa com Mike e o pedido idiota de namoro, me senti menos esquisita. Quando Ayla passou para pegar Lauren para leva-la a escola junto de Asher, aproveitei para marcar com a corretora para olharmos as opções de casa. Mike anda me enrolando e apesar de achar que não vou dar conta, quero que nos mudemos antes que as gêmeas nasçam.

Com vinte e oito semanas, parece que o espaço dentro da minha barriga anda pequeno e com isso estou prestes a preparar a plaquinha de despejo para ambas!

Saber que Mike me enxerga como uma mulher forte me deixou emocionada! Eu sabia que não seria fácil enfrentar essa gravidez inesperada e menos ainda lidar com todo meu emocional, Lauren e Mike foram uma peça importante para que eu não enlouquecesse.

O medo ainda me domina a maior parte do tempo, mas eu ainda luto. Me render não é uma escolha!

Com o final da visitação, escolho a casa com piscina e cinco quartos, espero que o idiota que agora chamo de *namorado* goste já que na hora de escolher não foi capaz.

Paro em frente a escola de Lauren, como a casa fica a poucos metros daqui achei que seria uma boa ideia vir busca-la e no caminho mostrar nossa mais nova casa.

— Ei, você! Não deveria estar em casa descansando? Essa sua barriga parece enorme para duas bebês, tem certeza de que não são três? — Ayla para ao meu lado sorrindo.

Sua pequena barriga já mostra por conta da camiseta colada é um contraste e tanto com a minha.

— Eu vim para a visitação da nossa nova casa! Como é perto daqui resolvi passar e pegar Lauren. — Dou de ombros — Foi difícil andar, mas devagar como uma tartaruga cheguei aqui.

Sorrimos uma para a outra. Logo as crianças apontam no portão e correm em nossa direção.

— Mamãe! — Lauren grita correndo.

Eu ainda me sinto grata e honrada todas as vezes em que ela me chama assim.

— Oi meu amor! Vim te fazer uma surpresa! — Seus olhos brilham ao mesmo tempo em que me dá um sorriso.

— Preciso ir, tenho que voltar para o hospital. — Ayla e Asher se despedem enquanto eu pego na mão de Lauren, para podermos seguir o caminho da casa nova.

— Eu tenho uma surpresa para você! — falo e ganho sua atenção.

— O que é? — pergunta dando pulos.

Viramos em uma rua repleta de árvores, é linda!

Estamos andando de mãos dadas quando tudo acontece rápido. Olho para o lado quando Lauren é puxada com brusquidão da minha mão.

— Ei. — Grito.

— Calada gringa. — O homem tenta puxar Lauren mais uma vez, mas eu a trago para meus braços. Ficando furioso, me empurra fazendo com que eu perca o equilíbrio e caia de bunda no chão. Berro quando sinto uma pontada ao pé da barriga. O choro de Lauren começa alto me deixando apavorada, seus gritos me levam de volta ao dia da morte de Karen, me fazendo arfar.

Se controle, não perca a cabeça!

Digo em pensamentos.

— Por favor não faça nada — imploro num murmuro, respirando com dificuldade pela dor intensa.

—Mamãe. — O grito de Lauren é estridente. O homem a sacode, mas ela consegue se soltar, me olhando com lágrimas nos olhos.

— Corre Lauren, corre e peça ajuda. — Sem olhar para trás ela começa a correr com o homem no seu encalço, olho para os lados gemendo de dor.

As pontadas aumentam, pânico se instala em mim quando levo minha mão entre minhas pernas ao senti-las molhadas, mas quando sinto o cheiro metálico, meu corpo treme, as dores se intensificam.

Sangue;
Dor;
Medo;
Beca grita. Karen grita.

Minha visão vai ficando turva enquanto sinto que estou ficando sem ar.

De repente respirar ficou difícil e dolorido. Uma das gêmeas se contorce me fazendo gritar pela dor.

— SOCORRO, SOCORRO. — Grito na esperança de alguém de uma das casas escutarem.

Um carro vira a esquina e começa se aproximar, intensifico os gritos de socorro e choro quando ele para. De dentro do veículo, um homem coberto de tatuagens usando terno preto com um olhar frio me fita.

— Por favor me ajude, por favor. — Minhas lágrimas de desespero nem se quer fazem seu olhar duro amolecer. — Aí... meu Deus. — Gemo quando uma pontada ainda mais forte vem. Respiro fundo e devagar como Beca, me ensinou.

O homem se aproxima de mim e antes que diga algo um grito nos chama a atenção.

— Cecilia. — Olho na direção em que Lauren correu e suspiro quando vejo Matteo ao lado dela vindo até mim às pressas.

— Você precisa de um médico rápido. — O homem à minha frente fala.

— Eu, eu aí...

Matteo e Lauren chegam até mim.

— Cecília, vai ficar tudo bem. Eu vou te pegar no colo. — Matteo, me olha receoso.

— Meu carro está próximo eu levo vocês até o hospital. — O desconhecido murmura olhando Matteo firme.

— Obrigado. — Ele agradece. Com cuidado e com Lauren chorando, sou carregada até o banco de trás do carro. Durante o caminho percebo que Matteo está com o telefone no ouvido. Provavelmente ligando para Mike.

Eu escuto tudo ao meu redor, o choro de Lauren, o olhar tenso de Matteo enquanto fala ao telefone, mas minha dor me teletransporta para um lado sombrio dentro de mim. Onde apenas respiro fundo e sinto, mas sou incapaz de pronunciar algo.

Quando mais uma pontada vem forte, gemo, e o homem ao volante me olha pelo retrovisor. Seus olhos azuis frios, parecem vazios.

— Chegamos. — Matteo, murmura e eu fecho os olhos quando sinto suas mãos me pegando.

O meu salvador junto de Matteo desce e o ajuda a me levar até a recepção.

— Qual é o seu nome? — Escuto quando Lauren pergunta, mas não vejo para quem.

— Otto, mas isso vai ser um segredo entre nós.

Otto. Escuto o nome, mas já sou incapaz de me manter acordada. Fecho meus olhos se rendendo à escuridão.

Mike

— Como Lauren chegou até você? — De mãos atadas e ainda confuso com os acontecimentos, pergunto para Matteo quando ele se senta ao meu lado na sala de espera.

Sofia me pediu calma e para esperar que em breve voltaria com mais detalhes.

Esperar!

Descobri que odeio isso.

— Eu estava na delegacia. Por motivos óbvios, escolhi aquela escola para Asher. Lauren, sabia o caminho porque Asher a mostrou uma vez e quando conseguiu correr, foi até lá. Ela chegou assustada chorando, deixou o departamento todo tenso com suas lágrimas e saiu me puxando pela rua até que encontrei Cecília caída. Um homem estava prestando socorro e foi ele quem nos trouxe, mas agora eu não o acho. O cara nem parecia daqui! — Fecho meus olhos sentindo minhas mãos tremerem.

— Acharam o Traves? — pergunto e abro meus olhos o encarando.

— Nada! — Os caras na rua estão fazendo a ronda naquela região, mas o cara evaporou.

Theo e Beca se aproximam ficando parados a minha frente. Sentado, com os ombros caídos e cotovelos apoiados no joelho. Fecho meus olhos fazendo uma oração.

Eu nunca fui um homem de fé, mas no desespero, eu me vejo recorrendo a tudo.

—Mike, Sofia está te esperando no consultório! — Olho para Rebeca, quando fala.

— O que foi Beca? Você também é a medica aqui, porra! — Falo alto a fazendo dar um passo para trás.

— Calma aí, cara! — Theo, murmura.

— Mike, vem comigo. — Beca, me puxa pela mão até o consultório onde Sofia está. Assim que passo pela porta eu sei que nada de bom está por vir. Ambas me olham temerosas.

— Mike, eu sei que está sendo difícil para você. — Sofia começa a falar.

Meus ombros estão tensos enquanto a fito, sinto dor em cada músculo do meu corpo. Não consigo nem se quer andar para me sentar na cadeira a minha frente.

— Parem de suspense e me digam de uma vez o que foi que aconteceu.

— Ela sofreu um deslocamento de placenta severo, com isso corremos o risco do cordão umbilical se enrolar nas gêmeas. — As palavras de Sofia me atingem de uma forma que nem consigo explicar.

— Vamos fazer uma cesariana de emergência. — Beca diz e se aproxima parando ao meu lado. — Vai dar tudo certo.

Nego com a cabeça.

— Não está no tempo, não pode ser agora! — respondo.

— Infelizmente não temos escolha, Mike. Eu estarei lá junto com vocês. — Assinto quando Rebeca fala.

Correndo contra o tempo, saímos os três da sala e sou guiado para um banheiro onde coloco roupas cirúrgicas. No automático e ao lado de Beca, faço o caminho até a sala de cirurgia.

Lágrimas rolam quando vejo Cecília desacordada sendo preparada para a cesárea.

— Se senta ali. Qualquer coisa me chama. — Beca me indica uma cadeira na qual sento.

Ficando ao lado do rosto desacordado da minha princesinha, deposito um beijo em sua testa.

— Vai ficar tudo bem meu amor! Você e nossas garotas são fortes — murmuro em seu ouvido na esperança de que ela acorde.

O ambiente frio e esterilizado, deixa o momento ainda mais tenso. Sofia e Rebeca trabalham ao lado de três enfermeiras. Um pano tampa a visão de todas, mas eu sei que estão ali trabalhando da melhor forma possível.

— Preparem a neonatal. — Engulo seco quando escuto a voz de Beca.

Olho para Cecília e uma aflição se instala em mim. Fecho meus olhos e respiro fundo.

5...
4...
3...
2...
Antes que eu termine a contagem dos segundos um choro fraco ainda fino toma conta do ambiente silencioso.

Arregalo meus olhos à medida que a realidade me atinge. Ansioso espero para o momento em que vão trazer nossas filhas para mim, como vi em muitos dos filmes idiotas que Cecília gosta de ver.

Espero mais não vem. Olho para o lado quando observo uma enfermeira colocando um ser tão pequeno dentro de uma caixa de vidro, por reflexo me levanto fitando a caixa.

Ayla, que eu nem sabia que havia entrado, aparece em meu campo de visão. Com rapidez ela parece inserir algo na boca da bebê. Prestes a dar um passo até elas, outro choro me chama a atenção, mas o que me assusta é o engasgo que ela parece sofrer durante o choro também fraco.

— Senhor Carter se sente por favor! — escuto quando uma das enfermeiras me fala, mas estou paralisado olhando Ayla e outra médica em cima das minhas filhas. Ambas estão em uma caixa de vidro e entubadas.

Minha visão fica turva me fazendo dar um passo para trás.

— Mike. — Sinto quando Beca passa um braço pela minha cintura me fazendo andar até a saída.

Eu quero lutar e dizer que quero ficar com elas, que não posso abandonar minhas meninas ali, mas eu simplesmente não tenho forças.

Percebo uma porta se abrir e a primeira pessoa que vejo é minha mãe. A mulher tem os olhos vermelhos por causa do choro e corre para me abraçar.

Como um menino machucado, a abraço apertado, na esperança de que a dor e o medo que sinto possam ir embora. Nem meus soluços altos são capazes de fazer com que os pensamentos negativos tomem conta da minha cabeça.

— Meu amor, precisamos ter fé! — Mamãe murmura em meu ouvido.

Sinto um carinho no meu cabelo, levanto a cabeça dando de cara com meu pai que troca de lugar com minha mãe no abraço. Distribuindo tapas fracos de acalento em minhas costas, meu pai me aperta em seu abraço.

— Estamos aqui, filho. Vai dar tudo certo. — Sou puxado devagar para me sentar.

— Você precisa beber isso, vou medir sua pressão. — Beca me entrega um copo de água que pego e em pequenos goles e sob o olhar preocupado de todos, bebo o líquido.

— Beca... — Não termino a fala, mas em uma troca de olhares ela entende o que quero dizer.

—Elas vão ficar bem, mas preciso que você também fique — murmura enquanto afere minha pressão.

Quando termina de aferir, Beca se levanta encarando a todos e tira a touca que usava na cabeça.

— O cordão umbilical estava enrolado no pescoço da bebê número 2, mas conseguimos tira-la com vida. Cecília agora vai ser transferida para um quarto e em breve vocês vão poder vê-la. — Fala encarando todos.

— E as minhas netas? — Minha mãe a pergunta.

— Ayla está com elas agora, em breve voltaremos com mais notícias. — Dizendo isso, ela sai em direção a sala que estávamos.

— Meus parabéns, você é oficialmente pai de meninas agora! — Matteo fala se agachando a minha frente.

— Vocês precisavam vê-las... tão pequenas, elas...elas eram quase do tamanho das minhas mãos — murmuro desnorteado.

— Daqui um tempo você estará reclamando por elas estarem crescidas demais, meu amigo! — Theo, fala e sorri.

Nego com a cabeça!

— Mike, Ayla está cuidando delas e Beca disse que Cecília está bem, respira cara! O pior já passou. — Olho nos olhos de Matteo.

Eu gostaria de relaxar e dizer que tudo vai ficar bem, mas a imagem de ambas sendo colocadas naquelas caixas irá me assombrar para sempre.

Os minutos se arrastam até que Sofia e Rebeca voltam nos permitindo irmos até o quarto onde Cecília está.

— Vá ficar com ela filho. Daqui a pouco vamos vê-la. — Mamãe me encoraja quando percebe que estou parado na porta do quarto. Minhas mãos tremem, eu não sei em que estado vou encontrar a mulher que amo ainda com a lembrança de como nossas filhas saíram de dentro dela.

— Ela está dormindo. O trauma psicológico foi grande Mike, já liguei para Bessie e ela está vindo para cá. — Beca, diz.

Assinto com a cabeça dando um suspiro e entro no quarto sozinho. Fecho a porta ficando alguns minutos escorado nela vendo minha loira dormir. Sua pele está mais branca do que de costume, deixando evidente uma palidez.

Ando até me sentar na poltrona ao lado da cama. Pego sua mão, que está gelada e deixo um beijo ali antes de encostar minha testa nela e fechar meus olhos.

— Eu estou com medo, amor! Você estava errada esse tempo todo, princesinha. Você é minha força, eu não consigo encontrar um ponto de equilíbrio sem olhar nos seus olhos. — Choro baixo, mas choro!

Levanto a cabeça enxugando os olhos quando a porta se abre bruscamente. Miguel passa por ela exasperado e de olhos arregalados. Quando para ao lado da cama olhando Ceci, o som da sua respiração funda preenche o quarto.

— Eu não sabia que ela estava aqui — fala e me olha.

Dou de ombros.

— Eu ainda nem acredito que isso aconteceu — respondo.

— Ela é a única família que eu tenho, suas filhas são a única família que eu tenho nessa cidade. — Sua fala carregada de tristeza me faz engolir seco.

— Eu ainda não gosto de você. Mas sei bem como está se sentindo — respondo.

— Desde o primeiro dia em que vi vocês dois brigando, soube que ficariam juntos. O modo como ela te olhava mesmo sem se dar conta, já mostrava que por trás de toda aquela marra existia algo. — Arqueio uma sobrancelha.

— Porque não se afastou então? Porque me provocou aquele dia no almoço, e em todas as outras vezes em que via vocês dois juntos?!

— Cecília precisava sair do casulo em que vivia, ela era uma mulher romântica que sonhava em perder a virgindade na lua de mel. No fundo ela só tinha medo de se machucar. — Seu olhar recai sobre mim.

— A paz mundial está prestes a acontecer mesmo. Vocês dois no mesmo ambiente e ainda não se pegaram no soco?! — Viramos para a porta onde Rebeca entra com um sorriso sarcástico.

— Rebeca, sempre amável! — Miguel, provoca.

E ganha um olhar gélido dela.

— Cale a boca. Vim ver se está tudo bem e também para dizer que você pode ir ver as meninas Mike. — Meu coração dá um pequeno solavanco.

Olho mais uma vez para Cecília e me levanto seguindo Beca e Miguel. No caminho meus pais nos seguem. Quando viramos o corredor, já é possível ver a parede vidro.

Minhas mãos tremem, e talvez minhas pernas estejam perdendo a força. Sinto quando sou puxado para a frente e a voz da minha mãe sussurrando em meu ouvido que vai dar tudo certo.

Paro em frente ao vidro. Ayla que está com toca e praticamente toda coberta, sorri ao me ver e aponta para duas incubadoras.

Nesse momento meu mundo para. Lágrimas grossas rolam pelo meu rosto vendo minhas filhas tão pequenas. Um pesar me vem por vê-las assim, frágeis. Elas foram arrancadas de dentro da mãe precocemente, isso é algo que jamais irei me perdoar.

— Elas são tão pequenas — sussurro. Coloco minhas mãos apoiadas no vidro.

Ambas usam toucas rosa e fraldas num tamanho que nem pensei existir.

— Mike. — Olho para o lado fungando e limpando as lágrimas quando Ayla para ao meu lado já sem máscara. — Elas vão ficar bem, claro que vão passar os próximos dias na incubadora ganhando peso além disso precisamos ter certeza de que estão respirando bem e sozinhas.

— Elas são pequenas demais, Ayla. — Falo mostrando o meu pavor.

Ayla sorri doce enquanto me olha.

— Elas são prematuras, sei que está assustado e cansado com tudo, mas o pior já passou. Agora todos podemos respirar aliviados.

— Já escolheram os nomes? — Miguel pergunta.

— Sim — respondo e volto a olha-las através do vidro. — A primeira se chama Mariah e a segunda Mel.

— Mariah e Mel Monteiro Carter, gostei! — Beca murmura.

— O pior já passou, Mike. Agora você precisa cuidar de tudo que falta para assim que as três receberem alta, a casa de vocês possa estar organizada.

Arqueio minha sobrancelha para ela, que quando percebe que não sei do que está falando, acaba contando a surpresa que Ceci estava me fazendo. Esse foi o motivo que a levou buscar Lauren na escola.

— Não se preocupe filho, eu e seu pai vamos organizar a mudança de vocês. — Mamãe, diz sorrindo.

— Matteo e Theo também podem fazer isso. — Beca fala.

— Agora já está muito tarde, sugiro que todos vão descansar. — Ayla corta nossa visita.

— Mãe, traga Lauren, amanhã para conhecer as irmãs. Com tudo que aconteceu hoje eu não consegui falar com ela. — Peço e ela concorda.

Com todos indo embora, volto para o quarto onde minha princesinha, continua dormindo. Beijo sua testa ansioso para que acorde e possa ver nossas filhas.

CAPÍTULO 34

Cecilia

Assim que abro os olhos encontro o quarto completamente iluminado, a dor de cabeça se intensifica pela claridade e tento mover meu braço, mas uma pontada no pé da barriga me impede, olho para o local e ao meu redor notando que estou em um quarto de hospital.

O bip incessante me faz suspirar.

Levo minha mão livre para minha barriga e quando não sinto o volume um desespero me bate fazendo-me tentar sentar na cama, mas sem sucesso. Gemo quando sinto meu corpo estranho.

Cadê...

As lembranças me invadem como uma enxurrada devastando tudo!

O homem puxando Lauren...

O homem me derrubando no chão...

Sangue... muito sangue.

Minhas meninas.

Minha boca abre em um grito, mas o som não sai, fica preso dentro de mim junto com a angústia e a culpa.

O que aconteceu com as minhas filhas?

Cadê elas?

Meu Deus, o que eu fiz?

Lágrimas gordas rolam pelo meu rosto com todos os pensamentos horríveis que rondam minha mente, me devorando lentamente por dentro.

A porta se abre e Mike passa por ela, mesmo entre as lágrimas que nublam minha visão consigo distinguir seu corpo largo e todo tatuado, ver seu rosto angustiado e olhos inchados me faz querer me esconder ainda mais dentro de mim.

— Mike... — murmuro entre os soluços.

Ele praticamente corre até estar ao meu lado e inclina o corpo sobre a cama, aumentando ainda mais a culpa dentro de mim. Eu não mereço o olhar afetuoso que ele me lança. Eu machuquei minhas meninas. Eu o machuquei.

— Shhh! Não chora, princesinha. Está tudo bem.

Suas mãos grandes afagam meu cabelo em uma carícia suave. Quando tento me afastar me prende ainda mais contra seu corpo forte enquanto meu corpo chacoalha com os soluços.

— O que... o que... — tento perguntar, mas as palavras simplesmente não se completam, o medo entala minha garganta.

Eu estou por muito tempo nesse poço da culpa e agora sinto como se nada pudesse me salvar dele, como se eu estivesse realmente me entregado ao sentimento corrosivo e desistido. Como se eu não tivesse mais a que me agarrar.

Esse sentimento é uma merda!

Ele vem te mordendo, corroendo aos poucos e de repente tudo o que se pode sentir é ela, a maldita culpa por tudo. O peso de carregar isso sozinha é tão grande que eu apenas me entreguei.

Pelo que fiz com Karen, pelos medicamentos que tive que tomar e por descobrir tardiamente minha gravidez ao ponto de colocar a vida de duas das pessoas mais importantes da minha vida em risco, é isso que eu mereço. Ficar sozinha nesse poço, sem ajuda, apenas deixando que ela sugue toda a vida do meu corpo.

— Cecília, preciso que se acalme. — A voz de Rebeca me chama atenção enquanto ela afere minha pressão.

Eu nem havia notado sua aproximação de tão perdida que me sinto. Percebo que Ayla também está aqui e me olha com aqueles olhos castanhos amolecidos, meu coração bate forte no peito, o medo do que seu olhar significa.

— Elas... — sussurro olhando minha amiga.

— Elas estão bem. — Ayla afirma me olhando nos olhos e por um mísero segundo o ar voltar aos meus pulmões. — Estão na incubadora por terem nascido antes do previsto. A bebê número dois ficou com o cordão enrolado no pescoço, mas Rebeca conseguiu tira-la a tempo. As duas estão bem!

Balanço a cabeça tentando assentar na minha mente turbulenta o fato das minhas filhas estarem bem.

Olho para Mike, que me olha com um pequeno sorriso estampado no rosto, mas isso apenas me faz solta-lo.

— Eu as vi, princesinha. Elas são lindas e pequenininhas. Você quer ir vê-las? Ela pode ir vê-las, Rebeca?

— Não! — quase grito e três pares de olhos me encaram assustados. — Não quero vê-las!

— Mas...

— Não Mike! Não quero vê-las. Eu... Eu... — gaguejo e logo estou chorando mais uma vez. — Eu não posso.

Me mexo na cama, fechando os olhos e virando o rosto para o lado, torcendo para que os três percebam que não quero companhia e vá embora. Eu só quero sentir minha dor e culpa sozinha.

Se eu não tivesse ido buscar Lauren, apenas seguido a ordem do Mike de ficar em casa, isso não teria acontecido. Minhas meninas estariam dentro de mim, seguras e agora eu sinto como se tivesse as colocado em um mundo cruel, sem nenhuma chance de defesa, sem nem mesmo terem terminado seu tempo de formação dentro de mim.

Sinto como se apenas as estivesse largado ao mundo.

Sinto uma mão macia no meu rosto, fazendo um carinho suave e respiro fundo.

Porque eles não me deixam em paz?

— Cecília, não vá por esse caminho. — Rebeca fala com a voz mansa, me recuso a olhar para ela. — Você teve um descolamento de placenta severo devido à queda e tivemos que fazer uma cesárea de emergência que ocorreu tudo bem, apesar da bebê número dois ter nascido com o cordão umbilical enrolado no pescoço, conseguimos a salvar. Nada do que houve foi culpa sua. Ambas estão bem. São tão fortes quanto a mãe delas, lutaram por suas vidas assim como você lutou pela sua e pela delas. Você precisa vê-las para saber disso, para ver o quão fortes são apesar dos seus tamanhos.

Continuo quieta, mesmo que suas palavras sejam para trazer algum conforto para mim, não é isso que acontece. Eu só me sinto mais fraca, mais entregue.

E eu odeio cada segundo disso. Odeio não ser tão forte quanto todos dizem que eu sou.

Eu queria ser. Queria ser capaz de me levantar dessa cama e ir ver minhas filhas, ter a certeza que elas estão realmente salvas.

Mas tudo que eu sinto é a dor. Dor crua que irradia de dentro para fora, se tornando uma dor física, como se alguém estivesse me pisoteando e me rasgando, amarrando a culpa de tudo em todos os cantos do meu corpo.

— Meninas, vocês podem nos deixar a sós? — ouço a voz de Mike e ainda assim não me movo.

— Estamos indo, mas logo voltamos. Fique bem e estaremos ali fora te esperando, quando estiver pronta é só me chamar.

Dois beijos são deixados no meu rosto antes que eu ouça a porta se abrir e depois fechar, um suspiro escapa dos meus lábios no momento em que sinto Mike se deitar na cama. Uma de suas mãos acaricia meu cabelo, enquanto a outra descansa em minha barriga. Seu corpo tão perto do meu me aquece, estremeço com o calor que vem dele.

Estar assim com ele deveria calar as vozes dentro da minha cabeça que não param de gritar minha culpa, deveria acalmar a bagunça de sentimentos, mas não o faz. Nem mesmo sua respiração calma no meu ouvido ajuda, apenas me deixa ainda mais entorpecida.

— Princesinha, fique comigo ok? Se não está pronta ainda para ir vê-las, tudo bem, vamos esperar seu tempo.

— E se eu nunca estiver pronta? — Sussurro e ouço sua respiração falhar por alguns segundos. — E se eu nunca estiver pronta para ser mãe delas? Se eu for uma mãe horrível? Quer dizer, pior do que já sou.

A dor em meu peito é dilacerante, aumentando a cada segundo mais.

— Você é uma ótima mãe, Cecília! Veja o quanto já fez por Lauren, você a ama e cuida dela como uma leoa e não é diferente com as gêmeas. — Fala baixinho em meu ouvido enquanto seu polegar faz carinho em minha barriga. — Mesmo quando não estávamos morando juntos você dava um jeito de cuidar de Lauren, perguntava sobre ela o tempo todo, a levava para a escola e passava horas assistindo aqueles filmes de princesas dela. Qualquer um que ameace se aproximar dela você já olhava feio e praticamente escondia Lauren do mundo todo, é até engraçado ver isso. Vê? Você é uma ótima mãe!

O choro convulsivo me chacoalha contra o corpo dele, sentindo-o puxar meu corpo suavemente contra o dele com movimentos mínimos por conta da dor que sinto devido a cesárea, como se quisesse me proteger de tudo, mas ele não pode me proteger de mim mesma, da minha bagunça interna.

— Desde o momento em que soube da gravidez parou com seus remédios, mesmo sabendo as consequências que isso traria para você, você as amou e cuidou delas desde o primeiro momento.

— Quando elas estavam aqui dentro de mim, eu sentia que podia realmente cuidar delas. Parecia difícil, mas em comparação com agora, parece mais fácil. Como se apenas com elas dentro de mim eu fosse capaz disso, elas aqui fora eu estou de mãos atadas, sem poder fazer muita coisa. Estou me sentindo tão culpada por tudo isso.

— Você não deve pensar assim. Desde Lauren, descobri que o medo é um sentimento constante depois que nos tornamos pais, então esse sentimento de medo é mais normal do que você imagina. — Continua falando com a voz suave que misturada com seus carinhos parecem estar conseguindo o que ele realmente quer. — É claro que pareceria mais fácil com elas aqui, protegidas, mas agora não muda nada, apenas que vamos dobrar os cuidados. E não tem porque você se sentir culpada, você não tem controle de tudo que acontece e agora só temos que nos preocupar com nossas meninas.

Eu já disse o quanto é mais fácil falar do que fazer?

Ele me dizer para não me sentir culpada parece tão simples, mas só o fato de pensar nas gêmeas eu fico perdida.

Meus olhos focados em algum ponto da parede branca, mas sem realmente a ver, como se dali pudesse sair algum tipo de resposta para mim, alguma cura.

Minha respiração vai ficando cada vez mais calma, acompanhando a respiração de Mike atrás de mim, coloco minha mão sobre a dele. A fisgada que sinto na ponta da minha barriga me alerta de que eu não deveria me mover tanto.

Viro meu rosto para encontrar os seus olhos verdes me encarando com tantos sentimentos brilhando neles que me fazem fungar, segurando o choro que mais uma vez ameaça sair.

— Já pegaram ele? — Questiono baixo.

— Não pense sobre isso, princesinha. Deixe que a polícia se preocupe com isso e nós nos preocupamos apenas com você e nossas filhas, ok?

Me sinto tão fraca que não sinto nem vontade de debater com ele sobre isso, apenas aconchego meu rosto contra o seu pescoço e aspiro seu perfume que eu amo.

Sou levada ao sono pelo som da sua respiração e seus carinhos.

Talvez, eu realmente tenha sorte por tê-lo comigo. Mike está se saindo muito melhor do que um dia imaginei que ele seria e eu o amo cada dia mais por isso.

Desperto do meu sono quando Mike se levanta da cama, fico o observando enquanto ele passa a mão na camisa como se estivesse desamarrotando-a depois de tanto tempo deitado em uma cama apertada. Seus cabelos estão naquela bagunça habitual, os olhos parecem cansados, mas tem um leve brilho de felicidade que aquece meu peito.

— Estou com sede... — resmungo com a voz rouca, o assustando.

Ele alcança um copo de água que estava ao lado da cama e me entrega, eu bebo tudo de uma vez e devolvo o copo para ele.

— Como está se sentindo? — Mike pergunta parado ao lado da cama.

— Estou um pouco melhor. — Forço um sorriso em sua direção.

A angústia em meu peito ainda está lá, instalada e parece que não vai sair tão cedo, mas agora eu me sinto menos dormente, um pouco mais preparada.

— O que acha de ir vê-las? — olho para ele e talvez ele tenha notado minha incerteza. — Podemos olhar pelo vidro.

Meu coração dá uma batida tão forte dentro da caixa torácica que acho que ele pode até ter ouvido o som alto. Eu não sei se realmente estou pronta, só sei que agora quero apenas ver minhas filhas, mesmo que de longe.

Apenas olha-las e saber que elas estão realmente bem e saudáveis.

— Vamos lá — sussurro.

Mike abre um sorriso largo, seus olhos acendem de animação enquanto ele me ajuda a levantar da cama, a dor de estar em pé depois de uma cesárea é surreal, é como se tivessem me esfaqueando enquanto tento me manter em pé. Sinto meu corpo suar frio, quando dou meu primeiro passo fazendo uma anotação mental de não querer passar por isso de novo.

Seguro seu braço com força, enquanto deixo meu corpo quase colado ao dele, me apoiando completamente enquanto ele me ajuda a caminhar pelo hospital até chegarmos na UTI neonatal.

O corredor está vazio no momento, o que agradeço mentalmente. Mike, nos para em frente ao vidro que dá visão completa de todo o local, tem apenas as duas bebês e mais outros três. Mas meus olhos estão fixos nas duas, lado a lado, cada uma em sua incubadora.

Tão pequenas e indefesas que eu quero tira-las dali e segurar em meus braços, onde posso garantir que nada as atingirá.

Mas de repente minhas mãos pinicam e a necessidade de me esfregar vem à tona, junto com as lágrimas que enchem meus olhos. Elas têm uma áurea iluminada tão linda que mesmo em suas condições frágeis é possível perceber e por isso eu não quero me aproximar. Se eu já imaginava que não seria o suficiente, agora tenho a certeza.

Como vou cuidar de dois seres tão pequenos?

— Elas são lindas! — sussurro apenas para mim, mas Mike escuta.
— Elas são mesmo, perfeitas.
Nesse momento eu sinto como se existisse duas de mim, porque uma está com certeza radiante ao ver as donas do meu coração ali, quietinhas e saudáveis. Enquanto a outra parte não se acha digna nem mesmo de respirar o mesmo ar que elas.
— Meus pais já vieram ver as duas e saíram daqui encantados. — Ele diz todo orgulhoso, me olhando, mas logo seu olhar volta para a frente. — Claro, as meninas também as viram, Matteo e Theo, também passaram aqui para dar uma olhada nelas e Lauren, quando veio fez tantas perguntas que eu juro ter visto a enfermeira pedir socorro para outra enfermeira.
Solto uma risada baixa com sua fala.
Minha menina é realmente muito curiosa, adora estar sempre perguntando sobre tudo e não tem a mínima vergonha de perguntar e aposto que traze-la aqui a encheu de questionamentos.
— Quanto tempo eu dormi? — pergunto quando me sinto perdida no tempo.
— Quase quarenta e oito horas. Bessie e Beca disseram que era normal, pelo seu estado mental. — Engulo seco, quase dois dias!
— Como Lauren está?
— Com saudades. Ela não para de perguntar quando vamos para a casa com Mariah e Mel, ansiosa para brincar com as irmãs. — Seu lábio se curva na lateral em um leve sorriso.
— Quem está cuidando dela?
— Meus pais. Pedi para eles ficarem com ela enquanto estamos aqui no hospital.
— Mike, você não precisa...
— Não! Eu preciso e quero estar aqui, cuidando da minha mulher e das minhas filhas.
Ouvi-lo dizer faz as borboletas do meu estômago baterem asas dentro de mim. Eu amo o quanto ele cuida tão bem das nossas filhas e de mim.
Mike viu meu lado mais feio, minhas crises e minhas inseguranças e mesmo assim decidiu ficar, mesmo depois de ver me perder ele escolheu segurar minha mão e me colocar de volta no caminho.
Não anulo a ajuda de Miguel, Rebeca e Ayla. Mas Mike e Lauren foram as pessoas que realmente me deram gás e me mantiveram à tona na minha vida, não apenas flutuando perdida.
Viro para ele, fico na ponta dos pés deixando um beijo no canto da sua boca. Ele me olha parecendo confuso, mas não o deixo falar nada, apenas pego sua mão e vou até a porta que me leva direto para a minhas filhas. A enfermeira joga álcool em minhas mãos que esfrego e vou direto para onde as duas estão, lado a lado. O cheiro de limpeza aqui parece ainda mais forte e a claridade não é tão intensa quanto no restante do hospital.
Olhando-as tão de perto agora parece ainda mais real.
Mel e Mariah nasceram!
Elas estão aqui.

É assustador ver quantos fios estão presos a elas, em seus peitinhos, suas minúsculas mãozinhas. Porém elas parecem estar em um sono tão profundo, tão gostoso como se não estivessem incomodadas com nada disso.

Percebo o quão parecidos são seus traços e me lembro que Rebeca nos disse que elas seriam gêmeas idênticas. Seus cabelinhos loiros são ralos e elas são a perfeição em miniatura.

Coloco minhas mãos pelo buraco da incubadora, alcançando a pele fina e morna de Mel, segundo Mike, e faço uma carícia suave. Meu coração infla com tanto amor que o invade, como se agora que estou a tocando, tornasse real!

Ergo os olhos para Mike, encontrando-o fazendo carinho em Mariah, vendo-o sob minhas lágrimas.

— Elas são perfeitas.
— Claro, eu sou o pai, lembra? Puxaram a mim.

Ele pisca um dos olhos para mim me fazendo sorrir para ele.

Me abaixo como se pudesse me aproximar ainda mais da minha filha, olhando-a com atenção.

— Você é a perfeição, meu amor! Você e sua irmãzinha vieram para iluminar a vida da mamãe e eu prometo que vou me esforçar todos os dias para ser forte por vocês. — Meu dedo continua o carinho em seu peito que sobe e desce devagar com a respiração. — Eu te amo tanto.

Passamos tanto tempo com nossas filhas, nos revezando nos carinhos e conversando com elas e entre nós mesmo, fazendo planos para o futuro e quando volto para o meu quarto me sinto em paz, como se tudo o que eu precisasse fosse apenas ver minhas filhas.

CAPÍTULO 35

Mike

A senhorita Monteiro me pediu surpresa. Por isso não entrei em contato antes. Mas ela já havia escolhido essa propriedade. — A corretora fala enquanto eu e Lauren damos uma boa olhada na casa.

Cinco quartos grandes, uma cozinha americana enorme e um quintal a perder de vista. Ceci não estava brincando quando disse que esta seria a casa ideal para nós.

— Papai, eu quero nadar naquela piscina! — Lauren murmura.

A piscina fica perto de um deck onde já posso me imaginar fazendo churrascos e recebendo nossos amigos.

— Calma pequena, primeiro temos que começar a organizar nossa mudança — respondo.

— Bom senhor Carter, aqui estão as chaves e a escritura, qualquer outra coisa que precisarem estou a disposição! Além disso, em breve entro em contato pois surgiu um comprador para a casa das meninas. — Balanço a cabeça assentindo e ela se despede.

Sozinhos na imensa casa vazia, Lauren e eu nos encaramos com sorrisos animados.

— Por onde começamos? — pergunta cruzando os braços e me olhando séria.

—Vamos montar os quartos primeiro. Eu já liguei para a empresa de mudanças e hoje a tarde eles vão trazer nossos móveis. — Lauren sorri empolgada, não muito diferente de mim.

—Quando a mamãe e as gêmeas chegam? — Seus olhos brilham quando fala das irmãs.

— Elas ainda são muito pequenas, você as viu! Elas precisam ficar mais um pouco na incubadora. Mas a mamãe, se tudo der certo, amanhã já pode vir. — Lauren, arregala os olhos assustada.

— E vamos deixar as gêmeas lá sozinhas? — Engulo seco. Porque tudo que eu mais queria era poder traze-las junto com Cecília amanhã, mas isso é impossível nas próximas semanas.

— Ayla vai cuidar bem delas e vamos todos os dias visita-las. — Contrariada ela assente e sobe em direção aos quartos para escolher o seu.

Alguns minutos depois Theo, Matteo e Noah chegam para me ajudar com a mudança. Que depois da insistência de dona Suzy adiantaram. Se bem conheço aquela mulher, provavelmente deve ter ameaçado alguém!

— Olhem só para essa casa! — Noah murmura boquiaberto.

— Agora com três crianças, logo você vai perceber que espaço nunca é demais. — Theo fala ajeitando os óculos.

A porta da frente é aberta bruscamente fazendo com que todos olhem. Minha mãe passa por ela e logo meu pai, que murmura um *me desculpe* me fazendo apertar o olhar para ambos.

— Eu sabia que vocês quatro iriam ficar enrolando e não terminariam hoje! — A fala dura nos faz nos entreolharmos.

Theo engole seco, Matteo faz uma careta enquanto Noah bufa!

— Mãe, nós vam...

— Vocês vão se dividir para organizarmos. Theo e Matteo vão arrumar a cozinha, Noah meu filho vá ajudar John com a sala e você Mike Carter, suba e comece a montar o quarto seu e da minha nora. Amanhã eu quero que ela se deite confortável.

— Acho melhor começarmos, o caminhão com os móveis está para chegar. — Meu pai sai de trás da general murmurando.

Rapidamente todos assumem suas posições com medo do castigo prometido pelo olhar frio que minha mãe nos direcionou.

Subo para a suíte do casal carregando duas malas enormes com roupas da Cecília, agradecendo a Deus por Beca e Ayla terem juntado tudo na noite passada em meu apartamento enquanto eu estava com Cecília e as gêmeas.

Todos vêm sendo de extrema importância, além disso, em poucos dias os pais de Ceci chegam a Santa Monica e eu estou me preparando psicologicamente para enfrentar a fera chamada Amanda Monteiro Cunha.

Abro a porta dando e sorrio vendo o tamanho do nosso quarto. A *cama king size* centralizada no meio do quarto de frente para uma parede com lareira e um espaço onde com certeza irei colocar uma televisão enorme. As janelas da sacada têm a vista do quintal.

Puxo as malas até o closet e fico boquiaberto.

— Porra! o meu apartamento era do tamanho desse closet. — Falo alto.

Incrédulo com o tamanho do cômodo, deixo as roupas para lá quando escuto minha mãe gritar que o caminhão chegou.

Passamos o dia e a tarde toda organizando tudo. Quase à noite, Beca chega com suas filhas fazendo com que os olhos de Theo brilhem.

— Olha só para essa coisinha, John! A cara do Theo. — Mamãe fala apertando as bochechas de Juliana.

— Eu sou a menina do meu papai. — A criança responde enquanto rimos.

— E que nunca vai crescer e será para sempre assim. — Theo diz a pegando no colo e lhe dando um beijo no rosto.

Por minutos me teletransporto para o momento onde será minha vez de estar fazendo isso com minhas filhas.

Lauren, Mariah e Mel já são meu mundo.

—Filho, Lauren já está pronta para dormir. — Saio dos meus pensamentos quando papai me chama.

Deixo todos na sala e subo para o novo quarto da minha primogênita.

— Pronta pequena? — A encontro deitada olhando para o teto, pensativa.

— Estou papai. — Me sento na cama e lhe dou um beijo na testa.

Seus olhos voltam para mim cheios de lágrimas me fazendo franzir o cenho.

— Qual é o problema? — pergunto passando meu dedão no rosto molhado.

— A culpa pela mamãe e pelas gêmeas estarem no hospital é minha. — Prendo a respiração com sua fala sentida.

— Claro que não pequena! — nego. — Tudo acontece por uma razão, não foi sua culpa.

— Aquele homem queria me levar papai, ele queria, mas eu corri e deixei a mamãe para trás e ela não vai mais gostar de mim. — Os soluços e lágrimas de desespero me quebram. Puxo-a para um abraço apertado na esperança de fazê-la se acalmar.

— Ele não ia te levar e você correu por que a mamãe pediu. E se você não tivesse obedecido não teria chamado o Matteo para ajudá-la.

— Eu sonhei com a minha outra mãe. Ela dizia que vocês iriam me deixar, por favor, não faça isso papai, por favor. — Quando dou por mim, estou chorando junto de Lauren.

O desespero e sofrimento palpável me fazem perceber que ela vem guardando o trauma que foi todo esse acontecimento para si.

— Minha filha, isso jamais vai acontecer. Você é minha primeira filha. Você trouxe luz para minha vida Lauren. — A sento em meu colo e a olho nos olhos. — Nada nem ninguém pode te tirar de mim, de nós! Eu sou seu pai e Cecília é a sua mãe. Nós vamos lutar sempre por você e suas irmãs.

Coloco ela em meu colo aninhada, seu chorinho baixo cortando meu coração.

Pensar que até hoje a desgraçada da genitora dela tem o poder de desestabilizá-la traz de volta toda a minha vontade de ir até a cadeia e matar aquela desgraçada com minhas próprias mãos.

— E se ela não gostar mais de mim, papai? Ou minhas irmãzinhas tiverem raiva de mim? — sua voz sai abafada por ela estar com o rosto contra meu peito, os soluços balançando seu corpo pequeno.

— Lauren, olha para mim... — peço e ela levanta a cabeça lentamente, me encarando com os olhos castanhos imersos em lágrimas. — Não tem a mínima chance da sua mãe não gostar de você, você é o nosso raio de sol, ilumina nossas vidas e ajuda sua mãe de forma que você nem imagina, só por ser assim, do jeitinho que você é e suas irmãzinhas vão te amar assim que colocarem os olhos em você, assim como aconteceu comigo.

— Promete papai?

— Prometo meu amor. Amanhã sua mãe chega em casa e tenho certeza que ela deve estar morrendo de saudades suas e ela quer te ver sempre feliz, então não fique pensando nisso, o que aconteceu não foi culpa sua. Pelo contrário, você salvou sua mãe e suas irmãs indo chamar o Matteo.

Mesmo entre as lágrimas consigo ver um pequeno brilho de esperança em seus olhos puxadinhos.

— Que nem a Mulher Maravilha?

— Igual a Mulher Maravilha, meu amor — assinto para ela que abre um pequeno sorriso. — Agora que tal ir dormir? Você deve estar cansada.

— Você pode ficar aqui até eu dormir, papai?

Eu amo saber que sou o porto seguro da minha menina, que ela sempre vai vir até mim quando algo a deixar com medo e farei de tudo para que isso nunca mude.

— Claro meu amor.

Deito ela no colchão e me deito ao seu lado, ela se arrasta até ficar com a cabeça no meu peito e sua mão segura firme em minha camiseta, como se eu fosse fugir a qualquer instante. Levo uma das mãos até seus cabelos, onde faço um carinho.

— Boa noite, papai. Eu te amo — sussurra, fazendo meu coração pular loucamente dentro do peito.

— Boa noite, princesa, eu também te amo.

Leva um tempo até que sua respiração se acalme, apenas os resquícios de choro como o leve soluço ainda presentes e quando percebo que ela dormiu consigo respirar fundo.

Eu já tinha ouvido minha mãe falar que a dor do filho dói muito mais na gente, mas vivenciar isso... puta merda! Eu só queria ter o poder de apagar todas as memórias da vida dela antes de mim, apagar a memória daquele desgraçado tentando tirar ela de Cecília e deixar apenas coisas boas, felizes, para que ela nunca mais se sinta assim.

Deixo um beijo na testa dela e me levanto, a cobrindo com o lençol. Acendo a luz do abajur próximo a sua cama e saio do seu quarto, encostando a porta.

Assim que entro na sala percebo o cômodo vazio e volto para o meu quarto onde encontro Rebeca e Ayla ajeitando o closet.

— Oi Ayla, chegou agora? — pergunto encostado no batente vendo o bom trabalho que estão fazendo.

— Oi Mike, sim, sai do hospital e vim direto para cá ajudar vocês. Meu querido marido disse que você estava abusando de todos, colocando-os para trabalhar.

Gargalho alto e as duas me acompanham.

— Na verdade, quem está fazendo isso é dona Suzy. A general chegou aqui dando uma de diaba e mandando e desmandando e como somos homens que prezam pelo nosso, apenas obedecemos.

Rebeca cerra os olhos para mim, me atirando punhais com o olhar afiado e eu abro um sorriso galanteador para a doida.

— Não sorria assim para mim, meu marido já deixou um em coma, quer ser o próximo?

Desfaço o sorriso imediatamente a fazendo rir.

— Não tenho medo do Theo. — Dou de ombros e saio do quarto rapidamente, ouvindo as risadas me acompanharem.

Lembro-me até hoje como foi quando Theo bateu em Benjamin até deixa-lo em coma, não é algo que meu amigo se orgulhe, provavelmente, isso o deixa mal até hoje. Mas é completamente compreensível por tudo o que o desgraçado fez e eu sei que eu mesmo não faria diferente, se colocasse as mãos naquele filho da puta do progenitor de Lauren o deixaria em coma ou mataria, por ousar se aproximar das minhas meninas e machucar minha mulher.

Passo pelo quarto das gêmeas e vejo três homens feitos se matando para montar o berço enquanto discutem. Minha mãe para na porta ao lado, bufando com os braços cruzados.

— Querem uma mãozinha aí, garotos? — Pergunta com desdém, chamando a atenção de todos eles que nos olham com os olhos arregalados.

— Não dona Suzy, muito obrigado. Estamos apenas vendo a melhor forma de fazer isso. — Matteo responde estufando o peito e minha mãe ri.

— Três para montar um berço? E ainda nem começaram. — Ela balança a cabeça e sai falando alto. — Terminem logo, só falta esse quarto.

Vou até eles pegando o papel da mão do Theo, o olhando enquanto ele tenta se defender.

— Essa porra é complicada demais, por isso não montei o das meninas. Rebeca pegaria uma das madeiras e bateria em mim se me visse me matando assim.

Matteo e Noah se engasgam com a risada, fazendo com que o outro olhe feio para eles.

— E você apanharia calado. — Digo rindo e ele me dá o dedo.

— Preciso te lembrar que Cecília é doida igual ela, se não for pior. — Ele me lembra, faço uma careta. — O único que provavelmente apanha *menos* é Matteo, mas pelo andar das coisas, como ele vem sendo obediente com a mulher, sabe o que é bom para a vida dele.

Noah rola no chão rindo e quando vemos, seus olhos castanhos estão puro divertimento.

— Eu adoro ver um bando de macho desse tamanho sendo pau mandado. — Afirma entre as risadas.

— Quero só ver quando...

— Cala a boca, nem termina isso. — Ele aponta para mim, com uma carranca. — Todo mundo vivia jogando essa praga em você e olha onde está hoje, não faça isso comigo, seu desgraçado.

Olho para os outros dois idiotas que estão segurando uma risada. Jogo o papel no Noah para que ele pare de ser babaca.

Assim como eu, ele sempre adorou sua vida de vadiagem e pensar em se envolver em algum relacionamento o deixa a beira de um colapso. Vai ser engraçado ver quando chegar uma mulher na vida dele.

— Vamos lá, babacas, dois em cada berço e montaremos isso o quanto antes.

Passamos um bom tempo nos matando para conseguir e quando finalmente conseguimos, as meninas já estão no quarto organizando as coisas que já temos das pequenas, deixando tudo preparado para quando chegarem. Quando for pintar o quarto de Lauren pretendo pintar esse também, mas vou esperar Cecília para decidirmos se será da mesma cor ou a cor que ela quiser, assim como nosso quarto caso ela queira mudar também.

Quando terminar todos descem e se despedem dos meus pais. Depois de tanto tempo de amizade entre nós, todos eles adoram meus pais e o sentimento é mútuo. Seguimos até a porta, já que eles querem ir embora. Matteo está em minha frente por isso acerto um tapa em suas costas.

— Filho da puta. — Reclama, chamando a atenção de Ayla, Theo, Beca e Noah para mim.

Abro um sorriso para todos que me encaram parecendo cansados.

— Gente, muito obrigado pela ajuda hoje.

— Faz um churrasco para nós e fica tudo certo. — Noah, o babaca, fala sorridente.

— Apoiado. — Theo e Matteo dizem em uníssono me fazendo arquear a sobrancelha.

— Que porra é essa agora? Estão combinando falas? — resmungo revirando os olhos. — Quando as meninas estiverem em casa e bem, faço um churrasco.

— Claro, fica tranquilo. Estou apenas te provocando. — Noah volta a falar.

Eu adoro provocar meus amigos, tira-los do sério, mas se tem uma coisa que eu sei é que posso contar com eles a qualquer momento da minha vida.

— Amanhã provavelmente Cecília poderá voltar para a casa. — A diaba diz, embalando Raika no colo enquanto me olha, fazendo um sorriso pequeno repuxar meus lábios.

— Pois é, só será difícil vir para a casa e deixar as gêmeas lá. — Murmuro desanimado.

Pensar que Cecília estará em casa me deixa em paz, mas saber que minhas filhas continuarão no hospital é uma tortura e eu sei que isso vai ser ainda mais difícil para Cecília.

— Logo elas estarão em casa com vocês Mike. — Matteo chama minha atenção me fazendo assentir.

— Eu sei, eu sei...

— Te vejo amanhã. — Rebeca diz sorrindo e me dando as costas.

— Tchau babaca. — Theo se vira atrás da mulher como um bom pau mandado.

Os outros dois gargalham junto comigo, Matteo envolve os braços nos ombros da mulher e se despedem também indo embora.

Me viro e entro trancando a porta, vou até a cozinha onde encontro meu pai tomando água, já de pijama, ergo a sobrancelha em sua direção e ele dá de ombros.

— Vamos dormir aqui para ficarmos com a Lauren amanhã e terminar tudo enquanto você vai para o hospital e se quiser reclamar, sua mãe está lá no quarto de hóspedes, sinta-se à vontade.

— Não obrigado.

— Sábia escolha, filho. — diz segurando o riso e me viro para sair quando sua voz me para. — Estou orgulhoso de você. Você se tornou um pai incrível e tem sido um ótimo companheiro para Cecília. As coisas agora vão melhorar, você vai ver, logo as três estarão em casa te deixando doido e você vai amar cada segundo.

Meus olhos se enchem de lágrimas, mas apenas me viro um pouco para olha-lo, com um sorriso grato estampado no rosto. Ouvir isso do homem que é o meu exemplo de vida é realmente gratificante e me deixa feliz demais.

— Obrigado pai!

Subo para o meu quarto, mas passo no de Lauren para vê-la mais uma vez e no dos meus pais para dar boa noite para minha mãe que me dá um beijo e age como se fosse muito normal ela dormir na minha casa. Não, não é, mas quem liga? Eu é que não vou debater as decisões de dona Suzy.

Finalmente vou para o meu quarto que já está tudo em seu lugar, faltando apenas coisas que precisaremos comprar ainda, até mesmo o closet está organizado já. Tomo um banho quente e demorado, deixando que a água desfaça os nós de tensão do meu corpo.

Assim que termino visto uma cueca e uma bermuda e me jogo na cama, exausto demais com o dia agitado que tive.

— Bom dia papai. — A voz alegre me desperta e quando abro os olhos encontro um par de olhos castanhos me encarando. — Acorda preguiçoso.

— Bom dia meu amor — murmuro, rouco.

A claridade presente no quarto é um bom indicativo de quem mandou Lauren vir me acordar, porque a própria não abriria as cortinas antes de eu me levantar. Quando olho para ela, percebo que veste uma jardineira jeans e uma camiseta branca em baixo, seus cabelos presos em uma trança boxeadora como ela adora.

— A vovó disse que fez um café muito gostoso para a gente. Mas você precisa escovar os dentes antes — murmura como um segredo, me fazendo rir.

— Esta dizendo que estou com bafo? — pergunto puxando-a para a cama arrancando uma gargalhada alta dela quando começo a fazer cócegas.

— Não... Para... Papai... — diz entre as risadas altas.

Paro as cócegas quando ela segura meu rosto com as duas mãozinhas, me empurrando para me afastar. Me jogo ao seu lado, ouvindo sua respiração ofegante e quando viro meu rosto ela esta me encarando com um sorriso nos lábios, suas bochechas coradas pelo esforço, os olhos alegres brilhando.

— Com quem você aprendeu a ser folgada assim, hein? — Pergunto apertando os olhos para ela que solta uma risada infantil baixa.

— Com você mesmo, papai. — Dá de ombros e quando ameaço a alcançar, ela pula da cama e vai até a porta. — Vamos comer logo para você poder ir buscar a mamãe.

Dou risada da sua ansiedade enquanto me levanto e sigo para o banheiro, onde escovo meus dentes e faço minha higiene matinal. Quando saio Lauren ainda está sentada na minha cama, com os pés para fora, balançando-os.

Entro no closet e pego uma calça jeans clara e uma camiseta preta, volto para o banheiro para me trocar, o que faço com rapidez e volto para o quarto, passo meu perfume e já pego meu celular.

— Gostou do quarto novo, princesa? — Questiono para Lauren quando saímos do quarto e vamos para a cozinha.

O quarto de Lauren, assim como o resto da casa, é enorme e ela agora tem um closet também. Mas ainda precisa de algumas coisas para finalizar a decoração.

— Gostei, mas será que podemos pintar ele de rosa e cinza? — ela pergunta um pouco sem jeito, sem me olhar. Sua dificuldade em me pedir as coisas sempre da as caras, mesmo que ela precise muito de algo.

—Claro, meu amor, vamos fazer isso esse fim de semana, o que acha? Eu e você.

— E você sabe pintar, papai? — me olha com as duas sobrancelhas erguidas e eu faço uma careta para ela.

Ela sai correndo gargalhando me fazendo rir junto, corro atrás dela e assim que chegamos na cozinha recebemos o olhar fulminante de dona Suzy, troco um olhar com a minha filha antes de nos sentarmos cada um em seu lugar.

Meus pais também se sentam e tomamos nosso café, todos ansiosos pela chegada de Cecília hoje e Lauren fazendo mil planos sobre como vai ser quando suas irmãs chegarem.

— Quando eu crescer, posso fazer uma tatuagem? — Lauren pergunta de repente, fazendo minha mãe me olhar com a sobrancelha arqueada e meu pai segurar a risada.

Comecei a fazer minhas tatuagens desde cedo e realmente perdi a conta de quantas eu tenho hoje em dia, saber que minha filha quer fazer tatuagem futuramente não me assusta, só quero garantir que quando ela fizer será algo que ela goste e que tem certeza. Mas pelo olhar que minha mãe esta me dando ela deve estar achando que eu vou infartar aqui há qualquer momento.

— Quando você for muito grande e tiver certeza do que realmente quer tatuar, você pode fazer uma.

Minha mãe me olha boquiaberta me fazendo piscar para ela, mas o brilho orgulhoso em seus olhos desmente a feição brava.

— Vou fazer um montão, escrever seu nome, da mamãe, fazer as princesas... — diz sonhadora me fazendo sorrir com sua animação.

Termino meu café e me levanto, deixo um beijo na cabeça da minha mãe e do meu pai e vou até Lauren, agacho ao seu lado e ela sorri pequeno para mim.

— Vou buscar a mamãe, ela deve estar morrendo de saudades de você e quando chegar da escola ela já vai estar aqui. — Aliso seus cabelos enquanto ela assente.

— Fala para a mamãe que eu não quis machucar ela e minhas irmãzinhas? Pede para ela não deixar de me amar? — Sussurra insegura.

Olho para cima encontrando meus pais assistindo nossa interação com uma feição preocupada. Talvez seja bom procurarmos uma ajuda psicológica para Lauren antes que esse trauma se aprofunde ainda mais nela e torne a cabecinha dela uma bagunça. Minha filha não precisa de mais um trauma.

— Filha, lembra o que o papai te disse ontem? Não é sua culpa e sua mãe nunca deixaria de te amar. — Ela assente, mas seus olhos ainda estão tristes. — Mas o papai vai passar seu recado, ok?

Seus pequenos braços me envolvem em um abraço forte que me permito ficar por um tempo, sentindo o cheiro gostoso dela.

O abraço dela tem o poder de me deixar calmo, mesmo nos dias em que tudo parece ruim o suficiente.

Deixo um beijo em seu rosto e me despeço, indo para o meu carro. Me ajeito no banco do motorista, respirando fundo.

Hoje Cecília volta, mas nossas filhas ficarão no hospital e mesmo que isso esteja me matando, sei que preciso ser forte por elas. Esses dias serão ruins para todos nós, mas com o quadro da minha namorada, ela vai remoer isso como se fosse culpa dela e isso vai machuca-la demais. Sei que vai precisar ainda mais de Lauren e de mim, teremos que ser suas bases como vem sendo.

Paro no caminho apenas para comprar um arranjo de rosas e volto a dirigir.

Enquanto entro no hospital olhando o buquê na minha mão, não consigo deixar de pensar no quanto tudo isso é irônico. Eu que nem queria um relacionamento, hoje tenho uma família completa.

E o melhor é que eu amo isso.

CAPÍTULO 36

Cecília

Eu pensei que conseguiria me acostumar com a ideia de ir e deixar minhas filhas no hospital, mas a cada segundo que passo as olhando através do vidro me convenço de que não vou conseguir.
Rebeca me deu alta ontem à noite, mas Ayla, conversou comigo e Mike. Mariah e Mel vão ficar mais algumas semanas, ela não quis ser exata para não alimentar minhas expectativas, mas acabou alimentando meu desespero.
— Elas não vão sair andando, mamãe coruja! — Miguel, para ao meu lado e diz.
— Mas alguém pode leva-las, elas podem ser sequestradas ou pior, trocadas Miguel. — Falo o olhando assustada e o vejo fazer uma careta.
— Vai ficar tudo bem, você precisa ir para casa descansar e ficar forte para em breve recebe-las, são duas então pense no trabalho que vai ser.
— Eu não quero — murmuro e me viro para continuar as olhando.
Apesar de já terem ganhado bastante peso se alimentando por sonda e estarem respirando bem, elas ainda são pequenas demais. Quando estou com elas fazendo o método canguru, sentindo seus corpos quentinhos se aninharem em meu peito, me assusta perceber o quanto elas são frágeis.
— Você precisa arrumar tudo para a chegada delas, da última vez que cheguei, o idiota com quem você mora ainda não tinha terminado o quarto delas. — Olho feio para ele que sorri sarcástico.
— Dá pra parar com a implicância, vem sendo difícil para ele também.
— Então torne tudo mais fácil para todos, vá descansar em casa e logo você as terá em casa com você. — Ele fala dando de ombros.
— Eu descobri que não sei viver sem elas! — falo e o olho, meus olhos se enchem de lágrimas.
— Ai está você! — Olhamos para trás vendo Bessie se aproximar sorridente.
Rapidamente enxugo meu rosto.
— Não precisa se esconder dona Cecília, eu já vi que esses olhos estão repletos de lágrimas, eu sei que deve estar sendo difícil ir e deixar as meninas aqui e por isso vim para te ajudar. — Eu a olho e sorrio triste em agradecimento.
— Obrigada! — murmuro.

— Se eu soubesse que você viria, teria lhe dado uma carona! — Miguel fala para Bessie, parada ao seu lado.

Ela faz uma careta e eu arqueio a sobrancelha.

Eles estão ficando? De novo?

— Não precisava, de qualquer maneira eu precisei passar em casa. — Sem graça ela o responde e depois me olha.

— Cecília vou buscar um café e te encontro no quarto em que você estava. — Ela fala e sai a passos largos.

Sorrio sarcástica olhando Miguel a comer com os olhos.

— Parece que o cupido te acertou, enfim — falo.

Ele me olha e sorri negando com a cabeça.

— Eu e Bessie já fomos bons juntos, o que temos é algo carnal. Ela não é para mim e eu não sou para ela. Ponto!

— Porque você diz isso? — pergunto apertando meu olhar para ele.

— Digamos que entende o que é querer alguém e essa pessoa te esnobar. — Sua fala faz minha boca se abrir em choque.

— Ai meu Deus, você levou um fora! Ai meu Deus, quem é ela? Preciso parabeniza-la. — Sorrio da careta que ele faz.

— Você a conhece muito bem, aliás seu namorado a conhece muito bem! — Arregalo meus olhos o vendo sorrir.

— Natasha? Você levou um fora dela e agora está aí todo sentimental por isso? — Gargalho alto o fazendo bufar ao meu lado.

— Eu vim aqui para ser solidário com você e agora vai ficar rindo de mim? — Ralha.

— Eu não consigo me controlar. Você levou um fora da Natasha! — Quando recupero o fôlego por ter rindo seu olhar mortal recai em cima de mim.

— Eu não estou brincando, ok? Foi diferente dessa vez, aquela mulher é osso duro.

— Cuidado Miguel, uma hora a mulher certa vai aparecer e te fazer pagar a língua — falo firme.

— Como você e o idiota loiro? — retruca me fazendo sorrir.

— Eu ainda me lembro dele dizendo que não queria família e nem uma mulher, agora ele tem três filhas e uma namorada! — digo sorrindo boba.

Mike sem dúvidas pagou a língua.

Muito bem feito!

Encerro nossa conversa e a passos lentos volto para meu quarto onde Bessie me aguarda. Entro a encontrando sentada na cadeira ao lado da cama.

Suspiro quando percebo que ela já mantém a postura profissional.

Isso não vai ser fácil.

— Por onde quer que eu comece? — pergunto me sentando na cama.

— Você se recusou a ver suas filhas?! — A pergunta que mais parece uma afirmação me acerta em cheio. Desvio meu olhar do seu e fito o chão.

— Eu fiquei com vergonha! Eu não consegui protege-las, por um descuido meu elas foram arrancadas de dentro de mim e quase morreram.

— Vamos voltar aquele dia. Você e Lauren foram abordadas na rua, você tentou protege-la e foi empurrada, tropeçou, caiu e logo em seguida gritou para Lauren correr, o que ela fez e minutos depois voltou com Matteo ao lado e te encontraram sangrando. — Termina de falar e eu levanto a cabeça a olhando e confirmo.

— Sim, e foi terrível. Eu perdi o controle do meu corpo, não sabia o que era real naquele momento, o cheiro de ferrugem do sangue, as dores, os tremores. Tudo veio em uma avalanche de sensações.

— Mas ainda estou tentando entender onde foi que você errou para se sentir culpada! — A olho franzindo o cenho. — Você foi corajosa, Cecília, mais uma vez como vem sendo todos esses meses. Só não se dá conta disso! Se você não tivesse interferido, pode ser que não tivesse caído, mas com certeza aquele homem teria levado Lauren. — Sua fala me deixa tensa.

— Eu... eu não sei o que dizer. — Sou franca.

— Não precisa dizer, só quero que pense no que acabei de falar, você foi corajosa e protegeu sua filha mais velha de um sequestro. Mariah e Mel, nasceram antes do tempo, mas estão se recuperando e Lauren está bem e segura em casa. Não carregue a culpa nas costas Cecília. Já conversamos sobre isso! — Como sempre, Bessie tem o poder de me fazer parar e analisar tudo ao meu redor.

Batidas na porta nos chamam a atenção e quando ela é aberta, Mike passa por ela sorrindo, mas para quando vê Bessie.

— Me desculpem, eu achei que estava sozinha. — Em suas mãos tem um buquê de rosas vermelhas, eu fito as flores e depois seus olhos que estão focados em mim.

— Está tudo bem Mike, passei para ver minha paciente preferida, mas já estou de saída. — Bessie responde. — Espero você na semana que vem no consultório, Cecília — fala e sai nos deixando sozinhos.

Mike se aproxima de mim e me estende o ramalhete.

— Obrigada! São lindas. — Agradeço enquanto ele me olha atentamente.

— Está tudo bem?

— Sim. Bessie veio conversar um pouco. — Ele sorri e me dá um selinho.

— Sei que pode ser difícil para você estarmos indo embora e as deixando aqui, mas vai ser por pouco tempo. — Sua fala doce e quase sussurrada me deixa emotiva.

Mike é um homem extraordinário que está ao meu lado deixando seus sentimentos de lado enquanto eu sou uma confusão.

Levo minhas mãos ao seu rosto o fazendo me olhar nos olhos.

— Está sendo difícil para nós dois. — Suspiro e continuo — eu preciso te agradecer meu amor! — seus olhos se arregalam enquanto me olha atentamente ainda com as mãos em seu rosto. — Obrigada por estar ao meu lado sempre e por não ter desistido de mim, você vem sendo o melhor homem do mundo e eu sei que também está sofrendo por deixar nossas filhas aqui.

Mike acaba deixando uma lágrima rolar pelo seu rosto enquanto me olha.

— Vamos passar por isso juntos, nossas filhas são tudo que temos princesinha. — Sorrio.

— São, namorado! — Minha fala o faz sorrir largamente enquanto enxuga o rosto molhado.

— Eu passei por lá para vê-las, agora podemos ir, tenho uma surpresa para você. — Levantando as sobrancelhas sugestivamente, ele me ajuda a se levantar e pega minha pequena mala.

— Me sinto estranha, vazia! — murmuro andando devagar ao seu lado.

— Princesinha, você tem que estar vazia mesmo, foram duas crianças que saíram de dentro dessa barriga, o que me admira é não ter indícios dela mais. — Faço uma careta e bufo.

— Não se diz isso a uma mulher que acabou de parir seu idiota — ralho e acerto um tapa em seu braço.

— Inferno Cecília, para de me bater mulher do cão.

— Você estava indo bem até três minutos atrás, francamente! Me chamou de gorda, Mike.

Depois de assinar minha saída, bufa murmurando algo o caminho inteiro até o carro. Estranho o trajeto que ele usa, olho no relógio conferindo a hora.

— Lauren vai sair mais cedo da escola? — pergunto o vendo se aproximar do local, o que me faz tensionar o corpo.

— Não, a surpresa que eu tenho fica perto. — Por segundos ele tira o olhar da estrada e me olha. — Você está a salvo, não se preocupe — diz.

Quando o carro para em frente à casa que eu havia escolhido para nós, não consigo esconder o sorriso.

— Mike... — chamo, ainda boquiaberta.

Ele sai do carro animado e corre para abrir a porta do carona para me ajudar a descer.

— Surpresa! Nada de apartamento, agora temos uma casa enorme para comportar uma família de cinco pessoas.

Meu sorriso bobo se alarga o ouvindo.

Família!

Agora somos uma família.

— Eu amei, você já preparou a nossa mudança? — pergunto andando até a porta da frente.

— Se eu preparei? Mulher, tenha fé no seu homem! — Sua resposta me faz apertar o olhar para ele que sorri de lado. — Eu já fiz toda nossa mudança e ontem fiquei até tarde organizando tudo para a sua chegada!

— Você sozinho organizou tudo? — pergunto parando em frente a porta enquanto ele pega as chaves.

— Sozinho uma ova, moleque! Eu estou aqui desde ontem para garantir a ordem desse lugar. — Abro um largo sorriso quando Suzy abre a porta.

Pelo jeito ela estava nos ouvindo atrás da porta.

— Suzy! — Cumprimento.

— Seja bem-vinda a sua nova casa, filha. — Dá espaço para que eu entre devagar.

Antes que eu perceba uma mini cópia de Beca para a minha frente.

— Tia Ceci, eu quero nadar na sua piscina. — Juliana, pede, mas parece mesmo é avisar o que pretende.

— Ela é sua para usar meu amor — respondo e levanto meu olhar para a sala encontrando todos me olhando com sorrisos no rosto.

Ayla, Matteo, Rebeca, Theo e meu sogro.

Sorrio.

— Estava mesmo estranhando você não ter ido me ver antes de eu vir embora! — falo para Beca que vem me abraçar.

— Porque perder meu tempo lá se eu poderia dar todas as instruções aqui mesmo?! — Fala piscando para mim.

Abraço Ayla e logo Beca ordena para que eu sente. Theo se aproxima se sentando ao meu lado e me puxando para um abraço carinhoso.

— Que susto você nos deu Ceci, não faça mais isso! — Fala manso, mas logo abre um sorriso largo. — Suas filhas são lindas, tem certeza de que são mesmo do Mike? — pergunta sussurrando.

— Há, há, há ... Estou morrendo de rir. — Mike diz, fuzilando-o com o olhar.

— Aquelas coisinhas loiras, são lindas demais para ter seus genes. — Theo retruca, zombeteiro.

Pela minha visão periférica percebo quando sorrateiramente, Matteo se senta no outro lugar vago ao meu lado.

— Você está ótima. — Sua fala quase que sussurrada me faz olha-lo, ele parece ainda sem jeito perto de mim, o que é normal visto nosso histórico de tragédias juntos.

— Eu não tive a chance de te agradecer por ter me salvado. — Seu sorriso aliviado não me passa despercebido.

— Agradeço todos os dias por você estar bem, eu não teria me perdoa se algo tivesse acontecido a vocês. — Meus olhos se enchem de lágrimas quando lembranças do acontecimento me vem a mente.

— Obrigada Matteo! — Soluço quando ele me abraça.

— Eu estarei sempre aqui por você, Ceci — murmura também emocionado.

Quando nos afastamos, coro quando pego os olhares de todos sobre nós.

— Chega de abraçar a minha mulher. — Mike ralha, tentando tirar Theo do meu lado.

Isso parece atrair todos para ele.

— Ouviu isso Matteo? Minha mulher. — Theo fala zombeteiro.

— Oh se ouvi! O que aconteceu com aquele papo de que nunca iria se apaixonar ou arrumar uma mulher? — Matteo, que não esconde a satisfação diante de Mike, pergunta para Theo.

— Pelo jeito Cecília chegou mostrando quem é que manda. — Theo diz.

— Calem a boca os dois! Ela não manda em mim, você — aponta para o Theo. — Tem medo da sombra da sua esposa, e você. — Agora para Matteo. — Não vai ao banheiro sem perguntar a Ayla se pode ir.

Todos gargalham enquanto Matteo e Theo bufam.

— Isso Mike, tire sarro o quanto pode! Quando você menos esperar, estará com uma coleira com o nome da sua *princesinha* no pescoço. — Matteo fala com um bico enorme.

— Vocês juntos são chatos para caralho, alguém tem que dizer! — Rebeca, fala revirando os olhos.

— *Calalo*. — Viramos o olhar para Juliana, que repete o que a mãe diz.

Theo olha feio para Beca que faz uma careta.

— Filha, não pode dizer isso. A mamãe já te explicou que as coisas que os adultos falam não pode repetir. — Sorrio com a explicação de Beca.

— O papo está ótimo, mas eu tenho que voltar para o hospital e você vai me levar ou pode me deixar com seu carro!

— Eu te levo. — Matteo responde Ayla nos fazendo rir.

Com todos indo embora ao mesmo tempo. Mike e eu ficamos sozinhos até que Lauren chegue da escola com o segurança que Mike contratou para ficar com ela até que o seu progenitor seja preso.

Mike me carrega para o andar de cima em direção ao nosso quarto e me deita na cama.

— Ficou tudo lindo! — falo admirando a arrumação.

— Ayla e Beca arrumaram o seu closet ontem à noite. Mamãe fez do jeito dela, mas você vai dando seus toques aos poucos. — Me olha sério colocando as mãos na cintura. — Não quero que você se esforce, tudo que você precisar eu estarei ao seu lado para te ajudar.

Bato a mão no colchão ao meu lado indicando para que ele deite comigo.

— Tudo bem, agora me diga uma coisa. Há quanto tempo você não dorme direito? — Ele me fita parecendo pensar na resposta, mas nem preciso de uma quando é visível em seu rosto o quanto está cansado.

— Está tudo corrido. — Dá de ombros.

— Vamos dormir um pouco até que Lauren chegue. Vamos descansar juntos, o que acha? — Ele assente me dando um beijo e eu me deito de barriga para cima por conta dos meus pontos.

Fecho meus olhos fazendo uma oração para que fiquemos bem.

Para que nossa família fique bem!

CAPÍTULO 37

Cecília

— Viemos te sequestrar — Arqueio a sobrancelha quando abro a porta dando passagem para Beca e Ayla, ambas têm sorrisos amarelos no rosto.

— Porque eu sinto que vocês estão aprontando?! — aperto meu olhar para ambas.

— Deixa de ser estraga prazeres, viemos aqui para termos um dia de princesa. — Beca ralha indo até o sofá começando a procurar algo por entre as almofadas.

— O que você está procurando? — pergunto cruzando os braços.

— Sua bolsa Cecília, você vem com a gente quer queira quer não! — responde séria me fuzilando com o olhar.

—Vocês ficaram loucas? São oito da manhã, eu ainda nem tomei café e ainda tenho que ir ao hospital. — Ambas dão de ombros.

Ayla que usa um vestido longo acinturado deixando evidente sua barriga vai até a cozinha e volta minutos depois com um iogurte nas mãos.

— Pronto, toma isso até chegarmos no hospital, depois disso você é nossa até a noite.

— Enlouqueceram. — Reviro meus olhos.

Mike desce as escadas e sorri para elas. Beca, que já tem minha bolsa em mãos, vem até mim parando ao lado de Ayla.

— É isso, dê adeus ao loiro idiota, estamos de saída. — Rebeca fala fazendo Mike sorrir para ela.

— O Theo sabe que você me ama assim? — Ele a provoca.

— Vou fingir que você não me provocou porque estou ocupada aqui. — Ela o retruca, que levanta as mãos em sinal de rendição.

A contra gosto eu as acompanho e vamos direto para o hospital.

Minha rotina vem sendo essa a um mês, Mariah e Mel vem se desenvolvendo bem, Ayla nos prometeu que em breve elas terão alta.

Com ambas em meu colo passo o tempo que tenho entre beijos e abraços. A melhor coisa do mundo é sentir o cheiro de ambas.

Quando a hora do almoço se aproxima, Beca e Ayla voltam e me puxam para fazermos compras.

— Como é que pode. Vocês me puxarem para um shopping onde eu tenho que ficar andando assim — murmuro irritada.
— Cala a boca Cecília, eu sou sua médica. — Beca retruca zombeteira.
Há horas que eu a odeio!
— Além disso, você precisa relaxar um pouco, a semanas você se enfiou em uma rotina maçante. Todos vemos o quanto isso vem sendo difícil. — Ayla que anda de braços dados comigo fala.
A verdade é que desde o nascimento das gêmeas e desde que tive alta, minha rotina é acordar ir para o hospital passar a manhã e na parte da tarde volto para ficar com Lauren. Mike como sempre vem sendo extremamente paciente com minhas crises de choro.
Principalmente depois que Bessie, Beca, Sofia e Ayla conversaram comigo sobre eu precisar voltar a tomar minha medicação de antes, e por consequência eu não poderia tirar meu leite para que as gêmeas pudessem se alimentar dele pela sonda.
Isso me destruiu e ainda dói. Mike disse que não importava como, mas que eu tinha que me apegar ao fato de que nossas filhas iriam ficar bem e eu estaria me preparando para a chegada delas em nossa casa.
Ayla conversou e até chorou comigo, mas foi clara quando disse que estavam todos prezando meu bem estar tomando esta decisão.
— Terra chamando Cecília. — Saio dos meus pensamentos quando Ayla me cutuca.
— O que foi? — pergunto e ela aponta para uma loja de vestidos de luxo, onde uma Rebeca rodopia alegremente. — O que deu nela? — Arqueio a sobrancelha.
— Ela resolveu que vamos sair para jantar as três hoje e que a vestimenta é Black Tie.
— Ayla, você tem certeza de que ela está bem da cabeça?
— Deixa de ser implicante, só estamos tentando te animar. — Sua resposta me faz sentir culpada.
Juntas entramos na loja a tempo de escutar quando Beca pede vestidos com cores claras para nós três.
—Achei que fosse fã do vermelho! — falo para ela que sorri.
— Hoje não estou no clima, me sinto bem romântica para falar a verdade, decidi que quero algo salmão. —Murmura.
— Acho que vou te acompanhar na escolha. — Ayla fala animada indo para uma arara cheia de vestidos da cor.
Olho ao redor me sentindo deslocada.
— Olha esse vestido Cecília. —Viro para Beca, que segura um cabide com um lindo vestido champanhe.
— Uau, lindo! — respondo o pegando.
— Achei sua cara Ceci, experimenta. — Ayla fala quando para ao meu lado.
Com as duas atrás de mim, vou até o provador quando uma vendedora vem a nossa ajuda.
Com o vestido em meu corpo, passo alguns minutos o admirando.

As alças são finas, enquanto o decote fundo termina abaixo dos meus seios, um fino cinto de pérolas na cintura deixa a parte de baixo mais solta e o efeito é simplesmente lindo, sorrio olhando os detalhes de flores por todo o tule da saia.

Quando saio do provador, Rebeca e Ayla me olham admiradas.

— Cacete. — Beca murmura.

— Merda. — Ayla fala sorrindo. — Você está perfeita.

— Eu amei, mas acho muito extravagante apenas para um jantar.

— Nada disso, esse está perfeito e vai combinar com o que escolhemos. — Beca, fala rápido me animando.

Passo mais alguns minutos me admirando no espelho quando enfim decidimos ir ao salão para cuidar dos cabelos e unhas.

— Eu só vou cortar as pontas, mas Matteo não pode saber, ele ama meus cabelos longos. — Ayla diz enquanto se senta ao meu lado enquanto uma atendente seca seus cabelos.

— Sei bem porque ele gosta dos seus cabelos longos! — Rebeca fala sarcástica me fazendo rir.

— Você não tem jeito mesmo! — Ayla ralha.

— Eu quero os meus soltos mesmo, faça uma escova e babyliss— peço a mulher que está cuidando dos meus cabelos enquanto outra faz minha unha da mão.

— Eu não me lembro a última vez em que tivemos um dia como esse. — Beca fala animada.

— Pois é com a vida corrida que estamos levando, parece cada vez mais difícil nos reunir sozinhas.

— Podemos marcar a noite das meninas uma vez por semana. Só nós três. — Falo dando de ombros.

— Isso seria ótimo, sem filhos e sem maridos. Talvez possamos enfim ir ao show do Magic Mike. — Rebeca diz e arregala os olhos. — Ai meu Deus, sim! Nós precisamos ir ao show deles.

— Rebeca, o Theo sabe que você está querendo ir ver homens dançarem? — pergunto zombeteira.

— Meu amor, se não sabe eu posso dizer. Eu estou casada, não morta e muito menos cega! — Ayla e eu caímos na gargalhada.

— Podemos nos reunir, mas sem homens no meio. — Ayla, repreende.

— Esqueci que Matteo pode colocar um rastreador em você. — Beca, provoca.

— Ok meninas, agora para a maquiagem, as três! — Nos calamos quando minha manicure termina minha unha.

Já passa das oito da noite quando enfim a maquiadora termina a minha maquiagem, o que odiei, tendo em vista que tive a sensação de que ela demorou em mim de propósito. Com sua ajuda coloco o vestido e os sapatos que comprei na loja para combinar e saio a procura de Beca e Ayla, que foram maquiadas rapidamente e sumiram pelo salão.

—Aí estão vocês —falo quando as encontro no andar de baixo do lugar.

— Cecília, meu amor. Você parece outra mulher. — Beca, diz e sorri.

— Vamos pagar? Tudo que eu mais quero é comer— respondo cansada.
Franzo o cenho quando Beca tira um cartão familiar para mim.

— O que você está fazendo com o cartão do Mike? — pergunto sem entender.

— Seu namorado está rico depois que fechou um contrato com uma empresa italiana. Nada mais justo do que arcar com nosso dia de princesa.

— Beca, em que momento você pegou o cartão do Mike? — pergunto confusa.

— No momento em que planejei esse dia para nós. Agora se apegue a parte onde o Mike está rico e esqueça o resto.

Ayla ri e dá de ombros quando a olho. Durante o caminho até minha casa onde elas me garantiram que os meninos estavam lá nos esperando para jantar, obrigo Beca a parar em um fast food para que eu compre um sanduíche.

— Eu não acredito que você está comendo sanduíche usando um vestido lindo desses e dentro do meu carro. Se cair algo eu juro que mando Theo mandar a conta para você. — Ela reclama me fazendo bufar, mas pelo menos agora estou de barriga cheia.

Quando viramos na rua da minha casa a movimentação de carros me faz encarar minhas duas amigas que estão com cara de paisagem.

— Tá legal! O que é que vocês estão me escondendo? — Ayla salta para fora do carro rápido assim que Beca estaciona em frente a minha casa.

Eu saio seguida de Rebeca.

—Te achamos muito triste nos últimos dias e decidimos dar uma festa na sua casa. — Beca solta de uma vez parando ao meu lado.

—Surpresaaaaa. — Ayla fala animada dando pulinhos com sua barriguinha de grávida.

Abro minha boca em choque e depois me viro olhando a entrada da minha casa.

— Vai ser legal, Ceci. Estão todos aí. — Beca, me puxa para dentro animada.

Passamos pela sala e encontro tudo normal, mas meu coração parece errar as batidas quando passo pela porta que dá acesso ao nosso quintal.

O quintal está todo iluminado com um varal de luzes e algumas lanternas decoradas no chão, bancos de madeira branca se dividem em duas partes, deixando um corredor largo que leva até um pequeno gazebo com rosas brancas, vermelhas e rosa claro em torno dele caindo como uma cascata perfeita, as lanternas ao redor dão um toque aconchegante ao local além de algumas folhas e flores brancas penduradas por dentro. No corredor o caminho é todo espelhado com pétalas brancas espalhadas e ao lado dos bancos, lanternas no chão iluminam ainda mais a estrutura.

Arfo levando a mão ao meu peito, como se pudesse segurar meu coração dentro de mim. Olho para minhas amigas que estão com enormes sorrisos no rosto, mas não consigo esboçar nada, me sinto absorta com tudo.

De repente alguém para em minha frente e quando olho, vejo Mike sorrindo sem jeito para mim, meus olhos se enchem de lágrimas. O olho admirado em um terno simples preto, com uma camisa branca e os cabelos penteados para trás.
— Oi princesinha. — Ele diz me olhando nos olhos.
— Mike, o que é isso? — sussurro.
Ele solta uma risadinha baixa
— Isso sou eu, pagando com a minha língua.
— O que? — pergunto confusa.
— Eu passei muitos anos da minha vida achando que tinha tudo, achando que tudo estava perfeito, que eu amava aquilo e que queria que fosse daquele jeito para sempre. Mas aí você chegou na minha vida e mexeu comigo de uma forma que às vezes eu não sabia se queria te matar ou te beijar — soltamos uma risadinha juntos, mas ele logo fica sério novamente. — Te mostrei um lado meu que nunca tive coragem de mostrar a mais ninguém, não por vergonha, apenas não achava necessário e conhecer você de verdade só me fez te querer mais ainda. Eu quis e quero cada versão sua, eu amo todas elas, porque são elas que te fazem tão perfeita para mim, são elas que te fazem tão boa. E depois de você... Eu vi que eu apenas respirava, sobrevivia. Você acha que foi quem foi salva, mas na verdade, você foi quem me salvou, foi quem me fez viver.
Minhas lágrimas caem abundantemente pelo meu rosto, sentindo suas palavras se cravarem no meu coração.
— Eu já tinha Lauren, porque ela era minha desde que botei meus olhos nela. — Ele olha para algo atrás de mim e pisca, me fazendo virar e encontrar nossa filha sorrindo lindamente com seus cabelos soltos e um vestido salmão todo rodado, como uma perfeita princesa. Um soluço escapa dos meus lábios e volto a olhá-lo quando ela vem e para o meu lado segurando minha mão. — E você entrou nas nossas vidas para colocar tudo em ordem, foi como o sol depois da tempestade e trouxe nossas filhas para completar nossa família e hoje sim, eu sou realmente feliz e amo a minha vida e quero ter isso para sempre. Todos os dias das nossas vidas. — Se ajoelha na minha frente e minha boca quase vai ao chão junto. — Princesinha, quer se tornar a Sra. Carter e me deixar continuar te enlouquecendo com esse meu jeito?
Arfo escutando seu pedido, Mike segura minha mão trêmula entre a sua enquanto eu apenas sorrio em meio a lágrimas.
Seu olhar de expectativa e ao mesmo tempo nervoso não me passam despercebidos. Respiro fundo e sorrio.
— Só se você me prometer que vai continuar amando meu lado quebrado todos os dias. — Falo e fungo.
Ele abre um sorriso largo e me olha nos olhos.
— Seu lado quebrado é o que me faz te amar mais a cada dia. — Mike coloca um anel com uma pedra enorme em meu dedo e se levanta para me dar um beijo. Por minutos esquecemos que temos plateia, só nos entregamos ao nosso beijo.

— Ei, tem crianças aqui! — Nos afastamos sorrindo quando escutamos Matteo nos chamar.

— Ótimo pessoal, ela aceitou! Agora vamos nos casar princesinha. — Franzo o cenho quando Mike me puxa para onde o gazebo está. Paro no meio do caminho e puxo minha mão.

— O que você está fazendo Mike? — pergunto.

— É Mike conta para ela o que você está fazendo. — Olho para Theo depois de sua fala ainda confusa com tudo.

— Vamos nos casar agora! — Devagar e tentando raciocinar o que foi que ele disse, viro para olhá-lo.

Seu semblante está sério, ele me olha nos olhos deixando claro que não está brincando o que me faz engolir seco.

— Vamos nos casar agora? Aqui? — pergunto.

— Sim, vamos! Eu preparei tudo amor, hoje você se torna a Sra. Carter.

Arqueio minha sobrancelha, olho todos ao redor, os amigos de Mike do escritório, nossos amigos e sorrio quando vejo Miguel, que tem um sorriso zombeteiro.

— Eu não acredito que você quer casar aqui e agora. — Falo rindo, mas de nervoso.

— Mulher, eu demorei a aceitar que serei um macho casado. Você aceitou, eu que não vou viver meses esperando para me casar. — Todos ao redor gargalham de sua fala o que me faz rir junto.

— Mike, não é assim. Eu quero que meus pais estejam presentes! — Cruzo os braços irritada.

— Não seja por isso. — Ele fala e aponta para o lado em que fica a piscina.

Meus pais, os pais de Ayla e tio Cristiano aparecem vindo em nossa direção.

Ayla e Beca quase saem correndo para abraçar seus pais enquanto eu ainda estou parada em choque.

O primeiro a parar em minha frente e sorrir me olhando é meu pai. Seus olhos cheios de lágrimas me olham com tanto amor e carinho, que me sinto acolhida sem nem precisar de um toque.

Sou puxada para um abraço apertado, meu pai me suspende em seus braços como fazia quando eu era criança.

— Minha princesa, que saudade Ceci! — fala enquanto me coloca no chão.

— Eu estava com tanta saudade! — murmuro entre lágrimas e soluços.

— Minha menina! — Mamãe aparece em meu campo de visão e me abraça apertado. — Estou muito orgulhosa da mulher que você se tornou Ceci, você é uma mãe maravilhosa filha, além disso você não poderia ter escolhido um marido melhor. — Desvencilha do abraço e me olha enquanto sorrio tentando me recompor.

— Parece um sonho ter vocês aqui!

Passamos alguns minutos nos abraçando e matando as saudades.

— Ta ok, pessoal! A conversa está muito boa, mas eu quero me casar então vão cada um para seus lugares por favor. — Rimos quando Mike fala e bate palmas.

— Quem diria hein?! O homem que vivia fugindo de casamentos com pressa de se casar agora. — Noah fala rindo.

— Cuidado Noahzinho, ouvi dizer que você será o próximo encoleirado. — Mike o retruca.

Noah faz uma careta enquanto afrouxa a gravata em seu pescoço.

— Mike está certo, vamos logo casar esses dois. — John fala.

Junto de minha mãe, Beca, Ayla e Suzy me recomponho na sala de casa, retoco a maquiagem e tomo um pouco d'água depois de todos os acontecimentos.

— Ceci querida, para você! — Franzo o cenho quando mamãe me estende uma caixa média. Quando abro, arregalo os olhos reconhecendo o véu, levo meu olhar ao dela que sorri entre lágrimas. — Algo velho, como Suzy disse que manda a tradição — fala tirando o mesmo véu que ela usou em seu casamento com papai da caixa e o ajeitando em minha cabeça.

— Obrigada mamãe — Murmuro tentando segurar as lágrimas para não borrar a maquiagem.

Suzy se aproxima me entregando um lindo bracelete com pequenas pedras de diamante.

— Algo novo, assim como a nova vida que vocês terão pela frente. — diz colocando em meu pulso e sai sorrindo me deixando em choque pela beleza da peça.

Mas o que realmente me deixa aos prantos é quando Beca para em minha frente com lágrimas rolando pelo seu rosto enquanto segura uma caixa que reconheço bem.

Ela abre a caixinha tirando de lá o colar que quando crianças, chamávamos de gotas de choro, era o colar preferido de sua mãe.

— Algo emprestado Ceci. — Beca não se contém e chora enquanto a abraço.

— Parem as duas, agora é minha vez! — Me afasto de Beca e me viro para Ayla que me estende uma caixa de veludo preta.

— Algo azul — fala enquanto abro a caixa me esquecendo até mesmo de respirar.

— Isso é...

— Uma tiara com pequenas pedrarias azuis. — Ela termina de falar enquanto o tira da caixa encaixando junto ao véu em minha cabeça.

Eu olho para as mulheres à minha frente agradecida por toda a ajuda, minha mãe, minhas amigas e até mesmo Suzy que se enfiou em algum canto.

Mike e eu não poderíamos ter tido mais sorte do que isso!

Quando *Nobody But You* começa a tocar eu sei que é minha hora, meu pai estende seu braço sorrindo, caminho em direção ao gazebo onde, Mike, se encontra junto com o juiz. Meu coração parece ter acabado de correr uma maratona, a cada passo meus olhos focam mais ainda nele, no homem que eu amo.

Assim que me coloco em sua frente, meu pai o abraça e se vai.

— Você está linda! — murmura me fazendo sorrir.

— E você não está nada mal! — Falo e ele pisca.

O andamento da cerimônia acontece bem até o começo dos nossos votos.

Olhando em meus olhos Mike se derrama em lágrimas.

— Porra Mike, para de chorar cara, ta chorando mais que a Cecília. — Theo, ralha fazendo todos rirem.

Eu pego sua mão esquerda onde coloquei nossa aliança e a beijo carinhosamente e depois levo meu olhar ao seu.

— Meu melhor amigo me disse um dia que sempre soube que iríamos ficar juntos! — sorrio e olho para Miguel, que faz uma careta. E volto a olhar Mike. — Eu não sei dizer ao certo onde tudo começou amor, porque você sempre esteve ali se fazendo presente e me tirando do sério. Sempre com uma de suas piadas de mau gosto e idiotas, sempre com sua presença marcante e tatuada. — Todos riem. — Um dia eu li que se um homem pudesse passar por cinco encontros sem fazer sexo, esse seria o homem ideal para se casar, então surgiu a regra dos cinco encontros. Mas preciso dizer que, tendo todos de testemunha Mike Carter, você perdeu o jogo no momento em que aceitou começar.

— Eu sempre soube que estava fodido. — Fala dando de ombros sobre as risadas de todos.

— Eu estava vivendo com um abismo dentro de mim, até que você chegou. Bateu o pé na porta e me levou para situações completamente fora da minha zona de conforto e me fez viver, me fez respirar e me sentir viva novamente. Sei que os dias não tem sidos fáceis ao meu lado, mas eu quero te agradecer e eu te amo Mike, eu posso não dizer a todo momento, mas eu te amo e eu sou grata por ter você ao meu lado, obrigada pelas três filhas lindas, obrigada por me tirar do meu abismo diariamente e por dançar na chuva comigo semana passada!

Mike se derrama em lágrimas e me puxa para um abraço, quando se desvencilha, limpa o rosto e sorri me olhando.

— Mulher, você acaba com a minha credibilidade assim. Mas eu não sou bom com palavras e tendo em vista que te pedi em casamento hoje, não deu tempo de preparar os votos. — Dá de ombros. — Me perdoa, eu te amo! Mas eu tenho algo que palavras não descreveriam o quanto é maravilhoso. — Ele aponta para o início do caminho até nós, me fazendo levar as mãos até o rosto.

Minha mãe e Suzy carregam cada uma das minhas gêmeas embrulhadas em mantas brancas e com lacinhos da mesma cor.

Quando chegam a minha frente, tento conter meu choro enquanto pego ambas em meus braços, Mike se aproxima beijando a testa de cada uma e me beija, ele chama Lauren que vem sorridente para seu colo.

Mike

— Estou casado a uma hora e já me sinto um novo homem, isso é normal? — pergunto me sentando ao lado de Matteo e Theo.

— É sim, espera pra ver quando todos formos embora e as meninas começarem a chorar sem parar, amanhã você será mesmo um novo homem. — Matteo responde e eu mostro o dedo do meio para ele.

— Deixando as piadas e choros de lado. Estou feliz por vocês Mike, Cecília e você merecem paz, agora a família de vocês está segura. — Theo fala e eu olho para Matteo apertando o olhar.

— Do que o quatro olhos está falando? — Theo me acerta um tapa na cabeça. — Filho da puta, porra Theo, eu já te falei que esses tapas doem caralho.

Esfrego o local, mas fito Matteo que tem o corpo tenso.

— Acharam o corpo do Travis. — Me olha sério.

— Morto? — pergunto, na verdade só pra ter certeza de que aquele filho da puta está no inferno.

— Muito morto! Encontramos os pedaços do corpo dele em um galpão abandonado. Segundo os indícios ele já estava morto há um mês por aí e provavelmente foi o traficante a quem ele devia.

Seria hipocrisia minha dizer que estou triste. Eu tô feliz pra caralho!

— Mike vem dançar comigo cowboy. — Cecilia me chama colocando um chapéu de cowboy em minha cabeça e me levando para a pista de dança onde nos acabamos na dança.

— Você está feliz? — pergunto e lhe dou um selinho.

— Esse pequeno momento na minha vida se chama felicidade. — Arqueio a sobrancelha para ela que sorri.

— Você está muito culta citando essa frase do filme amor.

— Posso te mostrar outras coisas que aprendi vendo filmes! — Aperto meu olhar para ela que sorri marota.

— Theooo, Matteooo, cuidem das crianças, eu vou ali rapidinho.

EPÍLOGO

Cecilia

Alguns anos depois...

Uma vez eu disse que sou sonhadora, que sempre quis, meu príncipe encantado. Mas nunca imaginei que ele seria todo tatuado, sem vergonha e um completo idiota.

Sim, meu marido é um idiota e isso não é segredo ou novidade para ninguém.

Porém, eu o amo tanto e sou grata a ele. Mike me deu a vida que eu sempre sonhei e muito além dos sonhos

Ele me faz sorrir das suas palhaçadas diárias, me tira do sério todos os dias, me irrita e me deixa mais maluca do que nossas filhas. Ele me faz sentir viva todos os momentos em que estamos juntos, me faz sentir o coração em paz mesmo em meio as loucuras, me arranca da minha zona de conforto diariamente, pelo menos até onde minha ansiedade nos deixa ir. Sem falar que ele me tornou uma completa viciada em seu corpo.

Desde que começamos a nos envolver, eu sinto como se tudo fizesse sentido, como se ele me mantivesse sempre à tona, sem cair.

Falando em ansiedade, a minha está controlada, pelos remédios que voltei a tomar desde que Beca e Bessie decidiram. Não que as crises não tenham mais acontecido, elas acontecem, mas com uma força e uma frequência menor. Muito menor.

Bessie diz que é porque hoje em dia eu consigo conversar melhor com as pessoas sobre meus sentimentos, o que ela associa também ao meu casamento e minhas filhas que, com certeza, vieram para me salvar de mim mesma.

— Mamãe, mamãe... — duas pequenas serelepes loiras entram no meu quarto afobadas enquanto coloco meu brinco.

— O papai está comendo todos os docinhos. — Mariah, conta brava e eu paro o que estou fazendo para olha-las.

As duas são gêmeas idênticas, são tão iguais que por vezes vejo as bonitinhas aprontando com seus professores e todos que não conseguem identificar quem é quem.

Seus cabelos loiros são escorridos, são tão claros como se o sol os beijasse. Os olhos azuis iguais aos meus e seus rostos são uma completa mistura de Mike e minha, como se tivéssemos nos juntado e feito um desenho para elas serem inspiradas. O nariz pequeno e delicado, igual ao meu, o lábio em forma de coração como o de Mike. O formato dos olhos como os dele também.

E a personalidade... Ah! Isso me alegra, porque elas vieram ao mundo para me ajudar a deixar seu pai maluco, porque isso é totalmente minha.

Hoje elas completam quatro anos e é um dia nostálgico para mim, porque apesar das condições do nascimento delas, me lembro do momento em que as olhei, naquele momento que eu não queria vê-las, mas quando as vi, meu mundo se encaixou.

Simplesmente fez sentido!

Em nenhum momento depois daquele dia eu deixei que essa data trouxesse o medo e o desespero que senti antes delas nascerem, eu me concentro apenas na alegria que aquele dia me trouxe.

Duas alegrias radiantes e que agora estão reclamando do pai delas.

— As duas fofoqueiras já vieram me entregar, foi? — Mike, para na porta, cruzando os braços e fingindo uma cara triste.

Mariah e Mel se viram para ele, colocando as mãozinhas na cintura em uma sincronia perfeita. Preciso segurar a risada com a cena das duas criaturinhas enfrentando o pai.

— Papai, você não pode comer os docinhos antes da hora. — Mel, repreende.

— É papai, os docinhos são para as crianças comerem quando cantar parabéns, não para você comer. — É Mariah, quem fala agora.

— Mas o papai não pode comer nem um docinho?

— Você comeu cinco docinhos que a, Mariah, viu.

Ergo a sobrancelha para ele que faz beicinho para elas, seus olhos verdes encontram os meus quando ele sorri. Ele fica tão lindo quando sorri desse jeito para mim que eu me derreto completamente aos seus pés.

— Tudo bem, eu comi cinco docinhos. Vocês podem me desculpar? — ele fala agachando em frente a elas, com aquela carinha de cachorro abandonado.

As duas se agarram ao seu pescoço, o apertando entre elas como conseguem, em um abraço de urso e ele as abraça de volta, envolvendo seus corpinhos pequenos com seus enormes braços tatuados.

Mike na versão pai sempre vai me acertar em cheio. É uma coisa que eu nunca me canso de ver.

Ouço a campainha tocar enquanto termino de me arrumar e Lauren surge na porta olhando os três abraçados, ela ri e me olha.

— Ele as convenceu com o abraço de urso, né? — ela pergunta rindo.

— Você costumava gostar do meu abraço de urso também viu?

Os cabelos castanhos de Lauren estão presos em uma trança boxeadora que fiz mais cedo e ela veste um vestido vermelho xadrez de mangas longas com o comprimento rodado e nos pés seus amados tênis.

Minha menininha cresceu tanto que eu até me assusto quando olho para ela, se eu pudesse faria com que ela ficasse sempre pequenininha, como era quando me chamou de mamãe pela primeira vez. Mas não posso, só posso fazer o que faço até hoje, dar o meu melhor para ser presente e não deixar que nada falte a ela, me esforçar para que ela cresça feliz e sabendo o quanto é amada.

— Eu gosto, pai. — Ela diz parecendo culpada e ele sorri para ela.

— Ei vocês, vão abrir a porta — digo olhando para meu marido.

Ele se levanta vindo até onde estou e deixa um selinho em minha boca, usando uma calça jeans que se ajusta ao seu corpo e uma camiseta preta que deixa seus músculos evidentes, seu peitoral bem marcado, completamente delicioso. Mike com o passar dos anos fica mais gostoso.

Antes que eu diga algo ele sai praticamente correndo com as três crianças junto e eu vou atrás, porém enquanto eles vão abrir a porta para os nossos amigos eu vou para o quintal, onde montamos uma decoração simples para comemorarmos o aniversário das gêmeas, tudo bem colorido com borboletas espalhadas por tudo, do jeito que elas gostam.

Optamos por tudo bem simples, apenas nossos amigos e os pais de Mike, já que meus pais não conseguirão vir para Santa Mônica dessa vez

Logo o quintal é invadido por um monte de crianças e meus amigos aparecem, me cumprimentando.

— Oi. — Talissa diz timidamente enquanto eu sorrio calorosamente para ela.

Ela já era uma presença frequente em nossas reuniões, mas depois que ela e Benício se casaram é que eles se tornaram frequentes mesmo, vindo à tudo ao que chamávamos, até porque Lauren, Asher, Ana e Juliana são inseparáveis.

— Oi Tali, que bom que conseguiram vir.

— Ai que coisa mais linda! — Ayla diz animada enquanto me abraça e logo volta a sua atenção para a decoração.

— Como você está, princesinha? — Rebeca quem me dá um beijo no rosto agora.

Os homens me cumprimentam e correm para se juntarem em um canto para conversar, cada um agarrado em uma garrafa de cerveja.

— Estou bem e vocês?

— Estou ótima. — A diaba, diz com uma voz animada demais. — Minha filha quase matou o pai dela hoje dizendo para ele que ele estava ficando velho.

— Juliana? — questiono e ela me olha com a sobrancelha arqueada.

— Quem mais séria?

Nós gargalhamos e logo estamos envolvidas em uma conversa animada. Enquanto olhamos as crianças brincarem, espalhando os brinquedos para todos os lados enquanto os maiores tentam conte-los mesmo que pareçam estar animados também com a bagunça.

O tempo passou e entre nós nada mudou, se algo aconteceu, apenas nos fortalecemos em tudo, superamos nossos traumas e hoje em dia ver que cada uma de nós encontrou a pessoa perfeita aquece o meu coração e me faz sentir como se estivéssemos vencido na vida, com a nossa família completa.

Mike

Eu sou o filho da puta mais sortudo do mundo!
É só isso que vocês precisam saber!

Enquanto cantávamos parabéns para Mariah e Mel, que aliás as três malucas trouxeram essa tradição estranha brasileira dos parabéns ter que bater palmas e ser uma verdadeira bagunça festiva, eu só conseguia ver o quão sortudo eu sou.

Três lindas filhas, saudáveis, simpáticas, carinhosas e uma esposa que eu só posso descrever como perfeita. Ok, perfeitamente maluca, mas perfeita e eu sou completamente rendido por ela.

Agora as crianças voltaram a brincar depois de se empanturrarem de doces e salgados enquanto as mulheres conversam animadamente sentadas ao redor da piscina e os idiotas dos meus amigos sentam ao meu lado, um pouco distante delas, estamos apenas observando nossos filhos brincarem, enquanto provavelmente parecemos um bando de idiotas babões.

Minhas meninas são a maior alegria da minha vida, são uma coisa que eu nunca quis ou pedi, mas que hoje que tenho eu só consigo agradecer por tê-las.

— Meu maior medo é Juliana. — Theo diz me fazendo virar a cabeça para olha-lo, segurando uma risada.

— Super compreensível, já que entre ela e Raika, ela é a que mais se parece com a mãe, então te digo uma coisa. — Dou um tapa em seu ombro. — Você está fodido com ela.

— Preciso te lembrar que você tem três meninas e duas delas tem a personalidade da sua princesinha?

Dou o dedo para ele fazendo com Matteo, Benício e ele gargalhe alto.

Droga, eu estou realmente fodido! Mel e Mariah podem até parecer um pouco comigo fisicamente, mas elas são todinhas a mãe e Lauren não fica atrás, mas graças a Deus, ela ainda tem um pouco de mim.

Dou um longo gole na minha cerveja, observando, Lauren, conversar com Asher, enquanto procuram as outras crianças que foram se esconder.

— Nem me lembre disso, não estou pronto para ver elas passarem pela adolescência enquanto me deixam maluco. — Resmungo e olho para, Benício. — E a Ana, é tranquila igual a mãe?

O homem quase cospe a cerveja que está tomando enquanto ri.

— Se eu não tivesse certeza que ela é filha de Talissa, acharia que a mãe dela é Rebeca.

— Se fodeu! — Matteo diz rindo.

— Calem a boca! Vocês falam como se a minha mulher fosse uma pessoa horrível. — Theodoro acerta um tapa na minha nuca, já que eu sou o que está mais próximo dele. — Minha mulher é maravilhosa, uma perfeita diaba.

— Olha, se não temos aqui um marido babão e defensor. — Benício zomba, mas o sorriso orgulhoso que Theo esbanja mostra que ele não se abalou.

— Sem dúvidas vocês falam como se não fossem assim com suas esposas. — Ele diz e bebe um gole da sua cerveja.

Trocamos olhares cúmplices entre nós, com o famoso sorriso bobo e orgulhoso estampado em nossos rostos.

— Eu sou apaixonado por Talissa, sério. — Benício, diz e Theo, o fulmina com o olhar fazendo-o dar de ombros.

— Ainda não me conformo com isso.

— Conforme-se, cunhado. — O abusado diz piscando.

— Mas convenhamos que o melhor de todos é ver um certo idiota que gritou aos quatro ventos que nunca se apaixonaria. — Matteo, fala de mim, mas não me olha, continua com os olhos fixos nas crianças.

— Ainda bem que minha princesinha entrou na minha vida e me salvou dessa vida horrível e triste — digo rindo e os idiotas gargalham.

A conversa para quando Asher vem até nós e se senta perto do pai, chamando nossa atenção para ele apenas por ter parado.

Ele é o único garoto entre todas as meninas e sem dúvidas elas o enlouquecem, na maioria das vezes e o obrigam a fazer todas as vontades delas e ele mesmo que se negue de início, vai lá e faz e é engraçado ver que mesmo tão novo ele já é super protetor com todas.

— Pai, eu não aguento mais brincar — reclama e Matteo, o puxa para se encostar em seu corpo e ele vai de bom grado.

— Já falou isso para elas?

Os olhos azuis de Asher, estão arregalados enquanto passeiam entre nós que estamos o olhando com atenção. O garoto já está tão grande e seus traços cada vez mais parecidos com o pai.

— Elas são doidas. — Ele murmura e cora, nos fazendo rir baixinho.

— Bem-vindo ao mundo onde as mulheres nos comandam, amiguinho — digo para ele rindo.

— Coitado, tem dez anos e já tem um monte de mulheres mandando e desmandando. — Benício, diz parecendo pesaroso nos fazendo rir ainda mais.

— Deixem de ser babacas. — Matteo, repreende, mas está rindo também. — Filho, são suas primas, você tem que ser bom para elas.

Asher, o olha com os olhos brilhando em expectativa com a fala do pai, o moleque admira demais Matteo, e tudo o que ele o ensina, Asher segue com orgulho.

— Nem todas são minhas primas. — O espertinho resmunga me fazendo apertar os olhos em direção a eles.

— São suas primas, sim! — afirmo.

— Sabem o que dizem o ditado né... — Benício, começa a falar, mas me estico até ele e acerto um tapa em sua cabeça.

— Não se atreva a falar essa merda, babaca.

— Deus fez as primas para não pegarmos as irmãs. — Theo e eu, fulminamos Benício, com os olhos.

Matteo gargalha, claro, ele se orgulha demais de ser o único a ter um filho homem entre nós todos. Não que eu ter minhas meninas seja um motivo para não me orgulhar, pelo contrário, minhas três filhas são minha maior conquista, meu maior orgulho.

Asher fica olhando entre todos nós, pulando os olhos de um ao outro, confuso com todo mundo falando. É engraçado vê-lo concordar com o que falamos.

— Elas são suas primas e é seu dever cuidar de todas elas! — digo olhando em seus olhos azuis, que piscam inocentemente ferozes para mim enquanto ele assente. — Elas vão crescer e você precisa afastar todos os idiotas que se aproximarem delas, tem que protege-las de tudo!

— Eu não quero cuidar delas não, tio Mike — murmura, me olhando nos olhos. — Elas já são malucas, imagina quando elas forem grandes?!

— É por isso mesmo, Ash, que você tem que ficar de olho nelas. — Theo me ajuda.

Asher olha para o pai que tem um sorriso no rosto, enquanto acaricia os cabelos loiros dele.

— Você não disse que sempre iria cuidar da Cora?

— Claro, ela é minha irmãzinha.

— E as outras são suas primas e você é o único homem entre todas elas, precisa sempre as proteger.

Seus olhos espertos me encaram e ele assente.

— Eu vou cuidar delas. Vou ser muito grande e muito forte e cuidar de todas elas.

Como se o assunto fosse realmente sério ele aperta a mão de todos nós, nos fazendo segurar a risada.

Ele volta a se sentar enquanto voltamos a conversar sobre assuntos aleatórios.

O tempo passa tão rápido que só percebo que escureceu quando todos se despedem e vão embora como vieram, todos de uma vez. A criançada brincou tanto que são praticamente arrastadas pelos pais.

Fico sentado no meu lugar observando Cecília juntar o que restou dos doces e do bolo e levar à cozinha, ela volta e para na porta me olhando com um sorriso largo, o corpo pequeno envolto do vestido larguinho azul que ela usou o dia todo, seus cabelos loiros caindo em cascata sobre os ombros destacando sua pele pálida e seus olhos azuis brilhantes.

Eu já disse que sou um filho da puta sortudo? Eu sou!

— Meninas, vão tomar banho e depois cama! — ela diz para as gêmeas que ainda estão no quintal, porque Lauren já foi para dentro tomar seu banho dizendo que estava cansada. — E você, folgado, levanta essa bunda daí e vem ajuda-las.

— Sim senhora.

Levanto e bato continência para ela que revira os olhos para mim, quando passo por ela acerto um tapa em sua bunda, fazendo a resmungar e se virar para correr atrás de mim, enquanto corro dela e ela vem atrás, as risadas infantis nos acompanham junto com as nossas.

Subo as escadas de dois em dois e vejo ela logo atrás de mim, assim que paro, ela acerta um tapa em meu peito.

— Eu já te falei para não fazer isso na frente das meninas, Mike. — diz brava.

Envolvo meus braços ao redor da sua cintura, colando seu pequeno corpo no meu. O cheiro gostoso que vem dela me deixa entorpecido. Desço minha cabeça para aproximar nossas bocas, o sorriso não se desfaz nem por um segundo.

— Desculpa, princesinha, eu não resisto a sua linda bunda.

Mordo seu lábio, puxando-o entre os dentes. Sua mão segura meu pescoço com firmeza, me mantendo no lugar enquanto ela mordisca meu lábio inferior, animando meu amiguinho lá embaixo.

— Você é um babaca — murmura.
— E você me ama ainda mais por isso.
— Eu amo. — Ela sorri e seus olhos brilham ainda mais.
— Obrigado por me dar uma vida perfeita.
— Perfeita?
— Sim, perfeitamente maluca.

Antes de Cecília eu achava que a minha vida era ótima, amava a farra e as mulheres se jogando em mim, mas depois dela foi que eu vivi de verdade.

Nunca paramos de nos provocar e provavelmente vamos fazer isso até ficarmos velhinhos, mas é isso que não nos deixa cair na rotina, apenas anima ainda mais as nossas vidas e me faz ama-la ainda mais todos os dias.

Hoje eu tenho realmente uma vida pela qual vale a pena acordar todos os dias.

Vejo pela visão periférica as meninas entrarem em seus quartos soltando risadinhas e vamos atrás delas pra as ajudar, mas quando Cecília passa por mim sussurro baixo o suficiente para só ela ouvir.

— Depois que colocar elas na cama, quero te foder bem forte, do jeito que gostamos.

Ouço ela arfar e solto uma risadinha. Enquanto ela ajuda as gêmeas no banho, separo seus pijamas de borboletas e coloco na cama. Saio do quarto e vou até o quarto de Lauren, onde a encontro sentada na cama mexendo em seu celular. Optamos por lhe dar um celular para podermos nos comunicar melhor com ela em casos necessários, mas com regras, claro. Nada de senha e todos os dias um de nós dois olhamos o aparelho e nada de passar o número dela para pessoas de fora, apenas nós, seus avós, nossos amigos, Ana e, quero deixar claro que contra a minha vontade, Asher e Brian. Ela ri de algo, e sua risada é um dos meus sons preferidos no mundo.

— O que é tão engraçado? — Questiono sentando ao seu lado.

Lauren sorri para mim e me mostra uma foto onde Ana e ela seguram pratinhos descartáveis e o rosto de Asher está todo rosa de glacê que as duas jogaram nele.

Não consigo não rir da cara de enfezado do moleque para a câmera enquanto as duas gargalham. O sol ilumina os três, os olhos azuis de Ana encontrando os castanhos quase fechados de Lauren. Eu reclamo do moleque, mas acho linda a amizade entre eles, são extremamente protetores uns com os outros e se apoiam em tudo, assim como meus amigos e eu, isso me deixa reconfortado, saber que minha filha tem amigos tão bons como eu tenho os meus e Cecília tem as outras duas doidas.

— Ana me mandou essa foto que a mãe dela tirou. — Diz sorridente.

Ela me entrega o celular e o bloqueio colocando ao lado da cama, esperando-a se ajeitar para dormir. Beijo sua testa.

— Me diverti muito hoje, pai.

— Fico feliz por isso, amor. Você sabe que tudo que faço é pela felicidade de vocês. — Ela assente e fecha os olhos.

— Te amo.

— Também te amo, pequena.

Fico um tempo com ela deitado em sua cama, mesmo depois de ela adormecer, continuo admirando suas feições e o quanto minha menininha cresceu. Não me sinto pronto para admitir que ela está crescendo.

Saio do seu quarto apagando a luz e vou para o meu, esperar minha mulher, mas me surpreendo ao encontrá-la sentada na cama, com as pernas cruzadas, vestindo apenas uma camisola rendada transparente, com um decote em V até seu umbigo salientando aqueles peitos deliciosos que sou apaixonado e a saia também transparente deixa à mostra uma pequena calcinha branca que quase não cobre sua boceta.

Seu rosto livre de maquiagem, apenas o rubor deixando-o um pouco avermelhado e chamando atenção para os olhos azuis cobertos pelos cílios claros que piscam lentamente para mim. Os fios loiros caem por suas costas em ondas suaves.

Meu pau salta dentro da calça. Minha mulher é uma visão do caralho!

— Princesinha... — murmuro.

— Amor... — ela retruca com a voz com um toque de sedução e delicadeza que só ela tem.

— Você quer me deixar louco, é isso? — Pergunto enquanto tiro a camiseta e a calça, afobado, louco para me enterrar no meu lugar quente e aconchegante.

— Você vai me foder bem forte se for?

Ela se levanta e vem até mim à passos lentos e quando me alcança suas unhas fazem um caminho do meu peito até o meu pau, com uma certa força, me marcando todo e me fazendo gemer quando aperta com firmeza meu pau que agora só está coberto pela cueca.

— Não precisa nem pedir!

Tiro minha cueca rapidamente e a pego no colo, fazendo a soltar um gritinho animada entre uma risada gostosa, jogo seu corpo pequeno na cama e a safada abre as pernas me dando a visão completa da calcinha que é apenas um fio enfiado nos lábios rosados da sua boceta.

Me abaixo ficando de cara no meu lugar favorito no mundo e coloco a língua para fora, lambendo-a inteira. Ouço seus gemidos baixo e ela se contorce quando repito o movimento.

Sem muita paciência, rasgo o fio no meio, deixando-o ainda enroscado em sua cintura e caio de boca, chupando, lambendo, mordendo, degustando o sabor delicioso da minha mulher. Com meus dedos abro os lábios carnudos depois de dar uma mordida em cada lado dele, olhando o brotinho duro, sacudo minha língua, sentindo seu corpo tremer.

O cheiro dela é afrodisíaco, minhas bolas doem com o peso, a vontade de gozar latente enquanto meu pau pulsa.

Com a mão livre aperto sua cintura para controla-la já que esta praticamente montando meu rosto, continuo a fodendo com minha língua, desço até sua entrada e forço a entrada da minha língua com o sabor ficando ainda mais forte em minha língua. Quando seus gemidos aumentam e seu corpo treme mais, sei que ela está perto de gozar, então subo a língua e raspo meus dentes em seu grelinho a levando ao limite, sentindo ela gozar na minha boca, se mexendo como consegue molhando minha barba com seus fluidos.

Projeto meu corpo sobre o seu, encontrando um sorriso largo em seus lábios e seu rosto ainda mais vermelho e agora com uma fina camada de suor, sugo seu lábio e seu corpo arqueia, roçando a renda em meu peito.

— Fica de quatro, princesinha — murmuro com a voz pesada e ela rapidamente obedece.

A visão da sua bunda arrebitada para cima me deixa salivando, escorrego minhas mãos pelas suas costas nuas até onde a renda da lingerie alcançam próximo das bandas redondas, acerto um tapa forte em sua bunda, fazendo-a soltar um gritinho e me fazendo sorrir.

— Você é uma gostosa do caralho.

Ouço ela murmurar algo, mas não compreendo porque estou compenetrado no meu dedo que explora o cu delicioso dela e quando o enfio de uma vez ali, ela geme alto, se contorcendo.

— Meu Deus, Mike... — Geme meu nome me deixando ainda mais insano.

— Isso, eu amo meu nome nessa boquinha deliciosa.

Pincelo meu pau em sua boceta, brincando na entrada, sem tirar meu dedo ela rebola e me assusta ao jogar o corpo com força para trás me fazendo me enfiar nela de uma vez. Nós dois gememos alto com a intrusão.

— Porra, Cecília...

Sem me conter mais, saio todo de dentro dela para me enterrar mais uma vez, profundamente. Meu corpo já começa a suar com o esforço enquanto meto nela cada vez mais forte, sentindo sua boceta sugar meu pau para dentro e me apertar cada vez mais. Os sons dos nossos corpos se misturando com os gemidos e o cheiro de suor e sexo nos deixa ainda mais loucos.

Cecília na cama é puro fogo, uma deliciosa safada que me faz queimar com ela e amar cada segundo.

A sincronia entre meu dedo enfiado no seu rabo e meu pau em sua boceta é perfeita e eu sei que ela está chegando ao limite. Puxo seu cabelo com força com a mão livre e ela levanta o tronco, encostando as costas no meu peito e com esse movimento meu dedo acaba saindo de dentro dela, mas seus gemidos não diminuem, pelo contrário, aumentam pela posição conseguir alcançar seu pontinho libertador dentro dela e quando seguro seu pescoço, apertando-o com um pouco de pressão ela treme contra mim e goza no meu pau, me apertando ainda mais dentro dela.

Sua boceta faminta praticamente chupando meu pau, como se quisesse minha porra dentro dela e eu dou. O arrepio na minha coluna e o peso nas minhas bolas diminuem conforme me esvazio dentro dela.

Assim que nossos corpos se acalmam, solto ela que cai mole na cama me fazendo rir e me levanto, vou para o banheiro e coloco a banheira para encher, aparecendo na porta apenas para chama-la e ela vem, quase se arrastando. No banheiro ela finalmente tira a camisola me dando a visão perfeita do seu corpo, nos ajeitamos na banheira com ela sentada entre as minhas pernas, sua cabeça encosta no meu ombro.

— Me sinto exausta — murmura baixinho.

— Eu sei, eu tenho esse poder de te esgotar mesmo.

Ela ri revirando os olhos e a cada vez que ela faz isso eu tenho ainda mais certeza de que eu farei tudo o que eu puder para ter sempre esse som vindo dela.

Cecília

E essa foi minha tão esperada história, mas antes que eu possa enfim colocar um ponto final, gostaria de falar que não foi fácil enfrentar minha gravidez da forma como foi. Infelizmente nós mulheres não temos opção de não ir à luta, já nascemos e somos condicionadas a lutar desde pequenas.

Beca, lutou contra o preconceito de ser uma mulher e não querer um relacionamento vivendo num mundo onde se ela fosse homem, estaria tudo bem.

Ayla, enfrentou a dor de ser violada e sofreu duras críticas por não ter falado para ninguém o que aconteceu. Isso, em um mundo onde a mulher que sofre um abuso é na maioria das vezes colocada no papel de culpada somente por causa da roupa que vestia.

E eu, bom, provavelmente serei duramente criticada, por ser uma psicóloga e ter desenvolvido o transtorno de estresse pós traumático, as vezes por ser chorona demais ou até mesmo insensível, mas sabe o que vou responder a todas essas críticas?

Você não viveu a dor do outro para saber o quanto dói!

O mundo precisa de mais empatia, sororidade, ele precisa de mulheres que apoiem outras mulheres e mais, precisa que você seja solidário com a dor dos outros.
Mulher, guerreira, lutadora, ou seja lá o adjetivo que você queira usar para si. Nunca desista da sua luta, dos seus sonhos ou ideais.

"Lute como uma garota"
Peita nas línguas guarani e kaingang

Fim

BÔNUS

Matteo

— Vamos, pai, só mais um pouco.
Asher me olha com aqueles olhos pidões enquanto faz um beicinho.

Aos doze anos meu menino já está enorme, os cabelos loiros são uma bagunça já que ele os mantém em um corte um pouco maior, suas feições parecem mudar mais a cada dia que se passa e parece que o pirralho cresce todos os dias. Ele é um dos maiores da sua turma. Sem falar no quão inteligente ele é e focado em seus estudos sem que precisemos cobrar sempre por isso e ama esportes, principalmente o basquete que é uma de suas paixões depois do futebol.

Ver o quanto meu menino cresceu me enche de orgulho. No início da vida dele eu deixei muita coisa ruim acontecer com ele, errei demais tentando acertar e isso me consome até hoje, mas vê-lo se tornar um ser humano tão bom me alivia um pouco. Ele se lembra da mãe, até perguntou sobre ela há alguns anos atrás e Ayla e eu respondemos tudo com sinceridade, mas ele deixou claro que para ele a única mãe é realmente Ayla que cuidou dele e o amou e adivinhem... isso levou minha mulher ao choro por meia hora agarrada ao menininho dela.

— Ash, sua mãe vai nos matar se atrasarmos.

Ele revira os olhos me fazendo semicerrar os olhos em sua direção e ele abre um sorriso piscando os cílios para mim.

— Foi mal, pai. — Diz rindo e se aproxima de mim segurando a bola de basquete que estávamos jogando. — Vamos, realmente não queremos a mamãe brava com a gente. Da última vez ela ficou me olhando com aquela carinha dela de tristeza até me fazer pedir desculpa e eu só tinha tirado Cora de dentro do meu quarto.

Não consigo não rir disso, minha mulher sabe realmente usar o amor dos filhos contra eles mesmos, principalmente com Asher que está entrando na adolescência. E o pior é que minha filha está indo pelo mesmo caminho.

— Sua mãe consegue tudo o que quer quando olha para nós com aquela carinha dela — resmungo e ele balança a cabeça concordando.

Vamos para o carro, Ash guarda a bola de basquete no porta malas e nos acomodamos antes de eu ligar o carro e dirigir até nossa casa.

Pela quadra que estávamos ser perto de casa, rapidamente chegamos em casa e descemos. Asher sai correndo para entrar e eu entro logo em seguida, encontrando Cora e Ana sentadas no tapete com alguns brinquedos ao redor delas, mas é o que está nas mãos de Cora que chama a atenção do irmão que parou abruptamente na minha frente.

— Onde você pegou isso Cora? — Asher, pergunta e quando o olho o menino está pálido.

— No seu quarto. — Cora abre um dos seus sorrisos iluminados para o irmão, o olhando com aqueles olhos castanhos enormes.

— Eu já não falei para você não mexer nas minhas coisas?

O garoto vai até ela e toma o controle do seu videogame da mão dela. Ela me olha fazendo beicinho e vem até mim. Vejo Asher dar um beijo na cabeça de Ana como ele costuma fazer com as meninas.

— Papai, o Asher brigou comigo. — Fala com a voz chorosa.

— Filha, já conversamos sobre mexer nas coisas do seu irmão. — Pego-a no colo.

— Mas eu só queria brincar um pouco e ele nunca me deixa brincar no videogame dele.

— Porque você só pode jogar quando ele estiver junto. Ele não vai no seu quarto e pega suas bonecas sem sua permissão.

Isso tira uma risadinha infantil dela que vibra em meus ouvidos me fazendo ter que morder um sorriso.

— Asher é menino, papai, não pode brincar de boneca.

— Pode sim, se ele quiser, mas ele não mexe em nada seu sem que você esteja por perto e você deve fazer o mesmo.

Aos cinco anos Cora é uma menina que já tem uma personalidade muito bem moldada, uma mistura da calmaria da sua mãe e da minha intensidade e teimosia, mas fisicamente ela é quase uma cópia perfeita da Ayla. Os cabelos castanhos longos e lisos, seus olhos castanhos esverdeados e a boca em forma de coração parecem ter sido completamente desenhados.

— Oi Aninha — digo para a pequena que estava brincando com minha filha. Apesar da diferença de idade das duas, elas se adoram.

— Oi tio. — Ela se levanta e olha para Ash, com as duas mãozinhas na cintura. — Não briga com a Cora, ela é pequena e você já é grande.

Sua repreensão deixa Asher corado me fazendo segurar o riso. Ana desde pequena já mostra sua personalidade forte e é engraçado vê-la brigar com Ash, que é maior que ela.

— Eu deveria brigar com você também, já que deve tê-la ajudado a entrar no meu quarto. — Ele retruca.

— Não ajudei, mas se continuar rabugento assim, na próxima eu entro lá e pego seu vídeo game.

Cora e eu ficamos apenas observando os dois entrarem em outra discussão. Se tem uma coisa que Asher cuida mais que tudo é seu amado vídeo game e vê-la o ameaçando assim tira o menino do sério, mas

conhecendo como o conheço ele não levara muito longe essa briga, já que as meninas sempre conseguem tudo o que querem com ele, até mesmo ganhar brigas bobas.
— Cora... — Ayla para no limiar da porta da cozinha quando me vê com nossa filha no colo, o sorriso que ela abre em minha direção é acalorado. — Oi lindo.
— Oi anjo.
Caminho até ela deixando um beijo em sua boca. Seu cheiro me invade com a aproximação, ela tem cheiro de amor, de lar e eu sou completamente apaixonada por esse cheiro. Seis anos de casados não diminuiu em nada esses sentimentos tão fortes que enchem meu coração a cada vez que ela está ao meu lado.
— Porque estava brigando com Cora? — questiona, olhando para a nossa filha ainda em meu colo.
— Não estava brigando, estava explicando para ela que ela não deve mexer nas coisas do irmão dela.
Ayla bufa, aperta o olhar para Cora que abre um sorriso inocente para a mãe.
Essa menina realmente não tem jeito.
— Já cansei de conversar sobre isso com ela, quando o irmão dela brigar com ela de verdade, ela para com isso!
— Mamãe... — Cora diz quando passa a mãozinha pequena no rosto da mãe. — Ash, não briga comigo, ele me ama.
Trocamos olhares enquanto seguramos o riso. Ouço Asher bufar e pelo canto do olho vejo-o se sentar no sofá e Ana se sentar ao lado dele, já conversando normalmente.
— Tudo bem sua pequena convencida, agora vá tomar seu banho.
Solto a pequena no chão e ela sai saltitando pela casa. Rapidamente me volto para Ayla e puxo seu corpo para o meu, olhando seu rosto tão de perto. Mesmo com o passar do tempo suas feições angelicais continuam as mesmas, apenas contando com algumas pequenas marquinhas de expressão que a deixam ainda mais linda.
A nossa vida é tão boa que posso classificar como perfeita com facilidade. Conseguimos conciliar nossos trabalhos com as crianças e sempre que podemos estamos tendo momentos só nossos, o que nunca me cansam, pelo contrário, me fazem a amar cada dia mais como se isso fosse realmente possível.
O começo da nossa história não foi nada fácil, mas olhar para o nosso passado hoje em dia já não nos machuca tanto quanto antes. Ayla nunca deixou de ir à terapia e todos os dias em que a olho tão segura de si, sei que a minha esposa é a mulher mais forte que conheci na vida.
— Você está suado, lindo. — Ela reclama, mas envolve seus braços em meu pescoço.
— Hum, acho que preciso de um banho. O que acha de me fazer companhia?

Mordo seu lábio inferior, puxando-o entre meus dentes, fazendo-a soltar um gemidinho baixo que vibra diretamente no meu pau. Ela sabe o que causa em mim, por isso se esfrega sem vergonha no meu corpo, fazendo com que seu vestido curto suba ainda mais e seus seios rocem em meu peito.

Eu adoro como ela se tornou tão dona de si, sem vergonha de querer algo, que ela simplesmente vai lá e pega. Isso já nos levou à várias transas inesquecíveis como transar no banheiro da casa de um dos nossos amigos, no banheiro de uma balada, na praia e porra, em seu consultório.

Ai merda, agora estou duro para caralho.

— Sinto muito, lindo, mas temos visita...

— Que nojo, parem de se agarrar na frente das crianças. — Benício surge da cozinha, me fazendo revirar os olhos para ele.

— Você não tem casa não?

— Tenho, mas minha mulher me mandou levar Ana para passear um pouco porque Taylor estava enjoadinha e Ana estava agoniada com a situação já.

Benício se casou com Talissa há algum tempo, os dois passaram por alguns momentos ruins, mas se acertaram e Taylor é fruto do casamento deles, com dois anos de idade a filhinha deles é a cópia fiel do pai. Meu irmão é completamente apaixonado pela mulher e suas filhas, e sim, ele praticamente adotou Ana como dele e arruma briga com qualquer pessoa que diz que ele não é o pai dela. Ele se tornou um verdadeiro papai urso com suas crias.

— Vim falar com Ayla, para ver se ela poderia ir consultar Tay, mas Talissa já me ligou e disse que era apenas sono, já que a pequena apagou.

— Você é muito desesperado, Beni. — Minha mulher bate no braço dele me fazendo rir.

— Diz isso porque você é pediatra e qualquer coisa que acontece com seus filhos já pode diagnosticar.

— Mas aposto que Talissa já sabia que não era nada demais, se não, não teria te mandado sair de casa — digo rindo dele.

— Cala a boca, Matteo. — Ele bufa revirando os olhos. — Agora eu vou indo nessa, porque quero aproveitar que Tay dormiu, fazer Ana dormir e namorar um pouco.

Ele dá um beijo no rosto de Ayla e bate no meu ombro quando sai, chamando a filha.

Fico observando-os enquanto Ana, se despede de Ash, com um beijo na bochecha e meu filho cora novamente, ela vem até nós e dá um beijo na Ayla e em mim e abraça Cora, que voltou para a sala, e logo os dois se vão.

Meu filho olha para nós dois com um sorriso discreto no rosto e quando percebe nossa atenção sai quase correndo para seu quarto. Ayla e eu trocamos olhares, ela morde o lábio segurando um sorriso e porra, ela é a coisa mais linda.

— Vai tomar banho que o jantar está quase pronto.

E assim ela me abandona, sumindo pela cozinha.

Vou direto para o nosso banheiro, onde tomo um banho gelado para ajudar a abaixar minha ereção, lavo meus cabelos e esfrego meu corpo com calma. Saio do banho e me enxáguo, indo para o closet onde pego uma bermuda jeans preta e uma camiseta preta.

Me observando no espelho e vendo o quão feliz pareço estar não consigo não ir para o meu passado, um passado onde eu apenas sobrevivia por Asher, onde eu anulei todos os meus desejos e me enfiei em um relacionamento completamente tóxico e maluco. Um passado onde eu me olhava no espelho e parecia viver uma experiência extracorpórea, olhando de fora um estranho viver uma vida que eu nunca quis.

E aqui estou eu hoje, vivendo o que realmente idealizei sobre a felicidade. Com a mulher que tem meu coração e que me deu o dela, sem medos e receios, com dois filhos perfeitos e completamente apaixonado por nossas vidas.

Depois de passar um perfume, saio do meu quarto encontrando Asher saindo do dele, sorrio para ele que sorri de volta. Me aproximo passando os braços em volta do seu ombro e o trazendo para mim enquanto andamos.

— Ana ficou pouco tempo aqui hoje né — solto como quem não quer nada, apenas para ver sua reação.

— Sim, ela disse que a Tay hoje estava chata. Mas é legal ela vir um pouco — dá de ombros, desinteressado, mas o brilho em seus olhos não me foge.

Posso ter sido cego quanto a ele por um longo tempo em sua infância, mas hoje em dia nada sobre meu menino me passa batido, mas isso eu prefiro manter apenas para mim, pois não estou afim de causar um infarto no meu irmão ou em Theodoro.

Asher e Ana sempre foram muito próximos, mas Lauren se juntou a eles e por terem idades tão próximas se tornaram um trio e tanto e meu menino é extremamente protetor com elas duas, mas o brilho em seus olhos quando fala de Ana ou a olha... eu reconheço-o.

Chegamos na cozinha e encontramos as duas mulheres das nossas vidas sentadas à mesa, apenas nos esperando e logo tomamos nossos lugares e começamos a comer. Cora não para de falar por nem um minuto e a cada frase dita tem duas perguntas que um de nós tem que responder.

— Mamãe, quando eu crescer quero um namorado todo riscado igual ao tio Mike.

Cora solta tão naturalmente isso e eu sinto meu coração parar. Não me lembro nem como se respira agora. Sinto quando todo meu sangue do rosto escorre para longe dele.

Já ouvi falar que antes da morte vemos toda a nossa vida diante dos nossos olhos e tudo o que eu vejo agora é vermelho.

— Você não vai namorar, Cora. Nunquinha. — Ouço meu filho falar bravo e respiro aliviado.

A mulher ao meu lado, que diz que me ama, gargalha alto me fazendo olha-la.

— Então, se ela não vai namorar, você também não vai. — Ayla diz apontando para Asher.

— Mas eu sou menino. — Ele responde indignado.

— É, ele é menino. — Consigo dizer finalmente, olhando para o menino que tem o peito estufado com orgulho.

— Não seja machista, Matteo Cornnel King, que ridículo! — Ayla me repreende como se eu fosse uma das crianças. — Não é assim que as coisas funcionam! Os dois podem namorar quando tiverem idade o suficiente para isso.

Bufo indignado com ela. Ela não pode falar que minha menininha pode namorar.

Ela não pode! Nunca!

Ela é só minha!

— Tudo bem, o Mike me fez prometer uma vez que eu iria cuidar das meninas, mesmo eu falando que não queria, porque elas são doidinhas né, mãe... — meu filho fala, contando para a mãe. — Mas eu vou cuidar e vou espantar todo menino que chegar perto delas.

Ergo a mão para Asher que bate a dele com força, o sorriso nos nossos rostos deve irritar ainda mais minha mulher porque ela me acerta um tapa no braço, me fazendo resmungar e as crianças rirem.

— Você não vai espantar ninguém, Asher! — ela o olha brava e ele se encolhe na cadeira. — E você, Cora, é muito pequena para falar de namorado. Não tem que se preocupar com isso agora, filha. Vai demorar bastante para isso acontecer, ta?

— Ta bom, mamãe. — Cora diz com um sorrisinho de desculpa.

Terminamos nosso jantar depois de mudar de assunto e Asher começar a contar sobre seu dia na escola e nosso jogo de basquete apenas entre nós dois e Cora sempre falando também sobre seu dia e suas amiguinhas.

Como de costume nos ajeitamos na sala para assistir um filme, com Cora deitada nas minhas pernas, Ayla ao meu lado e Asher sentado no chão em frente à mãe que faz um carinho nele do início ao fim do filme. No meio do filme, Ayla sai apenas para fazer pipoca para nós e volta para o seu lugar, comemos e assistimos enquanto comentamos e rimos de algumas cenas.

Eu amo ter esses momentos com a minha família, não são raros, porque pelo menos uma vez na semana tentamos organizar nossos horários para que isso aconteça, mas são os momentos que me fazem ver o quanto sou realmente feliz com a minha vida.

Ayla

— Os dois dormiram — sussurro no ouvido de Matteo, recebendo um sorriso safado dele.

Olho para baixo, onde Asher dormiu com a cabeça encostada no sofá, todo torto. Meu leãozinho cresceu tanto nesses anos todos que chega doer meu coração pensar que logo ele será um homem feito.

Já fazem seis anos desde que ele entrou na minha vida e a nossa conexão não se enfraqueceu nem por um segundo, pelo contrário, parece que a cada dia que se passa estamos ainda mais ligados um ao outro e mesmo sabendo que ele não saiu de mim, eu quase posso sentir como se tivesse um cordão invisível nos ligando. Me levanto sem mexer muito nele e quando ameaço me abaixar, Matteo, chama a minha atenção.

— Anjo, pega a Cora, eu levo Asher.

Olho para ele e a cena dele com a nossa filha em cima dele me acerta em cheio, como sempre. Nunca vou me acostumar com essa imagem, desse homem enorme cuidando tão perfeitamente da nossa menininha.

Vou até eles e pego Cora delicadamente ajeitando-a delicadamente no meu colo.

Olhar para o seu rosto é como ver minhas fotos de quando era criança, porque a menina é a minha cópia. Levo-a até seu quarto e a coloco na cama, deixo um beijo em sua bochecha gordinha e acaricio seus cabelos lisos escuros.

— Boa noite meu anjinho, eu te amo.

Ela resmunga, se vira e volta a dormir. Deixo seu quarto encontrando Matteo saindo do quarto de Asher, encosto meu corpo na porta que fechei atrás de mim e fico o admirando sorrindo como uma boba.

Seu olhar intenso queimando em mim me faz corar e morder o lábio para segurar o sorriso.

Meu marido se aproxima de mim com apenas dois passos e me prende contra a porta, sua mão descansa na minha coxa abaixo do meu vestido e vai subindo lentamente em uma caricia que vai me arrepiando por completo, minha respiração suspensa pela tortura lenta do seu toque. Seu rosto tão perto do meu que consigo sentir sua respiração batendo nos meus lábios entreabertos.

— Eu amo nossos filhos, mas eu não via a hora de eles dormirem para eu poder finalmente te foder!

Arfo com sua fala, a voz rouca chega aos meus ouvidos e desce como uma descarga elétrica até o meu centro, que pulsa, implorando atenção.

Sua mão que estava na minha coxa sobe meu vestido alcançando minha bunda e ele a aperta com força, me fazendo gemer baixo contra sua boca. Ele solta uma risadinha baixa e agora suas duas mãos seguram minha bunda, me puxando para cima a fim de enrolar minhas pernas em sua cintura. Nossas bocas se grudam em um beijo faminto, sua língua invade minha boca, guerreando com a minha, misturando nossos sabores.

Matteo nos leva diretamente ao nosso quarto, ele chuta a porta para fecha-la e me bate contra ela, me fazendo gemer. Sua boca só desgruda da minha quando ele desce os beijos para o meu pescoço, me deixando ainda mais arrepiada.

Meu corpo se esfregando descaradamente no dele, sentindo sua ereção cutucar minha boceta completamente encharcada. Minhas mãos passeiam por suas costas, pescoço e cabelo, sem conseguir parar em um lugar certo, querendo sentir todo o corpo grande e quente dele, arranhando-o.

— Estou louco para te fazer gozar na minha língua, anjo, mas porra, também estou louco para te foder agora mesmo contra essa porta.

Estremeço contra ele. Aproximo minha boca do seu ouvido, sentindo o cheiro delicioso que ele tem.

— Me fode, lindo! — peço, manhosa.

— Ai caralho! Repete...

Sinto sua mão entrar entre nós enquanto ele tenta abrir a calça, enquanto distribuo beijos e mordidas pelo seu pescoço, deixando-o vermelho. Minha boceta pingando e pulsando por ele, meu corpo explodindo louco para ter mais dele, porque parece que nunca é o suficiente.

— Me fode, lindo. — Repito apenas para ver seus olhos brilharem.

Seu dedo afasta minha calcinha e antes que eu possa raciocinar a sensação ele me invade de uma vez, com uma estocada bruta me fazendo gritar. Meu corpo batendo contra a porta enquanto meus gemidos se intensificam junto com as arremetidas que ele me dá.

Matteo esfrega a barba em meu pescoço, me beija, me aperta e me fode. São tantas sensações de uma vez que eu me sinto perdida, apenas me sentindo cada vez mais perto de explodir. Enrosco minha mão em seus cabelos, puxando-os. E quando sinto o orgasmo me atingir como um trem desgovernado, minha visão fica turva, meus pensamentos nublados e tudo o que sinto é o prazer delicioso eletrizar meu corpo.

Antes mesmo que eu volte completamente ele me solta no chão, com as pernas moles, olho para seu pau enquanto ele o manuseia com uma rapidez impressionante e caio de joelhos em sua frente, colocando minha língua para fora no exato momento em que ele goza na minha boca.

— Porra, anjo... Isso...

Engulo todo o sêmen, lambendo meus lábios enquanto encaro seus olhos brilhantes que me observam atentamente. O sorriso em seus lábios é a coisa mais linda. Seu polegar contorna meus lábios com carinho e eu deixo um beijo na ponta dele.

Me afasto dele e caminho até o banheiro e ele logo vem atrás. Enquanto ele vai para a ducha paro na frente do espelho tirando minha maquiagem com o algodão embebido de removedor de maquiagem.

— Ceci ligou hoje e disse para irmos lá amanhã que ela e Mike, farão um churrasco — digo e ele ergue a sobrancelha.

— Alguma data comemorativa que eu não me lembre?

— E desde quando precisamos disso para nos juntar? — questiono rindo e ele concorda com a cabeça deixando a água cair pelo corpo delicioso dele.

— Acho que ela e Mike são um casal que passe o tempo que passa sempre vai parecer improvável.

Gargalho com a observação, porque sim, os dois são o casal mais maluco que pode existir. Mesmo depois de tantos anos ainda brigam por tudo como se se odiassem, mesmo os olhos negando completamente.

— Isso vindo de uma turma que existe Rebeca e Theodoro.

Tiro meu vestido sobre seu olhar atento e me junto a ele, suspirando com a água quente.

— Theo, é a calmaria da furacão e ela... bem, ele mesmo diz né, a diaba da vida dele — digo rindo e ele concorda mais uma vez.

— E você é a *minha* calmaria. — diz na minha boca antes de me dar um selinho.

— E você é a minha intensidade. Meu primeiro amor.

— Eu te amo, pra caralho! — sussurra sorrindo.

— É claro que ama. — Pisco um olho para ele, sorrindo.

Tomamos banho juntos e o que era para ser um banho rápido, acabou sendo um banho muito, muito demorado. Mas saio de lá tão satisfeita que sou quase arrastada para a cama, onde ele veste uma camisola e uma calcinha em mim após se vestir também.

Nunca tivemos o costume de dormir pelados por causa das crianças, Asher vivia tendo pesadelos e vinha para a nossa cama e Cora ainda acorda as vezes e aparece por aqui, então mantemos o hábito de estarmos sempre vestidos.

Mal nos aconchegamos e noto a porta ser aberta lentamente e passos leves virem até a nossa cama. Cora aparece na minha linha de visão segurando um ursinho.

— Mamãe, quero dormir com vocês. — diz fazendo beicinho.

Um sorriso se forma em meus lábios olhando para sua figura bagunçada, mas ainda assim perfeita.

— Vem amor. — Abro espaço para que ela se deite, mas logo o pai dela dá um jeito de coloca-la entre nós dois. Olho para ele que está olhando nossa menina se aconchegar na cama. — Será que nosso menino também não quer vir dormir com a gente?

— Anjo, você sabe que ele deixou de dormir com a gente já faz alguns anos. — diz rindo de mim, mas faço um bico piscando os olhos em sua direção e ele bufa antes de se levantar. — Isso não é justo dona Ayla.

Meu marido sai resmungando e eu fico sorrindo para ele.

Uma mãozinha vem para o meu rosto em um carinho leve. Olhando para ela tão serena me deixa em paz, tão leve, como se tudo o que eu tivesse para fazer nessa vida eu já fiz, agora só preciso apreciar os momentos como esse e ser feliz com minha família.

— Eu te amo, mamãe — sussurra meio grogue de sono me deixando ainda mais derretida.

Matteo entra com um Asher sonolento e logo os dois vem para a cama, meu marido indo para o lado de Cora e meu filho se enfiando no espaço entre meu corpo e o da irmã, ele se aconchega em mim me deixando sentir o perfume gostoso que vem dele.

— Mãe, você sabe que eu já sou muito grande para dormir na sua cama, né? — resmunga, fazendo Matteo rir baixinho e tirando uma careta de mim.

— Você nunca vai ser grande o suficiente para dormir comigo, leãozinho.

Acaricio seus cabelos enquanto ele vai pegando no sono, a respiração se acalmando gradativamente.

— Eu te amo, mãe — murmura e se rende de vez.

—Eu amo vocês.

Olhando para as três pessoas que dormem tranquilamente na minha cama, eu tenho a total certeza de que nada do que eu tenha pedido um dia chegaria ao menos perto disso.

Eu sou uma mulher que conheceu o pior do ser humano, mas que hoje em dia, com o apoio e o amor das pessoas certas, eu sou uma mulher completa e feliz.

BÔNUS

Theo

Os anos vêm passando rapidamente, com a expansão da livraria para outros estados, acabei viajando muito nos últimos meses, o que deixou minha esposa completamente perigosa de se estar por perto.

Não que ela não me apoie, mas Rebeca e eu somos necessitados um do outro.

Abro a porta de casa e sorrio quando vejo Juliana sentada no sofá da sala penteando os cabelos, a cópia fiel de Rebeca, não somente na aparência, mas também no gênio. O que me leva a crer que o céu realmente é meu lugar depois que ela me causar um infarto quando disser que está namorando, e olha que vai demorar já que ela tem apenas quatorze anos, ainda é o meu bebê.

— Pai, que saudade! — Quando me vê, corre e pula em meu colo me dando um abraço apertado.

— Eu também estava meu amor. Onde estão sua mãe e Raika? — pergunto a colocando no chão.

— Mamãe está no quarto, ela chegou a pouco tempo do plantão e a Raika lendo lá fora. — Raika e Juliana tem uma diferença de dois anos, as duas se parecem com Beca, mas enquanto uma puxou a personalidade da mãe a outra tem a minha personalidade calma.

Sigo até a varanda da nossa casa e quando vejo minha Raika, sentada lendo algum de seus amados livro me sento ao seu lado a assustando.

— Oi meu amor — cumprimento e lhe dou um beijo na cabeça.

— Ainda bem que você voltou — murmura.

— Qual é o relatório dessa vez? — pergunto se recostando no sofá.

— Pai a Ju está cada dia mais maluca. Asher, Ana e Lauren estavam falando que outro dia ela bem que deu um tapa na cara de um garoto mais velho da escola por que ele estava olhando para a bunda dela. — Sorrio de lado, essa é minha garota!

Que continue assim pelos próximos quarenta anos ou mais.

— Disso eu não fiquei sabendo.

— Não ficou porque a maluca da sua filha ameaçou o garoto. Disse que se você ou a mamãe fossem chamados na escola por causa daquilo o tio Matteo caçaria ele. — Gargalho alto enquanto Raika me olha.

— Um dia ela toma jeito filha, mas e você como está? — Raika é o posto da irmã, tímida e não consegue fazer amizades facilmente, além de ter uma alma romântica que sei que ainda irá me dar dor de cabeça.

— Eu estou bem, além disso eu decidi o que quero estudar e já aviso pai, eu vou para a faculdade e depois quero ir para a Itália. — Aperto meu olhar para ela que sorri doce para mim.

— Por que tão longe? — pergunto já sentindo a dor no peito.

— Quero estudar literatura e me especializar em Shakespeare, na Itália existem as melhores universidades. — Seus olhos brilham.

— Cresça primeiro mocinha, até lá conversaremos de novo sobre isso. Agora vou ver sua mãe. —Quando falo, percebo que Raika rir. — O que foi?

— Ouvi a mamãe dizer para a tia Ceci que se você viajar e ficar fora mais do que quatro dias de novo, quando voltar vai encontrar suas roupas na porta de casa. — Balanço a cabeça negando.

— Não dê ouvidos a sua mãe, ela é tão louca quanto sua irmã.

Saio a passos largos até nosso quarto, entro e a encontro deitada dormindo. A bunda empinada para cima onde um short indecente curto mal tampa a carne. O que me faz suspirar é quando subo o olhar e vejo que ela não usa nada na parte de cima.

Tranco a porta, e começo a tirar minhas roupas.

Só com a visão da senhora bunda de respeito da minha mulher, meu pau se anima. Antes que eu consiga me aproximar pelado, a diaba desperta e se vira me olhando com seus olhos verdes de águia.

— Olha só quem apareceu! Bem-vindo estranho. —Sua fala carregada de sarcasmo me faz sorrir de lado.

Levo minha mão ao meu pau que está duro e faço movimentos de vai e vem sob o olhar atento da minha garota. Seus seios à mostra estão com os bicos duros deixando claro sua excitação.

— Estava com saudades — digo, mas gemo quando ela sorri e leva a mão até sua boceta, através do pano do short é visível ver que a diaba está se masturbando.

—Mentira, se estivesse mesmo teria vindo embora a dias — fala suspirando.

Minha boca saliva quando a outra mão pousa no seio.

Rápido, corto nossa distância e me coloco em cima dela tirando o short entre suas risadas. Com nossos corpos nus eu me enfio dentro dela me enterrando até as bolas.

Os gemidos que ela solta são música para meus ouvidos.

— Eu estava com saudades e de pau duro por você — respondo enquanto meto lentamente.

Rebeca leva suas mãos até minhas costas e sinto quando aperta ali, ela cruza as pernas em minha cintura fazendo com que eu me enterre mais ainda dentro dela arrancando gemidos de ambos.

— Quinze dias Theodoro, quinze dias sem você é tempo demais — fala enquanto geme.

Puxo sua boca para um beijo enquanto aumento as estocadas encerrando qualquer assunto.

Meu pau entrando e saindo rápido de dentro do canal quente e apertado, os gemidos e sons dos nossos corpos juntos é a ligação mais extraordinária que temos.

Com ela deitada, me ajoelho sem tirar meu pau de dentro e levo uma mão até o clitóris fazendo movimentos circulares e volto a meter lentamente.

O revirar de olhos que ela dá é o sinal que preciso para saber que estou no caminho certo para amansar a fera.

—Theoo...— Geme me pedindo por mais.

Inclino meu corpo para frente prendendo seu pescoço com uma mão e aproximo meu rosto do seu ouvido.

— Vai gostosa, geme pra mim. Eu quero escutar os gemidos da minha esposa safada, me mostre o quanto estava com saudades. — Isso parece ativar seu lado atrevido.

Me pegando de surpresa, Rebeca nos vira na cama ficando por cima. Suas mãos pousam em meu peito, seu rosto está vermelho e suado enquanto seus olhos me olham apaixonadamente.

Com meu pau dentro dela, a safada rebola me fazendo suspirar. Quando apoia os pés na cama percebo que provoquei a diaba e estou fodido por isso. Subindo e descendo com as mãos em seus joelhos, Rebeca não para de quicar em mim, maldosa e sexy para caralho ao mesmo tempo. Ela morde o lábio inferior enquanto seus seios pulam com os movimentos.

Acerto um tapa em sua bunda, o que a faz contrair sua boceta, gemo sentindo o aperto em meu pau.

— Filho da puta gostoso — fala ofegante.

— Vai diaba, quica gostoso.

Sentindo-se desafiada ela volta a cavalgar nos fazendo revirar os olhos, quando sinto que ela está quase lá a tiro de cima de mim e me coloco em suas costas. Segurando seu pescoço por trás e metendo fundo meu corpo se arrepia sentindo a textura da sua pele suada, dos cabelos colados em seu pescoço. A sensação de lar e de estar enfim em casa nos leva ao ápice do prazer juntos.

Caídos, lado a lado em nossa cama, nos olhamos e sorrimos.

— Eu prometo não ficar mais tantos dias fora. — Falo firme.

— Eu acho que estou grávida!

Rebeca

Sorrio quando, mais uma vez, Mike tira sarro da cara de Theo, pela peça que preguei nele ontem quando chegou de Massachusetts.

Eu disse que estava grávida e foi o suficiente para ele começar a chorar por ter ficado tanto tempo longe de mim. Quando comecei a rir da sua cara de desespero foi que ele percebeu que eu estava brincando.

— Theo, você já tem duas filhas adolescentes e ainda quer mais? — Mike pergunta rindo.

Matteo, Ayla e Ceci estão sentados no deck da casa de Cecília. Todos rindo do meu pobre coitado marido.

—Se eu pudesse queria ter mais um, quem sabe o filho homem para tirar o deboche da cara do Matteo. — Theo responde bufando.

— Esquece meu amigo, Asher é o bendito fruto entre as mulheres. — Matteo fala sarcástico.

— Isso é para ele aprender que não se deve deixar a mulher em casa, principalmente eu que tenho minhas necessidades. —Falo olhando para meu marido que sorri de lado.

— Sei bem as suas necessidades. — Ayla ralha.

—Você não pode falar nada Aylinha, porque se Matteo fica de plantão um dia, quando chega em casa, para você sair de cima dele só se a casa estiver pegando fogo. — Ceci diz, deixando Ayla corada.

—Deixa para lá anjo! Isso é inveja porque o Mike, não anda dando conta. — Matteo fala puxando Ayla para seu colo.

— Vai se foder. — Mike, murmura.

Quando chegamos em casa as meninas vão para seus quartos enquanto Theo e eu preparamos o jantar. Em poucos minutos o macarrão fica pronto e juntos nos sentamos a mesa para comer.

Olho para minhas filhas sorrindo de algo que Theo fala e me encho de orgulho da minha família, a verdade é que eu achava que estava bem sem eles, mas hoje percebo que sou completa com elas e meu marido.

— Pai, vai viajar novamente? — Raika pergunta de uma forma carinhosa.

Meu marido passa muito tempo viajando e tanto as meninas quanto eu sentimos muito sua falta nesses dias, mas não sou egoísta ao ponto de não o entender. Ele está cuidando do seu negócio, mesmo com a ajuda de Talissa ele prefere fazer as viagens e entendo perfeitamente e o apoio demais, mas isso não quer dizer que eu não possa fazer meus dramas.

Sempre que ele volta, as duas parecem ainda mais grudadas nele, principalmente porque ele faz todos os gostos das abusadas.

— Não por esses dias, pretendo demorar um pouco até a próxima viagem.

— Odeio quando você viaja. — Juliana resmunga me fazendo sorrir enquanto como meu macarrão.

— Também não gosto filha, mas é necessário.

— É, eu sei.

— Eu tenho uma lista com alguns títulos de livros que estou querendo, será que você pode trazer para mim, pai? — Raika abre o sorrisinho que conquista o pai que é suficiente para derretê-lo.

— Claro meu amor, é só me dar a lista depois que eu dou um jeito. — Pisca para a filha. — E você, dona Juliana, como está a escola?

— É Juliana, como está a escola? — reforço a pergunta, sorrindo para minha filha.

Desde neném a chamam de minidiaba e isso só reforçou conforme cresceu, a menina sou eu purinha e isso deixa o Theo completamente maluco. Ele jura que ela será a causadora dos seus cabelos brancos, pois ele acha que ela logo arranjara um namoradinho por causa da personalidade livre dela.

Já eu, acho fielmente, que Raika com sua personalidade carinhosa, bondosa e sonhadora, será um pequeno problema. Minha filha é como minhas amigas que acreditam em príncipes encantados e contos de fadas, mesmo que ela demonstre ser pé no chão, vejo como ela se entrega a tudo o que se propõe a fazer de corpo e alma, sem medo de se machucar no processo. Isso não é realmente um problema ou um defeito, pelo contrário, é o que faz minha menina tão especial, mas tenho medo do que isso pode fazer futuramente por ela.

— Tudo ótimo, papai. — A pequena diabinha pisca os cílios escuros e longos para o pai, tentando passar uma inocência que nem mesmo ele acredita. — Estamos estudando sobre Crime e Castigo na aula de literatura e preciso entregar um trabalho que vai valer pontos, estava pensando em pedir ajuda para minha irmãzinha querida.

Raika engasga com o macarrão e olha feio para a irmã.

— Ela não vai fazer o trabalho pra você, Juliana. — Repreendo, já imaginando o tipo de ajuda que ela pode querer.

Juliana ama qualquer coisa com números e contas complicadas, já a irmã é qualquer coisa sobre letras, histórias e livros. Mesmo que não estejam cursando o mesmo período na escola, as duas acabam se ajudando em tudo o que conseguem e isso é tudo pra mim, não apenas em matérias escolares. Apesar das briguinhas diárias, é notável o quanto se amam e o quanto cuidam uma da outra.

— Mãe, eu falei que ia pedir ajuda e não para ela fazer — murmura parecendo sem jeito.

— Como se eu não te conhecesse, sua pequena abusada. Você é minha cria.

Quando olho para o meu marido ele está segurando a risada e Raika focada em seu macarrão. Juliana abre um sorriso enorme para mim e manda um beijo.

— Por isso eu sou a preferida, não é, mãe?

Agora sou eu quem seguro a risada. Sério, minha cópia.

— Juliana...

— Tudo bem, mãe, não precisa falar, nós sabemos.

— Eu amo as duas iguais! — Digo firme e aliso os cabelos castanhos de Raika ao meu lado que sorri para mim.

Mas logo as duas entram em um debate sobre o porquê cada uma deveria ser a preferida e Theo e eu ficamos apenas as olhando. Desde que me tornei mãe aprendi a escolher minhas batalhas. As duas sabem que eu amo sem distinção e mesmo assim adoram essas briguinhas idiotas que até nos diverte.

Terminamos de comer e depois de arrumarmos a cozinha, percebo que com a presença do pai as duas parecem muito mais animadas.

Meu marido e eu vamos para o nosso quintal, ele se senta em uma das espreguiçadeiras e eu me sento entre suas pernas, encostando minhas costas em seu peito. A noite está em um clima agradável, o céu estrelado é lindo de se olhar enquanto aprecio o silêncio na presença do meu marido.

Em todo esse tempo do nosso relacionamento aprendemos cada vez mais a apreciar apenas nossa companhia mesmo no silêncio e eu amo esses nossos momentos tanto quanto amo os nossos momentos agitados. Estar com Theodoro me traz uma paz surreal.

— Poderíamos subir e matar um pouco mais da saudade, o que acha? — pergunto virando meu rosto para ele, que logo alcança minha boca em um beijo casto.

— Acho uma boa...

— Eca, respeitem suas filhas. — A voz da minha filha nos alcança arrancando risadas nossas.

— O que é, não posso beijar meu marido não? — Ergo a sobrancelha para ela que se senta aos meus pés e encosta a cabeça nos meus joelhos e Raika se senta ao lado, encostando a cabeça no braço do pai.

— Não na nossa frente. — Raika diz fechando os olhos, com um sorriso no rosto.

Olho para o meu marido e ele apesar de estar corado, está com um sorriso nos lábios tão lindos e seus olhos brilham satisfeitos e felizes, refletindo o que sinto.

— Mas eu gosto de beija-lo.

Me estico dando vários selinhos estalados na boca dele fazendo as duas fazerem sons de regurgito, mas logo estamos os quatro rindo.

Passamos um tempo ali sentados, conversando sobre coisas aleatórias e rindo de tudo.

Eu que nunca quis uma vida assim, hoje em dia não me vejo sem isso. Não me vejo sem meu marido e minhas filhas, eles me completam de uma forma surpreendente.

Quando percebemos que esta tarde entramos, dou um beijo e boa noite em cada uma das minhas meninas antes de irem para seus respectivos quartos e Theo e eu seguimos para o nosso.

Nem o deixo deitar na cama antes de ataca-lo com um beijo ardente, cheio de fome.

O resto da nossa noite é regada à um sexo delicioso e suado.

Minhas amigas chegaram com seus filhos em casa e estão passando o dia comigo e as meninas, por ser sábado os meninos se juntaram para aproveitar seu momento de meninos e nós nos juntamos também, como sempre.

A verdade é que pouca coisa mudou ao longo dos anos, as crianças cresceram e algumas já seguiram seus caminhos rumo à faculdade. Mas o importante é que sempre estamos juntos, sendo a família um dos outros.

Ando em direção à piscina e me sento na borda, Ayla e Ceci chegam e se sentam cada uma de um lado meu.

Ficamos caladas por um tempo apenas observando a interação entre nossos maridos e filhos.

— Beca, você imaginou em algum momento que nossas vidas iriam mudar tanto quando propôs virmos morar em Santa Mônica? — Cecília, pergunta quebrando o silêncio.

—Nem em um milhão de anos — respondo dando de ombros.

— Viemos trabalhar e quando percebemos estávamos casando uma atrás da outra e tendo filhos. — Ayla murmura.

— Mas não nessa ordem exatamente. — Retruco e rimos.

—Bateu uma nostalgia, né? — Ceci pergunta e eu confirmo.

— Sim, mas algo me diz que em breve teremos fortes emoções. — Nos entreolhamos e sorrimos.

— Nossas filhas vão dar o melhor. — Ceci diz.

— E vão contar suas histórias da melhor forma possível. — Ayla, termina de falar.

CARTA AO LEITOR

É com o coração em paz que nos despedimos da nossa primeira trilogia, que tem um significado enorme para nós duas, pois foi o pontapé inicial da nossa vida como, LIS.

Como gostamos de ressaltar, a trilogia na verdade fala mais sobre a amizade entre Rebeca, Ayla e Cecília e sobre o quanto elas são mulheres fortes e é por isso que dedicamos totalmente todas as histórias delas para vocês.

Vocês, mulheres, que vivem em um mundo onde tem que se vestir de super heroína todos os dias e passar por cima de preconceitos, para ter que mostrar suas forças a cada segundo do dia onde são testadas apenas por serem mulheres. Mulheres, que disfarçam suas dores e as que não tem medo de mostrar ao mundo suas cicatrizes. As mulheres que passaram por situações que estamos pré dispostas a viver apenas por serem mulheres e mesmo assim não abaixaram a cabeça. As mulheres que sofreram algum tipo de abuso e tiveram forças para dar a volta por cima ou as que estão passando por isso e ainda estão se encontrando novamente. Aquelas que são donas de si, que amam e vivem sua liberdade sem medo do julgamento e aquelas que ainda estão se descobrindo.

Que nada nesse mundo seja capaz de diminuir vocês e suas lutas, que todos os dias vocês se olhem no espelho e vejam o quão incríveis são apenas por serem mulheres!

AGRADECIMENTO

Vamos começar agradecendo a Deus que nos sustentou até aqui, nos dando sabedoria e paciência para finalizarmos mais um livro. Que nos deu força para não desistir e superarmos todas as dificuldades. Agradecer as nossas famílias que nos apoiaram e as nossas leitoras que nos motivaram e que, mesmo quando achávamos que íamos surtar ou enlouquecer de vez com Mike e Cecília, nos motivaram a continuar e darmos nosso melhor como sempre. E não podemos deixar de agradecer as nossas queridas amigas e betas Juliana, Daiany e Isis que seguraram nossas mãos e nunca soltaram.

www.lereditorial.com

@lereditorial